AF488581

1

Demasiado bueno para ser verdad, pensaba Kelly Watts mientras pasaba la bayeta húmeda sobre la mesa por enésima vez.

La clienta, extrañada por el comportamiento de Kelly, que se había quedado embobada contemplando la web de viajes que había abierta en la pantalla de su ordenador portátil, carraspeó para volver a traerla a la tierra.

- ¡Oh, perdona! -Se excusó- Yo sólo... ¿Es ese precio correcto?

- Es una web de ofertas-. Explicó la chica, con un timbre de impaciencia en su voz.

- ¿Cómo?

- Que muestra ofertas de último minuto, bonos, descuentos y esas cosas.

- ¿Me la puedes apuntar, por favor?

- Hay miles de estas en la red.

- Apunta esa, la de la cabaña.

- ¿La cabaña en el lago Tahoe? Dios, la oferta es para dentro de tres semanas, ¡debe estar helando allí ahora!

- ¿Puedes ponerlo aquí? – Insistió Kelly, tendiendo el block de notas y el bolígrafo con el que solía escribir los pedidos de los clientes.

- Como veo que no estás muy puesta en el tema, tendrás que escribir esto en la barra de direcciones, todo, ¿vale? Aunque lo veas largo. Así te llevará directamente a la oferta que te ha gustado.

- Muchas, muchas gracias- Dijo Kelly, tomando el block de regreso, como si llevase en la mano un preciado tesoro.

Los adolescentes lanzaron unas risitas que ella ignoró.

- ¿Qué hacías, que tardabas tanto? -Le reprochó Phill, su obeso jefe.

- Mira lo que he encontrado. Hay una oferta para viajar al lago Tahoe.

- ¿En serio? ¿El lago Tahoe?

- Estoy segura de que a Josh le va a encantar.

- Seguro. Ese chaval es tan raro...

Kelly arrugó el gesto. No le gustaba cuando llamaban así a su hijo. Él era muy diferente a los demás, pero seguía siendo un niño maravilloso.

Durante el resto de su jornada, el papel con la dirección electrónica quemaba en su bolsillo. Pronto tendría unos días de vacaciones. Llevaba muchísimo tiempo intentando ahorrar lo suficiente para poder llevar a sus hijos de viaje a cualquier lugar. Pero como madre soltera, su miserable sueldo de camarera no le permitía darse demasiados lujos. Aquella oferta, increíblemente barata, le permitiría incluso poder pagar la estancia en la cabaña y además proveer de combustible la camioneta de Arnold Jefferson, su vecino, que alguna vez se había ofrecido a dejarle.

Los Jefferson eran un matrimonio mayor, que vivían en la casa de enfrente. Solían ayudarle con las pequeñas chapuzas y a cuidar de Molly y de Josh mientras ella trabajaba.

Estaba sola desde que su padre salió en estampida detrás de una "nueva ilusión". Solía llamarles a veces, e incluso les mandaba algún regalo por su cumpleaños. Para lo demás, seguía desaparecido.

Tras despedirse de Phill a la hora del cierre, caminó con paso firme hasta su pequeña casita alquilada junto a la estatal.

El ruido del tráfico era insufrible. Por las noches, los camioneros y demás vehículos no escatimaban con el claxon hasta ya la madrugada. Era infernal.

Mary y Arnold compraron la casa mucho antes de que la estatal pasase por allí y a pesar de que podrían haberse mudado, ellos seguían empecinados en que aquel era su hogar, y no se marcharían.

Tocó en su puerta con los nudillos, y pronto escuchó los pasos casi arrastrados por el suelo de Mary. Tenía ya 70 años muy mal llevados, y la artrosis a penas le permitía caminar.

- ¡Hola, Kelly, querida! Pasa, los chicos ya han cenado.

- Gracias, Mary. Me preguntaba si quizá Mónica estuviera por aquí.

- ¡Oh!, sí, ha venido esta mañana. ¡Mónica!- Gritó la anciana, por el hueco de la escalera. Pronto la joven asomó la cabeza.

Mónica era nieta de Arnold y Mary, la mediana de tres hermanos. Quería a sus abuelos con locura y normalmente pasaba varios días a la semana con ellos, así también les ayudaba con Josh y Molly. Kelly estaba convencida de que Josh estaba enamorado de ella en secreto pero él nunca le contaría algo así a su madre.

- Mónica, quizá puedes ayudarme con esto- dijo tendiéndole el papel arrugado cuando la chica estuvo frente a ella.

- ¿Una web? -Preguntó ella sonriente. Mónica siempre estaba contenta.

Subió rápidamente a su habitación y bajó con el ordenador portátil.

- Veamos cuál es esa oferta tan buena...- Dijo la joven mientras tecleaba rápidamente. Kelly esperaba nerviosa sentada a su lado. ¿Realmente por fin había tenido suerte? ¿Por primera vez en años podría cumplir alguno de sus sueños? - Bien, aquí está. Vaya, realmente es una buena oferta, pero... Kelly, debe hacer un frío del carajo allí ahora mismo.

- Lo sé, pero tenemos ropa de abrigo. Y en verano no tendré días de vacaciones... tiene que ser ahora. Y además seguro que la cabaña está acondicionada.

- De acuerdo, si crees que estaréis bien... Vamos a registrarte y pescamos esta oferta.

Kelly dictó sus datos pacientemente para registrarse en la página web de viajes y ofertas, y luego compró el cupón para su estancia en el lago Tahoe. Estaba tan emocionada que estaba a punto de dar saltitos.

- ¡Chicos! ¡Venid! ¡Tengo una sorpresa!

Rápidamente escuchó a Molly trotando escaleras abajo. Su pequeña, de siete años de edad era toda energía, alegría y abrazos. La adoraba.

Josh era muy taciturno. No le gustaba estar con la gente, no le gustaba que le tocasen, que hablasen muy fuerte o hubiera mucha gente a su alrededor.

Los médicos decían que su desarrollo era normal, que se trataba de una personalidad un poco antisocial, y que tendría que lidiar con ello.

Josh, que ya tenía 11 años. Iba al colegio con el resto de niños, pero era incapaz de integrarse. No tenía ni había tenido nunca un solo amigo. Muchas veces los demás niños eran crueles, y los maestros hacían muy poco por ayudarle.

Kelly estaba cansada de presentar quejas porque Josh llegaba a casa con golpes, libros rotos y ropa estropeada. Los profesores se limitaban a decirle que debería enseñarle a defenderse y que en todo caso, no había pruebas de que los niños le hubieran hecho aquello, dado que siempre se negaba a hablar sobre lo ocurrido. Para nadie era un secreto que en ese colegio, Josh era un estorbo y estaban deseando sacárselo de encima. Por desgracia para ellos, y sobre todo para Kelly, no podía permitirse un traslado ni un centro mejor.

Molly recibió la noticia de sus próximas vacaciones con un gran entusiasmo. Aplaudió y abrazó fuerte a Kelly. Así era su hija.

Kelly no había tenido planeado quedarse embarazada de ella. Por aquel entonces su relación no estaba bien ya y criar a Josh se estaba haciendo muy complicado. Su padre ya daba muestras de un distanciamiento, que a pesar de que se negaba a reconocer, tenía nombre de mujer.

Cuando el periodo se le retrasó, se llevó un disgusto enorme.

El embarazo no importó demasiado a su padre, que no intentó realmente nunca arreglar lo suyo. Era más fácil volar lejos con una mujer nueva, con mejor cuerpo, y sin la atadura que suponía un niño al que no lograban entender.

Kelly pasó todo el embarazo llorando sola en su cama, odiando cada minuto que pasaba la vida que crecía en su interior, sin saber que sería la recompensa que el Universo le mandaba para remediar la soledad tan intensa que sentía en su corazón.

Molly llenó ese vacío y desbordó todo el amor que Kelly creía que cabía en su corazón.

Josh nunca le permitió ser cariñosa con él. No le gustaban los abrazos, los besos u otras muestras de cariño. Por el contrario, prefería estar solo y rara vez se sentaba con ellas a hacer alguna actividad, ver una película o jugar a un juego de mesa.

Tampoco se emocionó demasiado con la idea de viajar hasta que le dijo que verían la nieve.

Josh tenía una extraña fijación con la Antártida, el frío, la nieve y las condiciones de vida extremas a causa del clima. Tenía libros y posters, leía todo lo que caía en sus manos y había construido una maqueta de una estación de investigación norteamericana de los años 80 cuyos planos y fotografías había conseguido en un antiguo volumen polvoriento en la biblioteca.

Era realmente minucioso cuando trabajaba en algo que le apasionara.

Josh seguía sonriendo incluso cuando se metió en la cama.

Kelly se sentó a su lado y acarició su pelo con la yema de los dedos. No había mucho contacto que Josh tolerase pero al menos ese sí podía permitírselo.

- Gracias mamá por llevarme a ver la nieve.

- De nada cielo. Estoy deseando que lleguemos. Podremos estrenar la ropa de abrigo.

- Sí.

Un par de meses atrás, en un mercadillo solidario en el que podías comprar objetos muy baratos o intercambiarlos por otros productos, Josh se empeñó en comprar unos monos para la nieve. Habían de todas las tallas porque eran restos de una tienda de deportes que había cerrado y Kelly no tuvo más remedio que acceder, aunque para entonces no sabía que tendría la oportunidad de utilizarlos.

Josh le dio la espalda y Kelly supo que el momento madre/hijo ya había terminado.

Se acercó a arropar a Molly y le dio un beso en el pelo antes de salir de la habitación.

A ella le gustaría poder pagar una casa mejor. Una en la que cada niño tuviera su cuarto, con muebles propios que fueran del mismo color, y cosas bonitas como tenían los demás niños.

Soñaba con poder darle a su hija una habitación pintada de rosa con un zócalo blanco de madera como habían visto en un programa de la televisión una noche que había salido pronto del trabajo.

Quería poder llevar a Josh a la nieve al menos una vez al año.

Quería no trabajar en la cafetería casi diez horas al día y no ganar a penas para mantenerse a ella y a los niños.

Soñaba muchas cosas, pero también se daba cuenta que no tenía modo de lograr nada de aquello. Pero por fin, al menos uno de sus sueños sí se estaba materializando.

Mentalmente ya estaba haciendo la lista de las cosas que debía meter en la maleta. Mónica le había prometido prestarle la cámara de fotos. Pensaba sacar muchísimas, y colgarlas por todas las paredes de la casa. Puede que hasta pescara a Josh sonriendo en algún momento.

La sonrisa le duró en la cara todo el día siguiente.

Ni los clientes pesados, ni el día nublado, nada empañaba su buen humor aquella jornada.

Hasta que recibió la llamada.

Los niños estaban ya en la cama y ella se había demorado colocando algo de la ropa limpia que se acumulaba sobre la tabla de la plancha, por supuesto, sin planchar todavía.

- ¿Diga?- Preguntó intrigada. Nadie solía llamar a su casa y menos a aquellas horas.

- ¿Kelly Watts?- Preguntó una hosca voz. Kelly se asustó.

- ¿Sí?

- Buenas noches. Mire le llamo porque ha habido un error con la reserva. Avisé a esa maldita web de ofertas que no quería que siguieran manteniendo mis cabañas en su catálogo y no me hicieron caso. Siento las inconveniencias, llame al servicio de atención al cliente para que le devuelvan el depósito.

- ¿Qué? ¡Eso no es posible! ¡Yo ya he pagado esa reserva! ¡Necesito esa reserva!

- Señora a mí no se me ponga histérica. Por el precio que ha pagado no alquilo yo ni la caseta del perro.

Kelly apretó la lengua contra el paladar para intentar no llorar. De todos modos, su voz se rompió cuando volvió a hablar.

- ¿Sabe? Creo que tiene razón en alquilar tan caras sus cabañas. Necesitará mucho dinero para poder comprarse un corazón.

Colgó el teléfono y rompió a llorar amargamente.

Se sintió pobre y miserable. Se sintió una mala madre y una pésima persona.

Lloró por muchas cosas aquella noche, sintiéndose una completa fracasada y se levantó con unas ojeras horribles y un dolor de cabeza apabullante.

Preparó el desayuno a sus hijos sin dejar de darle vueltas a cómo iba a decirle a los chicos que al final no tendrían esas vacaciones.

- Mamá, ¿qué te pasa? - Preguntó Molly. Era lo suficientemente mayor para darse cuenta de su estado de ánimo, y de que algo ocurría.

- Nada cielo. Mamá ha pasado una mala noche.

- ¿Estarás bien?

- Claro. Mamá dormirá mejor esta noche y todo volverá a estar bien.

- Tienes que estarlo para nuestras vacaciones- Dijo emocionada. Kelly tragó duro intentando bajar el nudo que tenía en la garganta.

Fingió una sonrisa y acabó de servir el zumo y las tostadas antes de mandar a los niños al colegio.

Intentó pensar en alternativas. Mónica le ayudó a ponerse en contacto con la web de viajes. Se disculparon varias veces, pero al parecer por un error, las cabañas seguían apareciendo en su catálogo a pesar de que el propietario había cancelado su suscripción a la web de ofertas. Se ofrecieron a devolverle el dinero o a cambiar la reserva por otro destino, pero eso no le servía de nada, pues el resto de fechas no coincidían con sus vacaciones y los destinos en los que había nieve tenía que pagar un suplemento por la diferencia de precio. Intentó todo, suplicó, amenazó con denunciarles, intentó ser conciliadora, pero lo único que consiguió fue que una de las operadoras se comprometiese a llamar al propietario para tratar de llegar a un acuerdo. Pasados dos días supo que no había ninguna posibilidad cuando el dinero fue reembolsado en su cuenta bancaria.

Se sentía destrozada.

- Es sólo un viaje, no es el fin del mundo- Le intentó reconfortar Mónica.

- No es solo por el viaje. Es otra promesa más que no podré cumplir, una ilusión que les he creado para luego decirles que no. Son solo unos niños, quieren hacer cosas como todos los demás. Se lo merecen. No tienen la culpa de que su madre sea una perdedora.

- Dios... no digas eso, Kelly. No eres una perdedora. Estás enfocando muchas cosas en estas vacaciones y no es más que eso, un viaje. Un plan que no ha salido bien. Tus hijos comen, se visten y van al colegio. Tienen una madre que les adora, y vale, no puedes darles muchos caprichos, de acuerdo, pero tienen muchas cosas con las que otros niños solo pueden soñar.

- Lo siento. Es que es como si este fiasco fuera el resumen de toda una vida de mierda. Solo quería pasar unos días con mis hijos en un sitio bonito, entrañable, y tomar unas fotografías que colgar en las paredes. ¿Era tanto pedir? ¿Tan imposible es que algo me salga bien por una vez?

- Lo siento mucho, de verdad. Ojalá pudiera ayudarte.

- Tú ya haces bastante.

Mónica abrazó a Kelly por los hombros.

Aquella noche en la cama, Kelly daba vueltas sin poder dormir. Aún no había reunido el valor para decirles a sus hijos que no irían de viaje. Incluso aunque sus hijos se lo tomasen bien, y no hicieran demasiado drama, ella seguiría sintiéndose igual de mal.

Como no podía conciliar el sueño, la llamada le sorprendió despierta. Era casi media noche.

- ¿Diga?- Preguntó.

- Kelly Watts- Dijo una voz hosca. Ella la reconoció de inmediato.

- Sí- Dijo. No había sido una pregunta pero no se le ocurría nada mejor que contestar.

- Siento la hora, pero en fin, si me esperaba hasta mañana, seguramente cambiaría de opinión. Quería decirle que si aún está interesada, puede venir con su familia a la cabaña en las condiciones en que la había contratado.

- ¡Oh señor! ¿En serio? ¿De verdad?

- Sí... oiga, siento el modo en que le hablé la otra noche. Sé que no fui educado, yo solamente estaba cabreado por la gente de la web por no quitar mis cabañas, ¿sabe?

- Yo... yo también quiero disculparme, bueno, también estaba muy enfadada. Dije alguna tontería... bueno a decir verdad no sé ni lo que dije...

- No se preocupe. Oiga, ¿tiene vehículo adecuado? Quiero decir que el camino está practicable para un turismo casi todo el recorrido, pero una vez pase de largo la ciudad necesitará un todoterreno y poner las cadenas. Llevamos varias nevadas.

- Sí, bueno... mi vecino me deja su coche, es un todoterreno. Bueno, quizá tenga que enseñarme a poner las cadenas, es algo que no he hecho nunca.

- De acuerdo. Bien, siempre hay una reserva de leña suficiente para alimentar la chimenea pero además hay radiadores que tendrá que poner si no quieren levantarse con los dedos azules.

Era extraño darse cuenta de que a pesar de su tono de voz, fría y casi enfadada, el extraño al otro lado del teléfono estaba intentando ser amable o al menos cordial con ella.

- Debe asegurarse de que conecta la caldera nada más llegar. Le dejaré las llaves en la tienda de cebos, le pilla de paso para llegar a la cabaña. Tiene que firmar el registro.

- El registro... Dios, espero acordarme de todo... yo...

- Oiga, si quiere se lo escribo por email. Deme su dirección.

- Yo... eh... bueno, no tengo email. Utilicé el de mi vecina para registrarme.

- Joder... bueno... ¿es que usted no tiene de nada? Quiero decir... le dejan el coche, no tiene email...

- Con mi sueldo de camarera y dos niños a los que mantengo sola, como comprenderá, la conexión a internet no entra dentro de mis prioridades.

- Disculpe... yo lo he dicho sin pensar.

- Oiga, si no es mucha molestia, mañana me llama y me lo repite todo, cuando tenga a mano papel y un bolígrafo.

- Sí, ahora es tarde, tiene razón. Y una vez más, disculpe.

- Hasta mañana... y gracias por reconsiderar lo de la cabaña.

Kelly colgó y se quedó un minuto mirando al techo. Estaba tan agradecida porque el tipo aquel le había aceptado la reserva que ni si quiera se había molestado por el comentario que le hizo después.

Antes de dormir se repitió mentalmente que no debía olvidar recordarle que le habían devuelto el dinero de la reserva y debería decirle cómo ingresarlo de nuevo.

- Mamá, ¿ves cómo ya estás mejor?- Preguntó Molly.

- Pues sí, cielo. La verdad me encuentro mucho mejor- Dijo Kelly, besando el pelo de su pequeña.

Pasó todo el día esperando la llamada del dueño de la cabaña. Hasta que no le pagase sentía que quizá se le podía volver a escapar de entre los dedos, era un temor que constantemente le asaltaba mientras realizaba su trabajo o las labores cotidianas.

Por fin, a la hora de la cena, el teléfono sonó y reconoció de inmediato el número.

- Señorita Watts, ¿Le pillo ahora en buen momento?

- Eh... sí, sí, voy por bolígrafo y papel.

- De acuerdo... no sabía a qué hora llamarla, no sabía si la encontraría en el trabajo.

- Mi turno acaba a las ocho, pero de todos modos ya había avisado a mi jefe de que estaba esperando una llamada muy importante.

- Mujer, no diría yo que es algo urgente.

- Oiga, puede que le parezca a usted una tontería, estoy segura de que alquila sus cabañas todo el año a cientos de personas... pero estas son nuestras primeras vacaciones, la primera vez que viajamos en familia y estamos todos muy ilusionados. Se lo digo de verdad, nos ha hecho usted un gran favor al reconsiderarlo.

Al otro lado de la línea solo se escuchó silencio por un par de minutos, y Kelly pensó que quizá había dado demasiada información no solicitada.

- Espero que lo pasen bien-. Dijo al fin. Kelly le notó titubear, pero fuera lo que fuese lo que iba a decir, al parecer cambió de idea- ¿Puede tomar nota de algunas cosas?

- Claro, claro. ¡Por cierto! Debe decirme su número de cuenta para que le ingrese el dinero de la reserva.

-Tranquila. Primero tome nota. Cuando encuentre el desvío hacia las cabañas (es un cartel enorme) conduzca tres kilómetros hasta la tienda de cebos. Estará cerrada, pero el viejo Orson vive en la parte de atrás. Golpee la puerta y le abrirá. Le dará la llave de su cabaña. Le he preparado la número tres. Esta cerca del lago, se ve desde las ventanas del comedor.

- ¡Oh eso es genial!

- En esta época del año... bueno, solo hay dos o tres cabañas alquiladas por estas fechas. Por favor, tenga eso en cuenta, le dejaré números de emergencias apuntados en la cocina, pero deberá tener mucho cuidado con los niños. A veces alguno se resbala en el hielo a la orilla del lago. No se debe patinar.
- Tendré mucho cuidado...
- Por supuesto. No digo que no sepa cuidar de los niños... solo le aviso de que si pasa algo, le costará un poco conseguir ayuda.
- Lo tendré en cuenta.
- La caldera está en un cobertizo justo detrás de la cabaña, tiene que encenderla para tener agua caliente y calefacción. Es muy sencillo... ¿Está apuntando?
- Sí, sí, caldera detrás de la cabaña, en el cobertizo.
- De acuerdo, la leña está en el porche.
- Oiga, ¿hay sábanas y mantas?
- Por supuesto, y le advierto que están limpias. No sé por qué es una pregunta que me hacen mucho...
- Bueno... yo suponía... en fin, no se me pasó por la cabeza que hubiera sábanas sucias... sería asqueroso.
- Lo sé. A veces no sé qué clase de enfermos vienen a mis cabañas...
- Intentaré no tomarme eso como algo personal- Rio Kelly.
- ¡Oh, Dios! No quería insinuar...
- Lo sé, lo sé, era una broma.
Kelly juraría que le escuchó gruñir al otro lado del teléfono. Por algún motivo eso le hizo sonreír. Comenzaba a imaginarse al hombre que había al otro lado del teléfono.
Su voz era profunda, masculina. Imaginaba a un hombre serio, probablemente bastante más mayor que ella. Quizá peinaba canas, aunque su voz no sonaba arrugada como la de Arnold, su vecino.
- Entonces... ¿alguna duda más? - Preguntó él.
- Creo que lo tengo todo. Caldera, leña, teléfonos de emergencia, las llaves en la tienda de cebos, llamar a la puerta aunque esté cerrada. ¿Correcto?
- Si... uh... bueno falta apuntar que las sábanas están limpias.
- ¡Cierto! Es verdad, sábanas limpias. ¡Cómo olvidarlo!
- De acuerdo entonces... señorita Watts espero que disfruten de sus vacaciones familiares.
- Gracias, señor...
- Jack.
- Ohm, ¿solo Jack?
- Sí, solo Jack.
- De acuerdo, Jack.
Kelly dio un pequeño saltito antes de regresar al comedor donde sus hijos la esperaban con la cena casi acabada.
- ¿Quién era, mami? - Preguntó Molly.
- Veréis, era el dueño de la cabaña junto al lago. Me ha dicho que nos ha preparado una muy bonita, y que nada más llegar tenemos que poner la caldera.
- ¿Hay osos? - Preguntó la pequeña.
- ¡Jesús! Espero que no...
- Los osos hibernan. Dormirán hasta la llegada de la primavera-. Repuso Josh.
- ¡Es cierto! Josh. Menos mal que vienes con nosotras, eres un gran aventurero.
- Josh, ¿me enseñarás todo lo que sabes de las montañas y del lago? - Pidió Molly. A pesar de que Josh no se comportaba como el resto de los niños, para ella seguía siendo su hermano mayor, y nada podía hacer que ella le mirase nunca diferente. Siempre estaba contenta de estar con él y le quería con locura. Se podría decir que, a base de acostumbrarse a su presencia generosa y divertida, Josh había desarrollado cierta tolerancia a Molly, y ella podía acercarse a él mucho más que ninguna otra persona, incluida Kelly. El chico sonrió a Molly y ella aplaudió feliz.

2

Jack suspiró después de colgar el teléfono y se dejó caer sobre el sofá de cuero tan desgastado que casi no se podía apreciar el color original. No pensaba cambiarlo, era su sitio.
Sabía que había sido una mala idea dejar que aquella triste historia le hiciera cambiar de opinión, pero se había sentido culpable después de hacer llorar a aquella mujer la primera vez que hablaron.

Bien, las relaciones sociales no eran su fuerte, eso estaba claro. Por eso prefería operar por internet y no tener ni que ver a los turistas que iban y venían a sus cabañas en las orillas del lago. Pero eso no significaba que fuera un monstruo...
Bueno, él sabía muy bien la clase de monstruo que fue en el pasado, pero no tenía intenciones de seguir jodiendo la vida de nadie más.
Luego llegó esa llamada de la chica de la web de ofertas de viajes. Él estaba muy cabreado con esa gente porque hacía más de dos meses que les había dicho que dejasen de anunciar las cabañas. Entre la rebaja que aplicaban, sus comisiones y que tardaban en pagar 90 días después de la venta del cupón, no le salía rentable alquilar con ellos sus cabañas. Prefería tenerlas cerradas que ocupadas por ese precio que apenas llegaba para cubrir los gastos de luz, agua, la caldera y la leña.
Pero la operadora le preguntó si podría hacer una excepción en un caso muy particular ya que la chica no tenía la culpa de que en su sistema todavía aparecieran las cabañas para ofertar. Eso hizo que se sintiera un poco peor si cabía.
Finalmente había accedido. ¿Sería la edad? ¿Se estaba volviendo blando? Quizá...
Recordó que se había dejado la cerveza en la cocina y maldijo por lo bajo. Andar cada día le dolía un poco más. Esa maldita pierna le estaba matando, pero se alegraba. Se lo merecía y lo sabía. Cada momento de dolor era un recordatorio de lo que había hecho.
Hacía muchos años que compró ese terreno y construyó las cabañas. Ahora sabía que si tuviera que volver a hacerlo sería casi imposible. Ya no podía cargar tanto peso como antes ni tenía tanta resistencia. Hubiera tardado una eternidad.
Finalmente, se levantó a por esa cerveza y volvió al sofá donde seguramente caería dormido hasta la madrugada, cuando el frío le despertaría y se iría a la cama.
Su vida era una concatenación de días repetidos.

A la mañana siguiente bajó a ver las cabañas. La suya, mucho más confortable, estaba situada casi arriba de la montaña. Era el lugar más bello de todo el terreno. Su cabaña no podía verse desde abajo y sin embargo, desde allí se divisaba toda la propiedad, y todo el valle hasta el lago. Nadie nunca le molestaba allí.
Desde que compró aquel terreno en un golpe de suerte, supo sacarle todo el partido. Construir las cabañas él mismo le supuso un ahorro importante y desde entonces no había dejado de ganar dinero con ellas. No era rico, pero vivía muy bien, y lo más importante era que nadie le encontraría allí.

Se aseguró de que la caldera de la cabaña número tres funcionaba correctamente. La leñera estaba aprovisionada hasta arriba, y el olor a madera y resina, incluso a tierra húmeda y musgo, era uno de sus favoritos.
Repasó una vez más el estado de las cabañas. Se ocupaba personalmente de limpiar y cambiar las sábanas y mantas cuando los clientes terminaban su estancia.
Los grupos de jóvenes eran los más sucios y desordenados. Con frecuencia encontraba objetos perdidos entre los cojines de los sillones y debajo de las camas. Ropa interior, paquetes de cigarrillos, algunos zapatos, incluso latas de cerveza vacías...
En la temporada alta necesitaba ayuda, porque el mismo día salían algunos clientes y entraban otros. Varias personas del pueblo le ayudaban entonces, pero el resto del año, podía ocuparse solo.
En invierno, solamente dos cabañas se alquilaban, una era la del viejo Abe, un escritor frustrado que se había retirado a las montañas a escribir su gran obra. Pasaba la mayor parte del día en la ciudad, en una cómoda taberna donde jugaba a las cartas y bebía un bourbon tras otro.

La otra la alquilaba el sheriff, pasaba allí los fines de semana con sus hijos, todos adultos, pescando y disfrutando de la naturaleza. Le hacía un precio especial porque al fin y al cabo, no estaba de más tener al sheriff de su parte por si alguna vez necesitaba algo.

Jack no era un tipo con muchos amigos, De hecho procuraba no entablar mucha amistad con nadie en particular. En la pequeña ciudad hablaban de él, y de su actitud esquiva, pero en general la gente se metía en sus asuntos y no le daban problemas.

Paseó despacio por la cabaña número tres. Miró a su alrededor intentando ver como si viera aquel lugar por primera vez. Por algún motivo que no lograba entender, quería que la familia que estaba por llegar aquel fin de semana estuviera a gusto y disfrutase de su estancia allí.

No era usual que los turistas llegasen en invierno. No se podía pescar en el lago (Aunque el sheriff se saltaba esa regla casi cada fin de semana) y realmente no había mucho que hacer allí cuando hacía tanto frío que a duras penas se podía salir al exterior.

La gente que solía ir a sus cabañas eran aventureros a los que les gustaba el sol y la naturaleza, que querían bañarse y remar en el lago, que disfrutaban de una escapada en familia o con los amigos antes de volver a la rutina y el ajetreo de la gran ciudad.

Nunca había tenido a una mujer sola con dos niños en invierno, en plena nevada. Era una locura y comenzó a arrepentirse otra vez de haber reconsiderado la oferta.

Volvió a comprobar que la cocina de gas funcionaba correctamente, que las tuberías no se habían helado y que hubiera una manta extra por cada cama en caso de que pasasen frío.

De acuerdo, todo estaba limpio y preparado.

Jack suspiró y cerró con la pesada llave al salir. Le gustaba aquella cabaña porque se podía ver directamente el lago desde las ventanas del comedor. Todas las cabañas tenían vistas al lago pero algunas de ellas solo desde alguna de las habitaciones.

El dolor de la pierna se intensificó por el viento helado. La humedad no le hacía ningún favor a su lesión y tuvo que esperar un momento apoyado en la pared de madera hasta que pudo recomponerse y volver a caminar cojeando hasta el coche.

Sacó de su bolsillo de la chaqueta el bote de las pastillas. Agitó el tubo escuchando las píldoras chocar ente sí. Ya solo por el sonido supo que había muy pocas y que no tendría suficientes para el resto de la semana. Quería estar listo si había una emergencia ahora que una familia iba a alquilar unas de las cabañas.

¡Rayos! El invierno siempre era la mejor época porque podía estar solo y tranquilo en su hogar, junto a la chimenea, lejos de todo. Y sin embargo, ahí estaba, preocupado en exceso por esa maldita mujer loca y sus hijos.

Malhumorado consigo mismo, arrancó el coche y se encaminó a la consulta del doctor.

Aparcó cerca de la cafetería de Amy.

Amy era una mujer mayor, oronda y sonrosada. Peinaba un elaborado moño en su pelo cano y siempre tenía varias porciones de tarta esperando en el mostrador. El olor a los dulces pasteles y al café era lo primero que te golpeaba cuando entrabas en su establecimiento.

A Jack le gustaban aquellos pedazos de cielo deliciosos y muy calóricos. Le hacían sentir como en casa... y Dios sabe cuánto echaba de menos su casa.

Entró poniéndose como siempre la capucha y se sentó en su sitio de siempre, en el rincón más oscuro de la cafetería.

Amy ya se había acostumbrado a él y a esa rareza suya.

A pesar de que hacía más de cinco años que se estaba escondiendo y que sabía a ciencia cierta que nadie le estaría buscando, seguía asustado pensando que en cualquier momento le iban a reconocer.

Que alguien le miraría, y en su expresión vería el momento exacto en que establecería la relación entre su rostro y aquel nombre que tantas veces habrían oído salir de su televisor.

Él estaba muy cambiado, se había dejado barba, y su constitución ya no era atlética, pero ¿y si aun así le reconocían?

Desde el momento en que decidió desaparecer supo que sería para siempre. Que no volvería arrepentido unos años después. Que no suplicaría perdón por sus actos y esperaría con la cabeza gacha a que le dieran otra oportunidad. Por tanto, tampoco quería que nadie supiera dónde estaba, si estaba bien o mal, siquiera si seguía con vida. Era lo mejor para todos.
- Buenos días, Jack, está helando, ¿verdad? ¿Qué tal todo por las cabañas?
- Bien, Amy, gracias. Ponme una de melocotón.
La anciana sonrió. Jack era muy parco en palabras. Eso no impidió que la mujer se encariñase con él. Era muy agradable con todo el mundo y su cafetería siempre estaba muy concurrida. Solía darle trabajo a los jóvenes descarriados de la ciudad durante una temporada, y a veces a madres solteras que necesitaban un sueldo desesperadamente.
Los camareros y cocineros de la cafetería de Amy no eran conocidos por ser los más profesionales, pero siempre ponían ganas e ilusión.
Sunny Lake era una ciudad de unos 10.000 habitantes en la época estival, a partir de la primavera. Sin embargo, la cifra descendía drásticamente con la llegada del otoño. Durante los meses de invierno sólo unas 4.000 personas vivían allí de continuo, y usualmente todas se conocían.
Cuando Jack llegó tras comprar los terrenos, muchos le miraron de soslayo. Era un tipo extraño, siempre tapado y siempre solo, sin hablar o relacionarse con nadie más de lo estrictamente necesario. Pero con el paso de los años simplemente se fueron acostumbrando a él.

Cuando la anciana colocó el plato con la porción de tarta casera frente a él, no pudo evitar esbozar una amplia sonrisa.
Comió la tarta y bebió el café con leche y tras pagar la cuenta y sentirse mucho mejor, se dirigió a la consulta del doctor, justo en la calle paralela a la cafetería.
Normalmente, la pequeña consulta privada disponía de un servicio de cita previa que Jack no utilizaba nunca. El doctor Pyne solía colarle para expedir la receta de los calmantes para el dolor y no se demoraban más de unos minutos.
La enfermera, que además tomaba las citas y atendía al teléfono de la pequeña consulta le miró con el ceño fruncido. Jack sabía que no era de su agrado, pero no podía importarle menos.
En cuanto el doctor tuvo conocimiento de que Jack estaba allí salió a recibirlo.
Jack entró al despacho, y se sentó frente a la mesa del doctor.
- Hola, Jack. ¿Necesitas otra receta?
- Sí. Pensaba que llegaría hasta el fin de semana, pero... el mal tiempo creo que me afecta demasiado últimamente.
- Si no te importa, me gustaría echarte un vistazo. Volver a reconocer la lesión.
- ¿Para qué?
- Vamos, Jack. Hace años que soy tu médico y no puedo evaluar tu evolución si no me dejas mirarte.
- Ya me viste.
- Hace cinco años. No te recetaré más calmantes si no puedo reconocerte la pierna.
Jack bufó, pero se levantó se acercó a la camilla, al fondo de la estancia. Se tomó su tiempo para descalzarse y quitarse los pantalones antes de tumbarse.
- Jack, no me gusta nada el aspecto de esta pierna. Tiene un edema, ¿cómo no has venido antes?
- Solo está un poco hinchada.
- Negativo- dijo el doctor. Había pertenecido al ejército cuando joven, y todavía se notaba el corte militar en sus gestos y en su forma autoritaria de hablar. - Vamos a hacer una radiografía, y veamos por qué esto está así- Dijo mientras manipulaba la pierna.
Jack intentó ocultar el dolor que sentía en ese momento. Desde el accidente de tráfico en el que se destrozó la pierna había ido arrastrando secuelas.
- La semana que viene vendrá mi sobrino a pasar un par de semanas. Es muy buen traumatólogo, quiero que te vea.
- No será necesario.

- Jack, no es una sugerencia. Algo está mal aquí. Empezaremos por las radiografías para ir descartando. Tienes que ir aquí- Dijo garabateando en un papel- y les entregas esto. Cuanto antes, si puede ser hoy mejor.
- No tengo mucho tiempo, tengo que llevar unas llaves donde el viejo Orson.
- ¿Hay turistas este fin de semana? ¡Pero si está todo impracticable!
- Lo sé, pero han insistido mucho. Llegarán esta tarde y recogerán las llaves.
- Pues lo siento, Jack, realmente tienes que ir a hacerte esas placas. Quiero tener los resultados antes del lunes y el fin de semana no trabajan.
- ¿Y si voy el lunes a primera hora?
- Jack...- Advirtió el doctor.
- De acuerdo, voy ahora.
Jack salió de la clínica algo preocupado.
Él ya había notado que la pierna no estaba bien, pero no pensó que pudiera pasar algo grave.
La dirección que le había apuntado Pyne estaba a casi una hora de coche. Estaba seguro de que no le daría tiempo a volver antes de la hora en que esa mujer debía recoger las llaves en casa del viejo Orson.
Apretó a fondo el acelerador pero tuvo que aminorar cuando una nueva y copiosa nevada comenzó a caer. Llevaban varias semanas de nevadas. No entendía como Kelly Watts quería alquilar la cabaña precisamente en ese momento. Quizá no estaba muy bien de la cabeza, o quizá no era consciente realmente de lo que significaba una cabaña en plena montaña, junto al lago helado.
Tras casi dos horas de tortuoso trayecto, Jack apenas podía soportar el dolor de la pierna. Cuando consiguió entrar al lugar indicado, sacudiéndose la nieve de los hombros, ya le estaban esperando.

Tras el estudio radiológico, uno de los auxiliares le acompañó a la salida.
- Le enviaremos todo al doctor Pyne ahora mismo, lo estaba esperando con urgencia. Le dará más detalles su médico, pero por lo que he podido ver y oír comentar a los doctores, creo que hay algo que requiere atención urgente.
- De acuerdo- Murmuró Jack. Le tendió la mano al joven y continuó su camino hacia el vehículo aparcado unos metros más allá, intentando guarecerse de la ventisca de nieve que se había levantado.

Condujo con cuidado, poniendo especial atención en la superficie helada de la carretera que serpenteaba entre los bosques. El día duraba poco en esa época del año, y en pocas horas caería sobre él la noche cerrada. Miró el reloj en el cuadro de mandos del vehículo y se dio cuenta de que la mujer ya debería haber llegado a recoger las llaves. Tendría que esperar allí hasta que él llegase. Se maldijo por no haber previsto que podría demorarse más de lo esperado y haber dejado las llaves al anciano en su casa antes de ir a buscar al doctor. Ahora tendría que hacerles esperar, probablemente en el coche y disculparse en persona.
Intentaba no ver nunca a los inquilinos a no ser que fuese estrictamente necesario.
Pocos kilómetros más tarde el teléfono móvil vibró en su bolsillo. Se retiró un momento a la cuneta para poder hablar con tranquilidad. No se sorprendió al reconocer el número desde el que llamaban.
- Diga- Murmuró.
- ¿Señor Jack? Verá, soy Kelly, Kelly Watts... es que tenemos un problema. Hay una nevada y... bueno nos hemos perdido. No encuentro ninguna de las indicaciones ni puntos de referencia que debería ver, y no sé si es que me las he pasado y no las he visto por la nieve o que me he equivocado en algún punto.
- ¿Se ha perdido? ¿Pero cómo es posible? ¿Es que no lleva GPS?
- No... yo... bueno, tengo un mapa de carreteras.
- Diablos... ¿un mapa? - Preguntó maldiciéndose por dentro. Qué desastre de mujer. ¿Quién usaba hoy en día un mapa de carreteras? - A ver, dígame de que año es ese mapa.
- Bueno... era de mi vecino, tiene unos diez años. No es que viajemos a California todos los años.
Jack suspiró.
- Señora... en ese mapa no aparece el nuevo desvío que hicieron hace un par de años. Bien, dígame

que ve, a ver si puedo indicarle.

Kelly, un tanto avergonzada, le explicó lo que veía. Jack se dio cuenta de que estaba cerca y con solo desviarse un poco de su ruta podría interceptarla e indicarle el camino hasta la cabaña.

Suspiró sopesando un momento la posibilidad de ir a por ella, acompañarla y darle las llaves en mano, ya que no había podido dejárselas al viejo Orson.

Maldijo por lo bajo, Jack odiaba encontrarse con los clientes. Era un verdadero fastidio. Todos quería hablar y comentar sobre el lago, las cabañas, cómo estaban construidas, que tiempo hacía, etc.

- ¿Sigue ahí?- Preguntó Kelly, tímidamente cuando el silencio al otro lado de la línea se alargó un poco más de lo normal.

- Estoy pensando- Contestó bruscamente Jack.

- Oh... perdón.

Jack intentó no enfadarse con ella por aparecer allí, por perderse y por obligarle a ir a buscarla en persona. Ella no tenía la culpa, puede que estuviera un poco chiflada, eso sí, pero no debería pagar con ella su frustración y su forma de ser antisocial.

- Yo iré a recogerle- Dijo al fin.

3

Condujo con cuidado, la pierna realmente le estaba doliendo mucho esos días. Se preguntó una vez más qué habrían visto en las radiografías que le habían realizado.

Desde que tuvo el accidente, había pasado por dos operaciones y varios meses de rehabilitación. La larga cicatriz que recorría su pierna lo atestiguaba, pero ese invierno estaba siendo especialmente complicado hasta el punto de depender de la medicación casi a diario, cuando normalmente intentaba no hacer uso de las píldoras si no era estrictamente necesario y se pasaba semanas que el dolor era perfectamente soportable.

Tras unos quince minutos conduciendo a una velocidad muy por debajo de lo normal, incluso con nieve, Jack finalmente llegó a la situación que había estado tratando de postergar: Conocer a la extraña familia que viviría en la cabaña número tres durante los próximos días.

Aparcó tras el anticuado todoterreno que se había arrimado a una de las cunetas, con las luces de emergencia parpadeando a través de la ventisca y la nieve.

Mientras se acercaba cojeando, pudo ver a una mujer acurrucada en su asiento, visiblemente preocupada por la capa de nieve que se estaba depositando sobre el capó del coche. Golpeó con los nudillos y ella dio el respingo que él había esperado.

- ¡Jesús! ¡Qué susto! ¿Es usted Jack?- Preguntó escudriñando su rostro. Él se mostró molesto por el gesto, y se apartó un poco de la ventanilla que ella acababa de bajar.

- Sígame- Casi gruñó.

Ella asintió un poco cohibida. Ya estaba acostumbrada a su tosca forma de hablar, al menos por teléfono. Se sintió torpe y ridícula allí perdida en medio de la nada, esperando que un hombre al que no conocía de nada perdiera su tiempo por ir a buscarle.

- ¿Qué pasa, mamá? - Preguntó Molly con un hilo de voz.

- Nada cielo, ya han venido a indicarnos el camino.

- ¿Pero podremos llegar con toda esta nieve? - Insistió.

- Claro, cielo. Verás que muy pronto estaremos en la cabaña, encendiendo un buen fuego y preparando un chocolate caliente.

A diferencia de Josh, que desde el momento en que llegaron a la zona nevada había estado pegado al cristal, absorto en su pequeño mundo, Molly había estado preocupada.

La pequeña no tenía mucho interés por la nieve más allá de la mera curiosidad de alguien que nunca había visto en persona los copos helados. Aquel viaje le hacía ilusión porque era la primera vez que viajaban y como todo niño, cualquier aventura es siempre excitante, pero desde que su madre se había empezado a parar cada pocos kilómetros para consultar el mapa una y otra vez, en lo único que pensaba la pequeña era que ese viaje en coche no acababa nunca.

Kelly se afanó por no perder de vista el vehículo que hacía las veces de guía. La nevada era copiosa, y había que añadir las ráfagas de viento que arreciaban cada vez más lo que dificultaba seguir al coche que tenía delante y la carretera.

El trayecto duró unos veinte minutos hasta que pasaron el gran cartel de madera que Jack les había señalado como indicación para tomar el desvío a las cabañas.

- Chicos, ya estamos muy cerca.

- ¿De verdad? - Preguntó Molly.

- Ese era el cartel que estábamos buscando.

- Quiero tocar ya la nieve- Dijo Josh.

- Bajaremos enseguida.

Poco después, Kelly se encontraba aparcando junto a una cabaña de madera detrás del coche de Jack, junto a un bonito porche desde el que se podía ver todo el lago helado. Era un paisaje sobrecogedor.

Ella, que no había salido nunca de su casa, que todo lo que había visto era un pequeño pueblo y la ciudad más próxima a él, no podía creer que tanta belleza pudiera ser real. Comenzó a pensar en cuántos lugares hermosos se estaba perdiendo y no podría mostrar a sus hijos por ser una pobre fracasada inútil. Sintió ganas de llorar, pero pensó que quizá sus lágrimas se congelarían. Fuera del coche estaban bajo cero.

El extraño hombre, siempre cubierto por una capucha y un gran abrigo, les abrió la puerta él mismo, pero no tenía la menor intención de ayudar con las maletas. Al principio Kelly pensó que era un poco maleducado, pero se dio cuenta de que cojeaba y la pierna parecía molestarle, por lo que se limitó a tomar ella misma las maletas como bien pudo para no tener que hacer más de un viaje e instó a los niños a que corrieran a refugiarse en el interior.

Realmente aquella cabaña parecía una nevera. Cuando pudo dejar las cosas en el suelo al entrar se dio cuenta de que dentro hacía muchísimo frío.

- Lo siento- Musitó Jack cuando vio a Molly tiritando. - Debería haber dejado la caldera conectada esta mañana. ¿Saben encender un fuego?

- Me lo han explicado- Murmuró Kelly.

Jack puso los ojos en blanco. No quería permanecer más tiempo allí, realmente la nevada era mucho más copiosa de lo que esperaba, y se sumaba a los centímetros de nieve que ya habían acumulados por las tormentas anteriores. Sin embargo, realmente allí dentro hacía mucho frío y no quería tener que bajar cuando aquella mujer le llamase en una hora para decirle que era incapaz de encender el fuego.

No podía ver mucho de ella más que su rostro. Venía enfundada en una chaqueta gruesa, posiblemente de una marca de mala calidad, al igual que los niños. La pequeña estaba pendiente de todos sus movimientos, pero el chico aún no había entrado, se había quedado en el porche mirando la nieve.

- Le encenderé el fuego.

- No tiene por qué. Puedo hacerlo.

- Vaya mientras a encender la caldera-. Dijo con autoridad. Había zanjado la conversación.

- De acuerdo.

Mientras ella iba a seguir sus instrucciones, Jack se arrodilló junto a la chimenea del comedor, emitiendo un siseo de dolor. Por suerte, no había nadie allí para escucharlo.

Debía reconocer que hizo un buen trabajo construyendo las chimeneas. En cada cabaña había una y aún en verano, eran un elemento decorativo que llamaba mucho la atención de los turistas. Toda forrada con grandes guijarros que él mismo había ido recogiendo a orillas de lago, pulidos por el paso del tiempo y la fuerza del agua.

Realizó mecánicamente todos los pasos hasta obtener un abundante fuego. Se aseguró de que había suficiente leña amontonada junto al hogar, al menos para todo el día y la noche. Le gustaba siempre dejar bien surtidas las cabañas, no pensaba escatimar en leña cuando la podía conseguir gratis en sus propios terrenos, o muy barata, cuando los nuevos árboles que plantaba aún n había crecido suficiente.

Mientras él se aseguraba de que el fuego se prendía realmente y no se apagaría cuando las pastillas para encender se consumiesen, Kelly y Molly habían estado sacando cosas de las bolsas que traían.

- Señor Jack, vamos a hacer un chocolate caliente. ¿Quiere una taza? - Preguntó la niña.

A Jack nunca le habían gustado los niños. Los encontraba molestos, entrometidos y eran poco más que un saco de mocos y malos modales. Pero aquella niña tenía algo de indefensa, algo de curiosa, algo de inocente que le gustó. Sonrió un poco, gesto que le sorprendió. Casi nunca sonreía.

- Gracias, pero he de irme.

- Pero no puede. Nieva mucho.

Sonrió de nuevo. La niña realmente estaba preocupada por él.

- Vivo muy cerca.

- Pero no se ve nada.

Jack se acercó a la ventana más próxima y maldijo. La nevada había cambiado, era un auténtico temporal. La cortina de copos era tan densa que apenas veía más allá del porche. Por muy cerca que estuviera su cabaña, realmente no podría llegar hasta ella.

- Se tiene que quedar, al menos hasta que nieve un poco menos- Murmuró Kelly.

Jack no tenía más remedio. Si no hubiera tenido que ir a buscarles le habría dado tiempo a llegar. Recordó su sofá y su gran tele, sus cervezas en la nevera y sintió ganas de gritar, cabreado como estaba.

- ¿Le pongo chocolate?- Insistió la mujer.

- Como quiera. Dígale al niño que entre, se va a poner enfermo.

Ella arrugó un poco el gesto.

- Él no quiere entrar.

- Ah, ¿y eso qué? ¿Acaso no es su madre? ¿O los niños también son prestados?

- Oiga no le diga eso a mi madre. Josh es diferente, y por eso no puede hacerle entrar, pero eso no le da derecho a tratar así a mamá- Espetó la niña enfrentándose a él.

Jack se dio cuenta de que se había pasado de la raya. No estaba acostumbrado a tratar con gente. Miró a los ojos a aquella mujer, que claramente luchaba por no llorar y sintió el impulso de disculparse. Se limitó a girarse y seguir mirando por la ventana.

Kelly estiró de la mano de la niña hasta que le acompañó de vuelta a la cocina donde prepararon el humeante chocolate cuyo olor se extendió rápidamente por toda la estancia.

- Josh, dice mamá que entres a por chocolate y luego te puedes volver a salir- Gritó la niña para que el chico le oyera.

Mientras, Kelly se acercó a él, que aún estaba junto a la ventana mirando la nieve caer, como si por solo desearlo comenzase a detenerse, y le tendió una taza.

Jack la tomó un poco avergonzado por su comportamiento, así que prefirió no mirar a la cara a aquella mujer.

Ellas se sentaron junto al fuego, arrimando un poco uno de los sillones. Unos minutos más tarde, cuando él ya casi había acabado con el espeso y delicioso líquido, el chico entró.

Traía el pelo mojado y nieve por casi toda su ropa. Parecía que se había estado sumergiendo en ella.

- Josh, ya sabes el trato que hicimos. Ahora te tienes que calentar-. Dijo Kelly.

- Pero luego ¿Saldré a ver la nieve?

- Sí, luego sí. Pero ahora te tienes que secar.

Josh miró con desconfianza a Jack, que seguía en su puesto vigilando la tormenta, deseando que cesara.

- Josh, tiene que quedarse hasta que pare la nieve. Luego se irá. No va a hablarte- Aseguró la niña.

Eso pareció tranquilizar al muchacho, que se quitó la chaqueta y la colgó en la percha junto a la puerta.

- Josh, te has mojado los pantalones también. Ve a la habitación y los cambias- Pidió su madre.

El chico parecía molesto.

- Hicimos un trato, y te he traído a ver la nieve. Tú me prometiste que te cuidarías para no enfermar. Un tiempo fuera y un tiempo dentro.

Jack, que fingía no prestar atención, escuchó al chico salir de la sala y abrir un par de puertas hasta que encontró lo que supuso era su habitación para poder cambiarse.

- Señor Jack, ¿se quiere sentar?- Preguntó Molly.

A pesar de haber sido tan desagradable con ellos, la niña parecía haberle perdonado ya. Estuvo a punto de negarse por pura inercia, no quería compartir tiempo junto a ellos, pero realmente la pierna le estaba matando.

Se acercó a ellas y tomó una de las butacas individuales para acercarse al fuego.

- Los radiadores caldearán los dormitorios para cuando vayan a dormir- Murmuró. Se sentía en la obligación de decir algo, pero no sabía muy bien qué.

Por suerte, su teléfono móvil comenzó a sonar y evitó que dijese más tonterías.

- Diga- Murmuró levantándose y regresando a su lugar, junto a la ventana.

- Jack, soy yo, Moses-. Dijo, aunque él ya había reconocido la voz del doctor Pyne. - Espero que te haya dado tiempo a regresar antes de que esta maldita nevada te atrapase en la carretera.

- Por los pelos, Doc. Me he tenido que quedar a esperar en una de las cabañas.

- Mejor. No quiero que te muevas de ahí. Me han llamado para darme los resultados. Tal y como temía, una de las piezas de metal que mantenían tu hueso unido se ha desprendido. Es primordial que no llegue al torrente sanguíneo, podría causar graves daños, tenemos que operar. Me preocupa que esté causando una infección. Debería haberte hecho un análisis de sangre esta mañana.

- ¿Cómo?

- Lo siento, Jack. Escucha, esto es muy peligroso. Sé que ahora mismo te debe estar doliendo mucho,

por favor, no salgas de esa cabaña, métete en la cama y descansa. El lunes, si podemos llegar en coche iremos a por ti. Según el último informe, esta tormenta continuará al menos hasta mañana. Van a caer muchos centímetros de nieve, seguramente más de un metro esta noche.
- Pero tengo que llegar a mi casa.
- Por tu bien, espero que no lo intentes.
Jack gruñó.
- No seas crío. Puedes dormir en otra cama un par de noches. ¿Tienes alimentos?
- Sí.
- Perfecto. El lunes iremos a por ti con la quitanieves.
- ¿No podéis venir antes?
- Espera al menos que deje de nevar, Jack. Y no te muevas de la cama.
Jack colgó el teléfono y lo guardó en el bolsillo.
- Parece ser que estará nevando así hasta mañana- Comentó cuando regresó junto al fuego.
- ¿Hasta mañana sin parar? ¡Josh! ¿Has oído eso? Va a nevar toda la noche hasta mañana.
El chico miró al hombre un momento, como evaluando algo. Por lo que sabía Jack, el chico era un poco raro y no quería que nadie le hablase. Bien por él.
- ¿Cuántos centímetros alcanzará la nieve? - Le preguntó el muchacho.
Kelly y Molly le miraron boquiabiertas.
- Seguramente más de un metro.
- ¿Cuántas veces ha nevado esa cantidad de nieve en este lugar?
- Que yo recuerde... puede que tres. Al menos aquí, junto al lago. Hay pistas de esquí no demasiado lejos. ¿Te gusta la nieve?
- Sí, pero no podemos esquiar. No tenemos equipo ni formación en ese deporte.
- Esquiar no es tan divertido. Es mejor tirarse con un trineo.
- ¿Podemos tirarnos con un trineo, mamá? ¡Porfiiii!- Suplicó Molly.
- Ya veremos- Murmuró Kelly. - Si va a seguir nevando así no podrá irse a su casa. Es una locura que lo intente por muy cerca que esté. La nieve no le va a dejar ver por delante de sus narices.
- Pero no puedo quedarme aquí.
- Claro que sí. Hay tres habitaciones. Molly puede dormir conmigo, usted en la suya.
- ¡Sí! Yo dormiré con mami.
Jack no tenía otro remedio más que aceptar. El dolor de la pierna se incrementaba y estaba empezando a perder sensibilidad en los dedos de los pies.
- Iré a preparar algo caliente para comer.

Jack observó a la mujer. Era joven, aunque lucía muy cansada. Los niños eran educados, un poco extraños quizá, pero ¿qué sabía él sobre niños?
Ninguno le daba demasiada conversación, podría soportar pasar una noche allí.

Molly puso la televisión, pero debido a la tormenta no había señal. Pasaba con frecuencia, a Jack en su cabaña también, por eso tenía en todas un DVD y una serie de títulos que la gente solía robar. Jack las reponía con las entregas que hacían los domingos algunos periódicos y comprando en supermercados películas en la sección de ofertas. No pretendía invertir demasiado en ello, puesto que muchas veces se rayaban o la gente se las llevaba.
- A ver si hay alguna de dibujos- Murmuró la niña.

Ella misma revisó las películas que había guardadas en el mueble y encontró algunas que parecieron de su agrado. Mientras ella se sentaba frente a la televisión con una manta sobre el regazo, Kelly comenzó a preparar algo para cenar.

Jack se removió incómodo en el asiento. El chico parecía estar ausente de todo. Miraba a la nada, ni siquiera estaba ensimismado observando las llamas, que habitualmente solían hipnotizar a cualquiera. Solo parecía estar esperando a algo, probablemente a poder salir al exterior. Sin embargo, a él le ponía un poco nervioso.

No tenía mucho más que hacer y no tenía intención de ver la película de dibujos que había puesto la pequeña en la televisión así que no tuvo más remedio que levantarse con cuidado y acercarse a Kelly. Cada paso que daba la pierna le recordaba que algo iba mal. El dolor era casi insoportable.

- ¿No te quitas esa capucha? - Preguntó Kelly, levantando apenas la vista un momento de lo que estaba preparando. Enseguida pareció darse cuenta de que lo había dicho en voz alta y volvió a hablar- Disculpe... yo... no es asunto mío.

Jack suspiró. Realmente debía reconocer que había sido muy desagradable con ellos desde el primer momento. No podía evitarlo, rehuía a la gente y sinceramente, no estaba del mejor humor en los últimos... cinco años. Pero no debía pagarlo con ellos, al menos tendrían que llevarse bien hasta que pudiera ir a su cabaña, casi sepultada por la nieve. Tan cerca, y tan lejos a la vez.

Decidió hacer una pequeña concesión. Podría quitarse la capucha, que realmente le estaba agobiando en el interior de la cabaña. Dudaba que ella le reconociese, estaba bastante cambiado con la barba y los años transcurridos, pero aun así, si se iba de la lengua... ¿Quién le iba a creer? Era una doña nadie.

Se retiró con cuidado la capucha y la observó. Ella había visto el movimiento con el rabillo del ojo, pero no se decidía a mirarle directamente a la cara.

- ¿Puedo... ayudarte en algo? - Preguntó finalmente Jack.

Fue la primera vez que se miraron directamente a los ojos sin la sombra de la prenda de ropa sobre el rostro de él. No sabía qué estaba viendo ella, pero desde luego, había sorpresa en su expresión.

- Yo... bueno, quería hacer un guiso. Para que entremos en calor.

Jack sonrió. Le gustaba como sonaba eso. Hacía mucho que no comía ningún guiso y desde luego ella parecía saber lo que hacía.

- Veo que habéis venido muy preparados-. Murmuró mirando el despliegue de ingredientes frescos que había sobre la barra de la cocina.

- Bueno, asumí que nosotras no íbamos a salir mucho de la cabaña, ni para comprar, así que, me traje de todo.

- Bien pensado.

- A Josh le gusta mucho la nieve. Es casi lo único que le interesa- Dijo ella respondiendo a una pregunta no formulada. - Él es... complicado. Los médicos dicen que todo es normal, pero a la vista está que no lo es. Simplemente es diferente. Nosotras estamos acostumbradas, y no cambiaría a mi hijo por nada del mundo. Pero... bueno, él a duras penas nos tolera a su alrededor. Solo le gusta la nieve.

Ella trabajaba con los ingredientes de forma pausada, con cuidado. Hablaba con tranquilidad, con un tono de voz dulce. Jack se sentó frente a ella, en uno de los taburetes de la cocina para escucharla hablar.

Normalmente no le gustaba hablar con nadie, pero en aquel momento, no le importaba escuchar.

- Nunca había podido enseñarle lo que era realmente. Ha leído libros y libros, y ve todos los programas que salen en la televisión, pero solo había podido tocar el hielo del congelador de la cocina.

Kelly detuvo un momento la charla para poder remover el agua que había puesto a hervir antes de añadir los ingredientes y tapar de nuevo.

Jack pensaba que quizá había terminado, pero en su lugar, cambió unos ingredientes por otros para hacer algo de repostería.

Se dio cuenta de que mientras ella preparaba todo y limpiaba la superficie que había estado utilizando, él se encontraba expectante, deseando que quisiera continuar su relato. Era quizá el tono de su voz, tan tranquilizadora, sus movimientos tan suaves, o quizá el olor que salía de aquella cocina que le resultaba muy acogedor, pero Jack se encontró de pronto a gusto en aquel lugar.

- El caso es que con mi sueldo no puedo ahorrar realmente. Me hubiera gustado llevarle a ver la nieve desde hace mucho, pero era del todo imposible. Soy camarera, y Dios sabe cuántas ganas tengo de encontrar algo mejor, pero ya sabe... una chica como yo... ¿qué puede encontrar?

- ¿Y el padre? - Preguntó.

- Bueno... él tenía otros planes. Nunca entendió a Josh y cuando me quedé embarazada de Molly, simplemente se largó. Una nueva ilusión, dijo él.

- Vaya, no parece muy justo.

- Bueno, no se puede obligar a alguien a querer a sus hijos. Eso es algo que debería nacer de dentro.

Jack observó a esa mujer. Ella sola cuidando de dos niños, uno de ellos con aparentes problemas. Intentó no sentir pena por ella. Estaba seguro de que no era lo que Kelly estaba buscando. Quizá solamente necesitaba hablar o quizá quería que entendiera aquella extraña aventura que estaban viviendo.

- El caso es que una mañana estaba limpiando una mesa y la chica tenía un ordenador abierto, con la oferta de la cabaña allí, como llamándome. No me lo podía creer.

- Tampoco yo. En esa web pusieron un precio de risa. Perdía dinero con esas ofertas.

- Siento que le hayamos hecho perder dinero, pero créame que ha hecho feliz a esta pequeña familia.

- Pero ¿vosotras sois felices?

- Lo cierto es que nos hacía ilusión nuestras primeras vacaciones. No salimos nunca de casa. Lo necesitábamos realmente. Josh puede ver la nieve y nosotras vamos a pasar el fin de semana horneando galletas, viendo películas y jugando. No suelo tener vacaciones y libro solo un día a la semana. Es un cambio muy agradable estar con ellos de verdad.

Jack asintió. Recordaba cuando su padre llegaba a casa, siempre al anochecer. Recordaba cuántas ganas tenía de pasar tiempo junto a aquel hombre que siempre estaba trabajando para que tanto él como sus hermanos tuvieran un plato de comida sobre la mesa. Por suerte él contaba con su madre, para cuidarlos siempre y hacerlos sentir como una familia. Pero esos niños no tenían ni eso.

- Pues siento haber invadido la cabaña y estropeado el fin de semana en familia.

- Bobadas. ¿Qué le pasa a su pierna? Le he notado cojear. ¿Puedo ayudar en algo?

- Lo cierto es que es una vieja lesión, por un accidente. Ahora al parecer una de las piezas de metal que colocaron durante la cirugía se ha movido, y me está causando bastantes problemas.

- Suena mal. ¿Cómo se trata eso?

- El doctor quiere que me opere su sobrino. Llegará el lunes.

- ¡Oh! Yo estaría muerta de miedo.

- No tengo miedo.

Jack no lo tenía. Lo peor que le podía pasar en la vida ya había pasado, así que nada de lo que viniese después podría asustarle. Sin embargo, le preocupaba un poco cómo se iba a apañar durante la convalecencia.

- Bueno, pero mientras... ¿va a estar solo en su casa?

- Vivo cerca de aquí, en otra cabaña.

- Debe ser genial vivir en un sitio así todo el año. Bueno, a pesar de la nieve, la naturaleza es maravillosa. Seguro que puede ver el lago cada mañana al despertar.

- Lo cierto es que es un lugar privilegiado, sí.

- Debe ser muy feliz. - Murmuró ella terminando de derretir la mantequilla. Lo había dicho sin pensar, como si hubiera revelado en un suspiro un pensamiento que no estaba destinado a salir de sus labios. Sin embargo, se caló muy hondo en el corazón de Jack.

Jack no era feliz. Hacía años que no era ni parecido a feliz. Los remordimientos, el dolor y la soledad autoimpuesta eran sus sentimientos de cabecera. Lo más parecido a la satisfacción que había sentido fue cuando acabó su proyecto y las cabañas fueron una realidad.

Ella estaba concentrada con su receta y no se percató del repentino cambio de humor que había experimentado Jack.

- Me encanta hacer galletas. Si pudiera las haría cada día. ¿Es alérgico a algo?

- Debería comenzar a tutearme.

- Cierto. ¿Eres alérgico a algo? Frutos secos, me refiero. Quiero ponerles cacahuetes.

- ¡Oh!, no, no hay problema. No soy alérgico a nada.

- En la cafetería en que trabajo una vez se intoxicaron dos niños. Ambos alérgicos. Casi me muero del susto, se les hinchó la cara y se los llevaron corriendo al hospital. Su madre quería demandarnos, pero en la carta especifica que hay frutos secos en la tarta. Pero desde ese día siempre pregunto antes de servir.

- Mejor prevenir que curar.

- Así es- Dijo ella satisfecha. - ¡Molly! ¿Me ayudas a amasar?

- ¡Ahora no! - Gritó la pequeña desde su lugar frente a la tele.

- Lo imaginaba- Murmuró Kelly. No parecía molestarle. Se dedicó a apretar los ingredientes que había ido uniendo con ambas manos hasta que se formó una masa homogénea, un poco pegajosa.
- Necesito más mantequilla- Murmuró. - ¿Me la puedes acercar? Tengo las manos en la masa- Bromeó.
        Jack asintió, aunque volver a apoyar la pierna en el suelo le envió agudas punzadas de dolor fue capaz de disimularlas. Tomó el cazo junto al fuego y vertió parte del cremoso líquido amarillo sobre la masa que ella estaba trabajando. Pronto esta quedó brillante y olía muy bien.
- Lávate las manos- Ordenó ella. - Me tienes que ayudar a hacer las galletas.
- ¿Yo? No he hecho nunca esto.
- ¿Eres capaz de construir cabañas de madera, pero no puedes hacer bolitas con la masa?
- Bueno... yo...
- Lávalas bien- insistió Kelly.
        Jack cedió finalmente e hizo lo que ella le pedía. Se situó a su lado y ella colocó una porción de esa masa en la palma de su mano abierta.
- Primero se hace una bola, ¿ves? Luego, se aplasta un poco. Con un grosor así más o menos. Si las haces más gordas se quedan crudas y más finas se tostarán demasiado, se quedarán duras.
- De acuerdo. Nunca pensé que sería tan difícil. Es mucha presión.
- Bobadas. En un momento le cogerás el truco y lo harás del tirón.
- Eso está por ver.
Sin embargo, Kelly tenía razón. Poco a poco fue aprendiendo y cogiendo por sí mismo la porción adecuada de masa, haciendo la bola con rapidez y formando después la galleta.
- Ahora las horneamos unos veinte minutos.
- ¿Y ya está?
- Así es.
Jack asintió satisfecho. Lo cierto es que durante el rato que estuvo trabajando la masa al lado de ella, se había sentido cómodo. Si cualquiera de los habitantes de la ciudad pudiera verlo ahora no lo reconocerían. O quizá sí, y ese era el problema.
- ¿No te suena mi cara, Kelly? – Se arriesgó a preguntar. Quería saber cómo de cambiado estaba después estos años. ¿Sería posible que ya no le reconociese nadie?
- No... ¿Nos hemos visto antes? - Preguntó ella, prestando más atención de pronto. A Jack no le gustó el escrutinio.
- No creo. Es solo por curiosidad, me lo dicen mucho.
- Ni idea. Igual te pareces a alguien famoso.
- Creo que debe ser eso.
- Entonces lo siento. No tengo tiempo de ver la televisión casi nunca. No sé cuándo fue la última vez que fui al cine, o pude ojear una revista.
- Trabajas muchas horas, creo.
- Lo sé. Pido horas extras siempre que puedo, pero no me deja tiempo para nada más. Si al menos valiera la pena y pudiera ofrecerles un buen futuro a los niños...- Murmuró con tristeza. - En el colegio Josh tiene muchos problemas. Nunca ha tenido un amigo, y no es que le preocupe... pero los otros niños ya sabes... le pegan a veces. Le empujan, le llaman rarito. Los profesores no hacen nada. Ojalá pudiera llevarle a algún sitio en el que supieran tratar con él. Es muy inteligente, pero le hacen sentir estúpido.
- No creo que ese sea un buen colegio. Supongo que reciben pocos fondos públicos y el profesorado está desencantado, pero no es excusa. Pueden permitir que Josh sea un genio, o hacerle ser un fracasado. Está en sus manos, no deberían olvidar eso.
- Tienes mucha razón. Pero por mucho que proteste, no hay nada más que pueda hacer. Es el único colegio cerca de donde vivimos. No puedo llevarle a otro lugar, y no estoy segura de si lo aceptarían de todos modos.
- Siento oír eso. ¿Dónde vivís vosotros?
Jack y Kelly habían acabado con toda la masa para galletas y tras lavarse las manos volvió a su sitio, donde esperaba poder seguir con la conversación.
Se dio cuenta de que era la primera vez en años que mantenía un diálogo así con alguien. A cara

descubierta y no por necesidad sino por placer. Volver a compartir experiencias e inquietudes con otro ser humano era un pequeño placer que estaba disfrutando.

- Pues vivimos en un pequeño pueblo, en realidad. Estoy segura de que no lo conoces. Está a tres horas y media de coche. Nosotros vivimos en una pequeña casa junto a la interestatal. El ruido del tráfico es infernal y por eso el alquiler es más bajo que en otras partes del pueblo, pero es un suplicio.

- No tiene nada que ver con esto.

- No, desde luego que no. ¿Escuchas? No se oye nada más que el viento ulular entre los árboles. Hasta la nieve cae silenciosa a pesar de la fuerza con que lo hace. No sabes lo mucho que agradezco este silencio.

Jack pensó en lo mucho que hacía que no se paraba a apreciar la tranquilidad y el silencio que se respiraba en aquella ladera de la montaña junto al lago.

Estaba acostumbrado a la soledad, a no escuchar más voz que la que salía de la televisión, pero estaba tan acostumbrado que no era ni consciente de ello.

- Supongo que ya no pienso mucho en ello.

- Si vivieras en un sitio como el mío, estoy segura de que no pensarías en otra cosa.

- Supongo que es cierto.

El dolor de su pierna se hizo más agudo y Jack gruñó.

- ¿Te duele mucho? - Preguntó Kelly.

- La verdad es que sí. Está empezando a molestarme en serio.

Aquello era una mentira. No le estaba empezando a molestar en serio, sino que le estaba matando. Por un momento pensó que el dolor le haría desmayarse.

- Oye, oye, te está cambiando el color de la cara... ¿Estás bien? ¿Te mareas? - Escuchó que le preguntaba Kelly.

- Yo... creo que me estoy mareando.

Kelly corrió a situarse a su lado y le ayudó a poner su brazo por encima de los hombros. Como pudo, le ayudó a llegar hasta la primera habitación en el pasillo.

Le tumbó en la cama con cuidado y estiró la pierna. Gracias a la calefacción que había encendido al llegar estaba templada, pero aun así, hacía frío para quedarse dormido y Kelly le arropó.

Jack pensó que ese era el gesto más tierno que nadie había tenido con él en años.

- ¿Tienes pastillas? ¿Medicación? ¿Puedes tomar algo?

- En mi chaqueta...

Jack había dejado el impermeable con el que había entrado en la percha de la entrada.

- ¿Le pasa algo al señor? - Preguntó Molly, caminando junto a ella.

- No se siente bien ahora mismo.

Molly era esa clase de niña dulce que siempre estaba dispuesta a ayudar. Intentaba curar a animales heridos y siempre tenía una palabra cariñosa para ella cuando la veía cansada.

- Te ayudaré a cuidarle, mami.

- Gracias cielo. ¿Me quieres traer un vaso de agua?

- ¡Sí!

La pequeña trotó de vuelta a la cocina y Kelly se acercó hasta el borde de la cama.

- ¿Cuántas te doy? - Preguntó. Jack estaba tumbado boca arriba, con los ojos fuertemente cerrados.

- Dame... dame cuatro.

- ¿No serán muchas?

- Lo serán... pero las necesito.

- De acuerdo. ¿Quieres que llamemos a alguien?

- ¿A quién podemos llamar? Nadie puede venir a ayudarme.

Kelly miró a través de la ventana para constatar que efectivamente, seguía el temporal. Nadie podría llegar hasta ellos.

- No sabía que nevaría tanto.

- Ya no te parece tan buena idea haber venido, ¿no?

- No seas tonto. Claro que sí. Nosotros estamos bien, pero tú... ¿Podrás aguantar hasta el lunes?

Molly entró con el vaso de agua y se lo tendió a su madre. Jack se incorporó en la cama haciendo un gesto de dolor y se tragó las cuatro pastillas.

- Deberíamos llamar al doctor. Para saber si podemos hacer algo más. No sé si será mejor el calor o el frío.

Jack asintió y con cuidado extrajo el teléfono de su bolsillo. El último número marcado era el del doctor Pyne.

- ¿Jack?

- Doctor, creo que algo malo pasa...- Dijo, apenas podía hablar.

- Dios mío, espero que no se haya movido el fragmento... ¿Qué notas, qué síntomas tienes?

- Yo... me duele mucho, estoy muy mareado... me cuesta... pensar... no noto el pie...

- ¿Hay alguien ahí contigo? - Preguntó el doctor, muy alarmado.

- Sí...- Jack se encontraba realmente mal, le costaba mantener la cabeza fría, incluso sostener el teléfono. Se lo tendió directamente a Kelly, en contra de sus instintos, no tenía más remedio que depender de ella en ese momento.

- ¿Diga? ¿Doctor?

- Hola, al habla el doctor Pyne.

- Hola doctor, me llamo Kelly.

- Bien, Kelly. Estamos ante un caso de urgencia. Si el tiempo no estuviera así evacuaríamos a Jack con un helicóptero, pero ahora mismo eso es imposible.

- ¿Qué vamos a hacer? Creo que se ha desmayado.

- Bien, vamos a ser optimistas y suponer que el fragmento no se ha desplazado.

- ¿Cómo podemos saber eso?

- De hecho, probablemente no podamos saberlo.

- ¿Pero... se va a morir?- Preguntó susurrando. Molly aún estaba ahí y le aterró la idea de que le pasase algo muy malo a aquel hombre y los niños estuvieran allí, sin poder hacer nada por evitarlo.

- Lo principal es que no se mueva. Que no se levante. ¿Ha tomado algo?

- Sí, cuatro pastillas de un frasco que llevaba en el bolsillo.

- Eso es demasiado, debe de dolerle horrores. ¿Puede quitarle el calzado y los calcetines?

- Sí...- Dijo Kelly, aunque titubeó un poco.

Finalmente hizo lo que el doctor le pedía y descalzó las pesadas botas de Jack.

- ¿Tiene los pies fríos?- Preguntó Pyne.

- Uno sí. El otro templado.

- Creo que tenemos un grave problema. Creo que el fragmento ha llegado a un vaso sanguíneo. Si bien en lugar de viajar por el torrente hasta el corazón creo que ha taponado el flujo de sangre.

- Entonces... ¿Qué va a pasar?

- Intentaremos llegar como sea. Pero no debe moverse.

- De acuerdo.

- Le llamaré en una hora para ver como sigue.

- Está bien.

Kelly colgó y miró a aquel hombre con preocupación.

Como no podía hacer nada más por él, volvió a arroparle y salió al comedor. El guiso estaba casi terminado y las galletas a punto de salir del horno.

Preparó la mesa con ayuda de Molly y dejó enfriar sobre una rejilla las galletas, que olían de maravilla.

- ¿No se levanta Jack para comer? - Preguntó Molly.

- No, cariño, no puede. Ahora debe descansar.

- ¿El señor de la nieve nos va a dejar un trineo? - Preguntó Josh.

- Si mañana deja de nevar quizá, hijo. Pero ahora no se encuentra bien.

Josh asintió y volvió su vista a la ventana, desde la que se veía caer los blancos copos como una cortina que impedían ver nada más.

4

Comieron entre bromas, aunque Kelly seguía preocupada por Jack, no podía dejar que los niños lo notasen. Ese seguía siendo el fin de semana en familia que habían planeado.

Al cabo de una hora el doctor llamó para decirle que iban a intentar llegar con la quitanieves, pero que no podían garantizar el traslado. Intentaría tratarle allí mismo con un equipo médico de emergencia.

Tardaron casi otra hora más en llegar. Durante ese tiempo, Jack no se había despertado, pero se quejaba en sueños. Le había subido la fiebre y deliraba de vez en cuando.

Cuando Josh supo que iba a llegar una quitanieves se mostró encantado. Le había dejado salir a tocar un poco más la nieve bien abrigado, porque mantenerle todo el día en casa iba a ser imposible. Sin tener que salir del porche (ya había casi un metro de nieve afuera) podía coger montones e incluso Molly y ella salieron a hacer un muñeco de nieve sobre las tablas de madera.

- Aquí no nos mojamos, ¿verdad mamá?

- En el porche estaremos bien. Y el Señor Zanahorio no se cubrirá de nieve.

- ¿Nos va a salir bien? - Preguntó un poco preocupada la niña. Nunca habían hecho un muñeco de nieve y sólo los habían visto por televisión.

- ¿Traigo más nieve? - Preguntó Josh, excitado. Era la primera vez que estaba tan contento de participar en una actividad.

Kelly asintió sonriendo, mientras veía a su hijo correr hasta las escaleras. Por suerte no tenía que andar ni alejarse de la entrada para coger la nieve. Apretaba con sus brazos tratando de abarcar todo lo posible. Sus mejillas estaban enrojecidas por el aire frío que cortaba también sus labios, pero nada de eso parecía importarle lo más mínimo.

Molly corrió dentro a por la zanahoria que habían preparado para la ocasión.

Kelly aprovechó para hacer fotos a sus hijos con la cámara prestada. Estaba encantada de lo bien que se lo estaban pasando. Cuando consiguieron hacer una bola lo suficientemente grande y compacta para poder subir otra más pequeña arriba, ya escuchaban por encima del viento el motor de la quitanieves.

- ¡Ya llega! ¡Ya llega! - Gritó Josh emocionado.

En solo un momento el potente vehículo llegó hasta el pie de las escaleras del porche. Era mucho mayor de lo que Kelly había imaginado, y barrió sin ningún esfuerzo un camino hasta donde ellos estaban.

Dos hombres bajaron de la cabina.

- ¿Kelly? Preguntó un señor muy mayor, abrigado hasta las orejas- Siento que nos conozcamos en estas circunstancias. Soy el doctor Pyne. Este es mi sobrino, que ha adelantado su viaje para ayudarme en esta emergencia.

- Es un placer. Jack está dentro.

- Hola chicos- Dijo el joven sobrino del médico, con una bonita sonrisa blanca a juego son sus ojos azules.

Molly le saludó entusiasta, pero Josh solo tenía ojos para la quitanieves. Tanto así, que al final el conductor, que estaba aún en la cabina le hizo un gesto para que se acercase.

- ¿Puedo ir, mamá?

- ¿No será peligroso?

- Tranquila, Joey es de confianza- Aseguró Pyne.

Ella asintió con un gesto y Josh corrió por el sendero de huellas que habían dejado el doctor y su sobrino y subió por la escalerilla hasta la cabina.

- No había sitio para una enfermera. Me temo, señora, que tendrá usted que ayudarnos.

Ambos portaban unos maletines bastante pesados y una mochila a la espalda.

- Pero ¿qué van a hacer?

- Operar a Jack, naturalmente.

- ¿Qué? ¿Aquí? ¿Y qué pasa si algo sale mal?

El doctor se encogió de hombros como toda respuesta y le siguió hasta la habitación donde Jack seguía dormido.
- Tío Moses, ¿este tipo no te suena de algo? - Preguntó el hombre más joven observando el rostro tranquilo de Jack.
- Olvida eso, tenemos prisa, Connor, no podemos dejar que la noche se nos eche encima.
-Pues por mucho que corramos, ya está anocheciendo.
- Pues menos hablar y más operar. - Gruñó el doctor.
- Si no le operamos podría morir, así que hemos traído un equipo de radiodiagnóstico portátil que nos han dejado en el hospital y todo el instrumental que hemos podido. - Explicó Connor a Kelly.
- De acuerdo, pero los niños...
- Será mejor que se asegure de que estarán entretenidos.
- Denme unos momentos.
- Claro, iremos preparando todo. No se preocupe- Dijo el sonriente joven. Kelly se fijó en lo guapo que era, pero estaba demasiado nerviosa con todo lo demás como para que eso importase algo.
Kelly notaba el pulso tronar en sus oídos, no recordaba haber estado tan nerviosa en años.

        El tal Joey estaba encantado con el interés de Josh con todo lo concerniente a su quitanieves, pero no tuvo inconveniente en entrar y tomarse una taza de chocolate junto al fuego.
- Seguramente Josh quiera hacerle muchas preguntas sobre su trabajo- Advirtió Kelly.
- ¡Señora! No se preocupe por eso, ¡me encanta hablar de la quitanieves! ¡Muchacho! Ven, te voy a contar cómo era el primer modelo que llevaba mi abuelo. Si pudiera ver ahora esta máquina, lloraría de felicidad.
Dejó a Joey junto a los niños cerca del fuego. Molly se entretendría con una película o jugando con las muñecas que se había traído en la maleta. Ella no pudo postergarlo más y entró de nuevo en el dormitorio.
Se asustó de lo que vio.
En el centro de la cama, Jack estaba prácticamente desnudo. Le habían dejado únicamente los calzoncillos puestos, y le habían colocado empapadores debajo de todo el cuerpo.
- No es el sitio más cómodo para trabajar, pero esperemos que no pille una infección- Murmuraba el sobrino del doctor.
- Bien, Kelly, le diré lo que vamos a hacer. ¿Ve este aparato? Con él haremos una radiografía, y situaremos el fragmento. Luego intentaremos hacer una pequeña incisión para poder extraerlo.
- ¿Y se pondrá bien?
- De momento evitaremos males mayores. Pero de todos modos necesitará una operación mucho mayor para retirar la placa de metal que le colocaron en la primera operación, y que se ha fragmentado, pero eso deberá esperar a que podamos trasladarle el lunes. Lo siento pero creo que tendrá que cuidar de él hasta entonces.
- Sí, por supuesto...
- Bien, salga ahora mientras hacemos las radiografías. ¿Está embarazada?
Kelly rio. No había estado con un hombre en años, desde que su marido se largó. Hacía tantos años que le daba vergüenza reconocerlo.
- No, no lo estoy.
- De acuerdo. De todos modos, le avisaremos cuando acabemos.
Kelly salió y se reunió con los niños. Joey estaba encantado con Josh. Kelly se daba cuenta de lo diferente que era su hijo en ese momento a como era cuando estaban en su casa.
Estaba contento, feliz, disfrutando. Hablando con personas nuevas. A pesar de lo que le estaba sucediendo a Jack, se alegraba mucho de haber ido.
- Mamá, ¿podemos comer ya las galletas? - Preguntó Molly.
- ¿Hay galletas? ¿Caseras? - Preguntó el conductor de la quitanieves.
- Sí, ya se han enfriado. Las pondré en un plato y compartís todos. Tienen cacahuete- Avisó, por si aquel hombre era también alérgico.
- Perfecto, me encanta.

En solo un momento, el doctor avisó a Kelly de que podía entrar.

Se lavaron bien hasta los codos y le dieron también a ella unos guantes de látex y una mascarilla.

- Está muy bien localizado, así que no nos llevará mucho extraerlo. Verá que sale mucha sangre, espero que no se maree. Solo tiene que ir dándonos lo que le pidamos.

El sobrino del doctor le dijo cómo se llamaba cada cosa que había sobre una pequeña bandeja de metal.

- ¿Le va a doler?

- Preguntó Kelly.

- Está inconsciente, así que esperemos que no se despierte cuando empecemos a hurgar en su pierna.

- Eso no me tranquiliza mucho- Musitó.

Afeitaron la pierna de Jack, y la pintaron de yodo. En el momento en que el joven sobrino del doctor, inclinado sobre la cama comenzó a hacer la incisión tuvo que retirar la vista.

- Gasas. Kelly, por favor, gasas- Repitió cuando ella pareció titubear. Le tendió un puñado.

- De acuerdo. ¿Doc?

- Dos centímetros. Con cuidado, Connor, está en un mal sitio.

- Voy a ciegas, haré lo que pueda.

- ¿Tienen que abrir la vena?

- Sí. No se preocupe, es una incisión rápida, y se sutura con un pegamento especial.

- Separadores.

Kelly se los tendió.

En menos tiempo del que ella creía posible, el joven doctor pidió las pinzas y extrajo con mucho cuidado el trozo metálico que dejó caer en la bandeja. El mismo doctor le tendió un bote en cuyo interior estaba el líquido con el que sellaron el corte.

Aunque Kelly no se mareaba por ver la sangre, se le revolvió el estómago ante la cantidad que había sobre los empapadores de la cama y la pierna de Jack.

- De acuerdo. Sutura.

Kelly tendió aquella especie de aguja curva y el doctor cosió la incisión.

- Kelly, nos ha sido usted de mucha ayuda- Agradeció Connor- Ahora debe sobre todo estar muy atenta para que no le suba la fiebre. Hemos traído unos medicamentos que tiene que tomar, le he apuntado las horas y las dosis de cada uno. Hay antibiótico, para el dolor y para la inflamación.

- Los conozco. Tengo dos hijos, hemos ido muchas veces al médico.

- Claro- Sonrió. - Ha sido usted una gran enfermera.

- Doctor- Dijo Joey, asomándose por el pasillo- Fuera ya es de noche. Debemos irnos ya, la tormenta no ha parado.

- Cierto, cierto. Kelly, nuevamente lamentamos tener que dejarle al cuidado de Jack, sé que no es el hombre más amable ni conversador del mundo pero no podemos quedarnos aquí.

- Lo entiendo, no se preocupe.

- En cuando cese la tormenta vendremos a por él.

- ¡Y yo les despejaré el camino para que puedan irse! - Aseguró Joey.

Josh aplaudió y se despidió del conductor con un apretón de manos.

Cuando la máquina se adentró en la oscuridad de la noche, rugiendo contra el viento y alumbrando con sus potentes focos Kelly se sintió repentinamente sola.

- ¿Crees que podrán llegar bien? - Preguntó Molly.

- Claro, ahora circularán sobre el carril despejado por el que han venido- Aseguró Josh. - Mamá, ¿sabes que el padre de Joey también quitaba nieve? Empezó su abuelo con su primo quitando nieve de las puertas de las casas con unas palas cuando la ciudad solo era un pueblo, hace un montón de años.

- Creo que has hecho un amigo, Josh.

- ¿Sí? Nunca he tenido un amigo. Me alegro de Joey sea el primero. Es genial. Yo de mayor quiero ser quitanieves.

- Ya lo imaginaba.

- ¿Qué va a pasar con Jack, mamá?

- Pues que estará dormido o tumbado hasta que se lo puedan llevar.
- ¿Vamos a cuidar de él?
- Parece que no tiene a nadie más.
- Yo creo que por eso es tan malo.
- ¡Molly! ¡No digas eso!
- Es que es un poco malo, mami. Te ha hablado mal.
- Eso es solo que tiene mal carácter.
- Bueno, pero nosotros lo vamos a cuidar igual.
- Claro que sí.
- Pues deberíamos ver cómo se encuentra.
Kelly asintió y todos juntos entraron a la cabaña, y luego a la habitación. Jack seguía dormido en el centro de la cama, ahora vendado y tapado hasta el cuello, cosa que Kelly agradeció. No le gustaba que él estuviera casi desnudo allí.
- Huele raro- Murmuró Josh.
- Es por el yodo y los medicamentos.
- ¿Y esas cosas?
- Son bolsas de basura. No podéis tocarlas, bajo ninguna circunstancia. - Sus hijos asintieron y Kelly tomó las bolsas donde habían metido las gasas, los empapadores y demás desechos de la pequeña operación y los dejó fuera, en una esquina del porche. Aunque el olor de la sangre podría atraer a algún animal, este tendría que sortear un metro de nieve para poder acercarse a ellos.
Cenaron junto al fuego carne asada. Para la hora de irse a dormir Jack aún no había despertado y Kelly se empezó a preocupar.
- ¿Me cuentas un cuento? - Preguntó Molly.
- Claro, mi vida.
Kelly se sentó en el borde de la cama. Le contó un cuento que había traído en su maleta y que siempre le había encantado.
- Me gusta dormir en esta casa tan bonita, mamá.
      Kelly sonrió y acarició el pelo de su hija. Tenía razón. Aquella cabaña era mucho más bonita que su verdadera casa, incluso mucho más grande a pesar de estar distribuida en una sola planta. Todas las camas tenían unos cabeceros de hierro y unas colchas de patchwork que enamoraron a la pequeña.
- Me gustaría que esta fuera mi cama siempre- Musitó casi dormida.
Antes de regresar junto a Jack, entró un momento a ver a Josh. Este seguía despierto, y por lo que parecía, le estaba esperando.
- Buenas noches, cielo. ¿Me puedo sentar?
- Sí, mamá.
- ¿Te lo has pasado bien hoy?
- Me lo he pasado muy bien. Me gusta mucho la nieve. Es justo como imaginaba, pero moja. Pensaba que solo estaría fría.
- Josh, ¿eres feliz?
- Sí. Es el mejor día de mi vida. Gracias por traerme, mamá.
- Te quiero hijo.
Josh sonrió y le dio a Kelly un pequeño abrazo. Su corazón retumbó en su pecho.
- Duerme y descansa, mañana tienes todo el día para jugar con la nieve.
- Quiero recorrer el camino que ha hecho la quitanieves.
- De acuerdo, daremos un paseo. Pero sin alejarnos mucho, recuerda que tenemos que cuidar de Jack.
- Me gustaría ser como Jack y vivir aquí sólo.
- Vivir aquí sería un sueño.
- Quiero dormir ya.
- Vale, cariño, que tengas dulces sueños.
Kelly salió despacio y se encaminó a la habitación donde Jack descansaba. Se debatía entre dejarle solo para ir a dormir a su habitación o quedarse por si despertaba.

Tomando una de las mecedoras que había en la sala, se sentó junto a él y se tapó con una de las mantas. La mecedora era cómoda pero deseaba poder tumbarse en la cama y descansar. Había madrugado muchísimo y además de las horas de coche, no había parado desde que llegaron.

Ni siquiera se dio cuenta de cuándo se quedó dormida, pero Jack la despertó llamándola suavemente.

- ¡Jack! ¿Cómo te encuentras? ¿Qué hora es?

- Es de madrugada... ¿Qué ha pasado?

- Vino el doctor con su sobrino. Te han operado, más o menos, para sacarte el trozo de metal. Pero en cuanto deje de nevar te llevarán al hospital para cambiarte la placa de metal.

- ¿Me han operado aquí?

- Sí, en esta cama.

- Supongo que eso explica por qué estoy desnudo.

- ¡Yo no he sido!

- De acuerdo... ¿Puedo beber algo de agua?

- Sí, y tengo que darte unas pastillas. ¿Tienes dolor?

- Sí.

- Veamos... esta es para la infección... esta, y esta, y esta. Tómalas. Te voy a traer un poco de guiso, tienes el estómago vacío, no llegaste a comer esta mañana.

- ¿Esta mañana? Casi no me acuerdo de nada. Lo siento, lo último que esperabas de estas vacaciones era acabar siendo mi enfermera.

- Desde luego eso ha sido una sorpresa. Espera que te caliente un plato, y vuelvo enseguida.

Jack asintió y la vio desaparecer por la puerta. Recostó la cabeza mirando al techo.

Nada estaba saliendo bien aquel fin de semana. ¿Qué iba a hacer si le volvían a operar? Kelly había dicho que le iban a cambiar la placa de metal. Cuando se la colocaron, hacía ya años, tras el accidente de coche, estuvo convaleciente varios meses. No se podía permitir estar dos meses en la cama. ¿Quién iba a cuidar de que todo estuviera en orden? ¿Quién iba a cuidar de él? No tenía a nadie.

Alguien tenía que cuidar de que las cabañas estuvieran en orden, que un golpe de viento no rompiese un cristal, que las calderas funcionasen, que no hubiera una bombilla fundida o un grifo que gotease. Todas esas cosas que requerían que él pudiera levantarse de la cama y deambular por todo el terreno.

Y luego estaba el tema de aquella familia. Les había estropeado totalmente el fin de semana. Decidió que sin falta el lunes devolvería el dinero de la reserva, no pensaba aceptar su dinero no solo porque después de conocer su situación le parecía inmoral, sino que además habían estado allí cuidando de él. Cuando se despertó y vio a esa mujer dormida en la mecedora a su lado, velando por él, se le encogió el corazón.

En ese momento ella entró con un humeante tazón que olía maravillosamente.

- Ten cuidado, te ayudaré a incorporarte.

- Puedo yo.

- ¿Seguro? No te hagas el valiente, solo quiero colocarte los cojines- Musitó Kelly, extrañada por su brusquedad. Parecía que por un momento aquel carácter suyo había quedado atrás.

- Disculpa... es solo que creo que ya has hecho más que suficiente.

Kelly no contestó, se limitó a volver a la mecedora mientras él comía con avidez.

- Estaba muerto de hambre. ¿Me podré levantar ahora?

- Pues no creo. ¿Por qué?

- Necesito ir al aseo.

- Yo... no creo que debas ponerte en pie. Y no son horas para llamar al doctor y preguntarle.

- Pues tenemos un problema, porque no pienso orinar en esta cama.

- ¿Te traigo una botella?

- No lo dirás en serio...

- ¿Qué otra cosa podemos hacer?

- ¡Señor! ¡Me han sacado un trocito de metal, no es para tanto! Será solo un momento, no voy a hacerlo en una botella.

Dejó a un lado el tazón ya vacío con la cuchara dentro y retiró las mantas que le cubrían. Por suerte

la calefacción había caldeado toda la casa, ya que el fuego se apagó hacía horas, cuando dejaron de alimentarlo.
- Al menos deja que te ayude a levantarte y llegar hasta el aseo.
Jack apoyó parte de su peso sobre los hombros de Kelly. Ella era al menos veinte centímetros menor que él.
No pudo identificar el por qué se le erizó el vello del brazo cuando ella tomó su mano para ayudarle a sujetarse. Caminaron de esa guisa hasta que él pudo sentarse en la taza del váter y ella esperó pacientemente fuera solo unos minutos hasta que volvió a salir.
- ¿Te encuentras bien? - Preguntó al verle pálido a pesar de la luz amarillenta de la lámpara del pasillo.
- Sí, pero... esto está empezando a sangrar.
Kelly miró hacia el vendaje de su muslo y vio como la mancha roja de sangre que había antes de que él se levantase había triplicado su diámetro.
- No te deberías haber puesto de pie.
- Vamos a la cama... veremos si podemos hacer algo con esto.
Kelly le ayudó a llegar de nuevo a la cama, y observó el vendaje. Los doctores lo habían puesto antes de irse, le avisaron que era normal si sangraba un poco y que debía cambiarlo por la mañana pero si dejaba de nevar podía dejarlo estar y ellos lo harían cuando llegasen con el helicóptero.
- No sé si sabré colocarlo tan bien como ellos. Quizá solo debemos esperar y la sangre se detendrá sola.
- ¿Y si no lo hace?
- Oye, yo no soy enfermera. No tengo ni idea de lo que está pasando ni qué puedo hacer al respecto. No tengo idea de nada y estoy muerta de miedo...
- Por favor... Kelly. No tengo a nadie más. Yo tampoco sé si esto es grave o no. No tengo ni la más remota idea y siento muchísimo tener que depender de ti y tenerte despierta a estas horas de la madrugada cuidando de mí, pero... esta es la situación ahora, y solo tengo tus manos para poder ayudarme.
- De acuerdo, veremos a ver qué puedo hacer.
Con cuidado cortó el vendaje y tras limpiar un poco la sangre vieron que uno de los puntos se había soltado.
- ¿No te duele?
- No lo he notado, la verdad.
- Debes ser un tipo duro, ¿no? Bueno, voy a presionar. Si te hago daño me avisas. No quiero pasarme para que no se abra la herida esa en la vena.
- ¿En la vena?
- Sí. Ahí estaba alojado el fragmento de metal. El doctor te lo ha guardado en un frasquito. La han suturado con una especie de pegamento y una cosa parecida a una redecita.
- Me hubiera gustado ver eso.
- No te creas, yo casi me mareo. Es increíble que hayan podido hacer algo así aquí mismo.
- Si no me muero de una infección le daré al doctor una caja de buen vino.
- El sobrino del doctor también ha venido.
- Pues una caja a cada uno. ¿Y a ti te gusta el vino, Kelly? - Preguntó.
- La verdad es que no. Prefiero no beber. Si tuviera alcohol en casa cada noche que me acostase deprimida acabaría bebiendo una copa. Al final acabaría alcohólica.
Jack no apuntó nada más. Él sabía lo que era beber para olvidar. Y sabía que no servía de nada, el sol volvía a salir y los recuerdos seguían allí, atormentando.
Observó a Kelly, concentrada en asegurarse de que la herida dejaba de sangrar. Su vida parecía realmente complicada.

Él estaba teniendo unos años horribles, pero hasta que todo pasó, había tenido una vida maravillosa, con todo aquello que podía desear. Había disfrutado de todo tipo de lujos y placeres, ¿pero y ella? Toda su vida había sido igual de dura, y no parecía que fuese a cambiar nada. Con toda clase de carencias, sin apenas oportunidades, y sin perspectivas de mejorar.

La observó deambular por el dormitorio, buscando todo lo que creía que iba a necesitar, y volviendo con todo ello en las manos.

Tomó su pierna con sumo cuidado y comenzó a vendarla de nuevo.

- Me preocupa apretar demasiado o demasiado poco.

- Lo harás bien, estoy seguro. Es como hacer galletas, sabrás encontrar el punto justo en el que ni se quedan crudas ni se queman.

- Vaya comparación.

- Vamos... es casi lo mismo.

Una vez hubo acabado, arropó de nuevo a Jack y tomó asiento en la mecedora.

- ¿Qué crees que está haciendo? ¡Por Dios ve a la cama! Puedo apañarme hasta que se haga de día. No voy a dejarte dormir ahí sentada.

- Pero el doctor dijo que no me alejase, que tenía que asegurarme de que no te subía la fiebre.

- Estoy bien, ve a dormir.

- Creo que no debería.

- Por favor- Pidió.

Finalmente, Kelly se rindió y pudo dejarse caer en la cama junto a Molly. Se durmió casi en el momento en que su cuerpo tocaba el colchón.

Sin embargo, para Jack no fue tan sencillo.

Acababa de pedir por favor a Kelly. Hacía mucho tiempo que no pedía algo así. Desde que esa mujer llegó, toda su vida había dado un increíble vuelco.

Le preocupaba volver a abrir esa puerta, en la que podía hablar tranquilamente con alguien, ayudarle a preparar cualquier cosa, o depender de ella mientras estuviera convaleciente. No quería necesitar a nadie, no se merecía la pena o el cuidado de una persona buena como ella.

Ahora cuando le operasen... ¿Qué iba a hacer? No podría conducir, no podría moverse, no podría ocuparse del mantenimiento de las cabañas, ni si quiera de comprar víveres.

La noche se le hizo eterna, no pudo conciliar el sueño hasta que ya había amanecido.

Kelly se levantó temprano, y mientras preparaba el desayuno, Josh salió corriendo de la habitación en pijama para asegurarse de que todavía estaba nevando. Por suerte, ya había parado pero la nieve había alcanzado más de un metro de altura.

- ¡No salgas hasta que no te pongas la ropa de nieve!

- ¡Jo, mamá!

- Me lo prometiste.

Josh volvió a su cuarto refunfuñando. No quería perder ni un minuto de tiempo que podría estar disfrutando de la nieve. Quería ver cómo se había cubierto de nieve el carril que había abierto Joey con la quitanieves.

Kelly sirvió una taza de leche para su hijo que se la bebió de un tirón sin quitarse los guantes antes de salir corriendo por la puerta de la cabaña.

Sonrió al ver a su hijo tan entusiasmado y luego fue a comprobar si Molly seguía durmiendo.

La pequeña dormía profundamente aún. Su pelo ondulado se extendía por la almohada. A Kelly le encantaba verla así, tan tranquila. Sus labios entreabiertos, y sus manos, tan pequeñas sobre la almohada. Ojalá pudiera regalarle un futuro feliz. Algo mejor que lo que podía ofrecerles por el momento.

Suspirando se acercó al dormitorio de Jack. Ya se había asomado cuando se despertó, asustada de que le hubiera pasado algo durante la noche, pero se tranquilizó cuando le escuchó respirar profundamente dormido.

Se acercó y le observó.

Desde el primer momento le había parecido un hombre intimidante. Tenía una constitución fuerte, era alto y muy serio. Cortante, hasta hiriente.

Ahora, incluso dormido, parecía atormentado.

Se fijó más detenidamente en él, con la tenue luz blanquecina que entraba por la ventana.

Su pelo castaño se empezaba a ondular en las puntas. Su barba ocultaba parte de su cara. Al rededor de los ojos comenzaba a tener algunas arrugas, aunque casi nunca le había visto sonreír.

Si Jack no le hubiera dado miedo desde la primera vez que hablaron, si no lo conociera, si simplemente acabase de verlo por casualidad y no supiera nada de él, estaba segura de que le encontraría guapo. Bastante guapo.

Miró el reloj, y decidió que podía dejarlo dormir una hora más antes de darle la medicación. Estaba segura de que él no la avisaría en caso de que necesitase agua, o cualquier otra cosa. No parecía un hombre que pidiera ayuda. Había construido esas cabañas él solo según le contó, y vivía aislado en la cima del monte, en la más absoluta soledad. Alguien así no podía ser de los que pedían ayuda cuando algo les iba mal.

Se preguntó qué haría cuando le operasen, y si tendría a alguien a quien recurrir.

Salió despacio de la sala, se puso la chaqueta de abrigo y salió al porche, a ver qué hacía Josh. Estaba jugando en la nieve, haciendo rodar una bola por el carril de la quitanieves, consiguiendo mejores resultados que los que tuvieron ellos la tarde anterior recogiendo nieve y apretando la bola.

- ¡Mira mamá! Estoy haciendo una bola gigante, ¡Esta sí que es como la de las películas!

- Es genial, cielo. Es muy grande.

- Luego quiero hacer otra mediana y otra pequeña.

- Uau, ¿Tres pisos, Josh?

- Sí.

- De acuerdo. Estaré por aquí si necesitas ayuda.

- ¡Vale, mamá!

Kelly le miró orgullosa. No había muchos días que pudiera disfrutar de sus hijos. Le encantaba el chico en el que se estaba convirtiendo Josh, a pesar de sus peculiaridades.

Respiró hondo y dejó que el aire helado entrase en sus pulmones, y lo exhaló despacio, como intentando que se llevase con él cualquier resto del aire de su pueblo, de la polución y de la maldita interestatal que quedase en su organismo.

El aire de la montaña, aunque estuviera helado, era purificador.

- Podríamos vivir aquí-. Dijo Josh.

- Sería maravilloso, ¿no crees? - Coincidió Kelly. Ella intentaba no soñar demasiado, los sueños rotos pesaban mucho a la hora de dormir, pero era demasiado fácil caer en la ilusión de poder retener entre los dedos el tiempo que estaban viviendo en la cabaña, aunque por mucho que quisiera, el reloj seguía avanzando, y pronto tendrían que marcharse.

- Podrías encontrar un trabajo aquí, mamá.

- No sé si necesitarán camareras en esta ciudad, parece que durante el verano hay mucho trasiego de personas pero ahora en invierno... no viene nadie.

- Nosotros venimos.

- Nosotros somos especiales.

- Pues le preguntaré a Joey, si sabe de algún trabajo que puedas hacer.

- Cielo... no te hagas ilusiones, ¿vale? Te prometo que intentaré con todas mis fuerzas volverte a traer el invierno que viene. Quizá el señor Jack nos deje volver a alquilar la cabaña al precio de la oferta.

- El señor Jack debería hacerlo, has estado cuidando de él.

- Cierto. Josh, pero no debes asumir que alguien pagará un favor con otro favor. Acostúmbrate a hacer las cosas porque quieres, porque te nacen, no para esperar nada a cambio.

Josh la miró sin decir nada más. Kelly sabía que no la entendía, al menos aún no. La vida sería muy larga y muy dura si no sabía como funcionaba el mundo. Quería criar a un buen hombre el día de mañana, pero no a un iluso.

Kelly entró de nuevo y aprovechó para llamar a Mónica. Con todo lo acontecido el día anterior no había tenido tiempo de hacerlo.

- ¡Hola familia! - Dijo desde el otro lado de la línea Mónica, con su habitual buen humor- ¿Cómo lo estáis pasando?

- Bien, bueno, ya sabes, Josh es más feliz de lo que ha sido nunca. Hasta se ha hecho amigo del tipo de la quitanieves.

- En internet decían que había un temporal en esa zona.

- Es cierto, ha caído más de un metro de nieve. Esta mañana lo primero que he hecho ha sido encender la chimenea, pero en realidad con la calefacción estamos muy bien.
- Me alegro. Espero que estés haciendo fotos.
- Sí, aunque no podemos salir de la cabaña más que al porche. El dueño está aquí, se quedó atrapado y además está convaleciente, vinieron a operarle expresamente anoche con la quitanieves. No podían esperar al lunes y no podía volar ningún helicóptero.
- ¡Qué dices! ¿Pero cómo es posible que pasen esas cosas?
- Tenías que haber visto la nieve caer... no se veía nada ni a un palmo de tus narices.
- ¿Entonces estás de enfermera?
- Sí.
- Digo yo que te hará una rebaja por lo menos... no parecía un hombre muy amable.
- No lo es, créeme, pero tampoco es tan terrible realmente. Además, no da trabajo, está dormido ahora y se pasó inconsciente casi todo el día de ayer.
- Que miedo. ¿Y si se os muere?
- ¡Jesús, Mónica! No digas eso, por favor.
- Perdona, perdona. Pero... Podréis volver el lunes, ¿no?
- Claro, vendrán con la quitanieves a sacarnos.
- Desde luego que ideas, menuda época habéis elegido para viajar.
- Bueno, ya sabes cómo se han dado las cosas.
- Lo sé, lo sé. Dales un beso a los peques de mi parte, voy a salir a correr un poco.
- De acuerdo, yo voy a levantar ya a Molly.

Una hora después, Kelly despertó a Jack, le dio su medicación y un café con leche para que desayunase. Se preocupó al notarlo tan cansado, pero él insistió en que simplemente había dormido poco.

Sorprendentemente, Josh se quedó un rato junto al fuego jugando con Molly después de comer, lo que alegró a su madre. Estaba convencida de que ese chico no querría entrar nunca más en la cabaña y se congelaría fuera.

Con el fuego encendido y la calefacción en las habitaciones, observando la nieve fuera, la cabaña era aún más acogedora.

- Me encanta este sitio- murmuró acariciando con la yema de los dedos el alféizar de madera de la ventana. Podía imaginarse perfectamente viviendo en un lugar así. Colocando libros en la estantería junto a la chimenea, comiendo en familia, disfrutando del lago.

Imaginó cómo sería la vida el resto del año, disfrutando del calor y dando paseos por la montaña. Se imaginó teniendo a Jack de vecino y ese pensamiento le hizo sonreír.

No importaba cuanta amargura hubiese en ese corazón, estaba claro que Molly conseguiría hacerse con él.

- ¿Qué piensas, mami? - Preguntó la pequeña, palmeando el sofá a su lado. Kelly se sentó junto a ella frente al fuego que crepitaba en la chimenea.

- Pensaba en lo bonito que es este sitio y lo bien que se está en esta cabaña.

- ¿A que sí? A Josh y a mí nos gusta mucho. Deberíamos vivir aquí.

- Lo sé, cielo. Pero no podemos. Mamá tiene que trabajar, y además el señor Jack no puede dejarnos la cabaña para siempre. Tiene que alquilarla a otras personas.

- Jo... mamá ¿le podemos preguntar?

- ¡No! Ni se os ocurra. Os lo prohíbo terminantemente. No quiero que le pongáis en un compromiso.

- Vale... ¿Se va a levantar a comer?

- No. Estaba dormido, y le dolerá la pierna, ahora le llevaremos un poco de comida caliente. Seguro que le sienta muy bien.

- Puedo llevársela yo, si quieres, mamá- Se ofreció Molly.

- Gracias, cielo, pero no es necesario. Iré a ver si quiere comer un poco ahora.

Kelly besó el pelo de la pequeña y se acercó al dormitorio de Jack.

- ¿Se puede? - Preguntó, cuando vio que estaba despierto.

- Supongo que sí.

- ¿Qué tal te encuentras? - Preguntó Kelly.

-. La verdad es que bien. No tengo mucho dolor, creo que podría levantarme.

- No creo que eso sea buena idea. No quiero que vuelva a sangrar.

- Ya no sangra.

- No seas cabezota. Si tienes que volver a ir al aseo solo dilo.

- De acuerdo. Necesito volver a ir al aseo. Y quiero salir de esta cama ya... no soporto estar tanto tiempo tumbado.

- ¿Sabes que cuando te operen vas a tener que estar aún más tiempo?

- Prefiero no pensarlo demasiado. No sé cómo me las voy a apañar entonces.

- Hombre, es fácil, busca ayuda. Contrata a alguien que te eche una mano y ya está. Sólo serán unas semanas, pero realmente deberías hacerlo.

- No me gusta depender de nadie. No quiero que nadie entre en mi casa.

- Pues... ¿Qué puedes hacer si no? - Preguntó ella, mientras retiraba las mantas para ayudarle a incorporarse.

Una idea cruzó su mente pero la rechazó... ¿O no? Volvió a pensar en ello.

- Kelly... ¿usted cuántos días tenía de vacaciones?

- ¿Yo? Toda la semana. Hasta el martes de la semana siguiente.

- ¿Sería mucho inconveniente para usted alargar su estancia aquí hasta entonces? Por supuesto le pregunto esto sin ningún compromiso, entiendo que tiene su vida y sus cosas que hacer... Por supuesto le pagaría. Claro, y la estancia sería gratis. Y lo que necesitase durante el tiempo que esté aquí correría de mi cuenta. - Dijo mientras se levantaba con dificultad.

- Yo...

- Por favor, sé que cuidar de un hombre adulto convaleciente no es el mejor de los planes, pero... no tengo a quien recurrir en este momento.

- Yo... mire, haremos una cosa. Nos quedaremos el resto de la semana, le ayudaré en todo lo que necesite, pero tendremos que buscar a alguien que pueda quedarse después. En una semana no va a estar recuperado de una operación así.

- Lo iremos viendo, ¿de acuerdo?

- Claro.

Kelly ayudó a Jack a llegar hasta el aseo. Este insistió en que quería darse una ducha así que retiró el vendaje. A penas estaba inflamada la zona de los puntos, él tenía mejor aspecto.

- No estés mucho rato de pie, no quiero que te marees. Si te desmayas yo no podré levantarte. Luego hablaremos sobre cuidarte esta semana.

- De acuerdo- Consintió él, y se internó en el baño. Dejó la puerta ligeramente abierta por si tenía que llamarla que le pudiese oír.

Kelly caminó hasta la sala donde los niños seguían jugando a las cartas. A Kelly le alegró mucho que Josh quisiera pasar un rato con su hermana.

- Chicos, escuchadme un momento, por favor- Pidió Kelly- El señor Jack me ha pedido que me quede unos días más a cuidar de él porque el lunes tienen que volver a operarle. ¿Qué os parece?

- ¡Bien!- Exclamó Josh. - ¿Podremos volver a ver a Joey?

- Estoy segura de que le veremos muy pronto. Tiene que venir a despejar un poco esto.

- ¿Entonces podemos quedarnos más días, mami? - Se entusiasmó Molly.

- Sí, pero tendremos que cuidar de él.

- Yo puedo ayudarte, seré su enfermera- Dijo la pequeña.

- Me alegro de que os guste la idea.

Kelly se acercó de nuevo al pasillo. Aún podía escuchar el agua de la ducha correr. Le había gustado especialmente el cuarto de baño, con una amplia ducha y vistas a la montaña tras un pequeño visillo.

Cuidar de Jack no parecía ser un gran inconveniente. Si además podía regalarle unos días más de disfrute a sus hijos pues mejor todavía. Se debatía entre aceptar su dinero o aprovechar la situación y garantizar otro fin de semana de estancia más adelante, para que Josh pudiera volver a ver la nieve, a pesar de que el dinero era muy tentador.

Volver de vacaciones con más dinero del que tenía al salir no era algo que se viera todos los días. Sin embargo, pensaba que Jack debía empezar a buscar ya a alguien que pudiera ayudarle el resto del tiempo. Colocar una pieza de metal en la pierna no debía ser cosa de unos días guardando cama, seguro que tenía que ir a rehabilitación varias semanas, y nada de conducir, cortar leña, pescar o lo que fuera que hiciese en aquel lugar todo el día de forma habitual.

Estuvo ensimismada en sus pensamientos, imaginando la vida en aquel lugar cuando escuchó a Jack llamarla.

- ¿Puedo pasar? - Preguntó tras la puerta.

- Sí.

Kelly pasó y encontró a un avergonzado Jack cubierto solo por una toalla, aún mojado y goteando, sentado en la taza del váter.

- Lo siento, pero me he mareado. He aguantado lo que he podido pero casi me caigo.

- Tendrías que haberme llamado antes, si te caes o te pasa algo a ver que hacemos.

Kelly tomó otra de las esponjosas toallas de uno de los estantes y frotó con ella el pelo de Jack, que se tensó ante el contacto de la tela sobre su cabeza.

- Si tengo que cuidar de ti, más vale que te acostumbres a tenerme cerca, hombre. No voy a hacerte nada, pero no vamos a salir así, todo mojado.

- Lo siento-. Murmuró.

Kelly secó la espalda de Jack y los brazos mientras él seguía mareado. Se imaginaba lo difícil que sería para él, tan independiente como era, aguantar todo aquello y no poder hacer nada para ocuparse de sí mismo. Decidió no pensar mucho en su cuerpo (tan hermoso) húmedo y desnudo.

- ¿Lo intentamos? - Preguntó.

- Claro.

Jack se levantó con cuidado, agarrando la toalla que cubría su cintura. Bien, hacía mucho, pero mucho que no estaba desnudo cerca de una mujer.

Por supuesto, Kelly solo estaba siendo muy amable y le secó el cuerpo porque era una acción lógica, pero esa siempre había sido una de sus debilidades: que le acariciasen el pelo.

Hacía demasiado que no se permitía recordar esa faceta suya, por eso se mostraba tenso y compungido. Pensó en su antiguo mejor amigo, Dereck, y en cuánto se reiría se él si le viera así.

- He preparado un asado para comer, te hemos guardado un trozo, ¿te traigo?

- Me gustaría vestirme y salir a la sala.

- Pues... no tenemos ropa... los doctores cortaron parte del pantalón.

- ¡Joder! Pues me da igual, me los pondré rotos.

- Como quieras- Rio Kelly. Desinfectó de nuevo la herida, y la vendó.

Jack maniobró para ponerse los pantalones, sin permitir que Kelly le ayudase. Le dolía la pierna pero aguantó sin rechistar. La camisa y la sudadera costó bastante menos.

- ¡Hola Jack! - Exclamó Molly cuando le vio salir ayudado por su madre.

- Hola... pequeña- Dijo él, que ya había olvidado su nombre si es que alguna vez lo supo.

- Aquí estarás bien- Dijo Kelly, acercando una de las butacas al fuego. Jack se sentó y se sintió reconfortado. Le gustaba ese rincón, le gustaba volver a estar fuera de la cama. Sabía que pronto estaría postrado otra vez.

- Apoya el pie aquí, no debes bajar la pierna. Hay que prevenir coágulos.

- De acuerdo- murmuró Jack poniendo la pierna en el taburete que Kelly había acercado.

- El doctor llamó esta mañana, mientras dormías. Como has pasado buena noche cree que mañana podréis hacer el traslado en ambulancia cuando pase la quitanieves. Están previstas rachas de viento o algo así, por eso el helicóptero está casi descartado. A medio día vendrán, ingresarás y el lunes a primera hora está programada la operación.

- De acuerdo- Murmuró.- Es mala época para volar, eso seguro.

- Ha vuelto a nevar, desde hace rato- Dijo Josh- El helicóptero está neutralizado, pero la quitanieves no. Es el mejor vehículo.

- Siempre que haya nieve, ¿en verano que haces con una de esas? - Preguntó Molly para chinchar a su hermano.

- El verano es un rollo...

Kelly dejó a los niños discutiendo y se acercó a sacar un poco de asado del horno. Colocó todo en una bandeja y sirvió un vaso de agua para Jack.

- Gracias... eres muy amable.

- Bueno, supongo que es mi trabajo, al menos esta semana.

- ¿Entonces estás de acuerdo? - Preguntó esperanzado Jack.

Kelly era una mujer muy amable, estaba en todo, y sus niños no eran molestos, como solía ocurrir con frecuencia con los visitantes que alquilaban las cabañas. A veces oía los gritos de los malditos niños a cualquier hora del día o la noche desde su propia cabaña.

Lo mejor de todo era que Kelly no tenía ni idea de quién era él, y eso le tranquilizaba. No parecía la clásica persona que investigase en internet o viese programas de cotilleos y de "¿Qué fue de...?"

- Está bien, pero en esta semana tenemos que encontrar a alguien que pueda cuidar de ti cuando nosotros nos hayamos ido.

- ¡Mamá! ¿Por qué no te quedas tú aquí cuidando de Jack? ¿Verdad Jack? Así ya tendrías un trabajo y no tendríamos que volver a casa- Preguntó Josh.

- Cariño... eso no puede ser. Jack no va a estar lesionado tanto tiempo. Pronto podrá hacer las mismas cosas de antes. ¿Qué haremos entonces?

- Jo...

- Bueno, Josh, no estés triste- Le dijo Molly- Verás la nieve una semana más, ¿no estás contento?
- Sí... pero yo quería quedarme.
Kelly miró a sus hijos. Estaba muy orgullosa de ellos y ojalá pudieran quedarse. No eran los únicos que lo deseaban, pero realmente si dejase su trabajo en la cafetería, en unas semanas cuando Jack estuviera bien, ¿qué harían? Tenía que pensar en el futuro a largo plazo.
Jack se lo pensó un momento. Él no podía pagar un gran sueldo, pero si llegaban a un acuerdo, y Kelly podía ocupar una de las cabañas como complemento salarial, podría mantenerla allí mientras durase la convalecencia.
Hacía solo dos días que conocía a aquella mujer, pero había tenido más trato con ella de lo que lo había hecho con nadie de aquel lugar en los cinco años que llevaba viviendo allí, a excepción del doctor Pyne.

Jack pensó en el dinero que había ingresado el año anterior. Podía pagarle un sueldo que le permitiese vivir dignamente, y ceder la cabaña. Sus hijos estarían mejor, eso estaba claro, sobre todo Josh. Nunca le había prestado mucha atención al tema educativo pero sí sabía que había un buen colegio. Mucho mejor que aquel en el que a Josh no le ofrecían un trato adaptado a sus necesidades. ¿Podría pedirle algo así a Kelly? ¿Que dejase todo y se mudase allí para ayudarle? En el momento en que acabase la recuperación, podría ocuparse de adecentar las cabañas, el trato con el cliente y todo eso. Seguro que siendo camarera estaba acostumbrada a tratar con todo tipo de personas. Podría entregar las llaves en persona y así no tendría que molestar al viejo Orson. Bien que él le pagaba de vez en cuando unos cuantos pavos por hacerle el favor de entregar y recoger las llaves, pero el viejo insistía cada vez más en que debería hacerlo él mismo.
Sí, Kelly podría ocuparse de todas las gestiones que él no quería hacer.
Era demasiado bonito para ser verdad. Ella no aceptaría, sin embargo... ¿Qué podía perder por preguntar?
Esperaría a ver como transcurría la semana antes de decirle nada. Quizá se estaba precipitando. Estaba preocupado, agobiado, y en ese momento Kelly le había venido especialmente bien. Ella le estaba cuidando y de algún modo, se sentía bien en su compañía. ¿Pero y si todo eso era fruto de las circunstancias? Apenas habían estado juntos tres días, tiempo insuficiente para poder conocer a una persona.
El resto del día, Jack estuvo más animado. Jugaron a las cartas, incluso Josh jugó con ellos. Entraba y salía cada poco tiempo,   pero hacía mucho aire y era muy molesto. Ahora que sabía que estarían allí una semana más no tenía tanta urgencia por pasar cuanto más tiempo mejor en la nieve. Eso alegró a Kelly, que temía que acabase enfermando.
- Compramos toda esta ropa en un mercadillo de ocasión. Josh estaba tan feliz que casi no pudo esperar a llegar a casa para probárselo todo-. Le explicaba Kelly. Los niños estaban en la ducha y ella se había sentado junto a Jack, avivando el fuego.
- Hiciste bien, aquí hace mucho frío- Comentó, aunque no le dijo nada sobre la mala calidad de las prendas. Para alguien acostumbrado a ese clima, algunos detalles no pasaban desapercibidos. Sin embargo, y por una vez, no quería decir o hacer nada que pudiera ofender a aquella mujer.
Se preguntó qué le estaba pasando. Estaba allí, sentado junto a ella, cómodo y charlando de todo y de nada. Escuchando sus historias, sus pequeños avatares diarios. No se reconocía, y por algún extraño motivo, aquella situación que debía sorprenderle, asustarle y ponerle alerta, simplemente se sentía natural.
- ¿Eres de aquí, Jack?- Preguntó Kelly.
- No, yo llevo unos cinco años más o menos. Buscaba un lugar donde establecerme, me gustó el sitio y aquí estoy.
- Creo que fue una gran decisión. Aquí tiene todo lo que necesita, se gana la vida y puede disfrutar de todo esto cuando quiera.
- Bueno, es todo lo que necesito, es cierto. Habrá quien diga que una ciudad grande ofrece más opciones, más oportunidades de trabajo, de ocio nocturno y cosas así. Pero es algo de lo que estoy más que cansado. Ahora deseo la paz y la tranquilidad que este lugar puede ofrecerme.

- ¿Has vivido en una gran ciudad?

- De eso hace mucho-. Dijo Jack, que no pretendía profundizar en el tema.

- Yo nunca he estado en una. Creo que me perdería. No sabría moverme por ahí.

- Aprenderías. Puede que te parezca un poco abrumador la primera vez, pero no es nada del otro mundo.

- Seguro que te estoy pareciendo una pueblerina cateta.

- No digas eso. No lo pienso.

- Bueno, si lo pensaras no pasaría nada. Yo a veces lo hago. No he estudiado ni salido de casa. Este es nuestro primer viaje, y dando gracias a ese error de la página web.

- Kelly, no todo el mundo ha tenido oportunidades, ni una vida fácil. Haces lo mejor que puedes con lo que tienes. No eres más ni menos mujer, madre o lo que sea por no haberte ido de vacaciones antes.

- Lo sé... aunque a veces me cuesta recordarlo.

- Mira... yo no soy una persona muy sociable, pero a mí me pareces una persona agradable. Me gusta hablar contigo y eso no es algo que me ocurra con frecuencia. Mi opinión no es nada del otro mundo pero que sepas que yo creo que eres una persona valiosa. No una paleta de pueblo.

- Gracias- Dijo ella, un poco ruborizada.

- Me alegro de que os quedéis esta semana, no sólo porque te necesito, también por tus hijos. Una semana de vacaciones es mejor que solo dos o tres días.

- Desde luego que sí.

Miró el crepitar del fuego un momento. Ya se escuchaba a los niños armando un poco más de jaleo en las habitaciones, lo que indicaba que ya se habían duchado y cambiado. Pronto llegarían a la sala.

- ¿Quién te enseñó a cocinar? - Preguntó Jack.

- En parte mi abuela, pero la verdad es que he aprendido mucho más en la cafetería. Antes servíamos comidas y cenas, cuando el negocio iba mejor. La cocinera siempre me pasaba recetas y me enseñaba algunas técnicas básicas. Me gusta cocinar.

- Yo cocino muy poco. A mi madre le gustaba mucho pero nunca me tomé la molestia de aprender de ella, y luego fue demasiado tarde.

Kelly miró a Jack sintiendo pena por él, perder a una madre debía ser horrible. La suya vivía, aunque no se veían demasiado, al menos podía llamarle de vez en cuando. Le hacía sentir reconfortada.

Quizá Jack no tenía más familia y por eso estaba tan solo, sin nadie que le cuidase y ayudase después de la operación.

- ¿Sabes cuánto tiempo estarás ingresado?

- Espero que el mínimo posible.

- Bueno, eso no depende de ti exclusivamente. El doctor deberá determinarlo.

- El doctor suele ser muy tremendista.

- Podrías haber muerto.

- A eso me refiero.

- No seas cabezota. Debes hacer caso.

Jack sonrió para sí mismo. Hacer caso no se le había dado nunca especialmente bien, a la vista estaba que no era la persona más diplomática.

Toda su vida había sido muy independiente, egoísta incluso. Estar solo era su medio natural, su bendición y su maldición a partes iguales. Quizá esa pequeña pincelada de contacto humano había llegado en el momento más oportuno. Quizá, pudiera volver a sentirse como una persona otra vez.

Los remordimientos por ese deseo le azotaron. Él era consciente de que no se merecía ni la amistad ni el respeto de nadie, no después de lo que hizo. Sin embargo, en ese momento un poco de conversación, un poco de socialización no se sentía como un delito. No le parecía estar haciendo nada malo.

Él no le haría daño a Kelly. Él sabía que no volvería a hacer daño a nadie. Había aprendido la lección, vaya que si lo había hecho. Antes se mataría que cometer el mismo error.

- ¡Mamá! ¿Estas zapatillas son mías?- Preguntó Molly, entrando entonces en la sala, con unas zapatillas en la mano.

- Cariño, son nuevas, ¿no te acuerdas?

- ¡No me acordaba! ¿Me las puedo poner?
- Claro cielo, para eso son. ¿Os ha gustado la ducha?
- ¡Sí! Este cuarto de baño es más grande que el nuestro. ¿Sabes Jack? Nuestra casa es tan pequeña que no podemos poner un árbol de Navidad. Mi mamá consiguió unos cartones y los recortó. Y Josh y yo lo pintamos de verde y lo pusimos en la pared de la escalera.
- Creo que es una idea muy ingeniosa.
- Sí. Pero yo quería un árbol de verdad.
- Molly...- Advirtió su madre. Se sentía un poco avergonzada.
- ¿Tú pones un árbol? - Preguntó la niña, sin apreciar el rubor de su madre.
- Yo no celebro la Navidad.
- Entonces Papá Noel no te traerá regalos. Claro, porque eres mayor. A mamá tampoco le trae. Y eso que ella es muy buena.
- Molly, deja tranquilo a Jack. No se encuentra bien, no le des la lata.
Jack sonrió ante el mohín de la niña. Realmente era adorable.

El doctor llamó antes del anochecer. Aseguró que mañana a medio día estarían allí, junto con Joey y su quitanieves. El viento seguía suponiendo un peligro, pero como había dejado de nevar, confiaban en que podrían llegar sin problemas con un vehículo medicalizado detrás de la gran máquina.
Kelly ayudó a Jack a llegar a la cama.
- ¿Estás nervioso?- Preguntó Kelly.
- La verdad es que no. No te preocupes, Kelly, todo saldrá bien- No sabía por qué sentía la necesidad de tranquilizarla, como si fuese ella quien entrase a quirófano.
- Lo sé... pero no puedo evitar estar preocupada.
Dejó a Jack descansar y salió a la sala.
- ¡Mira mamá! Hay muchos juegos de mesa aquí- Dijo Molly. Había abierto un arcón que estaba situado al fondo de la estancia.
- Esto está muy bien preparado para pasar el tiempo en familia-. Murmuró Kelly.
- Para la gente que viene como nosotros, mamá, en invierno- Festejó la niña.
- En verano será un rollo, sin nieve- Protestó Josh.
- De eso nada, cariño. En verano se puede pasear por el monte, se puede navegar por el lago, pescar, nadar y bucear. Se puede hacer un montón de cosas.
- Pero no hay nieve.
- Vale, no hay nieve, pero hay cosas que no has probado nunca.
- ¿Y qué? Tampoco las vamos a probar ahora. Nos vamos en una semana.
- Lo siento cielo, pero tenemos que volver a casa.
- Pero yo quiero estar aquí.
- Ya os lo he explicado y sois lo bastante mayores para entenderlo. Tengo que volver al trabajo. Y hay que devolver el coche también.
- Sí. Pero... quiero que volvamos algún día.
- Os prometo que haré todo lo posible, y volveremos a esta cabaña algún día.
- Pero no lo digas así. Siempre que dices que algún día haremos algo, luego nunca lo hacemos.
- Jolines, Josh, ojalá pudiera daros todo lo que pedís, pero no es el caso. No me hagáis sentir mal, si no os doy caprichos no es por fastidiar ni porque me guste la situación, es porque no puedo más y punto.
- No te enfades, mamá, ya sabemos que haces todo lo que puedes.
Molly abrazó a su madre, y Josh abrió el juego. Era su modo de intentar suavizar las cosas.
Por supuesto, Kelly no habría esperado un abrazo por parte de su hijo. Eso era algo que casi nunca ocurría. La noche anterior había sido una de esas pocas veces y atesoraría ese recuerdo siempre.
Quizá, durante esa semana pudiera emplear algo de tiempo en buscar un trabajo por allí. Aunque no fuese gran cosa, quizá Jack le dejase vivir en la cabaña un tiempo hasta que consiguiera pagar un alquiler de verdad y dejase de abusar de su hospitalidad.

Estuvieron jugando un buen rato, hasta que les entró sueño.
Antes de acostarse, Kelly pasó a ver a Jack, le dio agua y las pastillas, y dejó la puerta abierta por si quería llamarla.

Kelly soñó con un tiempo pasado. Estaba en la cocina del piso en el que vivía antes, cuando estaba casada. Entonces era más joven y bonita, y estaba menos cansada. Soñó que venían invitados a comer, y ella no entendía que hacía allí. No recordaba su vida actual, pero sabía que algo no estaba marchando bien, todo se sentía raro. Cuando vio la cara de su exmarido la sensación de que algo estaba muy mal se acrecentó. Se despertó sudando y respirando con dificultad.

Molly dormía a su lado, casi nunca se movía en la cama. Se levantó con cuidado y se acercó a oscuras hasta la habitación de Josh. El niño no estaba en su cama. El corazón de Kelly dio un vuelco, y observó aterrada a su alrededor.
Salió corriendo a la sala, solo para comprobar que no había nadie y que el abrigo de Josh no estaba. Aun estando en pijama, corrió hacia la puerta y la abrió, gritando el nombre de su hijo, contra el viento que azotaba la cabaña.

Jack dormía cuando los gritos le despertaron. Por un momento, no supo dónde ni con quién estaba, pero al momento en que su cerebro estableció la relación, saltó de la cama y corrió hacia el lugar del que provenía la voz desesperada de la mujer.
- ¿Qué pasa?
- ¡No sé dónde está Josh!
- ¡Joder! - gimió Jack. No pensó ni un momento en el dolor de su pierna, ni en que estaba descalzo. Tomó la chaqueta que seguía colgada en la percha de la entrada. Salió rápidamente y comprobó que la nieve era demasiado alta para que el chico pudiera ir muy lejos, y sin embargo, no le veía por ninguna parte.
- ¿Cuánto hace que ha salido?
- ¡No lo sé! ¡Me acabo de despertar! - Lloró ella.
Jack llegó como pudo hasta el bulto de nieve bajo el que estaba su coche. Sabía que en el maletero guardaba una linterna potente. Le costó abrir la puerta, cubierta por la gruesa capa de nieve que tuvo que tirar con los brazos. Los pies se le estaban congelando, el dolor era punzante, agudo.
Alumbró el camino de la cabaña. Podía seguir los pasos del chico. Primero bajaban por las escaleras, había andado un poco por el carril que abrió la quitanieves y que se había cubierto parcialmente otra vez.
Luego giraba locamente hasta el lateral de la cabaña. El cuerpo del chico había abierto un angosto recorrido a través del muro de nieve. Jack maldijo una vez más y siguió sus pasos, empujando la nieve con su cuerpo, haciendo fuerza para poder seguir avanzando.

Su pierna ardió de dolor y sentía los pies como si andase sobre cristales. Justo cuando llegó al lateral de la cabaña, cerca de donde estaba el leñero, pudo alumbrar un bulto sobre la nieve.
Gritó el nombre del chico, y pareció levantar la cabeza.
Llegó hasta él con dificultad, lo tomó por la capucha y le levantó en vilo. El chico le miraba con los ojos apenas abiertos y Jack lo arropó entre sus fuertes brazos para llevarlo, nuevamente a través de la nieve hasta la cabaña, donde Kelly les recibió visiblemente alterada.
- ¡Dios, Josh! ¿Qué estabas haciendo?
El niño tiritaba, con los labios azules sin responder.
- Rápido, hay que meterlo en la ducha caliente.
- ¡Jack! ¡Dios mío! - Gritó Kelly al ver su pierna, que había vuelto a sangrar profusamente.
Los siguientes minutos fueron muy intensos para Kelly. Desnudó a Josh y se metió con él bajo el chorro de agua caliente. Estaba aterido de frío, con las manos y los pies congelados. Le mantuvo bajo el chorro hasta que recuperó una temperatura normal, y le arropó con una toalla hasta su cama.
Le vistió con ropa de deporte, ya que su pijama había quedado empapado por la nieve y se metió en la cama con él.
Josh estaba demasiado cansado o avergonzado para quejarse por el contacto. Se abrazó a ella y le dejó reconfortarle hasta que volvió a dormirse.

Kelly salió entonces de la habitación y buscó a Jack. Estaba casi desnudo, cubierto por una manta y con los pies en una ensaladera llena de agua caliente.

- Dios... Jack, mira tu pierna ¡Lo siento tanto!

Jack hizo un gesto de dolor. Kelly se arrodilló junto a él y limpió la herida. Bajo las vendas, varios puntos más se habían soltado y sangraba.

- ¿El niño está bien? - Preguntó.

- Sí, se ha dormido. Ven a la cama, no te quedes aquí.

Kelly ayudó a Jack a caminar hasta el dormitorio. Ahora que la adrenalina había disminuido en su organismo era plenamente consciente del dolor.

Kelly preparó un par de bolsas de agua caliente y las metió en la cama junto a los pies maltratados de Jack.

- No sé cómo agradecerte lo que acabas de hacer por nosotros. Has salvado la vida de mi hijo, nunca lo olvidaré.

Jack gruñó. No sabía que decir a eso. En su fuero interno deseó que aquella acción sirviera para algo. Que pudiera empatar, que el karma, el universo o cualquier deidad que tuviera sus ojos puestos en él tomasen nota: Sí, él cometió un gran error y arrebató una vida, pero ahora había salvado al niño. ¿Estaría saldada la deuda? Sabía que no, que nadie podría perdonar lo que hizo, pero al menos, había hecho algo noble, y para Kelly, eso lo significaba todo.

Intentó conservar el calor pero estaba helado. La chimenea llevaba unas horas apagada y necesitaba una fuente de calor mayor que las dos bolsas de agua caliente para regular su temperatura.

Se estremeció cuando notó un peso a su lado en la cama.

- Estás helado. Me quedaré solo hasta que entres en calor. ¿De acuerdo? - Preguntó Kelly, pasando el brazo por encima de su pecho y acoplando su cuerpo junto a él.

¿Qué estaba pasando? Jack no había tenido a una mujer tan cerca en años. Su instinto le empujó a alejarla, pero su calor era reconfortante. Se dejó abrazar y cerró los ojos, imaginando una vida diferente. Un sueño, una ilusión, en la que una mujer bonita dormía abrazada a su cuerpo.

Mecido por esa fantasía se dejó caer en los brazos de Morfeo. Se despertó levemente cuando Kelly salió de la cama, un rato después. Volvió a dormir y soñó con una estampa otoñal, en la que caminaba de la mano de alguien por la orilla del lago. Nunca llegaba a ver su cara pero aquella mañana despertó con una sensación de paz que hacía mucho que no sentía.

Cuando se levantó, con aquellos pantalones hechos trizas y manchados de sangre, caminó muy despacio hasta la sala. En ella ya estaba toda la familia reunida en la mesa y desayunando.

- ¡Jack! ¿Cómo te encuentras? He llamado al doctor. Ya viene de camino.

- Estoy... bien.

Lo cierto era que la pierna le dolía muchísimo, pero le preocupaba más cómo estaría el chico.

- ¿Cómo estás?

- Perdón señor, por ponerme en peligro a mí y a todos vosotros- Murmuró el muchacho. Parecía que alguien se había llevado una buena reprimenda y había aprendido la lección.

- Resulta que Josh había pensado que me gustaría encontrar leña junto a la chimenea por la mañana, ya que se había acabado toda. No pensó que se perdería en la nieve.

- Chico, la nieve es peligrosa, sobre todo de noche, que no puedes orientarte. Escucha, cuando me ponga bien, te enseñaré algunos trucos de supervivencia. ¿De acuerdo?

- Sí, señor-. Dijo el chico, entusiasmado.

- ¿Y a mí? - Rogó Molly.

- Por supuesto. Vais a ser todos unos exploradores.

Kelly pensó que ojalá tuviera Jack oportunidad de cumplir su palabra. Sabía que él lo había dicho sin pensar, y que no había caído en la cuenta de que para cuando él estuviera mejor, ellos ya haría mucho que se habrían largado de allí. '

Jack no desayunó nada, sentía el estómago revuelto a pesar de que Kelly insistió. No era bueno que tomase medicación con el estómago vacío, pero él era demasiado cabezota para claudicar.

- Si voy a cuidar de ti, ¿no deberías al menos hacerme caso?

- No.

Molly rió.

En poco más de una hora, escucharon el sonido inconfundible de la quitanieves. Aunque Josh dio un respingo como si hubiera estado sentado sobre un resorte, no se atrevió a salir. Sabía que estaba muy castigado.

Jack se levantó y sacó su cartera de la chaqueta. Le tendió a Kelly 300 dólares.

- Quiero que mañana acuda a la ciudad. Compre todo lo que necesite para estar aquí una semana más. Si le hace falta más, no dude en decírmelo.

- Pero es demasiado.

- No lo es.

Unos nudillos golpearon la puerta, interrumpiendo la conversación.

El doctor Pyne, acompañado de su sobrino y de un sonriente Joey estaban en el porche.

- ¿Cómo te encuentras, Jack? - Preguntó el médico.

- No sabría decirte.

- Dice Kelly que se han saltado unos puntos. Vamos a echarte un vistazo.

Los dos hombres se dirigieron a la habitación que había estado ocupando Jack y dejaron al resto esperando en la sala.

- Muchacho, ¿Quieres subir en la quitanieves? - Preguntó Joey a Josh.

Este miró suplicante a su madre, que cedió y le dio permiso. No quería tener a Josh demasiado tiempo castigado. Había hablado largo y tendido con él sobre el peligro que había supuesto su pequeña incursión.

El niño le había explicado que se sintió mal por la conversación que habían tenido aquella noche y que pensó que llevando leña y encendiendo el fuego para cuando ella se despertase le daría una sorpresa agradable. No pensó que se perdería y serían incapaz de llegar hasta el leñero. Estaba demasiado oscuro y la capa de nieve y el viento soplando tan fuerte no le dejaban avanzar.

Para cuando Joey se quiso levantar de la silla, Josh ya había salido disparado por la puerta de la cabaña en dirección al vehículo.

- ¿Puedo yo también? - Preguntó la pequeña.

- Claro, cariño.

Connor Pyne, el sobrino del doctor la miraba fijamente.

- Creo que ha hecho usted un gran trabajo, con el paciente, me refiero.

- No lo creo. Se le han soltado varios puntos, y ha sangrado bastante.

- Bueno, es lo mínimo que cabía esperar si uno se levanta y camina a través de la nieve.

- Lo sé... - Murmuró Kelly, azorada- Pero gracias a eso mi hijo no se congeló.

- Por supuesto. Lo cierto es que por como habla mi tío de Jack, no parece un tipo muy heroico. Me alegro muchísimo de haberme equivocado. Igualmente, usted ha sabido contener la sangre y le ha dado la medicación correspondiente.

El joven doctor le miraba sonriente, y Kelly enrojeció un poco.

- ¿Va a operarle usted la pierna?

- Sí. Mañana mismo tenemos prevista la operación.

- Verá... nosotros nos quedaremos esta semana. Jack me ha pedido que le ayude un poco y quería saber cuándo calcula usted que podrán darle el alta. Por supuesto, entiendo que es una operación de cierta envergadura y no van a darle el alta ese mismo día.

- Realmente no sabría decirle. Hay una posibilidad de que podamos atornillar la pieza que se ha desprendido, de ese modo no tenemos que volver a abrir. El tornillo que se soltó, y que pudimos sacar el otro día puede reponerse. Sería una operación mucho más sencilla.

- ¡Eso sería estupendo!

- Lo cierto es que sí. En ese caso, sería una cirugía menor, un poco invasiva, pero lo haríamos todo por laparoscopia.

- Seguro que Jack se alegra al escuchar eso.

- No lo dudo. Por cierto, celebro que se quede un poco más. Siempre es un placer gozar de su compañía.

Kelly enrojeció de nuevo. El joven doctor solo pretendía ser amable, pero ella no estaba acostumbrada a que un hombre apuesto y exitoso le hablase así. De hecho, alguien como ese hombre no le dirigiría nunca la palabra a no ser que tuviera que pedirle un café.

Se sintió absurda y desaliñada, y recogió un mechón detrás de su oreja avergonzada.

- Disculpe, no quería incomodarla- Apuntó él, con una de esas sonrisas.

"Jack no sonríe nunca", pensó Kelly.

El doctor y Jack salieron entonces.

- Bueno, no tiene mala pinta del todo, pero habrá que extremar las precauciones.

- Quedaos vosotros aquí, pasaré la noche en el hospital y estaré atendido. Mañana, hablaremos cuando salga de la operación- Comentó tajante Jack, y salió en dirección al vehículo que le llevaría hasta el hospital.

Kelly resopló. ¿Cómo iba a cuidar de él si no le dejaba ir al hospital a acompañarle?

- Oiga... ya me dijo mi tío que Jack era un hombre difícil. Mire, deme su número, le llamaremos en cuanto entremos en quirófano. Estoy seguro de que cuando salga, le gustará ver una cara amiga.

- Gracias, iremos allí cuando nos avise.

Kelly apuntó su número para que pudiera enterarse de todo y acompañar a Jack tras la operación, al menos unas horas. No pensaba dormir allí en el hospital con los dos niños, pero sí estar con él y atender a lo que los doctores tuvieran que decir sobre la intervención.

Los niños entraron entonces, emocionados por haber subido a la quitanieves. Joey les había dado una pequeña vuelta, despejando una circunferencia frente la cabaña.

Kelly y sus hijos despidieron a los vehículos que marchaban hacia la ciudad diciendo adiós con las manos desde el porche.

"Por fin solos", pensó Kelly. Pero en el fondo, empezaba a extrañar al huraño de Jack.

6

El resto de la tarde, hicieron todas esas cosas que habían planeado, hicieron un pastel, Josh jugó un rato más con la nieve y vieron películas tumbados frente a la chimenea.
Por la noche llamó a Jack.
- Hola... ¿cómo va todo? - Preguntó Kelly. Se había estado debatiendo largo rato sobre si debía llamarle o no.
- Bien... yo... bueno, me aburro. No tienen televisión por cable y sólo hay programas horribles de gente que no me interesa.
Jack se quedó un instante perplejo. ¿Por qué hablaba así con Kelly? Debería simplemente decirle que todo estaba bien. No entendía de dónde venía esa familiaridad con ella.
- Bueno, yo he tenido sesión triple de películas infantiles. Por suerte ahora han pasado al género navideño.
- Creo que prefiero los comerciales de la tele.
- No me extraña. ¿Qué han dicho los doctores?
- Bueno, han hecho algunas placas, análisis y demás. Al parecer puede que sea una operación más sencilla, si pueden volver a fijar la pieza. Mañana lo sabremos.
- Esperemos que sí, eso ayudaría a que la rehabilitación fuese más rápida, y seguro que mucho menos dolorosa.
- Sí, de eso no hay duda.
- ¿Me mantendrás informada?
- Claro...- Murmuró Jack.
Kelly se despidió rápidamente y se dirigió a la ducha.
Por suerte su vecino no había tenido problema en prescindir del coche unos días más. El viejo todoterreno pasaba más tiempo aparcado junto a la casa y cubierto por una lona gris y polvorienta que en marcha.
Bajo el chorro de agua caliente en una amplia ducha no podía dejar de fantasear con quedarse allí. Esa idea la rondaba todo el tiempo desde que llegaron. Se había prometido no hacerse ilusiones, pero ¡Joder! No podía evitar sentir que debía quedarse allí. Todo el tiempo su mente le enviaba imágenes de todas las cosas que vivirían ella y los niños si se quedaban. El tiempo al aire libre, la naturaleza, el lago…
Incluso si pensaba en los largos inviernos no podía dejar de adorar el tiempo aislados en su pequeña cabaña, juntos, viendo películas y pasando tiempo real en familia.
Lo que más odiaba de su trabajo no era solo el sueldo escueto, ni los malos modos de algunos clientes. Era sin duda todo lo que se perdía de la infancia de sus hijos.
Cada vez eran más mayores, y cada vez los sentía más lejos.
Josh era muy independiente, no le gustaba tenerla cerca, tocándole, sin embargo, ella era junto a Molly de las pocas personas que le querían realmente a pesar de su forma de ser y de lo que fuese que le pasara.
A Molly, a pesar de que la pequeña intentaba entender que su madre tenía que trabajar mucho, no podía disimular las ganas que tenía de pasar tiempo con ella.
- Intentaré buscar trabajo aquí-. Se prometió. Tenía una semana, al menos eso. Podía intentarlo en serio. Podía intentar encontrar algo para poder quedarse.
Se metió en la cama que anteriormente había ocupado Jack. Y antes de Jack, muchísimas otras personas, viajeros que habían alquilado la cabaña. Se preguntó cuánta gente habría hecho el amor allí. Recordaba vagamente lo que era el éxtasis del sexo. El contacto de la piel caliente, el olor a sexo, la maravillosa sensación de relajación y endorfinas recorriendo todo el sistema cuando por fin los cuerpos se separan.
Echaba de menos tener la intimidad suficiente con alguien como para mantener relaciones.
Después de que su marido la dejase, se sintió horrible. Pensar que había besado otros labios y tocado un cuerpo que no era el suyo. Que prefirió el calor de otro hogar, a pesar de todo lo que habían pasado juntos. A pesar de Josh y el bebé que estaba en su vientre.

A veces no podía evitar guardar rencor a ese hombre. A pesar de que por él no sentía más que indiferencia. A pesar de que le tenía lástima por no disfrutar de sus hijos, por no sentir la dulce caricia de las manos de Molly cuando pasaba a su lado por cualquier motivo. Sus besos y abrazos. Sus historias e ilusiones de niña.

No podía ver a Josh convertirse en un hombre. Disfrutar con la nieve y con su primer amigo en el mundo, por más que fuese el tipo que llevaba la quitanieves.

Sí, él tenía una vida diferente, probablemente menos complicada, menos dura. Más cómoda, con más dinero, con una compañera de vida. Pero no le envidiaba eso. Ni su libertad.

Kelly no cambiaría su vida por ninguna otra, pero sí que quería mejorarla. ¿Podría encontrar algún trabajo estable en aquella ciudad?

Se durmió con esa idea en la cabeza.

A varios kilómetros de allí, Jack no podía dormir. No podía dejar de pensar en la operación que tendría lugar al día siguiente.

La auxiliar le ofreció una escueta cena que nada tenía de sabrosa.

- Mañana tengo que ir en ayunas, ¿no puedo cenar algo decente? - Gruñó Jack.

- ¿Se cree que esto es un restaurante? - Bufó la mujer.

- Por lo menos debería haber algo comestible en esta bandeja, maldita sea. ¿Usted se comería esta mierda? - Espetó molesto.

- No olvide que nosotras vamos a hacerle las curas. Yo que usted, comería la comida y daría las gracias al terminar.

- Dudo mucho que eso pase-. Concluyó Jack.

Pensó en Kelly y en sus guisos. Una mujer como ella sí sabía cocinar. Aquella cena fría e insípida solo le recordaban cada vez más lo bien que estaba atrapado bajo la nieve en la cabaña número 3.

Pasó la noche durmiendo poco y mal. Extrañaba la cama y las enfermeras hacían ruido cada vez que pasaban por delante de su puerta. Jack sospechaba que era una especie de castigo porque era incapaz de hablar bien o contenerse con alguien que no fuese Kelly.

Cuando finalmente le llevaron para quirófano solo podía desear que todo acabase pronto y pudiera volver a casa.

- ¿Preparado, Jack? - Preguntó Connor, el sobrino del doctor. Sería el traumatólogo que le operase.

- Acabemos con esto-. Murmuró Jack como única respuesta.

Moses miró a su sobrino como diciendo "te lo advertí".

Lo último que vio Jack fue una luz en el techo que cada vez parecía más y más brillante hasta que finalmente pudo dormir.

Kelly aparcó cerca de la entrada del hospital. Joey había vuelto a la cabaña a dar otra pasada para que pudieran circular sin problemas hasta la ciudad, como favor personal a Josh.

Kelly aún estaba maravillada de la amistad que parecía haberse forjado entre el hombre y su hijo. Al principio pensaba que el conductor trataba de ser amable con un niño, pero se dio cuenta que compartía con Josh la fascinación por la nieve y que su hijo se mostraba mucho más comunicativo y sociable con Joey de lo que ella creía que fuera posible.

- Portaros bien, por favor, tenemos que estar aún mucho rato aquí- Avisó Kelly. Los niños asintieron. Sabían comportarse, y habían llevado algunos libros y un juego de hundir la flota.

La enfermera del mostrador fue muy amable y les dejó esperar en la habitación de Jack. Los niños se quedaron allí, pero ella, inquieta, se dirigió al pasillo de quirófanos. Tuvo que esperar 45 minutos hasta que el doctor Moses y Connor salieron por aquellas puertas.

- Kelly, querida- dijo el viejo doctor- Que bien que estés aquí. Jack va a rabiar de dolor cuando despierte. Al menos contigo parece contenerse un poco.

- Pues yo creo que mejor salgas huyendo por esa puerta ahora que puedes- Bromeó el joven traumatólogo.

- Bueno, me paga por quedarme con él, así que, será mejor que no salga huyendo. ¿Cómo ha ido todo?
- Bastante mejor de lo esperado. Sin embargo, Jack ha esperado demasiado para ir al médico, es un cabezota, como bien sabrás. Tiene bastante músculo magullado, sobrecargado.
- ¿Pero se va a recuperar?
- Sí. En un tiempo menor de lo que pensábamos en un principio, lo cual le alegrará.
- Sí, por supuesto.
- En unos minutos lo llevarán a la habitación, estará bastante atontado.
- De acuerdo, esperaré.
Sólo un rato más tarde, un celador salía empujando la camilla en la que Jack descansaba. Estaba dormido.
- ¿Está esperando por él? - Preguntó el celador.
- Sí.
- Vamos ya a la habitación, venga por aquí.
Jack abrió levemente los ojos al escuchar la voz de Kelly, e incluso ella creyó distinguir un pequeño amago de sonrisa.
En la habitación, los niños estaban jugando tranquilamente cuando llegaron. Kelly estaba orgullosa de ellos, de que se comportasen tan bien. Le dio un beso a cada uno, incluso a Josh.
- ¡Jack! - Exclamó Molly.
- Aún está dormido, cielo.
- ¿Pero ya está bueno?
- Aún no. Ahora estará unos días en la cama.
- ¿Nos quedaremos aquí a cuidarle?
- Sólo un par de días. Luego seguro que lo dejan ir a casa.

El tiempo que pasaron en el hospital fue mucho menor que el que Kelly esperaba. Se quedaron con Jack todo el día y volvieron a la cabaña al anochecer. Él insistía en que podían irse antes, pero Kelly no quería dejarle solo. A la mañana siguiente, y tal como había amenazado al doctor, pidió el alta voluntaria. Kelly fue a recogerle en su coche.
- Sé que estarás bien atendido, Jack, pero mi recomendación es que pases al menos 72 horas en el hospital.
- Ni hablar, doc. Me voy a casa.
- Eso ya lo sé. Kelly, querida, este es el número de emergencias. Si le sube la fiebre, si se le abre algún punto, si le duele mucho, si ves que no tiene sensibilidad, por favor, llama.
- De acuerdo doctor. ¿Realmente es peligroso que vayamos a la cabaña?
- No debería haber complicaciones, pero por si acaso, este cabezota debería quedarse aquí.
- Estaré atenta a todo lo que me ha dicho, doctor. Por cierto, ¿sabe ya de alguien que pueda cuidar de él cuando nosotros nos vayamos?
- Aún no tengo nada claro, pero seguiré preguntando, no te preocupes, querida.
Kelly se despidió del doctor y empujó la silla de ruedas hasta el aparcamiento y ayudó a subir a Jack, que apretaba los dientes por no quejarse.
- Eres un cabezota.
- No empieces tú también.
Jack sabía que lo lógico es que esperase en el hospital hasta que le dieran el alta. Pero cuanto más tiempo pasaba allí más se arriesgaba a que alguien lo reconociese. Además, aquellas enfermeras no le aguantaban, y el sentimiento era mutuo. Estaría mejor en la cabaña, al menos tenía a Kelly que cocinaría algo decente. Se moría de hambre.
- ¿Dónde crees que vas? - Preguntó Jack cuando Kelly tomó dirección a su cabaña.
- A la cabaña.
- No vamos aquí, vamos a mi casa. Sigue este camino.
- ¿Por allí?
- Continúa.
Kelly sería la primera persona que entraría en su cabaña desde que se mudó allí hacía cinco años. Sin

embargo, era algo que no le preocupaba.

Era una casa grande, más que las que tenía para alquilar. Por supuesto le sobraban la mayor parte de las habitaciones, pero cuando la construyó, simplemente siguió su instinto. Así era la casa en la que se había criado y así era la casa en la que quería vivir.

La sala principal era enorme, espaciosa. Una gran chimenea de piedra en el centro de la pared trasera le daba el toque acogedor. Los tres sofás de piel marrón la rodeaban, y sobre ella, una gran televisión.

Había una mesa de madera y seis sillas junto a la ventana, un aparador junto a la puerta, un perchero, y un baúl junto a la escalera. Le gustaba mucho cómo había quedado.

Los niños exclamaron cuando abrió la puerta con cuidado. Era sin duda un lugar increíble.

- Dormiré ahí- Avisó Jack señalando uno de los sofás. - Las habitaciones están arriba. De momento las escaleras no entran dentro de mis posibilidades. Podéis usar la que queráis.

- De acuerdo. ¿Te quieres tumbar?

- Claro. Ése es mi sofá, mi favorito. ¿Habéis oído, chicos? Ese es el sofá de Jack.

- ¡Vale! ¿Y cuál es el sofá de Molly? - Preguntó la niña.

- Cualquiera menos el sofá de Jack.

Kelly sonrió mientras ayudaba a Jack a acomodarse.

- Encenderé la estufa.

- Ten cuidado.

- No pienso quemar tu casa, Jack.

- No lo hagas, yo no podría salir corriendo.

Kelly rio y tapó a Jack con una manta que encontró en el respaldo.

Le gustaba toda la decoración del lugar. Parecía mentira que un hombre como Jack tuviera tanto gusto por los detalles. Todo el textil y la ornamentación estaban inspirados en la cultura nativa americana, todos los materiales eran naturales, y daba un aspecto de armonía con la naturaleza y de paz interior que casi sobrecogió a Kelly.

Se preguntó por qué Jack tenía una casa tan grande para él solo. No la compartía ni siquiera con una mascota, un perro o un gato, no tenía a nadie junto a él.

Kelly se había dado cuenta de que en el hospital tampoco le tenían en gran estima, salvo quizá el doctor Pyne. ¿Quién era en realidad Jack, y por qué era así?

Jack conectó la televisión y encontró una película familiar para que los niños estuvieran también entretenidos.

Kelly se aseguró de que no tenía fiebre y que se tomaba su medicación antes de retirarse a la cocina e intentar preparar algo de comer.

Jack no tenía la mayoría de ingredientes que ella utilizaría para un buen guiso. Parecía vivir de carne a la plancha y cerveza. Decidió coger el coche e ir a la cabaña 3 para recuperar sus cosas, la ropa y las maletas y todo lo que habían comprado para comer aquellos días.

No tardó demasiado y al volver, Jack roncaba levemente en el sofá.

Llamó a Mónica para contarle las novedades. Aquella muchacha era lo más parecido a una amiga que tenía, a pesar de que era bastante más joven que ella.

Kelly le puso al día rápidamente y la chica le contó que por allí, no había nada de nuevo.

- Sería genial que encontrases trabajo allí. Parece un sitio genial, no como esta pocilga.

- No creo que eso pase.

- Lo sé, es difícil, pero piénsalo. Si Josh en una semana ya ha hecho un amigo, piensa en cómo se abriría si viviera allí. Hay muchos más estímulos y seguro que más oportunidades que en este pueblo de mierda.

Kelly suspiró. Ella también pensaba aquello, de hecho, era en casi todo lo que podía pensar.

- Y dime... ¿Ya te llevas mejor con el señor gruñón?

- La verdad es que sí. Conmigo al menos ya no es tan brusco. No puedo decir lo mismo de las enfermeras.

- Aprovecha mientras dure, antes de que vuelva el ogro.

- Solo tengo que tratar con él una semana más, y de todos modos, creo que le caigo bien.

- Eres un encanto, ¿Cómo no ibas a caerle bien a alguien?
- Eso díselo a mi jefe en la cafetería.
- Ese idiota no cuenta. Dios sabe que te explota de mala manera, es un baboso.
- Estando aquí, viendo este lugar tan bonito, estas cabañas, a estas personas... ahora mi vida real parece como un recuerdo lejano. Me va a resultar muy duro volver allí. A la cafetería, a la casa llena de goteras, de desperfectos.
- Ojalá pudiera ayudarte de alguna manera. Los chicos y tú os merecéis que la aventura que estáis viviendo durase mucho más.
- Sería maravilloso. Pero lo mejor es ser realistas y no hacerse falsas ilusiones. Agradeceremos el tiempo que hemos podido disfrutar aquí
- Sí, sí, pero no dejes de intentarlo.
Kelly se despidió de Mónica con el firme propósito de encontrar un empleo.

Para cuando la semana estaba a punto de acabar, Jack seguía postrado. Tenía bastantes molestias, pero el doctor insistió en que necesitaba reposo. Mucho reposo.
- Tenemos que hablar, Jack. Nosotros tenemos que irnos pronto y no hemos salido a buscar a alguien que pueda cuidar de ti.
- Lo sé... pero sinceramente, no quiero meter a nadie en mi casa. No confío en nadie.
- Bueno, has confiado en mí, y no ha salido mal la cosa ¿no?
- De eso quería hablarte... yo he esperado unos días a ver cómo iba todo. Si os gustaba estar aquí, si podíais aguantar mi mal humor... Kelly, sinceramente, me gustaría que te quedases. Por supuesto, hablaríamos de las condiciones. Sé que no es un gran trabajo cuidar de mí, y más adelante ayudarme con el alquiler de las cabañas. Sería entregar las llaves, limpiar y adecentar, los registros de entrada, cosas así. El sueldo no sería muy grande, pero podéis vivir en una de las cabañas a cambio. En invierno podría hablar con Amy, la de la cafetería, quizá pueda darte algo de trabajo para que no te aburras y complementes el sueldo... Estás poniendo una cara muy rara, Kelly... ¿Qué pasa?
- Yo...
- Sé que te pido demasiado, que tendrías que cambiar toda tu vida y que es algo que debes meditar, pero...
- ¡Sí!
- ¿Sí? ¿Así sin más?
- ¡Sí, joder!
Jack suspiró aliviado. Kelly había aceptado. De hecho, parecía realmente feliz.
Durante los días que habían estado allí, viviendo todos juntos en la casa, se había sorprendido de lo cómodo que había estado. Los niños le dejaban tranquilo casi todo el tiempo, le llevaban cosas y le ponían partidos en la tele. Josh había estado jugando casi todo el tiempo fuera ya que había dejado de nevar, pero aún quedaba una amplia capa blanca sobre el terreno.
Había compartido largas charlas con Kelly frente al fuego. Ella le había contado como fue su infancia y cómo había sido criar sola a dos niños. Le contaba sobre sus vecinos, sobre su jefe, que parecía ser un tipo asqueroso al que Jack con gusto golpearía, y sobre todas las cosas que se le ocurrieron.
Jack, por supuesto no podía contarle nada de su vida, ni quién era en realidad. Ella saldría huyendo si se enteraba o peor, podría contárselo a las autoridades o la prensa y darían con él. Sin embargo, no le hacía falta.
Ella no preguntaba nada, él podía hablarle de los inviernos allí, de la receta de pastel de calabaza que hacía su abuela, o de alguna de las películas que habían visto en la televisión.
Se sentía muy cómodo, Kelly era una persona muy agradable.
Cuando se dio cuenta de que el tiempo que ella se quedaría se estaba agotando se decidió a ofrecerle quedarse.
Kelly estaba tan contenta que abrazó a Jack fuertemente. Casi llorando le agradeció la oportunidad y cuando se dio cuenta de lo que estaba haciendo se separó rápidamente.
- ¡Oh, señor! Lo siento, Jack. Sé que no te gusta mucho que te toquen... lo siento, es que me he

emocionado.

- Tranquila... yo... no pasa nada. Vamos si quieres a hablar las condiciones.

Por suerte, Kelly estaba muy contenta con el sueldo que Jack podía pagarle además de vivir en la cabaña. Les aseguró que podían elegir la que quisieran, pero no tenía dudas de que la número tres sería su nuevo hogar.

- Con el tiempo, si quieres mudarte a la ciudad lo entenderé. Quizá haciendo unas horas con Amy tengas suficiente para un alquiler convencional.

- Creo que de momento eso no será necesario. Pero... bueno, tengo que volver a casa. Tengo que devolver el coche y dejar el trabajo y la casa... No sé cómo voy a poder pagar la mudanza pero... Dios, esto es lo mejor que nos ha pasado en años.

- No te preocupes por eso. Puedo costear la mudanza si quieres. Es lo mínimo, por todo lo que habéis hecho por mí estos días, sobre todo el primer fin de semana.

- Jack... no tienes que hacerlo...

- Yo insisto.

- Pero con la condición de que te lo devolveré.

- Pero...

- Pero nada. En serio, no vas a pagarlo por mí.

Jack accedió, al menos momentáneamente. No tenía intención de que ella le devolviese nada. Bastante había hecho con cuidar de él y acceder a mudarse. Estaba seguro de que los niños y ella serían felices allí, por lo menos más de lo que eran del pueblo del que vinieron.

Cuando Jack le especificó a Kelly el sueldo que percibiría, esta abrió los ojos muy grandes y Jack temió que se sintiese insultada por la cifra.

- Eso es más de lo que cobro ahora.

- ¿Qué? - Parpardeó Jack- Eso es imposible. Es un sueldo decente, pero no alto, por eso como complemento os ofrezco el alojamiento.

- Es bastante más de hecho, de lo que cobro ahora mismo.

- Ese hombre es un sinvergüenza y un estafador. Deberías denunciarle.

- La verdad es que poder despedirme va a ser toda una satisfacción.

- Ojalá pudiera acompañarte. Le iba a explicar un par de cosas.

Jack no sabía de dónde salía ese sentimiento de protección hacia ella, pero en ese momento le gustaría darle un par de puñetazos a su antiguo jefe.

Sería una locura, desde luego ¿Y si se metía en un lío? ¿Y si le reconocían? O peor aún, le detenían... todo saldría a la luz.

- De eso nada. No harás nada. Iré yo y devolveré el todoterreno y todo lo demás, dejaré la casa y estaré de vuelta en un periquete. ¿Te las apañarás mientras tanto?

- Seguro.

7

¡Imposible! ¿Cómo era posible que se hubiera acostumbrado tan fácilmente a tener a Kelly allí? Llevaba viviendo completamente solo años, y ahora se veía a sí mismo buscando con la mirada a esa mujer o a alguno de los pequeños continuamente.

La casa estaba silenciosa de un modo que nunca había percibido. Sí, podía moverse con algo de dificultad, y con ayuda de una muleta, pero... no le gustaba que ella no estuviera por allí.

- ¿Qué pasa contigo, joder? - Se dijo en voz alta.

De acuerdo, se había acostumbrado a esa extraña pero adorable familia. Le gustaba asombrar a Josh con historias sobre la nieve, sobre el lago y la naturaleza. Le gustaba que Molly le llevase un café cada mañana. Le gustaba que Kelly anduviese cerca, haciendo esto y aquello. Era como sentirse nuevamente parte de una familia. Se había dado cuenta de que podían ser amigos, ellos y él. De que podía ayudarles y que estaban creando un vínculo.

A pesar de que se había prometido que aquello nunca volvería a pasar, por Dios, se veía incapaz de detenerlo. No quería renunciar a ellos.

Unos golpes en la puerta interrumpieron sus pensamientos recurrentes.

Se levantó a abrir con cuidado, apoyado en la muleta. No se sorprendió al encontrar al doctor Pyne allí.

- Buenas tardes, Jack, ¿puedo pasar?

- Por supuesto- Dijo este, carraspeando. Lo correcto hubiera sido invitarle él mismo a entrar, pero sus modales estaban más que oxidados.

- Tienes buen aspecto.

- Sí, me encuentro bien.

- ¿Te sigue doliendo la pierna? Quisiera echarle un vistazo.

Jack se acercó al sofá y se quitó los pantalones para que Moses pudiera ver la evolución.

- Esto está bastante bien, por lo que veo.

- ¿Ha venido a ver la cicatriz? Tenemos cita la semana que viene. ¿No podía esperar? - Se preguntó extrañado.

- Tenías a Kelly preocupada.

- ¿A Kelly?

- Sé que va a estar unos días fuera y me ha llamado para que venga a verte. No sé cómo lo has hecho, Jack, conociéndote diría que es imposible, pero creo que te has ganado su afecto.

- Yo... bueno, le he dicho que se quede... que se quede más tiempo.

- Lo sé. Estaba muy contenta. Me alegro de que tengas ayuda, Jack. No solo con la pierna. Aquí estás muy solo. Te vendrá bien tener a alguien que te recuerde que eres un ser humano.

- Sé que soy un ser humano.

-Pues te comportas como un ogro a veces.

- Yo...

- No pasa nada. Cada uno es como es, ¿no? Pero esa mujer es encantadora. Me parece una decisión más que acertada que se quede por aquí un tiempo. Esos niños son una monada, ¿no crees?

- Doc... yo quería preguntarle... bueno, no quiero que le diga nada a ella si no le pregunta, pero ese chico... ¿Usted cree que está bien?

- ¿Josh? Josh está perfectamente. Sin embargo, si te refieres a su extraña forma de ser, sospecho que es un caso no diagnosticado de algún tipo del espectro autista. Pienso que no se han preocupado mucho por estudiar su caso. No creo que esta chica haya podido pagar a un buen profesional nunca.

- Ella hace lo que puede-. Murmuró Jack. ¿Por qué sentía como si la estuvieran atacando? ¿Por qué necesitaba defenderla?

- ¡Por Dios, eso está más que claro! Me refiero a que las personas sin recursos muchas veces no pueden optar a un profesional que sea especialista en esas situaciones... ¿Es eso café? Me serviré una taza, esperar que la ofrezcas sería demasiado.

Jack se azoró un poco. Si Kelly estuviera allí, ella sabría hacerlo mejor. Le habría ofrecido al doctor el café, y seguramente galletas caseras de las que ella preparaba. ¡Mierda, Jack! ¡Deja de pensar en

Kelly!

- Tome lo que quiera, doctor.

- De acuerdo, entonces, ¿quieres que hable con el jefe de pediatría? Podrían ver al chico cuando se instalen.

- Seguramente la propia Kelly te lo sugerirá, pero no estaría de más que lo comentases.

- No te preocupes, Jack. Esos chicos estarán muy bien por aquí.

Jack asintió. Era cierto que había una muy buena calidad de vida en aquella zona. A pesar de ser una zona rural, tenían buenas carreteras y servicios, gracias sobre todo a la gran cantidad de turistas que llegaba cada año.

- Eso creo, doc.

- Jack... sabes que no me gusta preguntar demasiado, ni meterme donde no me llaman, pero... esa mujer se le ve muy buena persona, espero que sepas tratarla como se merece y que tus intenciones... sean nobles...

- ¿Qué insinúa, doctor?

- Seré franco, totalmente franco, y también directo y si luego quieres echarme a patadas no te lo impediré, aunque la herida de tu pierna sí. - El doctor hizo una pequeña pausa y continuó- Sé por qué eres así, por qué tratas a todo el mundo como si apestaran y por qué te recluiste aquí. Sabes que lo sé desde que entraste a mi consulta. Sé quién eres.

- Yo...

- Nunca dije nada, y nunca lo haré, por lo que a mí respecta eres Jack, un paciente más en este pueblo. Pero no me trates como estúpido, yo no lo haré contigo. Si necesitas compañía y ya sabes a lo que me refiero, hay un sitio a la salida del pueblo donde puedes conseguirla. Esa mujer es decente y maravillosa, y es con mucho lo mejor que le podría haber pasado a un hombre huraño como tú. Espero que detrás de esta oferta de empleo no haya ninguna intención oculta.

Jack enrojeció furioso. ¿Qué cojones estaba pensando ese hombre?

- ¿Cómo puedes pensar que yo haría algo así? - Bramó fuera de sí.

- Solo te digo lo que pienso. Estaré muy satisfecho si me equivoco, y de hecho, espero que sea así, pero no podía simplemente guardarme mis sospechas.

- Es absurdo.

- Bien, eso espero.

Jack respiró hondo, calmándose. El doctor solo pretendía cuidar a Kelly, como él muchas veces había estado tentado de hacer. No podía culparle: una mujer guapa y joven atrapada con él en esas cabañas, donde no conocía a nadie. Cualquiera podía pensar que utilizaría su posición de poder para propasarse con ella o conseguir cierto tipo de favores, pero nada más lejos de la realidad.

Luego estaba el otro problema. El doctor sabía quién era.

- Creo que te conozco lo suficiente para saber qué estás pensando ahora. Jack, no debes preocuparte. No diré a nadie nada, no sabrá quién eres por mí.

- Gracias, doctor.

- Gracias a ti por el café, muchacho. Tengo que irme ya. Solo me he pasado para que Kelly deje de preocuparse. Deberías llamarle.

- Lo haré.

El doctor asintió con la cabeza antes de desaparecer por la puerta.

Jack se sentó frente al fuego, pero por más que intentó relajarse, no se quitaba de la cabeza la mala sensación que la charla con el doctor le había dejado.

¿Cómo iba él a aprovecharse de Kelly? Jamás haría tal cosa. Mentiría si dijese que no se había fijado en su cuerpo, en su suave piel y en sus labios, pero ¡demonios! Hacía mucho que no tenía cerca una mujer. Seguramente si quisiera intimar con alguna, se pondría demasiado nervioso como para hacerlo como es debido.

Intentó recordar cuál había sido la última vez que estuvo con una mujer, pero los recuerdos eran lejanos y vagos, en aquella época pasaba mucho tiempo borracho y las mujeres no eran más que estorbos al día siguiente. Nunca se molestó en intentar fingir que sabía sus nombres o le importaban lo más mínimo.

Era un hombre tan diferente en aquellos entonces que prácticamente aquellos recuerdos pertenecían a otra persona.
Necesitaba un trago, pero sabía que no debería tomarlo mientras siguiera con la medicación. A la mierda, no estaba Kelly para reñirle.
Ya aguantaría la resaca al día siguiente como siempre lo había hecho antes...
Varias copas después, el alcohol se le había subido mucho a la cabeza. Muchísimo. Tanto que le pareció una buena idea llamar a Kelly entonces.
- Kelly...- Dijo mientras aún sonaban los tonos de llamada.
- ¿Diga? - La voz familiar de ella. Jack sonrió.
- Kelly, el doctor Pyne cree que voy a abusar de ti...
- ¡Jesús, Jack! ¿Estás borracho? ¿Qué tonterías dices?
- No pienso hacerte nada, Kelly, no voy a hacerte daño. Te necesito.
- Jack, por favor, tranquilízate. Estaré allí tan pronto pueda. Por favor no hagas una tontería como ponerte a beber.
Jack sollozó. Sí, sollozó.
- Yo no quiero que pienses que voy a hacerte daño. No lo haré. Yo... yo nunca volveré a dañar a nadie.
- Jack, ya sé que no vas a hacerme daño, no digas más sandeces.
- Kelly... Kelly tienes que venir, mira qué desastre. Esto es horrible ¿Por qué me has dejado beber?
- ¿Yo? ¡Maldita sea, Jack! ¡Me voy cuatro días y mira la que estás liando!
- Kelly... No quedan galletas. No voy a obligarte a hacer galletas y a tener sexo conmigo, pero... bueno podría obligarte a hacer galletas. Quiero que lo ponga en el contrato, pero lo otro no. Yo no voy... ¿por qué el doctor cree algo así? Ah... él sabe cómo soy, él sabe quién soy.
- Jack, no sé de qué diablos estás hablando.
- Kelly... él sabe la verdad... él sabe lo que hice- Dijo antes de echarse a llorar. La llamada se cortó.

Kelly bajó del autobús a primera hora de la mañana. Había sido un viaje muy pesado e incómodo. Cuando recibió la llamada de Jack se quedó muy preocupada, pero por suerte Mónica se ofreció a acabar de organizar lo poco que quedaba por hacer y a viajar con sus abuelos y los niños en la fecha prevista para ayudar con la mudanza. Habían contratado solo una furgoneta porque tenían muy pocas cosas y la mayoría de los muebles eran regalados o encontrados en la basura así que podían quedarse allí. No los necesitarían.
Respiró hondo, la niebla le humedecía la cara y el pelo, pero le encantó. Esa sería su ciudad ahora, el clima formaría parte de su día a día.
Buscó un taxi, pero por la hora no encontró ninguno disponible en la parada de taxis así que se dirigió a la comisaría de policía para ver si podían ayudarla a encontrar un modo de llegar a las cabañas.
Por suerte, los agentes no tenían mucho que hacer aquella mañana y se ofrecieron a llevarles ellos mismos.
- Es un placer ver caras nuevas por el pueblo, sobre todo si son tan bonitas como la suya- Comentó amablemente uno de ellos.
- Gracias- Murmuró Kelly.
- Es extraño que el huraño de Jack haya contratado a alguien, pero esperemos que estén muy a gusto aquí. Las noticias vuelan en este pueblo.
- Para nosotros ha sido toda una suerte también.
- ¿Son dos niños no?
- Niño y niña.
- El colegio aquí es muy bueno, pocos alumnos por clase, buenas instalaciones... seguro que les gusta.
- Estoy segura de que les encantará. Ya les ha enamorado el pueblo en general, creo que seremos muy felices aquí.
- Les deseamos que así sea- Murmuró el agente, aparcando en la entrada de gravilla de la cabaña de Jack.
Kelly se despidió agradeciendo su amabilidad y tomó una bocanada de aire. No tenía ni idea de qué iba a encontrar tras aquella puerta.

Golpeó con los nudillos, pero no obtuvo respuesta. Utilizó su propia llave para abrir la cerradura. Dentro no se oía nada. Aún estaba oscuro fuera, apenas había empezado a amanecer.

- ¿Jack? - Preguntó. Nada.

Se adentró en la cabaña hasta que pudo ver su cuerpo tirado en medio de la sala. Ahogó un grito y se precipitó hasta él.

Jack roncaba suavemente. Solo estaba dormido. Kelly estuvo tentada de asfixiarle con un cojín del sofá por haberle dado semejante susto.

Le zarandeó hasta que abrió con dificultad los ojos.

- ¿Me muero?

- No.

- ¿Eres Kelly?

- Sí.

El aliento le olía a alcohol y puede que un poco a vómito, su ropa estaba arrugada y sucia, y juraría que era la misma que tres días atrás cuando ella se fue. No parecía que fuese a reaccionar así que estiró de él hasta obligarlo a ponerse en pie y andar tambaleándose hasta la bañera. Le quitó los zapatos y los calcetines, y él mismo levantó los brazos por encima de su cabeza para sacarse el jersey y la camiseta interior. Estaba casi desnudo. Kelly procuró no mirar demasiado su cuerpo. Estaba caliente, su piel era suave y se erizaba al tacto de las frías manos de ella. Estiró de sus pantalones y él ayudó a bajárselos torpemente. No pensaba sacar de ahí los calzoncillos, no tenía intención de verle desnudo. Le sentó en la bañera y abrió el agua fría.

Jack gritó al sentir el líquido frío golpear contra su piel. Abrió de golpe los ojos, como asustado, como si acabase de despertar de una pesadilla.

Le miró sin entender, como si no esperase que ella estuviera allí. Kelly se apiadó de él en ese momento y giró la llave del agua caliente para templarla. Le empujó suavemente para llegar hasta el desagüe y puso el tapón. Jack se relajó en cuanto el líquido comenzó a templarse.

- Kelly... ¿Por qué estás aquí? ¿Qué tontería he hecho?

- Me llamaste borracho anoche, te pusiste a llorar y me colgaste ¿Qué querías que hiciera?

- Dios... lo siento tanto... estoy muy avergonzado.

- Eso no lo dudo.

Jack enterró su cara en sus manos, con los codos apoyados en las rodillas. Kelly aprovechó esa posición para verter un poco de jabón en la esponja y comenzar a enjabonar su espalda.

- ¿Qué haces-? - Preguntó él, dando un respingo.

- No finjas que no sabes que esto es una esponja. Te estoy enjabonando.

- Kelly... no tienes que hacer eso.

Kelly rio. Sabía que Jack era muy cabezota, pero por mucho que fuese un adulto, a veces necesitaba como todos, un poco de cariño.

- Yo tampoco voy a abusar de ti, Jack.

- ¿Cómo?

- Me llamaste muy preocupado para avisarme de que no piensas tener sexo conmigo.

- Oh Dios... Oh Dios... ¿Los niños oyeron eso?

- No, tranquilo. Están en casa, con mis vecinos, llegarán pasado mañana.

- Kelly... no sé cómo disculparme.

- Olvida eso Jack. Me tenías muy preocupada. Sabía que no podía dejarte solo.

- Mierda, he estado solo por años, ¿qué demonios pasa conmigo? Te vas dos días y soy un desastre.

- Jack... no debiste mezclar el alcohol con la medicación. Eres adulto y ya deberías saberlo...

- Lo siento, lo siento mucho... El doctor dijo... dijo un montón de cosas y me alteré.

- El doctor pensaba que querías propasarte conmigo, ¿no es así?

- Sí... pero Kelly, créeme que jamás, que yo nunca... que no...

- Cálmate, Jack. Lo sé. ¿No dicen que los borrachos siempre dicen la verdad? Me dejaste muy claro que no quieres tener sexo conmigo.

Kelly hablaba animada, cordial, pero por dentro sentía un pinchazo de desilusión. De acuerdo, no esperaba que su jefe se sintiera seducido por ella, pero tener la certeza absoluta era un poco desagradable. Ella no quería pensar de esa manera de él, pero no podía negar que sí que le excitaba un poco. Que podía llegar a fantasear con él. Sería una mala idea, horrible, por supuesto, pero... no desagradable.

Con la mano, con cuidado mojó su pelo antes de proceder a lavárselo. Ya lo tenía un poco más largo de la cuenta, pero le gustaba. Así podía meter sus dedos entre los mechones.

- No sé cómo agradecerte que estés aquí. Cualquier otra persona hubiera salido huyendo despavorida.

- Ya me conoces. Estoy un poco loca, nunca actúo normal.

- Eres maravillosa- Dijo Jack.

"Pero es imposible que me desees" pensó para sí misma Kelly, y se arrepintió al instante.

Continuó lavando el cuerpo de Jack en silencio. Un silencio cómodo y necesario para ambos. Lavó sus brazos, sus manos, su pecho y sus piernas. Jack solo la observaba de vez en cuando, demasiado avergonzado para mirarle a la cara.

- ¿Al menos has tomado todas las pastillas? - Preguntó.

- Sí... creo.

- Jack, no me hagas preocuparme tanto por ti. Tengo que saber que puedes sobrevivir sin mí tan solo unos días.

- Creo que está visto que no puedo. No sé qué me pasa, lo siento mucho.

Kelly hizo un gesto para que Jack se levantase y le tendió una toalla. Él aún llevaba los calzoncillos puestos y ella evitó deliberadamente mirar. Estaba claro que esa prenda tan mojada le marcaría todo.

Puede que él no viese a Kelly como una mujer, pero ella sí podía ver en él un hombre y muy atractivo. Desde que él había hablado de sexo, en aquella conversación tan surrealista, no podía parar de pensarlo. Necesitaba alejar esos pensamientos de su mente si tenían que trabajar juntos. Fantasear con su jefe estaba mal, ella lo sabía.

Dejó a Jack vestirse con tranquilidad y se dirigió a la cocina para mantenerse ocupada. Jack había estado comiendo las raciones que ella le había dejado preparadas, al menos eso sí había sido capaz de hacerlo.

Sabía que no debía estar tan preocupada por él, pero no podía evitarlo. Cuando Mónica le vio tan agobiada por Jack, se ofreció a quedarse con los niños y acabar los asuntos pendientes, de otra forma estaría preocupadísima. Era demasiado tarde para llamar al doctor y que fuese a ver a Jack, pero en cuanto se supo libre, tomó el primer autobús en dirección a Sunnylake.

Kelly bostezó pensando que nadie la veía.

- Debes estar hecha polvo. Kelly, siento de verdad haberte preocupado. Parezco un adolescente o algo peor-. Dijo Jack, sorprendiéndola. Se había vestido muy deprisa. Aún tenía el pelo húmedo, y estaba especialmente apuesto. Kelly se tensó.

- Tranquilo. He dormido un poco en el autobús.

- Vete a la cama. Es muy temprano todavía.

- No podría dormir de todos modos.

- Kelly...

- ¿Qué? ¿Ahora tú vas a ser el adulto?

- Pues quizá sí.

Sin mediar palabra tomó a Kelly del brazo y la empujó hasta las escaleras.

- No quiero dormir ahora...- Protestó ella.

- De acuerdo, pero tienes que descansar. Así que, si no quieres cama, irás al sofá.

Kelly no pudo negarse. Jack le dejó una manta y se acercó a encender la chimenea. Seguía haciendo bastante frío fuera, aunque la cabaña estaba ambientada gracias a la caldera. Sin embargo, el fuego se agradecía especialmente.

Mientras Kelly le veía encender el fuego, se acurrucó en la manta. Fantaseó un poco con Jack sin quererlo.

Fantaseó con poder lavar su pelo sin la excusa de estar borracho. Con la sensación que le recorría cuando accidentalmente sus manos se tocaban. Imaginó abrazando aquel cuerpo, robando un beso furtivo... ¡Deja ya de pensar eso! Se dijo a sí misma.

- ¿Por qué me miras así? - Preguntó Jack, al girarse y verla mirando con el ceño fruncido- ¿Estás enfadada verdad?

- No, yo...

- Kelly, me he comportado de un modo irresponsable, lo sé. He provocado que tengas que venir antes de tiempo, y lo siento muchísimo. No sé cómo compensarte, pero hallaré el modo, estoy seguro. Y por supuesto, no volveré a ser un problema...

- No digas bobadas...

Pero por mucho que Kelly le estaba restando importancia, Jack seguía sabiendo que había hecho una tontería.

La dejó descansar unas horas. Tal y como suponía, se quedó dormida al calor del fuego.

Cuando Kelly despertó era media mañana.

- Vamos- Le dijo Jack.

- ¿Vamos a dónde?

- A la escuela. Vamos a tramitar el cambio de expediente.

- De acuerdo- Dijo Kelly. Era un trámite que tenía que hacer, se sorprendió de que Jack lo mencionase.

Le dirigió hasta el edificio de la escuela. Kelly había solicitado en el colegio de los niños sus expedientes y firmado la baja. Esperaba que no hubiera problema para que se incorporasen en el curso o tendrían que estudiar en casa hasta el siguiente.

Aparcó junto al edificio. A diferencia de la escuela actual en la que estaban sus hijos, esta parecía relativamente nueva.

En secretaría, le indicaron el despacho del jefe de estudios que tras examinar los documentos le aseguró que no había problema alguno en que se incorporasen.

- Este es un centro pequeño, casi diría que muy familiar. Hay pocos alumnos por clase, estoy seguro de que sus hijos encajarán aquí.

- Sobre eso... quería comentarle sobre mi hijo mayor. Él es... peculiar.

- ¿A qué se refiere con peculiar? - Inquirió el jefe de estudios.

- Es... reservado. No le gusta el contacto... ni compartir actividades. Es buen chico y muy inteligente, pero... no se relaciona bien con otros compañeros.

- Entiendo. ¿Tiene alguna evaluación que hayan hecho en su colegio? A nivel psicosocial.

- No... yo... no tengo nada de eso.

- De acuerdo, le diré que haremos señora Watts...

- Señorita-. Corrigió Kelly de inmediato. El jefe de estudios miró a Jack un segundo, pero asintió.

- Señorita, nosotros disponemos de un gabinete psicopedagógico. Lo mejor será que vean a Josh y evalúen su carácter. Esto ayudará a sus maestros a poder acercarse a él y a trazar estrategias de aprendizaje adecuadas y adaptadas. Quizá al principio no haga trabajos en grupo, hasta que se adapte. Hablaremos con sus compañeros para que le den su espacio. Seguramente quieran conocerlo, hay muy pocos niños nuevos en invierno. ¿Le parece bien?

- Eso sería maravilloso.

- Perfecto, ¿qué le parece que empiecen el lunes?

- Genial.

Kelly dejó salir el aire que estaba reteniendo. En aquel colegio no solo no le ponían problemas para trabajar con Josh sino que incluso estaban por delante en buscar soluciones.

- Creo que se van a adaptar bien, sobre todo Molly, ella es tan cariñosa que se va a hacer con todos los compañeros enseguida-. Murmuró cuando volvieron al coche.

- Estoy de acuerdo. De todos modos, quizá podrías hablar con el doctor Pyne sobre Josh. Seguramente en el hospital tengan un área pediátrica mejor dotada y con buenos profesionales. Si Josh necesita una atención especializada ellos puedan brindarla.

- No... no puedo pagar eso.

- Mierda. Kelly, olvida por un momento eso. Vas a tener seguro médico. Diablos, podemos meter a Josh en mi seguro. Tengo unas buenas coberturas, llamaré para que le incluyan.

- Jack, no puedes hacer eso, digo que no es necesario... yo...

- Deja que haga esto por vosotros. A mí no me cuesta nada, ¿qué puede suponerme? ¿Un puñado de dólares al mes? No me importa, no lo hace en absoluto, maldita sea. Estoy intentando ayudarte, sé que no estás acostumbrada a esto, pero solo relájate y deja que suceda.
- Pero...
- Sé lo que estás pensando, y no, no voy a abusar de ti a cambio- Bromeó para romper la tensión. Funcionó y Kelly lanzó una carcajada.
- Oye para ya con eso, no es gracioso.
- No, no lo era, pero bueno, un poco de humor no mata a nadie.
- ¿Jack siendo adorable y gastando bromas? ¿Qué mierda hay en esas pastillas que te han dado?
- Bueno, puede que después de todo las enfermeras se hayan vengado de mí. Estoy dopado y soy un oso amoroso.
- Gracias por todo, de verdad.
- Deja ya de agradecer, Kelly.
- Pues deja ya de disculparte por la llamada.
- Dios... eso es imposible, me siento tan avergonzado...
- Pues yo me siento agradecida en igual medida.
Jack sonrió. Esa mujer le entendía mejor que ninguna otra persona lo había hecho en años.
- Sé que nos conocemos desde hace poco, pero siento que esto se está convirtiendo en una bonita amistad.
- Pienso lo mismo.

8

Aquella noche, frente a la chimenea, pusieron una película que ninguno había visto antes. Eso era fácil en el caso de Kelly, casi nunca tenía tiempo para ver películas y cuando lo tenía estaba tan cansada que se acababa durmiendo sin remedio.
Jack en cambio tenía una buena colección además de todas las que podía ver con la televisión satélite. La película era de suspense con algunos puntos en los que Kelly se veía bastante temerosa.
- ¿Sabes que todo eso es ficción? No hay un asesino en serie de policías.
- Ya... ya lo sé, pero...
- ¿Tienes miedo?
- Un poco. ¡No te rías! ¡Jack! ¡Para de reírte!
- Vale, vale... disculpa...
Kelly hizo un mohín y Jack se dio cuenta de que hacía años, muchos, que no estaba así con nadie. Que no hacía bromas, que no compartía momentos de ocio, de diversión con otra persona.

Y no solo desde que se mudó. Hacía mucho antes de eso que se había convertido en una suerte de monstruo. No podía decir a partir de qué momento, en qué punto de su recorrido vital se dio la espalda a sí mismo. Qué día o qué noche dejó de ser quien siempre había sido para pasar a ser quien todo el mundo creía que debía ser.
Alejado de todo y de todos todavía no había recuperado su esencia, pero... ¿Podría hacerlo algún día? ¿Sería capaz de reconocerse en el espejo alguna vez?
Parte de la respuesta estaba clara, después de lo que había hecho, no tenía vuelta atrás. Su alma estaba condenada, eso lo sabía, y el resto de su vida también. Nadie podía perdonar algo así, y mucho menos él mismo.
Recordó la sensación de precipitarse en un gran vacío cuando fue consciente de lo que había pasado en realidad. De lo que había hecho.
- ¿Estás bien, Jack? Te has puesto muy serio.
- Sí, es solo que ya sabes, la película está interesante. Estaba concentrado.
- De acuerdo.
Con el tiempo y el paso de los días a su lado, Kelly había conseguido identificar los momentos de introspección de Jack. Sabía que había algo rondando por su cabeza, algo oscuro y triste. Algo que hacía que cambiase su carácter. Por eso siempre le preguntaba. Por un lado, con la esperanza de que algún día llegase a confiar en ella y por otro lado para interrumpir sus oscuras cavilaciones. No le gustaba verle así.
Todavía no sabía quién era realmente Jack. Había una gran parte de él oculta al resto del mundo. Un motivo quizá, por el que no se relacionaba con nadie. Le gustaba haber llegado a sentir las bases de una amistad además de una relación laboral que le había permitido por fin salir del agujero en el que estaba metida hasta ese momento.
Por un lado, Kelly estaba tomando mucho cariño y familiaridad con el Jack que estaba empezando a conocer, pero cada vez más le preocupaba esa parte de él mismo a la que no podía acceder. Parecía una buena persona, pero... ¿Cómo de oscuro sería su secreto?
Se concentró en la película, dando de tanto en tanto respingos de susto, pero disfrutando de un tiempo de relax.
- Adoro tu sofá -.   Dijo mientras se dejaba caer cada vez más.
Jack asintió. Su viejo sofá estaba casi para el arrastre, pero era tan sumamente cómodo que no quería desprenderse de él por nada del mundo. Se sentía tan cómodo en aquella cabaña que muchas veces le alegraba de haber elegido aquel lugar para cumplir su condena autoimpuesta.

Al día siguiente, Jack insistió en acompañar a Kelly a la ciudad. Quería llevarle a comprar algunas cosas para los niños antes de que llegasen. Por mucho que había insistido ella, no pudo evitar que comprasen un trineo, ropa para la nieve de buena calidad y algunas prendas de ropa para el colegio. Jack insistía en que era un regalo para ellos, por mucho que Kelly protestase, Jack sabía que lo necesitaban. Luego fueron a la cafetería de Amy a comer.

La mujer se sorprendió un poco al verle llegar acompañado.

- Amy, quería presentarte a Kelly.

- Encantada, querida.

- Igualmente.

- Kelly se quedará un tiempo por aquí, va a ayudarme con mi recuperación y con las cabañas. Tiene dos niños, empezarán la semana que viene en el colegio- Explicó Jack. Amy disimuló como pudo la sorpresa de haber escuchado la frase más larga en labios del hombre desde que llegó hacía años. - Sólo quería que lo tuvieras en cuenta si alguna vez necesitas un refuerzo o algo. Ella era camarera. No quiero que se aburra mucho los meses de poca afluencia, ya sabes.

- ¿En serio?

- Sí. Sí señora- Dijo Kelly, un poco cohibida.

- Por supuesto. ¿Entonces tienes experiencia? Anota aquí tu número.

Kelly explicó un poco a Amy sus referencias, y le apuntó su número de teléfono.

- En unas semanas, cuando yo esté mejor podrá empezar, si tienes algo para ella.

- ¡Por supuesto! Siempre viene bien alguien que me ayude con los almuerzos.

- Sería estupendo.

- ¿Os pongo algo chicos?

- Tarta- Pidió Jack que no había dejado de mirarlas desde que habían entrado.

- Gracias, pero no era necesario, yo...- Comenzó Kelly cuando la mujer se retiró para reparar el pedido.

- Bobadas. Puedes compaginarlo. Ganarás más, y no te aburrirás tanto. Amy es buena mujer, aquí ha trabajado mucha gente que necesitaba un empujón.

- Se le ve buena persona.

- Creo que todo lo contrario que ese maldito jefe tuyo... Qué asco me da la gente así.

- Tenías que haberle visto la cara cuando le dije que me iba... siempre me amenazaba con despedirme, siempre escatimando el salario y las propinas. Y ahora resulta que no sabía que hacer sin mí.

- ¿Tuviste problemas para dejar la casa?

-No realmente. La chica de la inmobiliaria ha sido bastante comprensiva. De todos modos, la alquilarán pronto, esos alquileres tan bajos van que vuelan.

- No sé, por cómo me lo pintas no parece un gran sitio para vivir.

- No lo era. Humedades, ruidos, todo pequeño, la instalación de luz y de agua eran un desastre... pero ¿qué otra cosa me podía permitir?

- Entiendo. Me alegro de que todo eso forme parte del pasado.

- Sí, yo también. Me encanta esto. El pueblo, el lago, no sé, creo que seremos muy felices. No solo por el dinero, también es por poder estar más tiempo con los niños. Todas las tardes juntos... es como un sueño para mí. Ojalá hubiera podido hacerlo antes.

- Ahora recuperarás el tiempo perdido.

- Además, ya todos tenemos al menos un amigo aquí.

- Pues creo que Josh ya tiene dos.

- Cierto- Dijo Kelly sonriendo.

Josh estaba posiblemente más emocionado que cualquiera de ellos con la perspectiva de irse a vivir allí. Le encantaba la idea de estar en un lugar donde nevase durante el invierno. Si por él fuese, viviría en el polo norte.

- ¿Cuándo llegaran?

- Mañana a medio día, creo. Mónica me irá informando sobre la marcha.

- Tengo ganas de conocer a tus vecinos, parecen muy amables-. Mintió Jack. No tenía ganas en absoluto, aunque le gustaba que aquellas personas apreciasen tanto a aquella familia como para acompañarles en la mudanza.

- Son muy buenas personas. Ya están bastante mayores, la verdad. Ahora me da un poco de pena dejarles, aunque me ayudaban más ellos a mí que yo a ellos, los niños les daban mucha vida. De sus nietos, la que más tiempo pasa con ellos es Mónica, los demás son más mayores y la verdad, cada uno tiene su vida.

- Se nota que los quieres mucho.
- Han sido mis únicos compañeros en este viaje hasta ahora. La verdad es que se han portado mejor que mi propia familia.
- ¿Y la familia de tu ex? ¿Nunca se han preocupado por los niños?
- Muy rara vez, la verdad. Casi no los conocen, hace años que no los ven.
- Te has debido de sentir muy desamparada.
- Bueno, tengo a mis hijos, no te creas que me he sentido tan sola. Supongo que te acostumbras. ¿Tú te sientes solo, Jack?
- Bueno... conmigo es diferente. Me gusta la soledad, la he elegido yo. No me gusta la gente, no me gusta que me vean o que estén por aquí.
- Vaya... ahora siento como si hubiéramos invadido tu espacio.
- No es eso, sabes que me encanta teneros aquí, sois... la excepción que confirma la regla. Se puede hablar contigo, me has ayudado mucho y tus hijos no son molestos como la mayoría de niños.
- Bueno, quizá solamente somos los primeros a los que les das una oportunidad. Aunque te vieras obligado por las circunstancias...
- Bueno, finalmente tengo que agradecer a esa tormenta de nieve todo esto... de otro modo me hubiera venido aquí y no hubiéramos vuelto a hablar más.
- ¿Ni para despedirnos? ¿Devolverte las llaves o algo?
- No. Para eso pago al viejo Orson. A partir de ahora, supongo que te ocuparás tú. Seguramente sí que te despedirás de los inquilinos.
- Pues claro que sí, hay que ser amable con los clientes.
- Esa nunca ha sido una de mis preocupaciones.
- No hacía falta que lo dijeras, lo tengo claro. De todos modos... ¿Por qué, Jack? Creo que eres buena persona, aunque seas brusco.
Jack arrugó el gesto. Claro que ella creía que él era buena persona. Le había dado un trabajo y una salida a su vida asfixiante, pero ¿eso le convertía en buena persona? Por supuesto que no. Ella no conocía al verdadero hombre que tenía al lado. Ella solo había visto esa parte de él que era ahora, pero nada más lejos de la realidad. Ni siquiera sabía su verdadero nombre, ¿cómo podía pretender conocerlo?
- No solo hay buenas y malas personas, Kelly, a veces la gente es un poco de todo. A veces buenas personas y a veces no.
- Supongo- Murmuró ella, que había advertido perfectamente el cambio en su actitud y su humor.
Toda su expresión corporal había cambiado, de relajada y divertida a estar a la defensiva, cruzando los brazos por encima de su pecho, y su gesto antes sonriente ahora estaba serio.
Sea lo que sea lo que escondía Jack, Kelly no estaba segura de querer averiguarlo. Solo sabía que quería ser su amiga, pero quizá él tuviera sus motivos para ser como era, y no serían agradables.

Cuando Kelly se fue a la cama Jack se quedó en el sofá pensando sobre todo lo que había pasado y qué pasaría si ella descubriese quién es en realidad y lo que hizo. ¿Le tendría miedo? ¿Avisaría a alguien? ¿A la prensa? ¿A las autoridades?
Tendría que confiar y rezar porque ella no se diera cuenta de nada, que no supiera quién era en realidad. No parecía tener ni la más remota sospecha de que no era simplemente Jack, el tipo que alquilaba cabañas.
De todos modos... Kelly parecía una de esas personas capaces de perdonar... ¿Y si se lo conatse? No, prefería no hacerse ese tipo de ilusiones.
Intentaría mantener la fachada todo el tiempo posible.

Al día siguiente, a la hora prevista, una furgoneta y el todoterreno que ya conocía aparecieron por el camino de entrada. Kelly estaba muy emocionada, esperando ya en la cabaña número 3 que a partir de ahora sería su nuevo hogar.
Podía ver a los niños saludar desde el interior del vehículo y a los ancianos en la parte delantera sonreír y señalar cada cosa del paisaje que les llamaba la atención. El aire era frío pero la nieve se

había retirado. La superficie del lago seguía helada. Eran varios centímetros que no se derretirían hasta bien entrada la primavera. Parecía que todo aquello les gustaba mucho. Mónica, la chica joven que ayudaba a Kelly y gracias a la cual había conseguido alquilar la cabaña venía sentada atrás entre los dos niños. También parecía emocionada.

Se bajaron casi de un salto, Molly corriendo a abrazar a su madre. Josh un poco menos efusivo, pero relajado y contento.

- ¡Esta es nuestra nueva casa! ¿A que es genial? - Gritaba Molly una y otra vez estirando del brazo de la señora mayor para que entrase a ver todo. Los de la mudanza no tardaron más de una hora en tenerlo todo descargado y casi colocado. Sólo las cajas de ropa y otros enseres se amontonaban en la sala de estar a la espera de ser puesto cada cosa en su lugar.

Kelly presentó a aquella familia a Jack, al que saludaron afectuosamente, aunque parecían más interesados en el paisaje y el entorno. La cabaña les encantó y no dejaban de elogiar la construcción y el entorno tan bonito que la rodeaba.

Jack se retiró a su cabaña en cuanto calculó que la buena educación se lo permitía y les dejó solos, mientras Kelly les contaba todo sobre el nuevo colegio, el trabajo que haría y lo poco que sabía sobre la ciudad, que por algún motivo parecía que les fascinaba a todos.

- Todo esto es maravilloso, Kelly. Hace muchísimo frío, pero la cabaña es encantadora. Creo que vais a ser muy felices aquí- Murmuró su vecina.

- De verdad, es genial. Y tu jefe parece... ¿agradable? - Intentó apuntar Mónica.

- Bueno, es un poco gruñón, no le gusta mucho la gente, pero eso está bien, así puedo trabajar aquí tratando yo con los clientes.

- Di que sí, querida, es una gran oportunidad. Nos alegramos mucho por ti, aunque sabes que os vamos a echar mucho de menos.

- Y nosotros igual, pero no pasa nada, podemos ir de visita de vez en cuando y por supuesto espero que este verano podáis venir de visita. El clima será mucho más agradable y podremos disfrutar mucho mejor de todo esto.

Todos parecían muy felices por Kelly, y los dos días que estuvieron allí no pararon de elogiar la cabaña y el nuevo desempeño, tan diferente de la cafetería en la que trabajaba hasta hacía poco menos de un mes. Visitaron la ciudad, comieron en la cafetería, y pasearon por la orilla del lago a pesar de las bajas temperaturas. El agua era tan trasparente que parecía de cristal, el olor a humedad de la tierra y a monte les maravilló.

- Nos alegramos muchísimo por ti, espero tener noticias vuestras muy a menudo- Le dijo Mónica, con un último abrazo antes de montar de nuevo en el coche y poner rumbo a casa.

Desde el balcón de su dormitorio, en su cabaña, Jack vio a lo lejos como el todoterreno se alejaba poco a poco de su propiedad. Aquel matrimonio de ancianos y su nieta eran realmente encantadores, no podía decir otra cosa. Por desgracia para él, tuvieron que compartir una cena, y quisieron también subir a su cabaña a despedirse. Siendo tan huraño, le había costado trabajo mostrarse cordial, pero lo hizo por Kelly. Sabía que eran las únicas personas a las que tenía afecto o que cuidaban de ella, no quería hacerles un feo o sentirse incómodos. Quería que estuvieran tranquilos y supieran que Kelly y los niños estarían bien allí, pero no podía más que alegrarse de ver como se alejaban para no volver hasta el verano al menos.

El lunes acompañó a Kelly y los chicos al colegio nuevo. Molly estaba nerviosa, saltando inquieta en su asiento, con dos trenzas que su madre le había hecho para la ocasión. Llevaban los libros nuevos y nuevas mochilas. Todo parecía muy emocionante. Jack recordaba vagamente esa sensación.

Josh por su parte estaba callado, como de costumbre. Miraba las gotas que caían lentamente sobre los cristales de las ventanillas sumido en sus pensamientos. No podía asegurarlo, pero apostaría a que el chico estaba preocupado por el nuevo colegio.

Kelly aparcó cerca de la puerta. Molly saltó del coche casi antes de que terminase de apagarse el motor. El director en persona salió a recibirles. Estaba deseando conocer a los nuevos integrantes de la escuela o eso dijo al menos, con una agradable sonrisa.

Preguntó a los chicos si tenían ganas de conocer a sus nuevos amigos, y Molly gritó que sí mientras aplaudía. A Jack le gustó el modo en que incluía a Josh en la conversación sin presionarle en absoluto, dándole su espacio. Seguro que si el resto del equipo docente era igual, Josh pronto encajaría en aquel sitio. Nadie le miraba como un bicho raro, aunque lo llevaba escrito en la frente.

Kelly se despidió de ellos con un beso en el pelo y se quedó un poco más en la puerta, aun cuando ellos ya habían entrado.

- Estarán bien- Le aseguró Jack.

- Lo sé. Es solo que... no sé, me emociona todo esto.

- ¿Te apetece un poco de pastel?

- Claro. Luego tenemos que ir a ver al doctor. Le dijimos que el lunes sin falta te llevaría a la consulta.

- De acuerdo- Gruñó Jack. Pensaba que a ella se le había olvidado. No quería ver al doctor después de la última conversación que habían tenido y cuyas consecuencias aún le avergonzaban.

Entrar de nuevo en la cafetería acompañado de Kelly volvió a atraer todo tipo de miradas y cuchicheos entre los clientes. En invierno era una comunidad pequeña y en cinco años nadie le había visto acompañado. Era sin duda toda una novedad.

- Creo que somos la atracción de feria- Murmuró Kelly, turbada.

- Ya se acostumbrarán.

Amy les saludó amablemente, como siempre, mientras se sentaban en el rincón predilecto de Jack. Allí donde era más difícil que alguien se fijase en él, de espaldas a todos. Después de cinco años aún se preocupaba por si alguien llegaba a reconocerlo. Era una sensación, un oscuro temor del que no se liberaría nunca, estaba seguro.

Pero no era el único sentimiento del que no podía desprenderse: Algo estaba creciendo dentro de él. Pasear con Kelly, llevar a los niños al colegio, almorzar un trozo de tarta, cenar junto al fuego... Eran situaciones que no se había imaginado haciendo antes, pero que ahora adoraba profundamente. Comenzaba a necesitar esas pequeñas cosas para estar bien. Cuando Kelly entró en su vida lo hizo a lo grande, eso estaba claro.

- ¿Te parece que mañana empecemos a revisar las cabañas? Habrá que ir quitando el polvo y mirando las calderas- Comentó para tener algo en que pensar.

- Me parece genial. Tengo ganas de empezar a ganarme mi sueldo.

- Eso ya lo está haciendo, Kelly. Me estás ayudando en mi recuperación.

- Lo sé, pero esto no es ningún trabajo para mí. Cuidar de ti es muy fácil, casi no tengo que hacer nada.

- No puedo creer lo que has dicho.

- Vamos, ya no eres tan gruñón como al principio. Creo... que te has acostumbrado a nosotros. Siento decepcionarte, pero no eres más que un tierno corderito.

- ¿Te divierte meterte conmigo?

- Mucho- Dijo ella, metiéndose una porción de tarta a la boca y sonriendo con suficiencia.

Jack adoró ese gesto y reprimió una sonrisa. No podía dejar que esos sentimientos siguieran creciendo, no estaba bien. No podía ver a Kelly como algo más que una empleada y quizá como mucho una buena amiga. No estaba bien desearla, no era justo ni lícito y por supuesto, no era algo que realmente fuese a pasar, no había posibilidades y si lo pensaba bien, era lo mejor para todos. Él no podía estar con nadie y Kelly no se merecía algo así. Seguramente si supiera lo que él hizo y quien era en realidad estaría asqueada de haberle conocido y más aún de haber trabajado para él.

"Tarde o temprano lo descubrirá" Advirtió una voz en su interior.

Jack se preocupó. Existía esa posibilidad. Si ella se enteraba, seguramente le odiaría por habérselo ocultado. ¿Qué podría hacer? Confesar la verdad no era una opción. Quizá si le demostraba que había cambiado, que ya no era aquel hombre ni lo sería nunca más pudiera al menos perdonar su mentira. Pero realmente sabía que no era garantía de nada. ¿Había cambiado? No. Seguía siendo el mismo egoísta, el mismo monstruo que una vez acabó con la vida de...

- ¿Vamos? - Preguntó Kelly, interrumpiendo sus pensamientos. - Te has puesto serio otra vez.

- Lo siento. Claro, veamos que dice el bueno del doctor.

- Creo que es un buen médico. A mí me gusta.

- A ti te gusta todo el mundo, Kelly.
- ¡Oye! ¡todo el mundo no! Tú, por ejemplo, nada, ni un poquito.
- ¿No decías antes que era un tierno corderito?
- Eso era antes.

La consulta del doctor Pyne estaba relativamente desierta. En cuanto la chica de recepción avisó al doctor de que Jack estaba allí, este les hizo pasar tras despedir al paciente que se encontraba dentro de su despacho.
- Bienvenidos, ¿Cómo estás, Kelly? ¿Ya te has instalado?
- Esta semana pasada llegaron todas nuestras cosas.
- Bien, espero que estés haciendo un buen trabajo con este cabezota, estoy seguro de que sólo te hace caso a ti.
Jack enrojeció un poco ante la broma, lo cual ocultó con un bufido. Pasó tras un biombo para ponerse una de esas batas azules. Si Kelly no hubiera estado ahí, se habría bajado los pantalones sin más, pero ahora era incapaz de hacerlo.
Recordó con vergüenza que ella había tenido que desnudarle y meterlo en la bañera cuando lo encontró borracho en el suelo de la cabaña. Seguía martirizándose por ello, aunque ella se empeñaba en restarle importancia.
El doctor le indicó que se sentase en la camilla y tomó su taburete para situarse frente a él. Examinó con cuidado la cicatriz, manipuló la articulación y palpó todo el músculo en busca de algún punto doloroso o un quiste.
- Jack, esto está bastante bien. De todos modos, mi sobrino y yo vamos a valorar la necesidad de sustituir la placa de metal por si ha empezado a degradarse. Como ya sabes es una cuestión delicada.
- ¿Hay algún modo de evitarlo?
- No vamos a operarte solo por operar, si es necesario puedes negarte, por su puesto, pero sería bajo tu responsabilidad.
- Jack, deberías hacer lo mejor para ti. Si necesitas esa operación...
Jack gruñó y Kelly guardó silencio.
- La decisión es tuya, pero las pruebas te las vamos a hacer igual. Sobre todo, porque en caso de que necesites operarte, y no quieras, habrá que estar atento a los problemas que te acarreará. Es probable que pueda desprenderse otra pieza o incluso que la actual deje de cumplir su función como es debido.
- ¿Cuándo se las harán?
- Mi sobrino sigue en la ciudad, estará por aquí un tiempo. Esta misma semana podemos organizarlo. Jack, no seas cabezota.
- Sí, doctor, organice todo y nos avisa con las citas. Yo le traeré- Dijo Kelly.
- Kelly...- Protestó Jack.
- Mierda, Jack, me has contratado para que cuide de ti, y es lo que pienso hacer aun si eso significa cuidarte de ti mismo.
- Me encanta esta chica, Jack, es justo lo que necesitabas- Sonrió el doctor.
- Eso creéis vosotros...
Kelly guiñó un ojo al doctor Pyne.
- Dejad de hacer eso...
Kelly se prometió intentar no disfrutar tanto haciendo de rabiar a Jack. Cuando salieron de la consulta pusieron rumbo a las cabañas.
- ¿A dónde vas? - Preguntó Jack al ver que ella aparcaba junto a la cabaña número 3.
- A casa. Quiero preparar un bizcocho para cuando los niños salgan del colegio.
- Puedes hacerlo en mi casa.
- ¡Vamos! Siempre estamos en tu casa, deja que disfrute de la mía. Si te gusta puedes venirte a vivir aquí- Bromeó.
Jack encendió la chimenea mientras Kelly comenzaba a preparar la masa para el dulce.
Miró como ella se manejaba por la cocina, con su soltura habitual. Se imaginó viviendo allí, como ella había dicho en broma.

Se imaginó a sí mismo acercándose por detrás, abrazando su cintura y besando suavemente la piel de su cuello, que podía ver debajo de su pelo recogido en un moño.

Imaginó que ella se daba la vuelta, para poder besarle. Que le sonreía dentro del beso, que podía acariciar su espalda por encima de la ropa.

Pensó en cómo sería levantarla por las caderas y dejarla sentada sobre el mármol de la cocina, situarse entre sus piernas...

- ¡Jack!

- ¿Qué?

- Jesús, estás embobado. Te decía que si querías ayudarme.

- No... yo... sí, claro. Espera un minuto.

- ¿Un minuto? - Preguntó Kelly extrañada.

- Me duele la pierna- Mintió. En realidad, estaba intentando que bajase su erección. Sin embargo, su plan no salió como esperaba, pues Kelly se acercó rápidamente y se arrodilló frente a su butaca.

- ¿Te duele? Déjame ver si está hinchado.

- ¡No! ¡No me toques!

- ¿Qué? ¿Tanto te duele?

- Kelly solo... por favor déjame un momento- Dijo Jack, sonando mucho más brusco de lo que realmente pretendía. Tenerla de repente tan cerca arrodillada delante de él no ayudaba en absoluto.

- Disculpa... yo...

Kelly levantó la vista y clavó sus ojos en los de él, y Jack supo en el instante exacto en el que ella se dio cuenta del deseo en su mirada. No es como si pudiera ocultarlo de todos modos. Kelly tragó saliva y eso hizo que Jack inmediatamente fijase su vista en la blanca garganta de la mujer, para acto seguido subir hasta sus labios entre abiertos. Sin darse cuenta, se lamió sus propios labios, algo que atrajo la atención de Kelly. Ahora ella respiraba con dificultad también. Seguía allí, arrodillada frente a él, con sus manos en los muslos del hombre. Jack comenzaba a ser muy consciente del calor que desprendían esas manos.

"Detén esto" pensaba su cabeza "Aléjate"

"No quiero alejarme", se debatió.

"Le harás daño" y ese pensamiento fue todo lo que necesitó para levantarse de la butaca con cuidado de no empujar a Kelly y caminar unos pasos de espaldas a ella, con las manos enredadas en su pelo intentando buscar el modo de salir de aquella. Ella sabía que la estaba deseando, era imposible que no lo supiera, él mismo había visto el conocimiento en sus ojos.

- No pienso hacerte daño, Kelly, nunca.

- Yo... no pienso que fueses a hacerme daño.

- No. No quería hacerte daño.

- Jack...

Escuchó su voz justo detrás de él. Si se daba la vuelta, la tendría a pocos centímetros.

- Jack-. Volvió a pedir ella. Finalmente, muy despacio se giró.

- Yo... lo siento. No sé qué me ha pasado- Dijo él.

- No ha pasado nada.

Era cierto. ¿Qué había pasado en realidad? Que se había excitado pensando en ella y luego habían tenido un momento de contacto visual intenso. Pero nada más, nada irreparable. No es como si le hubiera hecho el amor contra la pared de la cabaña. ¡Joder! Tenía que dejar de pensar en eso. ¿Qué le pasaba?

- Lo siento, no sé que me está pasando, no me encuentro bien.

- De acuerdo... yo... ¿quieres que te suba a casa?

- Iré paseando.

- De eso nada. No vas a subir media montaña así como estás con la pierna.

- Estoy bien... yo... no quiero que me lleves.

Kelly le miró dolida, sin entender muy bien lo que acababa de vivir. Observó a Jack salir cojeando de su comedor en dirección al porche. Si se marchaba a casa o no, no podría decirlo. Respiró hondo para calmarse y procurar que su corazón recuperase un ritmo normal. Sabía que él había mirado sus labios, y que quería besarla, de hecho, había estado segura de que iba a ocurrir. Podía admitir para ella misma que no lo habría impedido, que de hecho, lo había deseado también. Sí, probablemente era una malísima idea y la decisión que acababa de tomar Jack de alejarse de ella era la correcta, pero vaya si dolía.

Dolía el rechazo por encima de cualquier cosa. Sí, él ya le había advertido que no quería tener nada de contacto físico con ella, y aun así, por un momento había creído que algo ocurriría. Lo peor era que había abierto un rayo de esperanza en ella, la creencia de que esa posibilidad existía y no podía pensar en otra cosa. Se obligó a volver al bizcocho para los chicos y no llamó a Jack a la hora de comer. Cuando se hizo la hora de ir a por los niños tampoco pasó a recogerlo, sino que condujo sola y en silencio hasta el nuevo centro escolar y esperó con su mejor sonrisa fingida a los niños en la puerta. Conoció a alguno de los padres, que se presentaron amablemente. No eran demasiados, ya sabía que no había muchos niños en el centro, solo una clase por curso. Las noticias volaban y todos sabían ya que habría dos nuevos alumnos.

- ¡Mami! - Gritó emocionada Molly. Era siempre tan dulce y sonriente. Kelly abrazó a su hija y esperaron a que Josh saliera. Cuando lo hizo, Kelly casi llora de alegría. Venía hablando con otro chico. Era algo más bajo que él, castaño claro y con gafas. Hablaban animadamente y sostenía en la mano una especie de cohete rojo que parecía ser el centro de la conversación por como Josh hablaba señalando algunas piezas. Se despidieron con un gesto en la mano cuando vio a Kelly entre la multitud y llegó hasta ellas sin decir una palabra.

Kelly no quería agobiarles con preguntas y no hizo falta, Molly le contó todo lo que habían hecho durante el día antes de que llegasen a las cabañas.

- Y entonces la señorita Kassandra me ha puesto al lado de una niña que se llama Autum y que es muy guapa. Me ha dicho que puedo ir a merendar a su casa, ¿puedo, mami?

- Otro día quizás, cielo.

- De acuerdo. Dice que tiene un perro y que se llama Lake. Como el lago. Le he dicho que yo vivo donde el lago y decía que no se lo creía. Pero le he dicho que es verdad y que puede venir cuando quiera a comprobarlo. Y luego teníamos matemáticas, pero no sabía de qué estaban hablando. Y la profesora me ha puesto una nota para ti en la libreta.

- Luego la leo cariño.

- Y mañana hay que traer ropa de deporte.

- De acuerdo.

- Esta escuela es la mejor, mamá, y la cafetería es chulísima y estaba todo muy rico.

- Me alegro mucho de que os guste. ¿A ti también te ha gustado, Josh?

- Mike y yo tenemos que hacer un cohete para tecnología. Lo estaba haciendo él solo pero ahora yo soy su compañero. Y tengo que hacer parte de mi tarea.

- Eso... es genial ¿No?

- Sí, porque haremos que vuele de verdad.

- Me alegro.

- ¿Tu amigo Mike y tú vais a hacer que vuele? ¿Hasta la luna? - Preguntó entusiasmada Molly.

- El profesor dice que con dos metros es suficiente, pero queremos hacer que vuele mucho más.

- ¿No sois muy jóvenes para andar haciendo cohetes?

- Es que estoy en un grupo avanzado. Dice el maestro que es donde mejor puedo desarrollar mis capacidades. Mike también está y me ha dicho que todo el tiempo están haciendo cosas muy chulas.

- ¿Te han puesto en un grupo avanzado?

- Sí. Dice el director que si tienes alguna duda puedes concertar una reunión con el tutor, te lo ha puesto en la agenda.

- De acuerdo...

En la anterior escuela no había recibido nunca una notificación, nada, ni una tutoría. Cada vez que intentaba hablar sobre Josh con los maestros le decían que no podían hacerse cargo de un niño así y que tendría que aprender a enfrentar sus propios problemas.

Mudarse a aquel lugar había sido sin ninguna duda la mejor decisión de su vida y no se echaría atrás ni ahora ni nunca, y si ese estúpido de Jack no quería besarla no iba a deprimirse por ello. Haría el trabajo por el cual le estaban pagando y punto. Se acabó pensar en besar a su jefe. Ni nada relacionado con su cuerpo y el deseo que despertaba en ella.

Odiaba sentirse rechazada por él, y sobre todo odiaba que aquello le importase tanto. Había miles de hombres que no se acercarían a ella y que en caso de hacerlo echarían un vistazo y saldrían corriendo, como hizo su ex. No se lo pensó dos veces, su amor y la familia que habían formado no fueron suficiente para que al menos él pensase en hacer las cosas un poco menos dolorosas, en no dejarles sin absolutamente nada y en la estacada. Estaba muy claro, Kelly no era una mujer por la que valiera la pena luchar.

- Mamá, ¿qué te pasa? Te has puesto muy triste.

- No me pasa nada, cielo, no te preocupes. Verás que rico el bizcocho que os he preparado para celebrar vuestro primer día.

- ¡Bien!

Aparcó junto a la cabaña y acompañó a los niños dentro. Toda la tarde Molly estuvo enseñando lo que había hecho en la escuela y hablando de sus compañeros. Josh estaba entretenido leyendo algo de su libro de tecnología, quizá para hacer despegar ese cohete que le tenía tan emocionado. Era increíble lo rápido que habían sabido captar su atención en aquel centro. Por la noche hizo asado y llevó una buena porción a casa de Jack, del que no había tenido noticias en todo el día.

Tocó a la puerta, a pesar de que tenía las llaves en el bolsillo. Escuchó sus pasos acercarse y abrir.

- Te traigo asado.

- No tenías por qué.

- Bueno, creo que desde que llegué he estado cocinando también para ti, no creo que eso tenga que cambiar, ya contaba con ello y he hecho una parte para ti.

- Gracias...- Murmuró turbado.

- No hace falta que me dejes entrar si no quieres- Apuntó ella, viendo que no pensaba moverse de la puerta- Pero si lo coges me haces un favor, esto pesa.

- Joder... perdona Kelly, pasa. Ya sabes que yo no... no... que soy un idiota.

Tomó la fuente de sus manos y entró, dejando la puerta abierta tras de sí.

Kelly decidió entrar, e intentar que las cosas volvieran a ser fáciles entre ellos.

- ¿Qué tal ha ido el primer día de los chicos? - Preguntó él desde la cocina.

- Están encantados. Realmente encantados. A Josh lo han puesto en una clase avanzada, van a hacer volar un cohete.

- Vaya, eso es impresionante.

- Cierto.

- Kelly, yo quería hablarte de lo que ha pasado esta mañana.

- No tienes que...

- No, quiero hacerlo. Quiero que entiendas que nunca más va a pasar algo así, lo siento muchísimo, estoy muy arrepentido.

- Lo... entiendo, no te preocupes.

- No quiero que te marches.

- ¿Qué?

- No quiero que te vayas. Sé que puedo ser odioso y que lo que ha pasado está muy mal, pero...

- ¡Jack! ¡Para ya! No ha ocurrido nada, no ha pasado nada en absoluto, ¿no te das cuenta? Te estás disculpando por algo que nunca ocurrió.

Era cierto, pero Jack lo había deseado e imaginado con tantas fuerzas que parecía casi real. En su mente había revivido una y otra vez todo el día la escena, el momento exacto en que ella tragaba saliva, y siempre, cada una de las veces, él se inclinaba para atrapar sus labios en un beso feroz. Lo había imaginado tanto que parecía muy real para él.

Kelly le miraba de una forma extraña, como si algo de lo que había dicho le hubiera hecho daño. ¿Sabría ella cuánto la deseaba? ¿Se habría dado cuenta? ¿Se asustaría y se marcharía?

- No te vayas...

- No me iré.

- Mejor. Te prometo...

- Lo sé, lo sé, que no volverá a pasar, que no te intereso lo más mínimo, que no hay ni un atisbo de deseo hacia mi persona por tu parte.
- ¿Estás enfadada? ¿Kelly?
- No, claro que no. Bueno, ya tienes la cena, me voy a casa.
Se dio la vuelta y Jack se quedó un momento paralizado. Estaba seguro, ella había empezado a llorar. Ella estaba llorando y era por algo de lo que él había dicho. ¡Pero si lo había hecho para que estuviera segura!
- ¡Kelly! - Gritó cuando ella cerró la puerta. Corrió todo lo que su maltrecha pierna le permitió y la alcanzó antes de que subiera al coche. La noche estaba helada, el cielo era de un profundo azul oscuro y las estrellas brillaban increíblemente bellas esa noche.
- ¿Qué quieres, Jack? - Gimió ella, sin ocultar ya sus lágrimas- ¿Tienes que volver a repetirme lo horrible que te parezco? ¿Que nunca desearías a alguien como yo? - Gritó- ¡No necesito que lo hagas! ¡Me lo has repetido casi desde el momento en que llegué! ¡Lo has dicho estando sobrio y estando borracho, lo has dicho mil veces incluso cuando nadie te ha preguntado! ¿Por qué necesitas hacerme saber una y otra vez que no piensas tocarme? ¡No necesito que tú me lo digas para saberlo! ¡Ya sé lo que soy! ¡Ya sé lo que ven los hombres cuando me miran! ¿Crees que no lo sé? ¿Crees que tienes que venir tú a abrirme los ojos? ¡Pues no te molestes! ¡Ya me dieron esa lección antes de ti! ¡No eres el único hombre que no me desea, pero desde luego, ninguno con tanto ahínco como tú!
- Pero es que yo...- Jack había entendido hasta qué punto había metido la pata. El modo en que la había hecho sentir cuando lo único que pretendía era que ella estuviera cómoda cerca de él, sabiendo que nunca se propasaría. Pero esa lucha contra sus propios instintos, hacia su deseo más profundo, había hecho que ella sintiera que la estaba rechazando, que no la deseaba.
Suspiró sin saber cómo arreglarlo. Sin saber qué decir. Si dejaba que ella se marchase ahora, dejaría una herida que no se merecía. Si hacía algo para que se quedase, tendría que descubrirse ante ella.
	Kelly le empujó para poder abrir la puerta, pero él la detuvo de nuevo. Ella lloraba. Él solo quería protegerla, pero le estaba haciendo daño.
- Ven, entra un momento.
Jack estiró suavemente de su mano. No sabía por qué, pero ella le seguía. Aun llorando, le seguía.
La condujo despacio hasta la butaca frente a la chimenea encendida, y se arrodilló frente a ella, aguantando el dolor, en la misma posición que ella había estado esa mañana.
- Esta mañana, cuando estabas en la cocina, y yo en la butaca, como estás ahora tú... yo... yo estaba pensando en ti. Pensaba en acercarme por detrás y abrazarte. Pensaba en besar tu cuello y que tú besaras mis labios. Cuando te he tenido tan cerca, yo... Quiero que entiendas una cosa, nunca pondré en riesgo lo que tenemos. Nunca haré nada que lo estropee. Por eso cuando te digo que jamás estaría contigo no significa que no lo desee, sino que sé que no es lo adecuado. Que no debería desearte tanto y necesito que tú lo sepas, para que no me temas. Intento hacer que entiendas que no sucederá, aunque lo desee.
- ¿Tú...?
- Quería hacerlo.
- ¿De verdad?
- Te lo juro.
Y de nuevo esa sensación. Era imposible no sentirla en el ambiente, erizando sus pieles, dificultando sus respiraciones. Estaban tan cerca otra vez... Jack era mucho más alto que Kelly, en aquella posición sus cabezas estaban a la misma altura.
- ¿Y si...? - Preguntó ella, con la voz ronca.
- No podemos. Está mal.
- Lo sé.
	Lo sabía. Pero no podía evitarlo. Ahora que sabía que Jack la deseaba no podía pensar en algo que no fuera en sus labios, a su alcance ahora. Ninguno se estaba moviendo.
Hacía tanto que no se sentía así... podía notar como el cuerpo de Jack le atraía como un imán. Si darse cuenta, la distancia entre ellos se había acortado. Podía notar la respiración de él cosquilleándole el rostro.

9

Y fue ella la que no pudo soportar más y cerró el sello de un beso. Era una fuerza imperiosa la que le obligaba, necesitaba físicamente hacerlo, probar sus labios, tenerlo cerca.

Jack devolvió el beso con ansia, inclinando su cuerpo sobre el de ella. Kelly quedó recostaba en la butaca mientras la lengua de Jack se abría paso en su boca.

Besaba tan bien... mucho mejor de lo que ella había pensado que sabría. Sus respiraciones se agitaron y pronto tuvieron que separarse para poder respirar.

Jack se puso de pie y cuando Kelly temió que se arrepentiría de nuevo, estiró de su mano para levantarla. Cuando estuvo en pie, la levantó si esfuerzo, y sin dejar de besarla caminó con ella enredada en su cintura hasta dejarla caer sobre la cama de la habitación de invitados.

Las manos de Jack eran rápidas, pero no tanto como las de Kelly. Ella ya había recorrido sus brazos y su espalda, enredando al final sus dedos entre los mechones de su pelo.

Jack aventuró a explorar la piel de su abdomen, hasta llegar a sus pechos, cubiertos aún por la tela de su ropa interior. No pudo evitar gruñir cuando ella gimió por la caricia.

Sus pezones estaban duros, y Jack los acarició con la yema de los dedos. Ella misma se deshizo de su jersey de lana y la camiseta que llevaba debajo, mientras él hizo lo propio, arrancando los botones de su camisa y estirando de ella hasta que su torso quedó al descubierto. Ni siquiera había luz allí dentro, pero Kelly supo encontrar un camino por su pecho hasta su cuello, y volver a estirar de él para tenerlo encima. El sujetador ya no estaba. Jack dejó de besar sus labios para bajar haciendo un camino hasta sus pechos, atrapando el primer pezón entre sus labios, haciéndole gemir.

Hacía mucho tiempo que no daba placer a una mujer, demasiado, pero al parecer aún podía hacer un buen trabajo con eso. Kelly le atrajo de nuevo hacia sí para poder besarle. Aquello le resultaba delicioso, mejor que sus fantasías. No podía pensar en nada que no fuese ella y su cuerpo. Kelly se separó de sus labios solo un momento para poder besar y morder su cuello. Jack no recordaba haber estado tan excitado en años, sentía que podía explotar.

Kelly sentía los besos de Jack sobre su piel, sus caricias, podía sentir la pasión y el deseo que emanaba de su varonil cuerpo. ¿De verdad estaba pasando? ¿De verdad estaba con él en la cama?

- Kelly tenemos que parar... no podemos hacer esto- murmuró Jack aún pegado a su cuerpo.

Kelly no contestó en ese momento. Estaba intentando entender qué estaba pasando o por qué no estaba pasando.

- Lo siento... yo no puedo hacer esto. Quiero que entiendas que no es porque no quiera hacerlo, lo deseo, pero no puedo. No debo.

Sin decir nada más, Jack se levantó de la cama, recogió la camisa del suelo y salió de allí dejando a Kelly medio desnuda en la cama de invitados.

Le costó unos minutos tragar la vergüenza y la humillación y atreverse a salir del dormitorio. Jack no estaba por ninguna parte y lo agradeció infinitamente. Salió con las piernas temblando, apenas la sostenían. No dejó de sentir pánico por cruzarse con él hasta que se montó en el coche. Arrancó y se largó de allí levantando gravilla.

Llegó a casa apunto de darle un ataque de ansiedad.

- ¿Le ha gustado el asado? - Preguntó Molly cuando la vio entrar.

- ¿Eh? ¡Ah, sí!

- Normal, te ha salido muy rico, mamá.

- Venga niños, es hora de irse a la cama.

- ¿Vas a contarnos un cuento?

- Esta noche no, cielo. Mañana quizás.

- Vale mamá.

Le dio un beso a cada uno de los chicos y se metió en su cama.

Pensaba que lo primero que haría sería llorar, pero las lágrimas no salían. Se arrebujó más en las mantas, se sentía helada, desnuda y expuesta. Sentía que había hecho el ridículo.

Prácticamente se había ofrecido en bandeja, pero Jack no quiso tomar aquello que ella estaba más que dispuesta a entregarle.

Era su jefe. Le conocía de apenas un mes, ¿en qué estaba pensando?

Al menos él tenía un poco de conocimiento, pero sentía que había fracasado, una vez más.

Nunca debió haberse puesto en esa situación.

- Deberías ser más lista- Se susurró en el silencio de la noche.

Vale, Jack la deseaba, eso no podía negarlo. Bien, partiendo de esa base, había que tener en cuenta que A) Él no pretendía que la naturaleza de su relación cambiase en absoluto. Y B) Su deseo hacia ella era mucho menor que el deseo de ella hacia él.

Kelly se levantó y se observó en el espejo del baño.

Las arrugas se habían empezado a formar alrededor de los ojos. Su pelo estaba lacio y sin vida, siempre había tenido el cabello muy fino e ir a la peluquería no estaba dentro de sus prioridades. No se maquillaba, no tenía ropa favorecedora. Siempre compraba en las tiendas de saldos o descuentos, ropa usada, ropa con taras. No tenía ni idea de si eso importaba o no a Jack, pero desde luego no ayudaba a que ella se sintiera mejor en ese momento.

Bien, aquel escarceo frustrado le había abierto los ojos. Con una nueva vida comenzando al fin, con sus sueños cumpliéndose uno tras otro y sus hijos en un ambiente muchísimo más favorable, quizá, y solo quizá, estaba lista para empezar algo con alguien.

Desde que su ex marido se largó se había cerrado en banda al amor. El amor era dolor, y ella no estaba dispuesta a sufrir más. Pero quizá lo que le pasaba con Jack no era más que el despertar de un anhelo en su interior. Es posible que ahora que podía realmente vivir una vida mejor, las preocupaciones eran menos y era el momento de poder intentar estar con alguien.

Estaba más que claro que Jack no iba a ser ese alguien. El bochornoso espectáculo que le había ofrecido sería algo de lo que se arrepentiría durante mucho, mucho tiempo. Pero si conseguía que no le despidiese, podrían hacer como si nada, y seguir trabajando para él.

Se sentía tan avergonzada que no estaba segura de poder volver a mirarle a la cara, pero tendría que hacerlo por su bien y el de su familia. Al final era lo mejor que podía pasarle, que Jack la rechazase. Si se hubieran acostado, no sabía qué haría después. Seguramente se sentiría muy mal por acostarse con su jefe. Prefería pasar vergüenza que arrepentirse toda la vida de haber sido una idiota.

Jack miraba al techo de su dormitorio, incapaz de pegar ojo. En otro momento, quizá hubiera bajado al lago. Las tranquilas aguas, profundas y salvajes, conseguían calmarle. Sin embargo, para hacerlo habría tenido que pasar por delante de la cabaña número tres, demasiado cerca de Kelly.

Sin duda alguna había pasado algo malo. Algo que nunca debería haber ocurrido. Se sentía avergonzado, y frustrado. Se arrepentía de no haber seguido, porque lo deseaba tanto... Quien sabe lo que Kelly estaría pensando sobre él en ese momento.

Probablemente le odiaba, eso estaba claro.

Ella quería que sucediese, lo había dicho no solo de palabra, su cuerpo la había delatado, el modo en que había reaccionado a él era una señal inequívoca. Pero debía detenerse, no era lo correcto.

Puede que Kelly le deseara, pero ¿Qué podía ofrecerle él? Nada. No podían ser nada, no quería ser el jefe que se acuesta de tanto en tanto con su empleada. No quería que Kelly despertase una mañana sintiendo que había abusado de ella de alguna manera, que su agradecimiento por el trabajo o lo que fuera eran la causa de su atracción y que se arrepentía enormemente. Él no podía estar con nadie, y ella no se merecía menos.

Lo que más le estaba costando era dejar de pensar en el sabor de su piel, en su lengua, en sus pezones, duros al tacto bajo sus dedos. La deseaba. Deseaba hacerla estremecer. Quería hundirse en ella por encima de cualquier otra cosa, pero no solo era eso.

Quería muchas cosas con Kelly, y empezaba a preocuparle lo intenso que era ese sentimiento. Enamorarse no entraba en sus planes. ¿Acaso podría hacer algo así con ella? Si ni siquiera podía confesarle su verdadero nombre... No. Ella no se merecía eso.

Jack se levantó de la cama y llegó hasta la nevera a por una cerveza. Realmente no le apetecía tomarla, pero no podía dormir, no sabía qué hacer para deshacerse de esa sensación en la boca del estómago que le recordaba que había hecho algo malo. Su mente volaba una y otra vez a Kelly.

¿Qué estaría haciendo? ¿Le odiaba? ¿Se sentiría mal? ¿Sentiría el mismo vacío que él?
Definitivamente tenía que alejar aquellos pensamientos y sin más dilación tomó dos pastillas para dormir acompañadas de un buen trago de cerveza. No era su mejor plan, pero tampoco sería lo peor que habría hecho aquella noche.

Aunque se evitaron dos días, al final no tuvieron más remedio que volver a verse. Al fin y al cabo, ella era su asistente mientras no se encontrase bien. Kelly pasó temprano a recogerle con los niños metidos en el coche. Tenía consulta con el doctor aquella misma mañana. Pitó desde el vehículo sin bajarse siquiera para avisarle de que ya estaban allí.
Por suerte, ambos parecían tener las mismas ganas de hacer como que aquello nunca pasó, por lo que Jack no mencionó nada en absoluto, así como tampoco ella, que seguía con la mirada muy atenta a la carretera todo el trayecto hasta la escuela.
- ¡Mi seño dice que dibujo muy bien! - Explicaba Molly a Jack.
- Estoy seguro de que no se equivoca.
- Pues claro, si quieres puedo hacer para ti un dibujo luego.
- Sería genial
Kelly aparcó cerca de la entrada y bajó para despedir a sus hijos, momento en el que Jack aprovechó para soltar todo el aire que estaba reteniendo sin darse cuenta. Por suerte cuando Kelly volvió a subir no hizo tampoco ningún comentario, solo condujo tranquilamente hasta la cafetería habitual.
- ¿Tarta? - Preguntó cuando apagó el motor.
- Tarta- Confirmó Jack.
De acuerdo, pensó él, esto no está siendo tan malo después de todo.

A pesar de que entraron con normalidad y se sentaron en el sitio de siempre, hablando sobre las tartas y sobre la escuela de los niños, a pesar de que ambos ponían su mejor cara, y hacían como si nunca hubieran tenido aquel momento erótico, la tensión era palpable, al menos para ellos dos.
Cuando llegaron a la consulta, Moses ya les estaba esperando esta vez, acompañado de su sobrino.
Kelly decidió aguardar en la sala de espera, ojeando alguna de las revistas que había sobre la mesita. Había una sobre cotilleos de gente famosa que ella apenas conocía de pasada, fechada meses atrás. Había un par sobre caza y pesca, y una más sobre hogar y belleza. Tomó esta última y aprendió algo sobre aromaterapia y la importancia del color antes de que Jack saliera de la consulta.
Mientras el doctor Pyne le daba unos últimos consejos o recomendaciones, Connor se acercó a saludarle.
- Kelly, un placer volver a verla. Tengo entendido que ya se ha instalado.
- ¡Sí! Llegamos la semana pasada.
- Espero que esta nueva etapa sea de su agrado, tanto para usted como para su adorable familia- Dijo el joven médico con una preciosa sonrisa en su rostro. Kelly farfulló algo parecido a un agradecimiento con las mejillas sonrosadas por la vergüenza. - Había pensado, si no le parece un atrevimiento, que quizá le apetecería cenar una noche conmigo. También soy nuevo en la ciudad, me vendrá bien charlar con alguien que no sea un médico o un traumatólogo. Últimamente parece que no hablo de otra cosa.
Kelly parpadeó un momento intentando asegurarse de que había oído bien.
- Claro... yo... bueno siempre que no espere una conversación demasiado interesante por mi parte... yo... bueno, soy solo una chica de pueblo más.
- Bobadas. A mí me parece muy interesante. De todos modos, actuaré de buena fe. Tiene mi número, esperaré a que se decida y me llame, no se preocupe, no se lo tomaré en cuenta si el teléfono no suena.
- ¡No! yo... claro, claro que le llamaré.
- Estaré esperando entonces- Dijo antes de volver a entrar a la consulta. Justo antes de traspasar el umbral se giró a verla de nuevo, un gesto que hizo que le diera un vuelco el corazón.
Un carraspeo de Jack le sacó de su ensoñación.
- ¿Y bien? ¿Qué te han dicho?
- Bueno... que puedo esperar.
- Jack...

- Que hay que operar. Pero no tiene por qué ser de inmediato.
- Jack, cuanto antes mejor. Ahora no hay trabajo en las cabañas, cuanto más lo alargues más se complicará todo.
- Lo pensaré...
- Eres un cabezota.
Jack sabía que Kelly tenía razón, como siempre. El doctor había sido muy claro, era una operación de envergadura, pero necesaria. Si más piezas se desprendían, podría ser muy peligroso. Además, era probable que en la nueva operación se redujesen muchas de las molestias que sentía, y que eran causadas por la placa anterior que se estaba desprendiendo. Estaba claro que no tenía mucha alternativa.
De camino a las cabañas, ninguno dijo nada.

Jack deseaba con todas sus fuerzas preguntarle a Kelly qué era lo que ese médico le había dicho en privado. Sabía que había coqueteado con ella, su lenguaje corporal le había delatado, también el gesto reprobatorio del viejo Pyne, así como el rubor en las mejillas de ella. Se moría de curiosidad, pero estaba claro que no debía abrir la boca. Si después del bochornoso espectáculo de la otra noche se atrevía a inmiscuirse en la vida privada de Kelly, esta seguramente le gritaría unas cuantas cosas y con toda la razón del mundo.

Por su parte, Kelly estaba pensando exactamente en lo mismo. Por momentos se veía decidida a aceptar la invitación, Connor era un hombre apuesto e inteligente, parecía muy educado, y sería una oportunidad para salir y distraerse por un rato de sus circunstancias y del bochornoso episodio vivido con Jack.
Sin embargo, al momento siguiente pensaba que ella no tenía ninguna clase de experiencia en citas o cenas casuales, que carecía de carisma o interés, que no sabría de qué hablar con un hombre culto como él, y que desde luego, era una malísima idea siquiera pensarlo.
Pero por otro lado, había sido él quien la había invitado, eso significaba algo ¿no?
Resopló por tercera vez en ese trayecto lo que hizo que Jack estuviera aún más nervioso.
- ¿Te pasa algo? - Preguntó al fin. No quería saber y a la vez se moría de ganas de hablar con ella y conseguir toda la información. Temió que la pregunta obtuviese como respuesta algo relacionado con lo que había pasado entre ellos aquella aciaga noche, pero no, ella simplemente se encogió de hombros antes de contestar.
- No, no, no me pasa nada. Solo estoy pensando.
- De acuerdo- Murmuró él, sin saber si insistir o no. Por suerte en unos minutos llegaron a la entrada de las cabañas.
- ¿Qué vas a hacer con lo de la operación? - Preguntó Kelly cuando aparcó el coche junto a la entrada de casa de Jack. Usualmente comían juntos en una cabaña o en la otra pero después de lo que había pasado entre ellos habían dejado de hacerlo, era el primer día que se veían desde entonces.
Jack meditó un momento, y salió del coche mientras articulaba una respuesta, lo que obligó a Kelly a bajar también para continuar con la conversación. Era el modo que tenía aquel hombre de invitarla a comer en su casa.

En cualquier otro momento hubiera sido lo habitual, pero entre ellos seguía habiendo algo extraño y aunque hacían como si nada, ambos notaban perfectamente la tensión.
- Creo que por poco que me guste, debería hacerlo. El doctor opina que podría estar mucho mejor que ahora, y que, en gran medida, los dolores que estaba sufriendo últimamente se aliviarían.
- ¿Qué es lo que te frena?
- ¿Sinceramente? No lo sé. Soy consciente de que es lo mejor- Dijo Jack dejándose caer en su sofá- Pero no me gusta la idea. Es otra vez estar inmóvil, volver a la rehabilitación, volver a pasar por todo aquello otra vez.
- ¿Fue muy dura la primera vez?

Jack guardó silencio un momento. Claro que fue duro, pero por todo lo que había sucedido además de aquello. Durante los meses que estuvo en aquella clínica recuperándose se había dado cuenta de la realidad, de quién era y de lo que había hecho, del precio que había pagado y del crimen que cometió. El recuerdo dolía y aunque sabía que se merecía todo aquel dolor, no podía evitar sentir que no quería revivir nada de aquello.

Kelly se dio cuenta del cambio en su humor y decidió no preguntar más. Estar con Jack aún le ponía nerviosa y recordaba cada momento lo que había pasado en aquella misma casa hacía unos días. Se levantó sin añadir nada más y caminó hasta la cocina para poder preparar algo de comer.

Desde que vivía allí tenía por costumbre tener surtidas ambas cocinas, ya que comían y cenaban indistintamente en una o en otra. No le costó nada encontrar los ingredientes para hacer un poco de pasta y una ensalada.

¿Qué era lo que le pasó a Jack? ¿Por qué le atormentaba tanto su pasado? ¿Sería algo tan malo en realidad?

Comieron en silencio viendo la tele y Kelly se retiró casi nada más comer. Quería hacer cosas en casa antes de ir a por lo niños y además se moría por hablar con Mónica.

En cuanto entró por la puerta de la cabaña llamó a su única amiga para contarle lo que había dicho Connor, el apuesto sobrino del doctor Pyne.

- ¿En serio? ¡Eso es genial!

- ¿Tú crees?

- ¡Pues claro! Ya es hora de que tengas una cita, mujer, llevas años sin estar con nadie.

Eso era técnicamente cierto, aunque en realidad, sí que había estado con un hombre, Jack. No obstante se había arrepentido en el último minuto. Por supuesto que no le había contado nada a ella, se moriría de vergüenza.

- Pero ¿de qué voy a hablar con ese hombre? Tú no lo has visto, es súper guapo, es un médico importante, y yo... ¿Yo qué puedo ofrecer?

- ¡Eres una mujer! ¡Y eres lista, y atractiva también! Si él no se hubiera dado cuenta no te hubiese invitado a salir. Yo creo que le gustas.

- Él ha dicho que es porque no conoce a nadie aquí y solo habla con médicos.

- Claro, nena, ¿qué te iba a decir si no? De todos modos y aunque fuese así, por algo se empieza. Tú también tienes que hacer amistades y conocidos en ese lugar, ahora es tu hogar.

- Es cierto. ¿Entonces debería llamarle?

- ¡Claro que sí! ¡Pero todavía no! Hazte un poco la interesante primero.

- ¿Cuánto tiempo?

- No lo sé, unos días quizá. Llama de cara al fin de semana próximo.

- De acuerdo- Comentó Kelly no muy convencida.

- No seas tonta Kelly.

- Vale, vale.

Aquella tarde Kelly condujo hasta el colegio con Jack en el coche. Necesitaba que se quedase un momento con los niños mientras ella hablaba con el tutor de Josh. Habían concertado la tutoría para esa misma tarde.

- Siéntese, señorita Watts- Le invitó amablemente el tutor.

- Gracias.

- Como creo que ya sabe, hemos colocado a Josh en un grupo avanzado en ciencias.

- Sí.

- Bien, Josh es un chico inteligente, aunque por ahora tiene muy bajo nivel. Esto ya nos lo esperábamos por las referencias que tenemos de su antiguo colegio y además de las características especiales de su hijo. No se preocupe, se cogerá a nuestro nivel muy pronto. El hecho de que le hayamos metido en el grupo avanzado es porque es un grupo muy reducido, actualmente solo hay ocho alumnos contando a Josh. Las clases son muy dinámicas y creemos que más divertidas. Es un recurso que está dando muy buenos resultados hasta ahora. Está ayudando a que Josh se relacione también con otros compañeros y al no haber exámenes en la materia, a que no se dé cuenta todavía de que su nivel está muy por debajo del resto.

- Entonces... no lo entiendo... ¿Lo ponen en el grupo avanzado, pero no tiene el nivel?

- Puede resultar confuso, pero que ahora mismo no tenga el nivel no significa que no vaya a tenerlo.

Como le comentaba creemos que en su anterior escuela (y no queremos menospreciar de ningún modo a otro centro educativo), no han tenido en cuenta sus capacidades y sus características. De hecho, creo que no se han tomado la educación de Josh como un reto sino como un problema, lo cual, si me permite decirle, es un error.

- Yo no sé qué decir... nadie se había tomado tantas molestias con Josh nunca.

- Nuestra prioridad a falta de un diagnóstico, es tratar de encontrar el modo de llegar a él y dotarle de unas herramientas que le permitan integrarse en la sociedad, que no se aísle y encuentre un equilibrio entre la socialización y el espacio en el que él se sienta cómodo. No vamos a esperar que se relacione como los demás niños, eso sería pretender que Josh no es como es, pero sí que pueda tolerar relaciones cordiales, sobre todo para el día de mañana, que pueda seguir estudiando y tener una vida laboral.

- Sí, por supuesto, eso es... sería genial.

- Pues si no tiene ninguna duda más, eso es todo por mi parte. Si le parece bien, mantendremos reuniones periódicas. Espero que muy pronto veamos una evolución muy positiva en su hijo.

- Perfecto.

Kelly salió de allí con una sensación de triunfo. ¿Quién le iba a decir que en aquella pequeña ciudad casi perdida en las montañas junto al lago, encontraría a un equipo tan profesional y con tantas ganas de ayudar a Josh como ella misma tenía.

- ¿Todo bien? - Preguntó Jack al verla salir.

- Todo perfecto. Este sitio es maravilloso- Dijo con una sonrisa.

Condujo todavía sonriente hasta la cafetería de Amy y pidieron tarta para todos.

Jack estaba secretamente encantado. Si ella era feliz allí, si ese colegio ofrecía las respuestas que ella y sus hijos necesitaban, quizá y solo quizá, todas las meteduras de pata que estaba cometiendo no serían motivo suficiente para que ella quisiera dejarlo todo otra vez y volver a su antigua casa.

Incluso aunque no quisiera trabajar para él, sí seguiría por allí y podría verla de vez en cuando, demonios, incluso querría ver a aquellos niños a los que empezaba a tolerar e incluso a tomar algo de cariño.

Esperaba de corazón que Kelly no se marchase. Lo que empezaba a sentir por ella no tenía visos de desaparecer. Intuía que era mucho mayor que cualquier otro sentimiento que ninguna mujer le hubiera despertado hasta el momento. Si podía al menos seguir formando parte de su vida a largo plazo, sería toda la porción de felicidad a la que alguien como él podría aspirar.

Sin embargo, seguía temiendo que algún día ella descubriese la verdad de su pasado y aquello los alejase definitivamente.

Cuando volvieron a casa, Jack estuvo meditando largo rato sobre su pasado y el modo de hacer partícipe a Kelly de la verdad. Ella se merecía saberlo, saber con quién pasaba casi cada día, y a quién estaba permitiendo ver a sus hijos. Él jamás le haría daño a ningún niño, tampoco volvería a hacer algo así a nadie más, pero el pasado no podía borrarse, y sí, hacía unos años, cuando él era una persona diferente, mató a alguien, y ahora estaba huyendo de todo aquello.

No había forma fácil de confesar algo así. De que ella tolerase saber que aquel hombre había segado la vida de una chica tan joven. No podía simplemente decirle "Oye Kelly, ¿sabes qué? Antes de vivir aquí mi cara salía en todas las televisiones, ¿y quieres saber qué hice? La maté".

Sin darse cuenta de lo que hacía, lanzó el vaso de cristal que sostenía contra la pared. No había podido evitar que la rabia le dominase, que tomase el control.

Deseaba tanto ser buena persona, deseaba con cada fibra de su ser volver al pasado y evitar que todo se descontrolase, la pelea, los gritos, las lágrimas, el golpe, la sangre, la policía, la ambulancia, el hospital, las cámaras... y la cara de su madre cuando se enteró de lo que había hecho.

Jamás nada en el mundo podría igualarse a ese instante, en el que vio en los ojos de la mujer que le había dado la vida el horror de saber lo que había hecho. No habría perdón para él.

Pero ya había pasado años soñando con volver atrás en el tiempo y cambiar lo sucedido y había sido en vano. Se había acostumbrado a vivir con la culpa, a no hablar con nadie, a evitar que alguien le reconociese y pudiese alertar de dónde se encontraba.

Se había acostumbrado a vivir así, y cada día, cada semana eran igual a la anterior. Hasta ahora.

¿Alguna vez volvería a ser como antes?

Kelly esperó hasta el miércoles de la semana siguiente para llamar a Connor y preguntarle si el viernes por la noche le venía bien cenar con ella. Él aceptó y propuso un restaurante que Kelly aún no conocía, pero esperaba conseguir las indicaciones precisas sin tener que recurrir a Jack.

Le aterraba que se enterase, aunque no sabría decir el motivo.

Él había dejado muy claro que entre ellos no iba a pasar nunca nada, por lo que no habría problema en teoría en que ella hiciese su vida, tuviese tantas citas como le diera la gana con quien ella quisiera, y, sin embargo, de algún modo raro y retorcido sentía que le estaba engañando de alguna manera. Que lo que había entre Jack y ella no estaba muerto, sino suspendido en el aire, esperando el momento adecuado para florecer.

"Eres tonta, Kelly, olvídalo, nunca pasará", se repetía una y otra vez. Pero la sensación seguía allí.

Aquella mañana buscó por enésima vez entre su ropa algo que pudiera llevar a la cita.

No tenía nada que pudiera pasar por elegante, y mucho menos adecuado para una cena en invierno. Tenía un par de vestidos de verano que eran ligeros y bonitos, pero no podía ponerse eso allí, se quedaría helada antes de llegar siquiera al coche. Se resignó y condujo hasta el pueblo. Desde que estaba allí no había tocado ni un céntimo de su cuenta ya que Jack se empeñaba en pagar también la compra doméstica ya que según él compraba para ambos y cocinaba también para ambos.

Para Kelly había supuesto una maravillosa novedad poder comprar aquello que necesitase sin llevar todo el tiempo la calculadora en la mano para no pasarse del exiguo presupuesto.

Sabía que había visto un par de tiendas de ropa en la calle principal, y no le costó localizarlas. Después de rebuscar encontró unos pantalones negros y una blusa que podría usar después. Se compró además unas botas e incluso un conjunto de ropa interior bonito. Jamás había comprado tantas cosas para ella y menos sin estar rebajadas o usadas.

Antes de volver a casa, decidió pasar por la peluquería.

La chica que le atendió parecía simpática aunque demasiado curiosa para el gusto de Kelly. Le abrumó a preguntas tan seguidas y rápidas que no daba tiempo a contestar la mayoría de ellas. Una de las clientas, una mujer mayor se apiadó de ella y afeó a la chica su actitud.

- Uy perdona, es que como eres nueva pues digo yo que nos tendremos que conocer.

- Ya...

- Bueno, pues las puntas las tienes fatal. Te voy a sanear todo esto y quizá unas mechas para iluminar ¿Qué te parece?

- Pues... no tengo ni idea... adelante, haz lo que creas.

La chica se aplicó cortando y tintando unas mechas varios tonos más claros que su propio cabello. Mientras esperaba sentada en una de las sillas de la pared a que el tinte hiciera su efecto la señora mayor que había salido en su defensa antes se presentó.

- Cordelia, querida.

- Soy Kelly, un placer.

- Eres la chica nueva, la que ha buscado ese huraño de Jack, el de las cabañas, ¿cierto?

- Sí...

- Espero que estés a gusto en Sunnylake. Ahora puede parecer que todo es frío y anodino, pero en primavera la cosa mejora.

- Me encanta todo tal y como está.

- Eso es bueno, a veces el invierno es demasiado frío y largo, resulta abrumador si uno no ama este lugar. Mucha gente se va, no lo soporta. Los días cortos, las noches heladas, la nieve y el hielo... Yo nací en estas tierras y aquí moriré, no iría a ninguna otra parte.

- Debe ser bonito amar tanto tu hogar.

- Estoy segura de que tú también acabarás por amar esto.

- De momento estamos encantados.

- Me alegro, querida.

Kelly pensó en su antigua casa. Había vivido muchos años allí, desde que Molly había nacido. Allí dio sus primeros pasos y vivieron fechas especiales como las navidades, acción de gracias y los cumpleaños, disfraces, meriendas, y noches de cuentos. Sin embargo, no podía decir que añorase aquel lugar.

La cabaña número 3 no sólo era un lugar más adecuado para vivir, sino que era maravilloso todo lo que representaba. Por primera vez en años sentía que tenía un futuro ante ella. Que podía ofrecer algo mejor a sus hijos. Que tendrían una oportunidad. Sonrió al pensar en Josh y en lo bien que se adaptaba al nuevo ambiente. Un par de tardes habían coincidido en la cafetería de Amy con Joey, el conductor de la quitanieves y habían estado charlando animadamente sobre la posibilidad de que una nueva borrasca cubriera de nieve el paisaje en las próximas semanas. Sería un nuevo sueño cumplido para Josh.

Desde que se perdió en la nieve aquella noche en la que casi se congela había moderado mucho su pasión por la nieve, o al menos, eso hacía creer a su madre.

Cuando la peluquera finalmente le secó el pelo le encantó el resultado. Se sentía mucho más bella y preparada para su cena aquella noche.

Los niños parecían encantados con su nuevo look cuando los recogió del colegio. No les dijo a dónde iba a cenar, simplemente les dejó preparada su cena favorita, el teléfono apuntado a pesar de que sabía que lo conocían de memoria y confió en que se las apañasen solos por un rato.

No tenía planeado estar fuera más de una hora y media, no pensaba que fuese a haber algo más después de la cena.

Llegó puntual y algo nerviosa, Connor ya le estaba esperando y se sentó en aquel lugar elegante a pesar del lugar tan inhóspito. Imaginó que en la temporada alta estaría hasta los topes, pero aquella noche resultaba muy acogedor.

La cena resultó ser muy distendida, lo que ayudó a que se relajase y soltara todo el aire que estaba reteniendo sin darse cuenta.

Connor era muy agradable, le contó alguna cosa de su vida anterior, algún cotilleo, pero, sobre todo, parecía que lo único que pretendía era precisamente lo que le había dicho en la consulta: charlar con alguien, y hacer algo de amistad.

Kelly, mucho más relajada, se reprendió mentalmente por los nervios absurdos y su reticencia a quedar con él, cuando todo era mucho más fácil de lo que parecía.

Participó activamente en la conversación y se descubrió capaz de arrancar alguna carcajada al joven médico.

Cuando se despidieron, este le abrazó afectuosamente a modo de despedida.

- Muchas gracias por haber aceptado. Mi viejo tío es muy amable, pero estaba cansado de ver su cara al otro lado de la mesa desde que llegué.

- No hay problema, a todo el mundo le viene bien salir de la rutina, yo me lo he pasado estupendamente.

- Lo mismo digo, Kelly. Deberíamos repetir.

- Sí, estoy de acuerdo.

Kelly condujo a casa con un extraño sentimiento de euforia y felicidad.

Por un lado, su cita (que resultó no ser una cita exactamente) había sido mucho más fácil y cómoda de lo que había pensado que sería.

Por otro lado, saber que no había una intención romántica o la posibilidad de que Connor quisiera algo así de ella en lugar de minar su ego, le había aliviado.

No podía dejar de pensar en Jack.

El rechazo de Jack dolía muchísimo, pero, aun así, sentía que no había otra persona con la que quisiera plantearse tener algo que no fuera él.

- Esto va a doler- Se dijo a sí misma cuando se dio cuenta realmente de lo que eso significaba. - Te estás enamorando de la persona equivocada... otra vez.

Se obligó a pensar en su ex marido. En el dolor de la soledad, del abandono. Se obligó a recordar cómo se sintió cuando se largó de casa y se quedó allí, sola, con dos niños que cuidar. Como se desgarraba su corazón cada vez que alguien le traía noticias de lo bien que le había visto, lo feliz que parecía y lo guapa y joven que era su nueva esposa.

- El amor duele, ya lo sabes.

Y aunque sabía lo que podía pasar, esos sentimientos estaban naciendo en su interior.

Se estaba enamorando de Jack. De sus silencios, de su generosidad, de sus manos, que habían levantado cada una de esas cabañas de madera. De sus ojos, casi siempre ocultos bajo la capucha o la gorra. De su vulnerabilidad, de su fuerza. De su cuerpo y de la parte que podía ver de su interior.
Pero Jack ocultaba algo, y ese algo, no era bueno.
No podía decir qué podía ser, pero le atormentaba, de eso estaba segura. Además, no era tonta, había visto como se desenvolvía en la ciudad, como trataba con la gente, como si temiese que le miraran a la cara, como si le preocupase relacionarse demasiado con ellos.
¿Qué escondía Jack?

Jack estaba tumbado en la cama, mirando al techo. No podía dormir pensando en Kelly. En los labios de Kelly. En el cuello de Kelly. En el ombligo de Kelly.
Se estaba volviendo loco.
No podía tenerla, pero era en todo lo que podía pensar.
En algunos momentos de flaqueza, se imaginaba a sí mismo mintiendo a Kelly, fingiendo ser realmente Jack e iniciando una vida a su lado. Durmiendo con ella, criando a los niños juntos.
Se imaginaba caminando con ella de la mano a orillas del lago, navegando con ella a la llegada de la primavera. Enseñando a pescar a Josh y a Molly. Besando sus labios cada día al llegar a casa de la ciudad, o de cortar leña.
Le gustaban esas fantasías, pero la realidad le golpeaba cuando salía de su ensoñación.
No podía hacerle eso, no podía condenarla a vivir una mentira, ella no querría estar con él si conociera su verdadero yo.
Decidió que era suficientemente tarde como para ir al lago sin que nadie le viera. A esas horas todos en la cabaña 3 estarían durmiendo.
Ir a la orilla del lago a pensar no era nada nuevo para él. Lo hacía todo el año, salvo si nevaba.
Se pertrechó con el abrigo y los guantes y caminó con la única guía de su linterna con cuidado. Hacía una noche sin viento, aunque el frío caía a plomo sobre sus huesos.
La pierna le permitía caminar cada vez más distancia sin resentirse. En menos de 10 minutos llegó a la altura de la cabaña número 3, pero siguió su camino hacia el lago.
- ¿Jack?
- ¿Kelly?
- ¿Qué haces a estas horas? ¿A dónde ibas?
- Yo... solo quería bajar al lago.
Kelly lo miró extrañada. Estaba sentada a oscuras en las escaleras del porche, con una taza de algo en las manos. Conociéndola, seguramente era chocolate caliente.
- ¿A estas horas?
- Yo... no podía dormir.
- Yo tampoco. ¿No te duele la pierna?
- No... me viene bien pasear un poco, el frío me despeja.
- De acuerdo...- Murmuró ella. Jack podía notar como quería decir algo más pero finalmente no lo hizo.
Se alejó de allí sin añadir nada más. Había salido a pensar, a intentar recuperar la perspectiva, pero en la oscuridad de la noche, nuevamente ella.
¿Qué iba a hacer si se enamoraba?
Verla cada día sería una tortura. Tenerla tan cerca como para poder estirar la mano y tocarla, pero a la vez tan lejos como la luna que se reflejaba en la superficie del agua.
Había oído muchas leyendas sobre lo profundo del lago, los secretos que escondían sus aguas. Ahora entendía al viejo Orson, cuando una noche, un poco borracho le dijo que en aquellas tierras, cuando era joven, se decía que cada hombre vivía solo una vez en la vida un amor, tan profundo como el lago y que este no se olvidaba jamás y si no se satisfacía, era un dolor en el corazón que no se mitigaba mientras viviera.
Jack no pudo evitar preguntar entonces si su amor era su esposa Charlotte, que había muerto unos años atrás. Él negó con la cabeza.

- Que Dios me perdone- Murmuró avergonzado- Pero ella no fue. La quise todos los días, pero no pasaba ni uno solo en el que no recordase a la mujer que se me escapó... pero era otra época. La conocí en la guerra, ella era enfermera. Me desperté una noche, aullando de dolor en un hospital de campaña. Y allí estaba ella, con unos ojos verdes que cortaban el aliento, y un cabello negro como el ébano. Tenía la cara manchada de sangre, puede que fuera mía, o puede que no, pero eso no parecía importarle. El modo en que ella hacía palpitar mi corazón, no lo ha logrado nadie más, ni siquiera Charlotte. Pero la guerra acabó, y nunca volví a verla.
- Nunca he sentido nada parecido, ni creo que lo sienta jamás. - Si ambos no hubieran estado un poco borrachos aquella noche, Jack no hubiese hecho aquella confesión.
- Cuidado muchacho, nadie está a salvo. Eres un hombre, y amas el lago, así que sucederá. Nos pasó a todos. Algunos con más suerte que otros. Pero te llegará. Si es una maldición o es una bendición, no sabría decirte.
- No suena muy bien, la verdad. Una bendición no creo que sea.
- Muchacho... en la guerra pasaron muchas cosas. Hicimos y vimos muchas barbaridades. No estoy orgulloso de algunas de ellas, aunque volvería a dar mi vida, y mi sangre por mi país. Pero te puedo decir que había momentos en los que dudaba de si aún era humano. Veía a mis compañeros morir a mi lado, y llegó un punto en que ni siquiera me afectaba. Era como si viera una película, como si no estuviera realmente allí. Las explosiones ya no me sobresaltaban, los heridos no me inspiraban lástima. Pensé que era incapaz de volver a sentir algo. Pero pasó, y aunque no estábamos destinados a estar juntos, ese amor me demostró que seguía siendo humano. Era lo único que me mantuvo cuerdo, que me ayudó a regresar. Saber que no me había convertido en un monstruo por completo. A ti no te vendría mal sentir algo de vez en cuando.
- Creo que has bebido demasiado, viejo.
- Yo también lo creo, pero ¡qué demonios! Ya estoy medio muerto, me lo he ganado- Rio, y echó otro largo trago a su petaca.
Jack pensó que quizá aquella noche no había entendido realmente lo que Orson quería decirle, pero estaba empezando a comprenderlo.
Alguna vez había sentido algo por una mujer, pero no realmente amor, ninguna de ellas le había despertado un sentimiento de dolor y vacío como lo hacía el pensar que Kelly y él nunca estarían juntos.
Lo que empezó con una atracción, al principio tibia y comedida, se estaba convirtiendo en una tortura para Jack.
Tenía ganas de gritar, de lanzar cosas contra las frías aguas, de preguntar a Dios si era posible que le estuviera castigando por lo que hizo al poner a Kelly en su camino.
- ¿Nunca vas a perdonarme? - Susurró derrotado.
A pesar del frío y del dolor de su pierna, se dejó caer de rodillas en el muelle, derrotado.
No tardó más de unos minutos en escuchar unos pasos tras de él.
- Jack, sé que quieres estar solo, pero hace mucho frío, por favor, toma esto. Te ayudará a calentarte.
Como respuesta a su petición, Dios parecía burlarse de él. Allí estaba ella, con una taza entre las manos que brillaba bajo la luna llena.
Jack sintió ganas de llorar, y no hizo ningún movimiento para acercarse.
Kelly avanzó despacio y se sentó junto a él.
Durante unos minutos contemplaron juntos y en silencio el increíble cielo estrellado que se abría inmenso ante ellos.
Kelly estiró el brazo y le alargó su taza, que Jack tomó y bebió un largo sorbo sin decir palabra.
Al cabo de un rato, Kelly preguntó al fin.
- ¿Quién eres en realidad, Jack? Sé que lo ocultas, pero quiero saberlo. Creo que tengo derecho.
- Tienes derecho, Kelly, pero no quieres saberlo.
- Me preocupa. No quiero invadir tu privacidad, tienes derecho a tener tus propios secretos, eso está claro, pero prácticamente vivimos contigo, si hay... si hay algo que debería saber, te lo pido por favor, dímelo.
- Kelly... mi pasado me afecta, por supuesto. Es algo de lo que no estoy orgulloso, una parte de mí

que me avergüenza, que nunca me perdonaré. Pero si te preocupa que pueda ser alguien peligroso para tus hijos o para ti, quiero que sepas que no, no lo soy, nunca os haré daño en modo alguno.
- ¿Me lo contarás alguna vez?
- Te diría que no, pero tú haces que ya nada sea seguro. Todo en mi vida ha cambiado desde que apareciste.
- Bueno, eso puedo decirlo también de ti, Jack. ¿Al menos te llamas Jack?
- No.
- ¿En serio? ¿No te llamas Jack?
- No.
- ¿Y cómo...?
- No te lo diré.
- Oh... ahora no voy a pensar en otra cosa. ¿Se llamará Alfred? ¿Clark? ¿Kevin? ¿Ronald?
- No digas tonterías.
- ¿Por qué no?
- Sé que estoy pidiendo mucho, pero te prometo una cosa, algún día te lo contaré, solo dame tiempo.
Kelly asintió. No era la respuesta que buscaba, pero confiaba en su palabra, si le había dicho que se lo contaría esperaría hasta que decidiese hacerlo.
- Hace frío, Jack.
- Sí, deberías entrar, te vas a quedar helada.
Kelly sabía que tenía razón, pero no quería alejarse. Aquella noche había estado pensando mucho en él desde que llegó de la cena con Connor.
Se había sentado en las escaleras del porche a ver las estrellas, aquel maravilloso cielo que nunca había podido disfrutar antes de vivir allí, ya que en su cama era incapaz de dormir.
Verle aparecer caminando en dirección al lago había sido como una señal.
Jack tampoco reaccionaba, simplemente seguía allí, mirando la luna reflejada en el lago.
Kelly le miró y supo que estaba perdida: Se había enamorado, era un hecho irremediable.
Jack notó su mirada y se giró también. Cuando sus ojos se cruzaron, su corazón se aceleró.
        Se levantó sobre todo porque no podía soportar estar más tiempo allí o acabaría diciendo algo de lo que se arrepentiría.
Jack la imitó, pero un dolor lacerante le hizo caer de nuevo al suelo.
- ¿Qué te pasa? ¿Es la pierna?
- Creo que he estado demasiado tiempo aquí arrodillado... Joder, casi no puedo andar.
- Este frío y la humedad no creo que sean buenas tampoco para tu pierna. Anda, apóyate en mí y caminemos despacio hasta la cabaña.
La trémula luz de la linterna les abrió paso hasta el hogar de Kelly.
Entraron en silencio. El calor de la chimenea, aún encendida les abrazó.
- Estamos locos. Con el frío que hace y los dos idiotas sentados en el muelle- Murmuró Kelly.
- Siento eso. Probablemente si yo no hubiera venido hace rato que estarías en la cama.
- Tampoco podía dormir, no te preocupes.
- ¿Te has hecho algo en el pelo? - Preguntó entonces Jack. En todo el tiempo en el lago, y a pesar de la luna llena, no había visto el cambio en su cabello, en el color y el largo. Ahora con la luz de la sala podía verlo claramente, al igual que pudo ver el rubor en sus mejillas.
- Sí... yo... me hacía falta un buen corte.
- Te queda muy bien, estás muy guapa- Murmuró.
Sin embargo, antes de que ella pudiera contestar, un nuevo relámpago de dolor recorrió toda su pierna, haciéndole jadear.
-No puedes volver andando así a casa. Te llevo.
- No, no es necesario, en serio. Puedo andar- Mintió Jack.
- Eres tan cabezota, Jack. Te quedarás aquí. Al menos así puedo cuidarte si te pones peor.
- Solo es dolor, Kelly.
- "Solo es dolor"- Se burló ella- ¿El dolor no es nada para ti?
- El dolor es mi mejor amigo desde hace años- Dijo con vehemencia.

Kelly apartó la mirada. Ese era Jack. El oscuro Jack. El que vivía solo, el que mentía sobre su nombre. Un hombre solitario en su montaña, acompañado por el dolor de una lesión y a saber qué otras cosas más. Estaba segura que mucho de lo que le pasaba estaba directamente relacionado con su pasado.
- Jack, ven a mi cama.
Estiró de él hasta su dormitorio y le obligó a sentarse en la cama.
- Tengo por aquí pastillas tuyas, te traeré un par. Quítate los zapatos y el abrigo y métete en la cama. Y no es una sugerencia- Dijo ella, intentando aparentar una seguridad que no sentía.
Estar cerca de Jack le hacía sentir nerviosa, como si fuese a meter la pata a cada momento.
Volvió con las pastillas y Jack seguía en la misma posición, sentado al borde de la cama, pero al menos se había quitado la chaqueta. Tomó las pastillas sin decir nada y se recostó.
- Estaré en la cama de Molly, si necesitas algo- Dijo ella llegando a la puerta y apagando la luz.
- Kelly...
- Dime.
- Ven.
Kelly se acercó despacio, sin llegar a encender la luz. Jack tomó su mano, y estiró de ella hasta tumbarla junto a él.
- ¿Puedes dormir conmigo? - Preguntó con su voz ronca.
- Claro.
Kelly se quitó los zapatos a patadas y se metió bajo las sábanas junto a él.
No había nada sexual en ello, sin embargo, por un momento se sentía llena.
Algo así era en lo que había estado pensando sentada en las escaleras del porche bajo la luz de la luna. Poder tener cerca a Jack. Sentir su cuerpo y su respiración. Por supuesto deseaba mucho más de él, pero aquella sensación seguía siendo para ella un regalo.
Jack abrazó su cuerpo y poco a poco se quedó dormido. Ella podía notar la diferencia en su respiración y escuchando aquel sonido, finalmente se quedó dormida también.

10

Despertar junto a Jack era una sensación maravillosa. Podía firmar ya mismo por poder pasar más noches así. Tenía muy claro que nunca pasaría nada entre ellos, así lo había asegurado él y ella le creía. No estaba dispuesto a acostarse con ella, y le dolía el solo recuerdo de lo que pasó aquella noche. Así que decidió desterrar esos pensamientos y concentrarse en los brazos que la rodeaban. Jack también necesitaba de su cercanía. Eran amigos, incluso en ocasiones parecía que mucho más que eso. Si podían seguir estando así de cómodos entre ellos, vivir junto a Jack no sería tan doloroso. Bien, no podía besarle o tocarle como a ella le gustaría, pero al menos no sería frío y distante otra vez. Odiaba no poder estar a gusto junto a él, ni comportarse con naturalidad. Odiaba el hecho de que lo que había pasado entre ellos, si bien había sido efímero, podía haberles separado.

Jack parpadeó un poco y Kelly cerró los ojos rápidamente para que no le pillase mirándole. Notó como el cuerpo de él se tensó un momento cuando se percató de que estaba en la cama con ella, aunque perfectamente vestidos los dos. Sin embargo, no dijo nada ni se levantó, se limitó a desperezarse un poco y volver a abrazarla.
Ella se removió un poco.
- ¿Te he despertado? - Preguntó él.
- Mmm... no, no te preocupes. ¿Te duele la pierna?
- Un poco. Pero estoy mejor.
- Voy a hacer el desayuno.
- ¿Es mejor que me vaya antes de que se despierten los chicos?
- No. Ellos no saben si has dormido aquí o acabas de llegar. Tranquilo, voy a hacerte un café.
- Puedo hacerlo yo...
- ¿De verdad? - Cuestionó ella, divertida.
- He sobrevivido años y años sin ti. No creas que porque ahora esté así soy un inútil.
- No creo que seas un inútil. Creo que tu café no hay quien se lo beba.
Jack gruñó, pero le dejó ganar esa batalla. En cuanto Kelly se calzó y salió despacio de la habitación enterró su cara de nuevo en la almohada, respirando el aroma de ella.
"¿Qué estás haciendo?", se preguntó a sí mismo.
Cuando aquella noche ella se estaba yendo de la habitación, sintió como si en realidad estuviera escapando de su vida y necesitó retenerla junto a él.

Había estado pensando tanto en ella, que no podía sino necesitarla. El vacío que sentía en su cuerpo desapareció en el momento en que pudo abrazarla.
Si aquello estaba mal, maldita sea, le importaba una mierda. Lo necesitaba y no pensaba privarse de nada más.
No estaría con ella, no la besaría y no le haría el amor hasta el amanecer por más que fuese la cosa que más deseaba en este mundo, pero no iba a renunciar a nada más.
Podía amarla, de hecho, ya la estaba amando, desde la distancia. Nunca se lo diría, sería solo para él, pero si podía disfrutar del contacto de su piel, de su compañía y de su amistad, lo haría tanto como pudiera.

Se levantó despacio, tanteando su pierna. Sabía que no debía posponer mucho la operación, pero tampoco se animaba a dar el paso.
Kelly canturreaba junto a la ventana de la cocina, preparando en una bandeja algunas cosas para el desayuno.
- Te has levantado de buen humor- Comentó él, sin saber bien qué otra cosa decir para entablar una conversación.
- Suelo levantarme de buen humor. Algunos somos felices, señor gruñón.
- No soy... yo también... vale. De acuerdo.
- Venga, lo decía de broma. Más o menos.
- Sé que no soy la persona más animada...
- Jack, me gusta como eres. No te imagino de otra manera. No tienes que disculparte por ser como eres, es absurdo. Si alguien espera de ti otra cosa es que no te conoce.

Jack meditó un momento sobre ello. Kelly no le imaginaba de otra manera, pero si le hubiera conocido unos años atrás su sorprendería de lo diferente que era todo. Prefirió no recordar aquello. Ella le conocía bien, pero conocía a Jack, no a quien fue antes de convertirse en esa persona. ¿Eso quería decir que le conocía realmente o que no? ¿Quién era él? ¿Era su pasado, o era su presente?

Desayunaron copiosamente. Kelly habló de la peluquera y de las tiendas que había visto. Jack le propuso luego ir a dar un repaso al resto de cabañas y ella aceptó gustosa. Quería conocerlas todas, y ayudar en lo que fuera necesario. Al fin y al cabo, le estaban pagando por ello.
Cuando los niños se levantaron, prefirieron quedarse en la casa viendo dibujos y jugando en lugar de acompañarles a hacer el recorrido.
Josh quería seguir trabajando en algunos proyectos de ciencias que estaban poniendo en marcha en el grupo avanzado.
Kelly inició un recorrido en coche hacia todas las cabañas. La mayoría tenían una distribución muy similar a la suya, aunque las había más grandes también y una más pequeña.
- ¿Es para una sola persona? - Preguntó mientras pasaba el aspirador. Todo estaba muy ordenado y los muebles cubiertos por sábanas y plásticos que los protegían del polvo. Solo tenía que limpiar el suelo y poco más.
- Se supone que es para parejas, es más... romántica...
- Oh...
- ¡Pero la suele alquilar el Sheriff para pescar en invierno! - Se apresuró a añadir Jack, que no quería que Kelly pensase en romanticismo y parejas en ese momento. Ya era suficiente con que lo pensase él, maldita sea.
- Creía que estaba prohibido pescar en invierno.
- Sí... bueno, él es el sheriff... no seré yo quien le diga nada.
- Ya, claro...
¿Por qué no podía pensar en otra cosa que no fuese en ella? ¿Por qué quería tumbarla sobre la cama y hacerle el amor con toda la pasión de la que era capaz?
Salió al exterior con la excusa de revisar el tejado y los canalones, pero solo quería despejar su mente. Kelly se quedó dentro terminando. Suspiró pensando en Jack.
Le necesitaba. Era una cuestión física. Su cuerpo le deseaba, necesitaba tenerle dentro, pero él no iba a ceder.
Ojalá tuviera una alternativa. Poder aliviar ese deseo, pero era realmente difícil para ella encontrar a alguien con quien estar en ese sentido. Había sido imposible cuando vivía en su antiguo hogar, mucho más ahora que estaba en las cabañas y no conocía a nadie en absoluto. Además, estaba segura de que Jack se enteraría. En ese pueblo no pasaba nada durante los meses de invierno, y todos estaba ávidos de cotilleos.
Estaba malhumorada. En realidad, debería decir que estaba frustrada. Frustrada sexualmente, para ser exactos.
Lanzó una patada a una silla cercana y se asustó a sí misma por el ruido que esta hizo al caer.
- ¿Kelly? ¿Estás bien? - Preguntó Jack, entrando al momento.
Kelly estaba tan enfrascada en sus pensamientos que por un momento había olvidado que él estaba fuera y que ella debería estar limpiando en ese instante en lugar de pensar en sexo, sexo y más sexo... con su jefe.
- Sí… solo... no sé, perdóname, estaba distraída.
- ¿Seguro que estás bien? Estas... como roja... ¿Te has resfriado?
- No creo que sea eso.
- Sí, mírate, Kelly, estás como sudando y respirando con dificultad. ¿Qué te pasa? ¿Qué te notas?
Kelly deseaba gritarle que lo que le pasaba era que él no quería acostarse con ella, pero no podía.
Jack se acercó y puso su mano en su frente para comprobar si tenía fiebre, pero el contacto hizo que Kelly se apartase súbitamente.
- No me toques- Murmuró.
No quería sonar tan cortante y fría, realmente no era su intención, pero estaba tan excitada que si él

volvía a tocarla no podría responder de sus actos.

- Perdona... yo solo... No entiendo que pasa, Kelly.

- Lo siento... déjame sola un rato, ¿de acuerdo? Ve a la próxima cabaña, yo te seguiré.

Jack asintió dolido, murmurando un "claro" antes de salir.

- Kelly, estás loca- Se murmuró ella misma. Estaba diciendo a su jefe que se fuera de allí con la única intención de calmarse... en realidad, de masturbarse y llegar a un orgasmo rápido que le permitiese al menos seguir con su trabajo cerca de él.

No quería utilizar la cama, pretendía que fuese algo rápido, solo un desahogo momentáneo. Se metió en el baño entornando la puerta, y se apoyó en el lavabo. Pudo ver su cara y la lujuria en sus ojos, en las pupilas dilatadas, en las mejillas rojas y la piel sudorosa. No recordaba haberse sentido así en mucho tiempo.

Desabrochó sus pantalones e introdujo su mano. Cerró fuertemente los ojos y se concentró en el recuerdo de Jack besando su cuerpo, sus pechos.

Antes de darse cuenta ya estaba jadeando.

El placer estaba ahí, pero era insuficiente, ella lo sabía. Llegaría al orgasmo en unos minutos, pero seguía faltando algo.

De pronto, casi le da un infarto cuando sintió un cuerpo tras ella, y una mano grande atrapando su brazo por la muñeca, deteniendo el movimiento.

Abrió los ojos de golpe para ver a Jack justo detrás suya, con una mirada oscura reflejada en el espejo frete a ambos.

Jack estiró de su muñeca hasta sacar de ahí su mano, y lentamente sin dejar de mirarle a los ojos a través del espejo, sustituyó con su mano el vacío dejado por la suya.

- ¿Era esto lo que te pasaba? - Preguntó susurrando en su oído.

- Sí- Dijo con un jadeo, cuando él comenzó a recorrer su feminidad con la yema de los- dedos.

- ¿Quieres ayuda con esto?

Kelly solo pudo asentir.

Jack introdujo sin mayor miramiento dos dedos en su interior, lo que provocó que ella se arquease.

Kelly había decidido no pensar nada en absoluto y simplemente dejar que ocurriese.

Las manos de Jack eran sin duda muy hábiles y sus rodillas comenzaron a flaquearle. Sentía mucho más placer cuando era Jack quien la tocaba.

Bueno, no iban a acostarse, pero si aquello sí que estaba permitido, ella también quería jugar. Estiró hacia atrás sus manos. Jack tenía su cintura pegada a su espalda, pero no le costó trabajo llegar hasta el botón de los pantalones.

- ¿Vas a...?

- Vamos a jugar los dos.

Jack solo cerró los ojos y se apartó un poco para permitirle desabrochar el pantalón. Sin mediar palabra, Kelly bajó la ropa lo suficiente para liberar su miembro, notablemente excitado.

La piel era suave y caliente, y el líquido preseminal comenzaba a descender lentamente por toda su longitud. Jack gimió cuando ella le tocó.

Jack era grande. Podía imaginarse aquel miembro entrando en ella, lo que la excitó aún más. El movimiento que estaba intentando era complicado, hasta que él retiró su mano, le dio la vuelta bruscamente poniéndola frete a él y usó las manos para bajar mejor el pantalón vaquero de ella.

Mirándola a los ojos, volvió a masturbarle a la vez que ella encontraba su ritmo para él.

Durante los siguientes minutos, sólo sus jadeos se escucharon entre aquellas paredes.

Ella estaba muy cerca, pero aguantó al ver que él también estaba próximo a llegar. Veía como se le doblaban las rodillas y se mordía el labio con más frecuencia cada vez.

Finalmente, con un rugido desde el fondo de su garganta, Jack fue quien claudicó primero.

El orgasmo fue increíble, le recorrió el cuerpo, liberándole de muchas cosas.

Kelly también llegó al clímax en el momento en que el líquido tibio se vertió en sus manos, sin poder contenerse por más tiempo.

Jack apoyó su frente sudada sobre la de ella, en un gesto que se le antojó aún más íntimo que lo que acaban de hacer.

Permanecieron así solo unos minutos hasta que sus respiraciones se normalizaron y la realidad les golpeó de nuevo.

Cuando la bruma de la lujuria se despejó, Kelly parpadeó como si despertase de un sueño increíble. Pero todo era real.

Se vistió en silencio, al igual que él. Se giró a lavarse el semen de Jack de las manos en el lavabo, cuyas tuberías por suerte no estaban congeladas.

Jack se colocó a su lado, dejando que el agua limpiase también sus manos. Kelly enrojeció sin querer al pensar qué era lo que estaba lavando.

- Ha estado bien...- Murmuró Jack.

- Sí.

- Kelly... yo te dije que había ciertas líneas que no quería traspasar, pero...

- No lo has hecho. No nos hemos acostado.

- Lo sé... Bueno, quiero que sepas que te respeto muchísimo. Es por eso por lo que yo no...

- Ya lo sé. No pasa nada.

- Lo sé, no pasa nada pero... creo que necesitaba esto.

- ¿Tú? Era yo la que casi explota hace un rato.

- Siento haberte interrumpido, quiero decir, pensaba que estabas enferma. Estaba preocupado.

- No pasa nada... Al final ha estado muy bien.

- Sí. ¿Crees que podemos seguir bien como hasta ahora?

- Creo que si esto pasa de vez en cuando, podremos seguir mejor que hasta ahora.

Jack sonrió para sí mismo.

Acabaron rápidamente la revisión de las cabañas, y Kelly condujo de nuevo hasta su casa.

- ¿Te quieres quedar a comer?

- Había pensado bajar al pueblo. Quiero hablar con el doctor.

- ¿Te encuentras mal?

- No, pero quería hablar un poco sobre la operación, ya sabes, fechas y esas cosas.

- De acuerdo, te puedo llevar.

- No es necesario, puedo conducir hasta allí.

- ¿Estás seguro?

- Sí, estoy muy seguro.

Kelly asintió, bajó del coche y depositó las llaves en la palma de su mano. Jack le sonrió levemente, pero de forma sincera y ella se tranquilizó.

Lo que acababa de pasar no sabía cómo calificarlo. No tenía ni idea de cómo habían llegado a ese punto, pero le daba igual, lo había disfrutado y eso era en lo único que podía pensar.

El resto del día salieron a dar un paseo los niños y ella. Se descubría mirando cada poco tiempo para ver si veía aparecer el todo terreno por el camino de entrada.

Llegaron hasta el muelle y lanzaron piedras, rompiendo la superficie nítida del agua.

- Me gusta mucho este sitio, mamá. Pero echo de menos a Mónica- Dijo Molly.

- Tendremos que decirle que venga pronto a visitarnos.

- ¡Si! Deberíamos llamarla y decirle que se vaya preparando para venir.

- Joey dice que en dos semanas volverá a nevar. Mejor de cara a la primavera- Apuntó Josh.

- De acuerdo, mejor de cara a la primavera. ¿Cuánto se estima que va a nevar?

- Menos que la última vez, pero creo que de todos modos me podré subir en la quitanieves.

- Estoy segura de que Joey no tendrá problema en subirte.

Josh asintió feliz y siguió lanzando piedrecitas al agua.

Cuando llegaron a casa, llamaron a Mónica. Ella se moría por preguntar todo sobre su cita con Connor, aunque primero tuvo que hablar con Molly. Luego Kelly se sentó en su cuarto con la puerta cerrada. Después de lo que había pasado con Jack, su cena le parecía irrelevante y lejana en el tiempo. Sin embargo, satisfizo la curiosidad de su amiga, que pareció desilusionada al darse cuenta de que no había nada romántico en aquello.

- Pues vaya. Ya se podía haber lanzado.

- De eso nada, es mucho mejor así.

- Kelly, ¿puedo preguntarte algo?

- ¡Qué bobada! ¡Pues claro que puedes!

- ¿Qué es lo que te pasa? Estás... no sé. No te veo nada ilusionada con la cita, y vale que él no ha dado ningún paso al frente, pero es que parece como si no quisieras que pasase. Creo que es tiempo de que empieces a pensar en tener otra relación, eres una mujer estupenda, mereces que alguien te quiera.

- No sé, Mónica. Puede que sí pero no me veo preparada.

- Siempre dices eso. ¿Es por lo que pasó con tu ex marido? Menudo gilipollas, no deberías rendirte solo porque él fuera un idiota infiel.

- No sé que decirte. Es algo que debe nacer de dentro no es algo que se elija.

- Tienes razón. Cuando llegue, llegará.

- Tengo que colgar, voy a preparar la cena.

- Claro, dale un beso a Josh.

- Lo haré.

Se sentía culpable por mentir a Mónica, pero no podía confesar la realidad. Se había enamorado de un hombre al que no podía decir que conociera. Joder, ni siquiera sabía su verdadero nombre. Solo sabía que era capaz de excitarle realmente, pero nada más allá de eso.

Pero, si existía la posibilidad de algún contacto esporádico, como el que acababa de pasar, o quizá volver a dormir alguna noche con él, podía darse por satisfecha. No necesitaba más.

Había vivido completamente sola desde que nació Molly. No había sido amada por nadie más que por sus hijos, y había pasado muchas, muchas noches de soledad, llorando y maldiciendo su sino.

Las migajas que Jack podía ofrecerle eran más de lo que había tenido hasta ese momento y desde que el padre de sus hijos se largó.

¿Era suficiente? No. Sinceramente no, pero hacía mucho más llevadero todo lo demás. Al menos tendría algún contacto con él y no solamente su rechazo.

A media tarde escuchó el coche entrar por el camino. Sin poder evitarlo se asomó a la ventana y sonrió al ver que Jack aparcaba junto a su cabaña.

- ¿Qué te ha dicho el doctor? - Preguntó sin casi darle tiempo a quitarse el abrigo.

- Ya han pedido la placa. Me operan en dos semanas.

- ¿Te van a operar otra vez, Jack?

- Sí, chicos. Pero no será nada importante.

- Id a ver los dibujos- Pidió Kelly.

Jack se sentó en uno de los taburetes de la barra de la cocina, justo en frente de ella.

- Dime todo lo que sepas.

- La operación será más larga que la primera vez que me la pusieron porque hay que retirar primero la placa, limpiar todo el hueso. Será difícil despegar parte del músculo que con los años se ha adherido. Luego hay que colocar la placa de nuevo. Será una recuperación larga, varios meses.

- ¿Tienes miedo?

- Yo no tengo miedo. Solo que no me apetece pasar por todo eso otra vez. De todos modos, no tengo más remedio. No es algo de lo que vaya a librarme.

- Estaré contigo, no te preocupes.

- Lo sé.

Y lo sabía. Si Kelly no había salido ya corriendo era probable que no lo hiciera. Durante todo el tiempo desde que se había ido de allí aquella mañana había estado convencido de que la culpa por lo que había hecho le asaltaría de un momento a otro, y sin embargo, no era capaz de arrepentirse.

¿Podía ser verdad que pudiera tener una parte de ella? Temía que llegase el momento en el que no fuera capaz de distinguir la línea de lo correcto y lo incorrecto.

Pero se había permitido dejarse llevar por primera vez en muchos años y no pensaba estropearlo martirizándose.

Dos semanas pasaron muy rápido. Jack no estaba ni preparado ni mentalizado. Sabía lo que le esperaba. Una larga intervención y una recuperación muy dolorosa. Solo el hecho de que Kelly

estaría allí al despertar le hacía más llevadera la idea.
- Jack, ¿Estás listo?
- No. Pero vamos allá.
Kelly condujo en silencio hasta el hospital. No sabía qué podía decir. No quería darle mucha importancia, pero ambos estaban preocupados.
En los últimos días había cenado un par de veces con Connor. No sabía por qué diablos se lo escondía a Jack, si nunca pasaba nada más que una conversación agradable.
- ¿Los niños estarán bien? Deberías haberte quedado con ellos.
- Por el amor de Dios, Jack, estarán bien. Me pagas por ayudarte, ¿qué diablos haría yo en casa mientras tú estás aquí?
- Pero...
- Pero nada. Jack, iré luego, en unas horas. Además, la chica que nos recomendó Amy es muy simpática, se lleva muy bien con Molly.
- A saber...
- ¡Jack!
Jack solo gruñó en respuesta. Lo cierto es que la chica era encantadora y a Molly le gustaba que se quedase a cuidarles. Amy había asegurado que era de total confianza.

Kelly tomó la mano de Jack mientras esperaba tumbado en la camilla a que lo llevasen a quirófano. Desde que pasó aquel extraño y erótico encuentro en la cabaña hacía varias semanas, no habían vuelto a tener ningún contacto físico, aunque su relación no se había resentido.
Jack no hizo ningún gesto, pero ella esperaba al menos que pudiera reconfortarle un poco.
Un celador vino a por él y Kelly se despidió desde el pasillo.
A pesar de que había llevado un par de libros, se aburrió soberanamente. Aquella operación fue larguísima, y acabó dormida en una de las sillas de la sala de espera con dolor de cuello cuando la despertó uno de los celadores.
- El médico quería hablar contigo.
- ¡Claro! ¿Dónde está?
- Allí.
Kelly corrió hasta el pasillo que le indicaron y encontró a un consternado doctor Pyne.
- Kelly... la operación ha sido muy complicada.
- ¿Pero Jack está bien?
- Bueno, al retirar la placa el hueso se fracturó nuevamente. Lo sentimos, no ha ido como esperábamos. Hemos colocado la pieza nueva, y unido los fragmentos de hueso, pero Jack debe permanecer unos días sedado en cuidados intensivos.
- ¿Qué?
- No podemos aventurar el resultado final hasta que pase algo de tiempo. Es probable que sufra una cojera permanente, eso sí.
Kelly miró al doctor, para ver solamente sinceridad y decepción en sus ojos.
Pensó en Jack y en cómo se sentiría cuando despertase. Kelly pensó en lo peor que podría pasar: Que Jack quedase incapacitado de algún modo.
- ¿Podrá andar?
- Sí, por supuesto. Pero no sabemos cuándo va a poder hacerlo con normalidad.
- De acuerdo, doctor. ¿Puedo verlo?
- Lo siento, Kelly, eso no es posible. Durante unos días estará completamente sedado. Tranquila, cuidaremos muy bien de él. Estando así es imposible que enfade a las enfermeras- Intentó bromear el doctor.
- Creo que incluso así se las puede apañar para liar algo- Murmuró Kelly.
Volvió a casa sintiéndose muy desanimada. No era así como se suponía que debería haber salido todo.
Durante los siguientes días, Jack estuvo completamente sedado y aunque Kelly intentó verle solo pudo estar con él unos minutos y él seguía ahí, tumbado, sin abrir los ojos.
Finalmente, casi una semana y media después Jack fue trasladado a planta.

Kelly sabía mientras conducía hasta el hospital, que el doctor Pyne ya había hablado con él, y le habría explicado la situación, y que las cosas no habían salido tal y como habían esperado.

No sabía cómo de desanimado estaría, ni cómo se habría tomado la situación. Kelly esperaba al menos que su presencia le reconfortase. Debía reconocer que le había echado mucho de menos. El no poder verle ni hablar con él le había resultado difícil.

Jack miraba al techo. Pensó en todo lo que ya no podría hacer. Durante años, el deporte fue su vida. Cuando tuvo el accidente, lo perdió todo, pero encontró otro sentido a su vida, si es que lo que vivía podía llamarse vida.

¿Ahora qué le quedaba? Si tuviera que empezar ahora, no sería capaz de construir las cabañas. Antes soportaba dolor con mucha frecuencia, pero ahora, probablemente no podría caminar en mucho tiempo, y menos aún seguir con su vida como hasta ese momento.

Gracias al cielo tenía a Kelly, pero, ¿qué iba a pasar ahora entre ellos?

Por supuesto no podía seguir avanzando en lo que fuera que estaban haciendo. Ella debía continuar con su vida y él no podía ofrecerle ni siquiera un momento íntimo. ¿Cómo iba a hacerlo estando lisiado?

El doctor Pyne no había podido asegurarle que volvería a caminar con normalidad, de hecho, lo tenía casi descartado. No sabía si podría conducir bien ni muchas otras cosas.

No se atrevió a preguntarle por el sexo, para que no adivinase que el objeto de su deseo era Kelly, pero intuyó que si los dolores antes de la operación eran importantes, ahora lo serían mucho más, no podría hacer un buen papel si estaba medio incapacitado para moverse con libertad.

Pero... no dejaba de pensar en ella. Lo que fuera que habían empezado se había terminado pero lo único que deseaba era continuar, y descubrir a dónde hubieran podido llegar.

Los pensamientos de Jack fueron interrumpidos cuando precisamente Kelly entró en la habitación.

-. Hola-. Murmuró ella despacio.

A Jack se le atascaron las palabras en la garganta a verla aparecer.

Kelly tomó asiento junto a su cama, sin atreverse a cogerle la mano, a pesar de que le apetecía muchísimo. No esperaba verle tan hosco. Le había echado de menos, aunque al parecer, él no se alegraba mucho de verla.

- Como no sabía si te gustaban los bombones te he traído unas revistas sobre deportes. Eso creo que sí que te va...

- Gracias...

Kelly carraspeó un momento y dejó las revistas sobre la cama, al alcance de su mano. Sabía que ahora no estaría sedado y seguro que se aburriría muchísimo allí... aunque tampoco parecía que tuviera ganas de hablar con ella.

- Los niños te mandan recuerdos. Te desean que te recuperes pronto- Dijo al cabo de un momento.

- Sí... dales recuerdos a ellos también.

Kelly esperó a ver si él sacaba algún otro tema de conversación, pero no fue así. Se limitó a seguir mirando el techo.

Comenzó a sentirse mal, estúpida y confusa. ¿Por qué actuaba con ella con tanta indiferencia?

- ¿Quieres que te lea algo? Por ejemplo esta de aquí... "El título peligra... cuando el favorito decepciona. Reportaje en la página 14"

- Kelly... no haces falta que me leas nada. No me interesa el campeonato.

- De acuerdo, disculpa.

Jack no sabía por qué se estaba comportando así con ella, estaba siendo borde y frío sin ningún motivo.

- Lo siento, Kelly. No me siento bien, no es justo que lo pague contigo.

- Jack... sé que las cosas no han salido tan bien como esperábamos, pero no tienes que agobiarte por eso. Harás rehabilitación y estoy segura de que antes de lo que piensas vuelves a la normalidad.

- Kelly...

- Jack, cojear un poco no es un impedimento para hacer vida normal.

- ¿Qué sabrás tú?

Kelly suspiró. Probablemente Jack estaba más asustado de lo que ella pensaba.

Tomó su mano e intentó no sentirme muy mal cuando él la apartó.

- Te dejaré tranquilo un rato.

Kelly se levantó y salió de la habitación. Jack se maldijo a sí mismo.

Se removió incómodo en la cama y con las yemas de los dedos rozó las revistas. Kelly había tenido un detalle con él... y menuda manera de agradecérselo.

- Eres un idiota, Jack- Se dijo a sí mismo.

Al cabo de un rato el doctor Pyne entró.

- ¿Cómo te encuentras, muchacho?

- Bien, doc.

- Oye... He visto a Kelly fuera... ¿Ya la has disgustado?

- Quizá...

- Muchacho...

- Ha sido sin querer- Murmuró.

- Esa mujer está aquí para cuidarte. De hecho, es literalmente su trabajo. ¿Por qué haces que esté en el pasillo con ganas de llorar?

- ¿Está llorando?

- ¿Realmente te importa?

- Yo no quería hacerle llorar. Es solo que habla como si esto no fuese una puñetera mierda.

- Intenta quitarle hierro al asunto para animarte. Bien, el drenaje está correcto.

- Eso ya lo ha mirado la enfermera.

El doctor Pyne suspiró.

- Ya lo sé, Jack. Pero por si no te has dado cuenta estoy teniendo una especial deferencia contigo. No sé cómo esta chica te aguanta, pero debes subirle el sueldo, sea el que sea.

Jack bufó molesto. El doctor tenía razón una vez más.

- ¿Puedes pedirle que pase? Por favor. Creo que le debo una disculpa.

- Por supuesto.

Jack tomó el mando eléctrico e incorporó un poco la cama para poder ver a Kelly a los ojos cuando entrase. A pesar de que pensaba que entraría de inmediato, se demoró unos minutos que se le hicieron eternos a Jack.

Por fin, reapareció y Jack se aclaró la garganta antes de hablar.

- Kelly, quiero pedirte disculpas. De verdad.

- No... yo lo siento. No quiero que parezca que esto no tiene importancia, yo...

- No, no es culpa tuya y yo he estado comportándome como un idiota. Bueno, eso no es nada nuevo, pero realmente te agradezco que hayas venido.

- Tenía ganas de verte- Se sinceró Kelly.

No sabía por qué había dicho eso, pero era la verdad. Echaba de menos a Jack, y estaba deseando volver a tenerle en casa.

- Y yo... a vosotros- Contestó él. Se había propuesto mantener las distancias con Kelly, por duro que le resultase, y eso pensaba hacer.

Kelly se sintió aún más hundida. Algo estaba pasando, y no entendía qué. Mientras el doctor Pyne había entrado a hablar con Jack ella se había quedado ahí en el pasillo. Connor se había sentado con ella, para hablar un poco. Le había notado triste y le preguntó por qué.

Kelly no era capaz de decir lo que en realidad sentía, pero dejó entrever que algo pasaba con Jack. Connor se mostró muy conciliador, e incluso le ofreció volver a quedar para animarla un poco. Kelly tuvo que negarse, al menos hasta que se sintiera algo mejor.

Como Jack no parecía estar muy dispuesto a hablar, decidió entretenerse ojeando una de esas malditas revistas que pensó que al menos le interesarían a Jack.

Algo sobre rugby que no le apasionaba, un par de decisiones arbitrales que no le preocuparon y al fin una sección amarillista: ¿Qué fue de...?

Kelly se quedó helada. Congelada completamente. El artículo que se desplegaba con numerosas

fotografías: Inicios de la carrera deportiva, mayores éxitos, fiestas y borracheras, y por último, el accidente de tráfico y su salida del hospital.
- Dios...
- ¿Mmm? - Preguntó Jack. El tono de Kelly le había alarmado, a pesar de ser casi un susurro.
- Patrick...
- ¿Qué te pasa, Kelly?
- Tú eres... eres... Patrick Douglas.
Jack tragó saliva.
Kelly le miró con los ojos muy abiertos.
- ¿Cómo...?- Comenzó a preguntar él. Ella se limitó a girar la revista que tenía entre los dedos. Allí estaba él, cuando era una gran estrella de beísbol.
A penas podía reconocerse a sí mismo en las fotos. Claro que era él, pero ya no se sentía como aquella persona.
- Kelly...
- Eres una persona famosa... eres...
- No, no lo soy.
- ¿Vas a decirme que este no eres tú?
- Sí, pero ya no... ya no soy esa persona.
- ¡No lo entiendo! ¿Vas a decirme que todo lo que ocultabas era eso? ¿Que eras un jugador y te lesionaste en un accidente? ¿Por eso me has estado preocupando tanto?
- Tú no lo entiendes.
- Claro que no... y tú no lo has explicado.
- No es por eso... no es lo que crees.
- ¿De qué huyes, Jack? O Patrick... o quien narices seas...
- Kelly...
Ella le miró deseando entender. No había nada malo en su pasado, si era de eso de lo que huía, no lo entendía... ¡Era famoso, por el amor de Dios! Seguramente hasta rico. Eso explicaba muchas cosas, como el hecho de que pudiera comprar el terreno y construir las cabañas en el lago.
- No... No se lo digas a nadie, Kelly, por favor-. Suplicó.
- ¿Eso es lo que te preocupa? ¿A quién diablos se lo diría yo? Dios mío... eres... Me has tenido atemorizada pensando que eras una especie de criminal... ¿Y todo por... esto? - Gimió señalando con un gesto la revista. - Tranquilo, Jack, o Patrick... no pienso hablar con nadie.
- Lo siento... lo siento Kelly...
Jack hizo ademán de levantarse, pero el dolor en su pierna le recordó la situación en la que estaba.
- Necesito entender, Jack. Mierda, no sé cómo llamarte...
- Llámame Jack, como siempre. Es quien soy ahora. Ya no soy el hombre de esas fotos nunca más.
- ¿Es porque no puedes jugar?
- No.
- ¿Entonces qué es? ¿De qué te escondes?
- Yo... no quiero hablar de eso, Kelly.
- Creo que me lo merezco, ¿no?
Kelly le miró suplicante. Ella necesitaba saber, necesitaba entender. Pero no podía. No podía decirle la verdad.
Se sintió impotente y avergonzado. No era capaz de decir las palabras que llevaba tanto tiempo guardando en voz alta. No ahora, no a ella.
- No puedo, Kelly, de verdad.
- De acuerdo, Jack. Es tu vida, tu decisión.
        Ella volvió a sentarse en la misma silla, esta vez sin la revista. Sus ojos estaban aguados, pero no dijo nada más, ni siquiera le miraba. Esperó pacientemente allí hasta que la hora de la visita se terminó y salió despacio de la habitación.
Durante cada minuto que ella estuvo allí, Jack estuvo debatiéndose en su interior sobre si decirle la verdad o callarse. Sabía que tenía que hacerlo, pero no podía. Era demasiado cobarde. Sabía que por

su silencio la estaba perdiendo. Lo notaba, podía sentir como ella se alejaba emocionalmente de él. Se había quedado allí callada sentada en aquella silla solo esperando a que acabase la hora.

Jack la conocía lo suficiente para entender que lo hacía porque era su trabajo, porque debía cuidar de él. Estaba claro que estaba muy molesta, pero ante todo, Kelly haría lo que debía hacer.

Una vez llegó al coche, Kelly se echó a llorar.
- Tonta, tonta, tonta, tonta... - Se dijo mientras conducía de vuelta a la cabaña. - Olvídate de él. Si le importases, te diría. Pero no, solo trabajas para él, recuérdalo. Compórtate y no pierdas el trabajo. Se acabaron estas sensaciones y esos sentimientos. Olvídale, sé una mujer fuerte, haz tu trabajo y cuida de tu corazón, no estás en posición de volver a recomponerlo por completo.

Tomó aire y salió del coche. Los niños le preguntaron por Jack, ella les contó que estaba despierto y que estaba mejor. La chica que los cuidaba, tomó su dinero y se despidió de ellos con un abrazo.

Kelly pasó el resto del día mentalizándose de que cualquier cosa que ella creyera que había empezado con Jack, era pura invención suya. Jack, o Patrick, quien quiera que fuese, ni siquiera confiaba en ella lo suficiente para decirle quién era en realidad, qué le pasaba y porqué se escondía. Estaba claro que ella no era nada importante para él, quizá un agradable pasatiempo.
No, no permitiría que un hombre tuviera tanto poder sobre ella nunca más. No había comenzado aquella nueva vida para arruinarla de nuevo por un tipo que no la amaba.

Enumeró todas las cosas buenas que había en su vida ahora mismo, todas las cosas buenas que ella tenía, y todo lo que podía ofrecer a sus hijos mientras siguiera allí.
Debía evitar con todas sus fuerzas que su dolor acabase truncando el futuro que había imaginado para ella y su pequeña familia antes de enamorarse de Jack.
Porque sí, estaba enamorada y no iba a mentirse al respecto. Pero eso debía acabar y de raíz.
La noche fue dura para Kelly, pero sería la última que se permitiría llorar por amor.

11

Una semana más tarde, Jack estaba alistándose para recibir el alta y volver a casa. Kelly había estado yendo religiosamente cada día. Le llevaba la prensa, comida casera que colaba en el bolso, algún libro (nunca más revistas), e incluso un par de dibujos que Molly había hecho para él.
Había estado ahí, a su lado, a escasos centímetros, preguntando por su estado, hablando con las enfermeras y con el doctor, haciendo todo lo que se suponía que debía hacer, cordial y amable, pero Jack podía notar perfectamente que se había alejado.

El muro invisible que los separaba era casi palpable. Ella no le volvió a tocar, no volvió a mirarle cuando creía que él no se daba cuenta como muchas veces había hecho antes. No le hablaba de sí misma, de cómo se sentía, de cómo había sido su día. Era como si de pronto fueran dos extraños que coinciden en un ascensor: Buenos para hablar del tiempo, pero no para darse la mano hasta llegar al fin del trayecto.
Se lo merecía, estaba claro. Kelly había decidido poner distancia emocional entre ellos, y no la culpaba. Era lo que él siempre había pensado: No tenía nada que ofrecer a Kelly, pero no quería herirla, y por desgracia, estaba claro que lo había hecho.

No se trataba de no confiar en ella, si en alguna persona debía hacerlo, ella sería la primera de su lista, pero estaba demasiado avergonzado por lo que hizo como para poder contarlo en voz alta.
Seguramente aquello era lo mejor, tenía que ser así. Ellos nunca podrían estar juntos y ella tenía derecho a tener a su lado a un hombre al 100%.
Él no se merecía nada de ella.

Sus pensamientos se vieron interrumpidos por la llegada del doctor. Parecía preocupado.
- ¿Pasa algo, Doc? ¿No me vas a dar el alta?
- No es eso, Jack. Ha pasado algo. Solo puedo decir que lo siento, pero...
El doctor tomó el mando a distancia de la televisión y la encendió. El canal de noticias locales estaba ahí, y en la pantalla, una reportera hablando desde el exterior del hospital. No era la única. Una congregación de periodistas montaba guardia en la puerta del centro.
- ¿Qué pasa?
- Es por ti. Vienen por ti.
- ¿Qué?
- Alguien... alguien sabía quién eras, y... ha avisado a la prensa.
Jack se dejó caer sobre la cama. Todo su mundo se vino abajo de repente. Todo había sido en vano, cinco años escondiéndose para nada. Ahora el mundo volvía a apuntar con sus focos y sus micrófonos en su dirección. Su secreto dejaría de serlo. Y lo peor... Las personas de quien se estaba escondiendo, sabían que estaba vivo, y dónde. ¿Tanto podía odiarle Kelly para traicionarle así? ¿Tanto daño le había hecho como para romper su promesa de guardar silencio?
- Siento todo esto, Jack.
- No es culpa tuya, Doc.
- Lo sé. Podemos sacarte por la salida de emergencias, una ambulancia puede llevarte a otro sitio donde te recoja Kelly.
La sola mención del nombre de ella le hizo estremecer. ¿Podría perdonarla alguna vez? Deseaba hacerlo. No podía odiarla, pero... aquello era ir demasiado lejos.
-Ahora ya da lo mismo.
- Como quieras. Pero no tienes que exponerte a esto si no quieres. Aquí están los papeles del alta, puedes irte cuando quieras. Avísame, te acompañaré a la salida.
Jack asintió.
- Me iré ya.
- ¿Ha llegado Kelly?
- Sí, ha ido a por un café. No tardará.
- De acuerdo. Por nuestra parte el centro médico no emitirá ningún comunicado, ningún parte ni nada por el estilo. Si la filtración ha venido de alguien del hospital, nos enteraremos, te lo aseguro. Solo

me queda pedirte disculpas por ello.

- No es culpa tuya, no lo es en absoluto.

Kelly entró entonces con dos cafés en las manos. Los miró un poco desconcertada.

- ¿Pasa algo? - Preguntó. ¿Cómo podía ser tan cínica?

- ¿Ella sabe...? - Inquirió el doctor Pyne.

- Sí- Dijo un poco más brusco de lo que pretendía.

- La prensa está fuera- Explicó el doctor- Saben quién es Jack.

Kelly parpadeó sorprendida. "Qué buena actriz" pensó Jack disgustado. ¿En qué más le habría engañado?

- ¿Cómo vamos a salir sin que te vean?

- ¿Sin que me vean? Déjales que hagan lo que han venido a hacer. Lo que pase después ya es inevitable.

Jack no le temía a la prensa. Esos chismosos le traían sin cuidado. Era de otras personas de quien se estaba escondiendo. Y ahora, le habían encontrado.

Ayudado por un par de muletas, se enfrentó a las puertas del hospital y todo lo que había tras ellas.

Todo el personal con el que se iba encontrando le miraba como si le viesen por primera vez. Incluso algún que otro paciente le señalaba y le miraba como intentando cerciorarse de que realmente era él quien se escondía bajo la fachada de huraño propietario de las cabañas de alquiler en SunnyLake.

Tal y como se temía, en cuanto puso un pie fuera del hospital, los micrófonos y las cámaras se echaron sobre él. Kelly a duras penas podía andar hasta el coche. Eran tantas las preguntas que se solapaban unas sobre otras. Tomó el brazo de Jack con fuerza para conducirle hasta su todoterreno, al que tuvo que ayudar a subirse, empujando para ello a un par de periodistas que intentaban a toda costa conseguir unas declaraciones.

Estaba tan nerviosa que estuvo a punto de echarse a llorar, al ver que no dejaban avanzar al vehículo, situados a su alrededor.

Tocó el claxon varias veces y apretó el acelerador para hacer rugir al motor y consiguió que se apartasen un poco para poder salir, aunque tal y como se temía, todos montaron en sus furgonetas y coches para seguirles.

Llamó al sheriff, que ya estaba al tanto de la situación, le aseguró que una patrulla esperaría a la entrada del terreno de las cabañas para impedir el paso a una propiedad privada a la prensa y Kelly se lo agradeció.

Suspiró aún nerviosa, intentando calmarse.

- ¿Qué pasa, Kelly? ¿No esperabas que fuese así?

- ¿La prensa? No lo sé... había visto cosas así en la tele... pero ¡demonios! Que horrible, esto es un acoso.

Jack esbozó una sonrisa sardónica. Así que tan falsa podía ser... bueno era saberlo, para no dejarse engañar nunca más.

Tal y como había dicho, un coche patrulla les esperaba en la entrada del terreno de las cabañas para impedir el paso a la prensa. Por supuesto, aquello no les detendría demasiado. Se apostarían por allí, hablarían con los vecinos, humearían en su vida, y no dejarían de hacerlo hasta que saltase una noticia mejor y más interesante.

Los niños, ajenos a todo, estaban esperando muy emocionados su regreso con unos globos atados a las sillas y un cartel enorme con su nombre. Jack no podía evitar sentirse raro por ello.

Quería a esos niños, les había tomado mucho cariño. No tenían culpa de lo que hiciera su madre. Seguramente si hubiera hablado con ella, si ella supiera lo que iba a detonar, no lo hubiera hecho. Puede pensase en vengarse de él haciendo esa chiquillada, pero si supiera lo que le iba a pasar, estaba seguro, o quería estarlo, de que en el fondo ella no era tan mala persona.

Mantuvo la televisión apagada, no cogió ninguna llamada y acabó por desconectar el teléfono. Se mantuvo intranquilo todo el día.

Lo que tenía que pasar, pasó. Aquella misma noche, justo cuando empezaban a cenar. El sheriff en persona llamó a la puerta. Kelly fue quien abrió.

- Sheriff... ¿Pasa algo?

- Buenas noches, Kelly. Verás, tengo que hablar con Jack... hay... una cosa que tengo que comentar con él.
Kelly se apartó para que el sheriff pudiera pasar, pero no era eso lo que quería al parecer.
- Debería salir él, Kelly.
- Pero no puede, está descansando, acaba de tomar su medicación.
- Claro, claro... pero... - Echó un vistazo detrás de él y fue el momento en el que Kelly se percató de que había gente detrás de él.
Jack se levantó trabajosamente del sofá, con las muletas como apoyo al escuchar la conversación.
Le cambió el rostro completamente cuando vio a las tres personas que acompañaban al sheriff.
- ¿Quieres dejarles pasar? - Preguntó el agente. Kelly no entendía quién podían ser, pero estaba claro que Jack podía negarse a verlos si quería. El sheriff no les dejaría entrar. Sin embargo, Jack se tomó un tiempo para responder.
- Kelly, por favor, deja la mesa como está, mañana se recogerá. Puedes irte ya con los niños, mañana hablaremos.
- ¿Estarás bien?
- Sí.
        Kelly observó a Jack. Fueran quienes fueran esas personas, estaba claro que no quería verlas: Mandíbula estaba tensa, sus pupilas se achicaron, su respiración se tornó pesada, trabajosa. Tomó a los niños que no habían acabado de cenar y se dirigió en su coche a su propia cabaña. Se suponía que se quedaría con Jack para ayudarle, pero la situación estaba siendo cada vez más complicada.

        Estuvo intranquila toda la noche, debatiéndose entre simplemente esperar a ver qué pasaba o llamar a Jack para ver si estaba bien.
A medio día, cuando los nervios ya la estaban volviendo loca, alguien llamó a la puerta de la cabaña. Tras ella había una mujer.
- Hola, buenos días... ¿Kelly, verdad?
- Así es.
- Soy Marine, la madre de Patrick.
Kelly tardó unas fracciones de segundo en establecer la relación entre Jack y Patrick.
- ¡Oh! Emm... pase, por favor.
- No será necesario, nos vamos ya. Quería agradecerle que haya estado cuidando de él, este tiempo. Nos lo llevamos a casa para que acabe de recuerarse. Tenemos un equipo médico esperando. Tengo esta hoja de instrucciones para usted que ha redactado Patrick, para que pueda seguir haciendo su trabajo en su ausencia.
- ¿Cómo? ¿Se marcha? ¿Y cómo le voy a cuidar entonces?
- A él no, por supuesto. Cuidarás de este negocio...- murmuró casi con desprecio- Que se ha empeñado en mantener.
- Claro...
- Ha sido un placer- Mintió, y se fue.
La madre de Jack, o Patrick, no era como Kelly pudiera haberse imaginado en absoluto.
Parecía enfadada con algo o alguien. Era menuda, con rictus cansado. No parecía mala persona, sin embargo, no estaba feliz en absoluto de estar allí, y se notaba.
- ¿Quién es Patrick?- Preguntó Molly detrás de ella.
- Es el otro nombre de Jack.
- No sabía que Jack tenía mamá. Pensaba que estaba solo.
- Igual que yo...- Murmuró.
Kelly tomó asiento en uno de los taburetes de la cocina, y abrió el sobre que la madre de Jack le había entregado. Esperaba que en esas líneas escritas por él mismo (Kelly ya conocía se sobra su letra) le dieran las respuestas que estaba buscando.
        Sin embargo, lo único que había en ese papel era una lista de instrucciones para poder gestionar el alquiler de las cabañas en su ausencia: tarifas, horarios, normas básicas. Cerca de dos folios y ni una sola despedida. Nada, ni una explicación, tampoco ponía cuánto tiempo iba a irse.

Le añadía además que dejaba su teléfono en su casa, para que pudiera atender las llamadas de los futuros clientes, por tanto, no había forma de contactar con él.

Kelly dejó la carta allí, sobre la barra de la cocina. ¿Cómo podía ser todo tan desconcertante de repente?

Kelly caminó hasta la casa de Jack. Allí, tal y como le habían dicho, no había nadie. Su teléfono estaba sobre la mesa del comedor.

Todo estaba silencioso, vacío y dolorosamente solitario. Nada de Jack había allí, era como si se hubiera esfumado de repente.

A partir de ese día, las llamadas no dejaron de sucederse. La gente quería ir allí a ver a Patrick, aquella famosa estrella del beísbol que había desaparecido durante años. Creían que alojándose allí tendría la oportunidad de codearse con él, de preguntarle esas dudas que todo el mundo tenía en la cabeza. Los periodistas siguieron por ahí un poco más de tiempo hasta que finalmente se dieron cuenta que Jack se había vuelto a largar y se marcharon. Las especulaciones sobre él aumentaron entonces, pero al menos, no tenía que ir esquivando periodistas cada vez que salía por la mañana a llevar a los niños al colegio.

No tuvo una sola noticia de Jack o de su familia.

Las cabañas se alquilaban continuamente, ella tenía muchísimo trabajo adecentando cada una de ellas en el tiempo entre que salía un cliente y llegaba otro nuevo. Realmente la ocupación era total. La gente del pueblo no paraba de preguntarle por Jack y ella tenía que decir la verdad, no sabía nada. Nunca había sabido quién era hasta unos días antes de que lo supiera todo el mundo.

Y Kelly leyó. Estuvo leyendo mucho sobre quién era Patrick antes de convertirse en Jack. Era un jugador muy importante, al parecer de los mejores. Sus fiestas y jaleos nocturnos eran parte de su vida casi diaria. Estuvo a punto de ser expulsado varias veces por sus problemas y escándalos fuera del campo. Hasta que todo acabó con un accidente de coche en el que él resultó gravemente herido y su hermana muerta.

Kelly pensó lo triste que debía haber sido para él perder así a su hermana, sin embargo, no entendía cómo podía haberse alejado del resto de su familia por completo, en lugar de apoyarse en ellos para superar juntos la pérdida.

Pero por más que leía no era capaz de imaginar a ese Patrick del que todo el mundo hablaba. En todas las fotos parecía risueño, distendido, cómodo entre la multitud, y la mayoría de las veces, con una mujer hermosa colgada de su brazo... siempre una diferente.

Ahora entendía por qué Jack no quería tocarla. Solo había que ver a aquellas mujeres con las que solía estar, todas hermosas, altas, preciosas, delgadas... unas modelos o aspirantes a serlo. ¿Cómo había podido pensar ella que podría gustarle?

Con dolor, entendió finalmente su forma de comportarse con ella. Su distancias y reticencias, el hecho de que no le contase nada de su pasado, aun cuando ella había descubierto parte de ello en aquella maldita revista. Kelly no podía compararse con las personas que habían formado parte de su vida anterior, no era nada, ni nadie para Jack y no lo sería nunca.

Él no escribió, no llamó, no dio señales de vida. Y ella dejó de esperarlo. Entendió que nunca pasaría, que no volvería a compartir nada con él, ni una charla sentados en el muelle bajo la luna, o cocinar unas galletas juntos.

Ahora habría recuperado su vida anterior o parte de ella, y las cabañas serían solo un recuerdo de una vida inventada y falsa, y Kelly con ella.

Los niños dejaron de preguntar al cabo de dos meses.

Connor había vuelto a invitarla varias veces a comer, y había acabado aceptando.

No hacían nada más que comer y hablar de trivialidades. Él parecía interesado en algo más, algún acercamiento, pero ella no estaba en absoluto receptiva y él pareció notarlo y no llegó a hacer ningún avance.

No había tenido el valor de hablarlo con nadie, ni siquiera con Mónica. Aun cuando ella vio todo en la televisión Kelly no se atrevió a decir nada sobre que Jack se había largado sin mirar atrás, solo le dijo que había decidido pasar un tiempo alejado de todo el revuelo con su familia.

- Alquiler de cabañas Sunny Lake, ¿en qué puedo ayudarle?
- Sí, hola, a ver, somos los Keller, teníamos que llegar a las 12 pero... nos hemos perdido...
- Tranquilo, no pasa nada. Si su mapa es antiguo seguramente se haya pasado el desvío.
- ¡Te dije que debíamos poner el GPS, joder! Disculpe, señorita... ¿Puede mandarnos la ubicación?
- Sí, sin problema. Un saludo.

Con el pasar del tiempo, Kelly se había acostumbrado a todo aquello. Con la llegada de la primavera, la afluencia de turistas no había menguado a pesar de que los curiosos que buscaban a su estrella de beísbol desaparecida ya se habían cansado y había una nueva noticia más interesante que perseguir.
Todo el dinero que se generaba a través del alquiler de las cabañas lo guardaba en casa de Jack. El único contacto que tenía con él, si es que se podía considerar contacto, era la nómina que le ingresaba regularmente. Probablemente era una trasferencia programada, pero le hacía ilusión pensar que era él quien se ocupaba de manera personal de hacerla.

Y volvió.
Cuando ya no le esperaba, cuando pensaba que jamás iba a regresar. Volvió.
Kelly estaba acabando de cambiar las sábanas de una de las cabañas. Llevaba un liviano vestido de lino blanco, ya hacía calor y mientras trabajaba a contra reloj, aún más. Tenía que acabar dos cabañas más antes del medio día para poder acoger a sus nuevos ocupantes. Llevaba el pelo recogido, sujeto con un pañuelo mientras canturreaba algo en voz baja.
Escuchó la puerta abrirse y salió rápidamente para avisar de que aún no estaba listo y debían esperar. Se quedó helada cuando vio a Jack allí delante suyo.
- Dios...
- Perdona si te he asustado- Dijo él.
Kelly parpadeó un momento, para intentar asumir lo que estaba ocurriendo. Jack estaba ahí. Estaba diferente, más musculado, incluso estaba de pie sin las muletas. Tenía el pelo diferente y se había afeitado la barba. Era, más que nunca, el mismo que veía en las revistas. Ya no era Jack, ahora era Patrick, sin ninguna duda. Reprimió las ganas de saltar a sus brazos.
- Te veo bien, sin muletas.
- Sí... he estado en buenas manos.
Hizo una especie de gesto, y Kelly pudo ver que señalaba a algo detrás de él. Kelly se asomó un momento y vio que una bonita mujer esperaba en la entrada del porche. Así que eso era todo. Había venido a despedirse, y volver de forma definitiva a su mundo.
- ¿Vas a despedirme? - Dijo, asumiendo la realidad.
- ¿Qué? ¡No!, no vengo a despedirte. Me imaginé que estabas aquí, he visto que tienes todo registrado. De hecho, quería hablarte de esto.
- Pues... si no te importa, tengo un poco de trabajo ahora mismo, acabaré a las dos. Te veo entonces si te va bien.
- Em... bueno... Tengo una reserva para comer... siento haber aparecido sin avisar. Pero podemos vernos luego.
- Claro- Dijo Kelly, intentando forzarse a sonreír.
- De acuerdo, te dejo que sigas, tengo que irme.
Kelly asintió, incapaz de articular ni una palabra.
Cuando Jack salió, dejó tras de sí su olor, pero no, no era el olor de siempre. Había cambiado su colonia también. Kelly derramó una silenciosa lágrima al darse cuenta de que Jack jamás volvería.

Se sintió triste y dolida el resto del día hasta que, a las seis, Jack regresó a su cabaña. A esa hora ella ya había terminado de trabajar.
Los chicos le saludaron emocionados, al contrario que ella. A penas podía mirarlo a los ojos. Él respondió a algunas de sus preguntas, muy animado. Nada parecido al Jack que ella conocía. "Es

Patrick ahora" se obligó a recordar.
- Bueno chicos, Patrick y yo tenemos que hablar unas cosas de mayores.
- Vale mamá- Se conformó Molly.
Patrick le acompañó hasta la barra de la cocina, donde tomó asiento. Kelly no podía dejar de pensar en lo diferente que estaba ahora de la primera vez que lo tuvo allí, tapado con su capucha y con aquella barba que tan bien le sentaba.
- Tu dirás.
- En primer lugar, agradecerte tu labor. He visto todos los registros, nunca pensé que tendrías tanto trabajo para hacer tú sola. Lo siento mucho, te lo compensaré.
- No necesito que me compenses nada- casi gruñó ella. Cerró los ojos un momento, intentando calmarse. Era tan cínico estar ahí sentado como si no hubiera desaparecido tres meses dejándola sola con todo, con los periodistas, con los curiosos, con las cabañas... ¿Hablaba de dinero? Eso no le iba a compensar en absoluto.
- No quería ofenderte. Kelly... seguramente te estés preguntando muchas cosas. Sé que te debo una explicación.
- No te la he pedido, Jack. Perdón, Patrick.
- Puedes... puedes llamarme Jack.
- No es tu nombre.
- Estás enfadada...
- Solo di lo que hayas venido a decir sobre mi trabajo.
- Kelly, por favor... estoy intentando... yo...
- ¿Vas a despedirme?
- No, ya te he dicho que no.
- ¿He hecho algo mal?
- ¡Por supuesto que no!
- Entonces, Patrick, creo que puedes salir de mi casa, porque ahora mismo no es horario laboral y quiero disfrutar de mis hijos.
- Por supuesto, disculpa. Hablaremos mañana.
- No es necesario.
- De acuerdo.
Kelly notaba que él quería decir algo más, pero no lo soltaba. Estuvo a punto de ceder, de compadecerse y mostrarse conciliadora. Pero se repitió en su mente que ella no le importaba, que no se había merecido ni una despedida. Que ella pensó que habían llegado a ser amigos y se había equivocado.
- Emm... si necesitas ayuda puedo buscar a alguien. He visto que han habido muchos clientes.
- ¿Crees que no puedo ocuparme sola? - Dijo Kelly, enfadada. No sabía por qué se enfadaba, en realidad ella misma había estado deseando poder contar con alguien, pero no sabía si podía contratar a alguien ni tenía a quien preguntar.
- No estoy diciendo esto... yo... mierda, Kelly, creo que ya no sé cómo hablar contigo.
- Será la falta de costumbre...- Murmuró ella.
- Kelly... sé que no me has pedido una explicación y sé que no hice bien las cosas. Me disculparé contigo y te contaré todo, si tú quieres.
- No quiero. - Su voz sonó más firme de lo que pretendía.
- De acuerdo... bueno, creo que me marcho.
- ¿Quieres que haga algo diferente con el dinero? ¿Te lo envío a alguna parte?
- ¿Cómo? ¡No! Me refiero a que me marcho a casa. No voy a irme a ningún sitio, me quedo aquí.
- Ah... vaya... ¿Te devuelvo el teléfono entonces?
- No... yo... prefiero que sigas atendiendo las llamadas si no te importa. Estás haciendo un estupendo trabajo. Pero insisto, si necesitas ayuda, puedo llamar a alguien, seguro que Amy sabe de alguna persona que le haga falta trabajar y pueda ayudarte a acondicionar las cabañas a tiempo para que no vayas hasta arriba.
- Bueno... igual sí que podrías traer a alguien... quizá si Amy sabe de alguna chica o... chico, no sé...

yo... Bueno, si te vas a quedar aquí supongo que puedes gestionarlo tú mismo.
- Ya pero... va a trabajar contigo así que quizás si hay que hacer una entrevista o algo deberíamos hacerlo juntos.
- Patrick, lo cierto es que preferiría que no fuera así. Contrata a quien quieras, seguro que tienes buen ojo.
- Ya...
Él se despidió con un gesto de la cabeza y salió de allí, dejando a Kelly con el corazón en un puño. Puede que Jack, Patrick... en definitiva, su jefe, hubiera tratado de tender un puente entre ambos. Kelly sabía que era lo más maduro tratar con él como si nada hubiera ocurrido entre ellos. Pero era humana, demonios, no podía solo fingir que podía estar en la misma sala sin recordar sus besos y sus manos masculinas y curtidas acariciando su piel.

No podía obviar que aquello sucedió y dolía, de manera física, el hecho de que para él no hubiera significado nada. Había estado años sin estar con nadie, escondiéndose del sexo o el amor. Pero apareció él, y podría haberle entregado todo, su cuerpo y su corazón. Ya eran suyos, aunque no los había reclamado, ni lo haría al parecer. Ni siquiera le dijo adiós.
Tragó las lágrimas que pugnaban por salir para que los niños no se percatasen de nada y siguió con sus quehaceres. No se permitió llorar hasta que llegó la noche.

Se vio a sí misma como hacía muchos años, llorando por un hombre que no la amaba. ¿Siempre va a ser así, Kelly? ¿Nunca aprenderás? Se preguntaba a sí misma.
Pero no podía evitarlo. Además de lo que podía llegar a sentir por él, el Jack que ella conocía había sido además de su jefe, su mejor amigo. Puede que fuera brusco, y demonios, le ocultaba hasta su verdadero nombre, pero habían pasado mucho tiempo juntos, trabajando, hablando y haciendo cosas sin importancia, pero cosas importantes también.
Había sido él quien le ayudó con el colegio y quien le había facilitado todo lo de la mudanza. Gracias a él se sentía una mujer plena y realizada por primera vez en mucho tiempo, de hecho, casi por primera vez en su vida. Sentía que había recuperado la dignidad, que su trabajo era eficaz, útil, y que por fin recibía el sueldo y el respeto que se merecía y del que había carecido en tantos años siendo camarera en su antiguo hogar.

Sentía doblemente el dolor, el dolor del corazón roto, y el dolor de poder ver a una de las personas más importantes de su vida al alcance de la mano, pero completamente lejos de ella. Nunca más serían ellos dos de nuevo. Ahora él era famoso, todos lo sabían. En cuanto la gente se enterase de que estaba de vuelta volverían a llegar como moscas a la miel, y por supuesto, estaba el detalle de la chica preciosa y juvenil que le acompañaba. No podía evitar sentir celos, pero sobre todo sentía que su autoestima se desvanecía.
- No, Kelly. No eres la mujer que él quiere, pero no te hundas por ella, no te compares. Eres buena madre, trabajas bien. El amor apesta, pero no dejes que él te quite lo que has logrado con tu esfuerzo- Se dijo en voz alta. Lo necesitaba. Necesitaba sentir esas palabras como verdaderas. Sí, ella no había sabido nunca de quién enamorarse, estaba claro, pero no iba a dejar que un hombre arruinase por completo su vida... otra vez.

En los días posteriores, evitó a Jack todo lo que pudo, pero finalmente tenía que volver a verle. Al parecer de pronto le había entrado la prisa a ese hombre por ponerse al día con todo lo relacionado con el negocio. Por suerte Kelly lo anotaba todo cuidadosamente: Las reservas, las estancias, tarifas, clientes, suministros, facturas, etc. Solo tuvo que amontonarlo todo en una carpeta y prepararse mentalmente para llevarlo.
Hacía tres días que no había vuelto a verlo y prefería que siguiera siendo así. Su nuevo aspecto, su cara afeitada, su ropa cara, su nueva postura corporal, de repente altanera, mirando a los ojos cuando siempre se había estado ocultando...
Respiró profundamente mientras dejaba la carpeta en el asiento del copiloto del todo terreno. Los niños subieron al coche, nerviosos ante la perspectiva de volver aquel día al colegio, donde estaban iniciando ya los preparativos del Festival.
Ella no podía ni escuchar las cosas que Molly intentaba contarle, pensando todo el tiempo en volver

a verle.

Había estado amordazando sus sentimientos, intentando no pensar ni dedicar un suspiro más a ese hombre.

Dejó a los niños en la escuela, se despidió de ellos con una sonrisa fingida y volvió al coche rumbo a la cabaña de Jack.

Se le hacía muy raro volver allí ahora que estaba de vuelta. En los últimos meses había ido para limpiar o dejar allí el dinero del negocio. La soledad, la oscuridad la abrazaban cuando entraba y había llegado a ser reconfortante. Al menos, se sentía segura allí, aunque Jack no estuviera, saber que ella podía seguir yendo, incluso acariciar la superficie del sillón donde solía recostarse siempre le hacían sentir un poco más cerca de él. Pero ahora que había vuelto, no sabía qué se iba a encontrar. Ya nada era igual.

Aparcó junto a un sedán gris que nunca había visto y el mismo coche con el que Jack llegó el otro día a su casa y que había pretendido no observar. Probablemente valía más que cualquier cosa que ella pudiera tener en toda su vida. Era un bonito descapotable azul claro, de una marca que ni siquiera conocía.

Subió rápidamente los escalones y por la fuerza de la costumbre ya llevaba las llaves en la mano para abrir la puerta cuando recordó que ya no podía entrar como si fuera su casa.

Echó más de menos entonces la época en la que Jack y ella estaban casi todo el día juntos, bien en esa casa o en la de ella, comiendo juntos, viendo una película o comentando cualquier cosa que hubiera ocurrido durante el día.

Guardó las llaves en su bolso de nuevo y apretando la carpeta con toda la documentación contra su pecho, llamó con los nudillos a la puerta de madera.

Los pasos que se aproximaron no eran los de Jack. No evidenciaban ninguna cojera, no eran pesados y el ritmo no era el suyo, ella podía reconocerlo.

Una mujer joven, la misma que había visto el otro día esperando fuera abrió. Kelly tragó un momento saliva, sintiéndose de repente como la adolescente que fue en el instituto, tímida, torpe y fuera de lugar.

La chica le sonrió un poco cínica.

- ¿Kelly, no? La limpiadora. Patrick bajará enseguida. Se acaba de duchar...

- Yo... no soy... no soy la limpiadora- Murmuró Kelly.

- ¡Oh! Disculpa. No sé cuál es el nombre técnico para la persona que limpia las cabañas y cambia las sábanas... pensé que era limpiadora. Le preguntaré a Patrick después.

Kelly carraspeó. No le gustaba nada aquella chica. No solo por los celos que despertaba en ella, vestida con un pijama y ropa de estar por casa, como si realmente esa fuese su casa. Puede que lo fuera ahora.

No le gustaba por el modo en que le hablaba, como con desprecio.

Jack, al menos el Jack que ella había conocido, nunca había sido así. Por supuesto que era brusco, y a veces hasta mal educado, pero no era déspota, no ridiculizaba a nadie. Era amable con Amy, y con el resto de camareras del restaurante, se llevaba bien con el doctor Pyne, y hasta había tomado cariño a Molly y Josh y jugaba con ellos.

- Esperaré aquí fuera-. Dijo al fin.

- Puedes pasar si quieres. Acabamos de desayunar, aún queda café.

Kelly sonrió falsamente. Entendía que aquella mujer, al fin y al cabo, simplemente estaba marcando su territorio. Quería dejar claro que ese era su lugar ahora. Kelly la miró un momento con atención, dando un paso atrás.

- Esperaré aquí, me gusta el aire libre.

- Como quieras- dijo ella encogiéndose de hombros y cerrando la puerta.

Kelly se sentó en las escaleras del porche, donde tantas veces se habían sentado juntos compartiendo una taza de bebida caliente mientras caía el atardecer. Desde ahí podía verse el lago y la mayoría de las cabañas, y desde el primer momento supo por qué esa cabaña era especial. Desde allí solo había cielo y agua, monte y nada más. Tanto si uno quería simplemente pensar, como si no quería pensar en nada, no concebía mejor lugar que ese.

La chica que estaba dentro, la que seguramente conducía uno de esos dos coches y desayunaba con Jack... Patrick (se corrigió mentalmente), probablemente no quería ser ofensiva, sino que estaba asegurándose de que a ella le quedase claro cómo habían cambiado las cosas por allí. No le importó, Kelly ya sabía que no era nada en absoluto para él, no lo había sido nunca. Esa chica podía estar tranquila.

Volvió a repetir como un mantra que su vida estaba completa ahora. Que su familia estaba bien, que tenía todo lo que había deseado durante años: un hogar, un trabajo y una pequeña familia a la que por primera vez podía ofrecerles un buen futuro.

Desde que Josh había empezado en aquel nuevo colegio, sus avances habían sido impresionantes. Estaba encantado con el grupo de ciencias y aquello había sido solo el principio. Los médicos se habían volcado y el diagnóstico por fin estaba claro: Trastorno del espectro autista. Lejos de asustarle, le alivió pensar que al fin podía entender qué le pasaba a su hijo y le estaban ayudando con eso.

Le habían dado algunos teléfonos de asociaciones que podían ayudarle y mantenía reuniones periódicas con el equipo psicopedagógico del centro escolar.

Josh había comprendido mejor también qué le pasaba, y eran capaces de comunicarse mejor. Tenían una especie de código, que les había sugerido la psicóloga. Cuando una situación ponía nervioso a Josh, podía decir "Amarillo". De este modo podía expresar su malestar aun sin tener que decirlo en voz alta, y Kelly podía actuar. Del mismo modo si era demasiado insoportable y necesitaba alejarse de ahí, decía "Rojo". Había habido muy pocos rojos, y algún amarillo más de los que Kelly hubiera deseado, pero aquello le ayudaba a identificar mejor los momentos en los que Josh se altera y además le permitía interrumpir lo que quiera que estuviera pasando. De un tiempo a esta parte, Josh se había sentido más seguro y había habido menos situaciones que le causaran estrés y ansiedad. Había aprendido a confiar en ella y a buscarla cuando necesitase seguridad. Eso era para ella lo más importante y le había hecho sentirse mejor madre de lo que se había sentido nunca con Josh.

Sonreía mientras pensaba en Josh, pero una figura a su lado la sacó de su ensimismamiento.

Al ver a Jack, a su lado, la sonrisa se esfumó de su rostro.

Verlo así aún le impactaba... y le dolía.

- Disculpa por hacerte esperar.

- Tranquilo, ha sido solo un momento.

- ¿Pasamos?

- No, no es necesario. Tengo todo aquí, esta ordenado no creo que tengas ninguna dificultad para entenderlo.

- Kelly, necesito revisarlo todo contigo. Si tengo alguna duda no me apetece tener que estar llamándote.

"Antes no te importaba llamarme en cualquier momento..." Pensó Kelly con un retortijón en el pecho.

- De acuerdo.

Se resignó y le acompañó dentro. Desde que había regresado había hecho algunos cambios. Kelly intentó mirar lo menos posible a su alrededor mientras seguía a Patrick a través de la planta baja y hasta arriba, en su despacho, donde Kelly había entrado solo a limpiar o a dejar todo el dinero que iba ganando en uno de los cajones. Para cuando Patrick volvió, había ya unos cuantos miles allí dentro.

Él se sentó en su silla frente al escritorio, ella al otro lado en una silla que hasta ese momento nunca había estado allí. Jack no había recibido visitas ni tenía papeleo que revisar con nadie.

Kelly empezaba a diferenciar entre Jack, y las cosas que hacía Jack, al que creía que conocía y el tal Patrick, el tipo que estaba allí frente a ella ahora, del que no sabía prácticamente nada, salvo que vivía con la modelo o aspirante a serlo que estaba abajo, cambiando canales acomodada en el sofá que solía usar ella.

Se sintió una vez más tonta, por haber creído que tenía algún tipo de derecho en esa casa. No había sabido mantenerse en su lugar, pero era un error que no pensaba repetir.

Se aclaró la garganta y esperó pacientemente a que Patrick comenzase a revisar todo aquello.

- Vaya Kelly, esto es muy minucioso.
- No me diste instrucciones sobre cómo debía hacerlo así que improvisé. Supuse que así sería más fácil luego.
- Sí... siento no haber sido más específico... mi salida fue muy abrupta y no pensé en todos los detalles.
- Ya... bueno, si está todo claro, creo que me voy.
- Kelly, por favor, dame unos minutos. Sé... bueno, realmente entiendo que estés molesta conmigo, pero...
- No estoy molesta, Patrick. Solo quiero seguir con mis cosas. Deberías buscar a un auditor y si hay algo que esté mal o falte él te lo dirá.
- ¿Es eso lo que crees que estoy haciendo? ¿Una auditoría de tu trabajo en estos meses?
- Claro.
- No es eso, para nada. Confío totalmente en ti, por eso dejé todo en tus manos. Solo quiero ponerme al día. Estoy seguro que lo has hecho mejor que el tiempo en que era yo el que me ocupaba, quizá pueda aprender algo.
        Kelly suspiró. Deseaba estar en otro lugar, lejos de ese hombre y lejos de esa casa. No podía simplemente pretender que todo le resultaba indiferente.
Al cabo de un rato, Patrick le había preguntado todo lo que se le ocurrió, y Kelly estaba más que deseando largarse. La chica había entrado a preguntar si querían algo y para hacerlo se había situado tras la silla de Patrick, acariciando su espalda, e inclinándose suavemente sobre él para ojear sobre su hombro fingiendo algo de interés.
Kelly observó con atención como su sedoso pelo caía en suaves hondas y el olor de su perfume (caro) se extendía por el aire. Todo aquello marcaba aún más la diferencia que sentía Kelly entre ella y ellos dos.
- Bien, creo que todo esto está claro, realmente has hecho un gran trabajo. Vamos a trabajar codo con codo a partir de ahora.
“Señor, espero que no” murmuró Kelly para sí misma.
- Bien, si no quieres nada más me voy a casa.
- De acuerdo. Oye, tómate unos días libres, te lo mereces.
- No es necesario.
- Insisto.
- Bien, vale.
Kelly salió de allí tan deprisa como el decoro se lo permitía. Estaba segura, podía notarlo, que Patrick quería decir algo más, había hecho el intento varias veces, pero fuese lo que fuese no había dicho nada.

12

Condujo hasta su cabaña. Quería aparcar y pasear hasta el lago y pensar, pero ya no estaba sola por allí. La ocupación seguía siendo completa y solía haber gente en el muelle. El buen tiempo traía consigo más turistas y el lago ya no era tan solo suyo.

En poco tiempo había perdido algunas de las cosas que más le gustaban de aquel lugar.

Sentada en su porche, pensó bastante en ello. Lo que más le dolía era que quería contarle todo aquello a Jack, porque seguía sintiendo como si fuera su mejor amigo, pero Jack no existía ya. Era como si hubiera muerto.

Esa idea le dio una nueva perspectiva. Podía imaginar que Jack, el Jack que ella conocía y del que se había enamorado, ya no estaba, como si hubiera muerto, o marchado a un viaje sin retorno. Trataría a Patrick como a un desconocido (ya que realmente lo era). Como un jefe con el que no había tenido ningún vínculo anterior. Como si no le amase.

Aquello le animó, por tonto que pareciese.

Se levantó, entró en casa y salió de nuevo con una libreta y un boli.

"Querido Jack.

Hace ya algo más de tres meses que te marchaste prácticamente sin despedirte. Ha venido el jefe nuevo. No es como tú. Ah, y deberías ver a quien ha metido en tu casa... una de esas chicas de revista. Guapa y alta, y glamurosa. Hasta con un pijama estaba bonita. Te horrorizaría verla en tu sofá.

Te echo de menos. He estado sentada en tu porche. Hace no tanto tiempo, tú hubieras estado sentado a mi lado, probablemente callados.

Me gustaba tenerte como amigo. Eras mi único amigo, y me gusta pensar que yo era tu única amiga, pero una vez más, eso no podría saberlo.

Me gustaban muchas cosas de ti, Jack, como tus manos. Tus manos eran ásperas, pero siempre calientes. Cuando tocabas las mías, porque te pasaba alguna cosa o me ayudabas con algo, siempre se me aceleraba el corazón.

Creo que va a pasar mucho tiempo antes de que te olvide, Jack, porque te sigo queriendo.

Kelly"

A pesar de saber que era una locura, escribir la carta le hizo sentirse mejor. Como si pudiera volver a hablar con Jack de alguna manera.

Pasó el resto del día haciendo galletas para llevárselas a Amy a la cafetería, le había prometido que lo haría y se ganaría un poco de dinero extra. Su intención era ahorrar un poco y comprar un coche de segunda (o tercera mano), ya que seguía utilizando el de Jack.

Llevó las galletas y recogió a los niños, pero en lugar de volver a casa, dieron un largo paseo por Sunnylake. Con la subida de las temperaturas, pasear por las avenidas y parques resultaba muy agradable, comieron un helado y no volvieron a la cabaña hasta que empezó a oscurecer.

- Ha sido una tarde muy chula, mamá. Me alegro que tengas unos días libres. El señor Jack ha sido muy amable.

- Ya no se llama Jack, cielo, te lo dije, se llama Patrick ahora.

- Es que no me acostumbro. ¿Cuándo vamos a volver a ir a su cabaña como antes?

- Eso... eso también ha cambiado ahora, cielo. Patrick vive con otra persona y ya no nos necesita.

Justo a decir las palabras se dio cuenta. Y el corazón se le detuvo a medio latido.

Eso era, eso era lo que Patrick quería decirle una y otra vez aquella mañana y al final no se había atrevido. En lugar de eso le había dado unos días libres, supuso que para que se fuera haciendo a la idea.

Había vuelto, y bastante más recuperado. Tenía ayuda, por lo visto la chica esa se había instalado allí. Además de ser su novia, podía hacer todo lo que Kelly había estado haciendo y seguramente mejor que ella. Bueno, eso lo dudaba, pero en cualquier caso, no la necesitaba más.

Kelly tragó saliva. No iba a despedirla... ¿o sí?

Sabía que Amy la contrataría sin dudarlo si se quedaba sin empleo, y no sería la única. En estos meses se había encargado de todo sola, y había entablado amistad con mucha gente del pueblo, en la lavandería, en el supermercado, en pequeñas tiendas, hasta en la floristería, ya que había ido comprando pequeños arreglos florales para recibir a los inquilinos.

Había mucha gente que ya la conocía en el pueblo, era un lugar muy pequeño durante el invierno, aunque en verano la población crecía muchísimo.

Incluso Connor, el sobrino del doctor, con el que seguía quedando regularmente para charlar. Al parecer estaba alargando su estancia allí ya que el hospital se lo había solicitado. No era de extrañar, era un gran médico según tenía ella entendido.

Podría empezar de cero, no se quedaría sin nada, estaba segura. El problema era que no quería dejar de vivir allí, en esa cabaña. La cabaña número 3 se había convertido en su verdadero hogar, el primero en el que había sido realmente feliz, y no solo ella, sus hijos igual. No se imaginaba un lugar más bonito en el mundo para vivir que aquella maravilla en plena naturaleza. Se había acostumbrado a la humedad del lago, al frío del invierno, a alimentar la chimenea y a esperar a que Joey limpiase las carreteras de nieve cada vez que había una nevada.

Odiaría tener que irse, y aquello casi la hace llorar.

Tras acostar a los niños, decidió darse un baño caliente y relajarse. No quería acostarse de esa manera, sintiéndose tan mal. Seguro que al día siguiente lo vería todo más claro.

Sin embargo, aquella noche soñó con Jack. No era la primera vez que soñaba con él. No era un sueño erótico sino más bien un recuerdo de un día cualquiera cuando ella prácticamente hacía vida con él.

- ¿Estás triste, mamá? - Preguntó Molly.
- No, cielo, solo cansada.
- Siempre dices eso. Creo que estás triste.
- Es solo que... cariño, a veces nos acostumbramos a ciertas cosas y nos cuesta aceptar los cambios.
- Es por el señor Jack.
- Sí, pero no solo por eso. No lo sé, cielo. Además, recuerda llamarle Patrick.

Molly asintió y le dio un beso en la mejilla. Kelly sonrió. Sus hijos le hacían feliz. En eso, tenía que centrar sus energías.

Pasó los siguientes días dedicándose a la casa y a sí misma. Retomó la lectura de varios libros que había olvidado, probó recetas nuevas, y disfrutó de sus hijos y el tiempo juntos.

El martes recibió una visita inesperada. Estaba en casa, aprovechó para ducharse y dedicar tiempo a sí misma. Se depiló, se lavó el pelo, se pintó las uñas y estaba pensando en utilizar las tenacillas para rizar su cabello cuando alguien llamó a la puerta insistentemente.

Ella se arrebujó más en el albornoz y se acercó a la puerta.

- ¿Quién es?
- Yo- Dijo Patrick.
- Patrick, disculpa, pero no puedo atenderte ahora, vuelve más tarde...- Musitó ella deseando estar vestida. No podía enfrentarse a él en albornoz.
- Abre la puerta, Kelly, tenemos que hablar.

Estaba enfadado. Realmente lo estaba. ¿Qué podía haberle enfadado tanto? Ni siquiera habían vuelto a hablar. ¿Sería que al fin había reunido el valor para despedirla?

Kelly abrió la puerta un poco.

- No estoy vestida. Tienes que esperar.

Patrick tragó saliva, pero aún podía notarse el disgusto en su rostro. Asintió y se dio la vuelta cruzando los brazos sobre su pecho. Al parecer iba a esperar allí mismo, en su porche.

Kelly corrió a su habitación intentando calmarse y vestirse, aunque las manos le temblaban tanto que optó por un sencillo vestido de algodón porque sabía que le resultaría casi imposible abrochar los botones de una camisa.

Iba a despedirla. Tendría que irse de allí. Tendría que dejar su hogar. Las lágrimas se agolparon en sus ojos y se tomó un minuto para respirar sentada en la cama.

- Puedes afrontarlo- Se dijo. - Puedes hacerlo. Has pasado por cosas peores. Solo es una casa, tu hogar estará donde tú estés.

Se puso en pie y aun descalza y con el pelo mojado, fue a enfrentarse a lo que sea que el destino le deparase ahí fuera.

Patrick seguía de pie mirando al lago, de espaldas a ella cuando salió.

- ¿Y bien? - Preguntó Kelly, fingiendo una entereza que no sentía ni de lejos.

Patrick la miró un momento como intentando evaluar algo, luego dio un paso al frente antes de hablar.

- He estado revisando las cuentas otra vez. El otro día no me di cuenta, pero esta mañana al volver a contar todo el dinero y comparar con las facturas...

- Espera, espera, espera- Le interrumpió Kelly, furiosa ¿Cómo se atrevía a acusarla de robar? - Si piensas despedirme me parece perfecto, pero no te consiento que me acuses de robar. ¡No he robado nada en mi vida! En ese cajón está hasta el último céntimo que se ha recaudado en estos meses. Estoy segura de que no necesitas inventar algo así para simplemente decirme que tengo que irme. Ya lo imaginaba de todos modos, estaba esperando que tuvieras agallas para decirlo.

- ¡No te estoy acusando de robar nada! ¡Por el amor de Dios! ¿Cómo tengo que decirte que no voy a despedirte? Lo tienes tan asumido que casi creo que es lo que quieres. ¿Es eso, es lo que quieres? Lo entenderé perfectamente, nunca debiste quedarte, en primer lugar.

Kelly retrocedió un paso. Aquello había sido un golpe muy bajo que no esperaba. ¿Se arrepentía de haberla contratado? ¿Después de lo que habían pasado juntos? Parpadeó un momento intentando no llorar, pero las lágrimas furtivas le traicionaron.

- Mierda... Kelly no era eso lo que quería decir-. Patrick dio un paso en su dirección, pero ella se alejó dos.

Se limpió las lágrimas con el dorso de la mano furiosa consigo misma por mostrar su debilidad. Intentó que su inseguridad y su mermada autoestima no le jugasen una mala pasada en ese momento. Ya tendría tiempo de sentirse como una mierda después, en cuanto él se marchase.

- Perdóname... siento que desde que he vuelto no soy capaz de hablar contigo. No sé lo que digo, por favor, perdóname.

Claro, pensó Kelly, porque tú no eres el hombre que se marchó de aquí.

- No te he robado. Y si no vas a despedirme no veo qué es lo que haces aquí.

- No digo que falte dinero, Kelly, al contrario. No me di cuenta de que había dinero de más porque todo parecía cuadrar. Pero estos meses se han pagado facturas, luz, agua, impuestos, dos reparaciones de fontanería... todo estaba ahí desglosado. Pero no has cogido el dinero de los alquileres, está todo, hasta el último dólar en el cajón. ¿De dónde has sacado el dinero para pagarlo todo? Has estado utilizando el dinero de tu nómina, ¿verdad?

- ¿Qué otra cosa iba a hacer? No me dijiste cómo tenía que proceder. No quería utilizar tu dinero.

- ¡Pero eso es absurdo, Kelly! ¿Cómo se te ocurre pagar de tu bolsillo? - Espetó furioso.

- ¿Y qué pensabas que iba a hacer? ¿Coger dinero de tu casa? - Gritó ella enfadada.

- ¡Es lo que hubiera hecho cualquier persona con dos dedos de frente! - Gritó él.

- ¡Cualquier persona con dos dedos de frente hubiera dejado un teléfono de contacto para que pudiera preguntarle esa y muchas otras cosas, joder! ¿Que no soy perfecta? De acuerdo. ¿Que otro lo hubiera hecho mejor? Seguramente. Pero no exijas que actúe de forma lógica cuando el primero que no lo haces eres tú.

- ¡No utilices mis propios argumentos para confundirme!

- ¿Yo te confundo a ti?

- ¡Sí! ¡Maldita sea!

- ¡Tú me confundes a mí!

- Yo no he venido para discutir.

- Mentira, ya estabas enfadado antes de que abriese la puerta.

- ¡Claro que estaba enfadado, joder! ¡Has estado gastando tu dinero en este negocio! Ese dinero es para tus hijos y para ti.

- No metas a los niños en esto- Dijo Kelly, sin saber muy bien por qué.

- Yo también quiero a esos niños.

- No te atrevas a decir eso. No cuando has dejado que pregunten por ti a diario sin una sola llamada ni una triste postal.

- Yo no podía... yo estaba equivocado.

- ¿Equivocado respecto a qué?

- Respecto a ti- Dijo, por primera vez calmado, mirándole a los ojos.

- ¿Respecto a mí?

- Pensaba... yo estaba convencido de que fuiste tú quien llamó a la prensa.

- ¿Qué? ¿Cómo has podido pensar eso de mí?

Aquella acusación dolió en lo más profundo de su corazón. Ahora entendía su actitud de aquel día, pero... ¿Cómo era posible que él creyese eso de ella?

- Lo siento, lo siento de veras. Es lo único que pensé... yo sé que me equivoqué y que no harías algo así, pero me sentí dolido y traicionado y...

- ¿Y cómo crees que me sentí yo? Pensaba que teníamos algo- Dijo, y se arrepintió al instante- Eras mi mejor amigo. Te marchaste sin más. Y ahora vuelves, convertido en otra persona, con tu novia guapa y tu coche de lujo y vienes aquí a recriminarme un montón de cosas y... - Kelly no podía dejar de llorar. A penas podía vocalizar bien. No quería seguir haciendo el ridículo, ya había hablado demasiado.

- Kelly por favor, perdóname...- Dijo él, haciendo el ademán de abrazarla.

- No, no te atrevas a tocarme. No me hagas más daño. ¿Sabes qué? Tenías razón. Nunca debí venir aquí- Mintió. - Dimito.

- No, Kelly, por favor, no hagas eso.

- En quince días tendrás esta casa vacía para que puedas volver a alquilarla. Es tiempo suficiente para que puedas encontrar a otra persona.

- No acepto esa dimisión.

- Me da lo mismo. No quiero que me hagas más daño, y con cada minuto que estás aquí me siento mucho peor.

- Nunca he querido hacerte daño, ni antes ni ahora. Por favor, no te vayas. No tendrás que volver a verme si no quieres. Además, te he traído esto, el dinero que has adelantado y que es tuyo.

- Guárdate tu dinero- Dijo. Maldito orgullo, pensó. Si de verdad iba a irse, necesitaba ese dinero para alquilar algo. Por desgracia no sería fácil, ahora la ocupación en el pueblo era casi total.

- Es tu dinero, Kelly. Por favor, por favor, no te vayas...

- La decisión ya está tomada, es lo mejor. Además ¿qué te importa? Solo soy la limpiadora-. Dijo repitiendo las palabras de aquella mujer.

- ¿Qué? ¿Qué coño estás diciendo?

- Adiós, Jack. - Dijo antes de entrar de nuevo en la cabaña y darse cuenta de que le había nombrado mal. Corrió a su cama como una adolescente a llorar largo y tendido. ¿Qué había hecho?

Lloró hasta que no pudo llorar más. Hasta que le dolió la cabeza y los ojos le escocieron como hacía mucho que no le pasaba.

Él, no Patrick, sino Jack, era el que había pensado que ella llamó a la prensa. No el tipo nuevo que ella desconocía, sino su Jack, ese al que llamaba mejor amigo.

Tomó la libreta donde solía escribir cartas para Jack. Ahora se sentía aún más tonta por hacerlo, aunque de todos modos, tomó su lápiz y escribió.

"Querido Jack

Hoy por fin me he enterado de la verdad. Aun cuando pensaba que éramos amigos, tú nunca te tomaste la molestia de conocerme realmente. Si lo hubieras hecho, nunca hubieras podido pensar que yo te traicionaría de esa manera. Lo que yo pensaba que había entre nosotros no era real, solo estaba en mi cabeza. Te he querido mucho, y aún lo hago, por desgracia, pero ni el Patrick de ahora ni el Jack de entonces eran reales, ni les he importado nada.

Me he despedido. Al final mi mayor miedo se ha hecho realidad. Yo misma he sido el brazo ejecutor. Pero no me importa. No podría seguir aquí sabiendo que todo era una mentira. Solo conseguiría hacerme más y más daño. Cada vez que alguien llamase preguntando por la estrella de beísbol, cada vez que la chica que vive en tu casa me despreciase... cada vez que te volviese a ver... mi corazón volvería a romperse. ¿Por qué tuve que enamorarme de ti? ¿Qué se supone que voy a hacer ahora? Nunca he sido una mujer valiente, y ahora me siento una estúpida en todos los sentidos. ¿Qué hago escribiendo estas cartas que nunca nadie leerá? ¿Por qué sigo pensando que éramos algo cuando nunca fuimos nada? ¿Por qué todo tiene que ser tan difícil? Todo sería perfecto si mis sentimientos no entrasen en la ecuación. Si consiguiera dejar de sentir, como una píldora mágica que me dejase insensible. Pero eso no es posible. Tengo que seguir sufriendo y ponerme en marcha para encontrar un nuevo lugar donde vivir y un nuevo empleo con el que mantenernos.

No vas a hundirme más. Puede que por dentro esté destrozada, pero saldré adelante. No necesito ser feliz, solo necesito seguir respirando. Todo esto pasará, aunque me cueste años poder superarlo. Me he enamorado de una mentira. No debería ser tan difícil dejar de sentir cuando ya he descubierto la verdad.

Te hubiera seguido hasta el fin de mis días... pero no era eso lo que tú querías. No querías nada de mí, ¿Verdad? No pasa nada. Ya me has respondido antes.

Tengo que dejar estas ridículas cartas.

Adiós Jack. El que nunca existió, es hora de que mueras para siempre. No volveré a escribirte. No eres real, y nunca lo fuiste.

Kelly."

Por la tarde Kelly tomó el coche y se dirigió a hablar con Amy. No se le ocurría nadie mejor que ella para ayudarle a buscar un lugar para vivir o un nuevo trabajo.

- Querida, ¿qué te ocurre?

Todo el trabajo que había hecho para sentirse guapa aquella mañana había quedado arruinado, después de llorar durante un par de horas.

- Amy... me he despedido.

- ¿Qué? ¿Por qué has hecho eso? ¿Ha pasado algo con Jack?

- Patrick- Le corrigió.

- Ah, sí, es cierto.

- Hemos tenido una conversación... tensa... creo que es lo mejor. Él mismo ha dicho que nunca debí empezar a trabajar aquí.

- Cielo, ¿seguro que quería decir eso?

- Ya no es la persona que creía conocer. Todo es diferente ahora, y no me siento bien allí. De todos modos, qué más da, solo soy la chica que limpia.

- Oh, Kelly, no digas eso. Nunca has sido solo la chica que limpia. Has sido el alma de ese lugar desde que llegaste. Le has devuelto la vida a ese gruñón. Aunque he de reconocer que todo esto es muy raro No ha probado ni una tarta desde que llegó. Debe ser que a la chica que no le deja ni a sol ni a sombra le preocupa engordar. ¿Es por eso? ¿Es por esa chica que se ha sacado de la manga?

- No. De todos modos, eso no es lo importante, lo que más me preocupa es encontrar un nuevo lugar para vivir y otro trabajo.

- Por el trabajo no te preocupes en absoluto, encontraremos algo enseguida. Mientras puedes trabajar aquí, ya lo sabes, pero tengo en mente dos o tres cosas que pueden gustarte más. ¿Qué te parece trabajar en el hotel? En verano siempre necesitan gente y tú ya tienes experiencia en el sector. Déjame hacer un par de llamadas.

- Gracias Amy. Ahora solo necesitamos un lugar donde vivir.

- Puede que eso esté más complicado, aunque... ¿Conoces al viejo Orson?

- Claro. Era él quien entregaba las llaves de las cabañas antes de que yo llegara.

- Tiene una cabaña de pesca cerca del lago. No es gran cosa, no es tan bonita como las de Jack... Patrick, pero seguro que con una mano de pintura y un par de tablas nuevas, podréis vivir allí estupendamente. Está cerca del lago, imagino que eso te gustará.

- Amy todo esto es maravilloso. Me has ayudado mucho.
- Bueno, no cantemos victoria todavía, hay que ver qué dice Orson.
Kelly abrazó a la mujer sinceramente. Al menos veía una luz al final de túnel.

Aquella misma tarde Amy la acompañó a hablar con Orson. El hombre estuvo reticente en un primer momento, no es que no le quisiera alquilar la cabaña, todo lo contrario. Desde que Kelly se mudó allí, le había estado llevando galletas, tartas y algunos guisos. Sabía que vivía muy solo desde que su mujer falleció y era muy mayor. Hasta el momento se había ocupado de entregar y recoger las llaves, pero estaba muy cansado y le había dicho varias veces a Jack que buscase a alguien. Kelly le supuso una liberación además de hacerle compañía de vez en cuando.
Sin embargo, la vieja cabaña de pesca no estaba en las mejores condiciones.
- Hace años que no voy por allí, no sé cómo estará. Me preocupa que esté muy deteriorada. Ya soy viejo para poder reparar el tejado.
- No tiene que hacerlo usted, no se preocupe, encontraré a alguien que lo haga.
- Pero... siempre he sido yo quien reparaba esa cabaña... sigo pensando que no es buena idea. No es bonita, solo estaba pensada para pasar algún fin de semana. No sé si la instalación de luz resistirá para los electrodomésticos modernos.
- ¡Bobadas! - Exclamó Amy- Conozco a un par de muchachos que harán un magnífico trabajo con ella en un par de semanas.
- ¡Sí! Tiene que ser rápido. Prometí a Patrick que me iría de allí en quince días.
- Vaya... aún no me creo que todos estos años haya tenido de vecino a Patrick Douglas. Demonios ese tipo era increíble en el campo. Nos tenía bien engañados, sí señor...
- No perdamos el tiempo pensando en ese hombre, ¿verdad, Kelly? Deberías ir a ver la casa, a ver qué necesitas.
- Yo... no sé de cuánto dinero dispongo ahora mismo para la reparación-. Dijo Kelly. Ahora se arrepentía de haber rechazado el dinero que había adelantado de las facturas. Le vendría muy bien en ese momento. Lo cierto es que le había supuesto un buen pellizco de su sueldo durante esos tres meses.
- No hay que preocuparse, ya lo solucionaremos-. Aseguró Amy.
- Por supuesto, querida, esa casa lleva muchos años vacía, me encantará que vuelva a tener vida. A Charlotte le encantaba. Le gustaba sentarse en el porche y tejer. En primavera los parterres de flores le ocupaban la mayor parte del día. Le encantaba cultivar todas esas flores. Creo que se sentiría feliz si alguien más lo hiciera ahora. No tienes que pagar nada por vivir allí el tiempo que necesites. Es un sitio bonito, aunque está un poco aislado.
- De eso nada. Yo pagaré lo que sea.
- Bobadas. Contenta a este viejo anciano, puedes seguir trayendo tartas caseras.
Kelly sonrió. A su alrededor había una serie de personas dispuestas a ayudarle. Se había ganado su afecto y se enorgullecía de ello. Finalmente, no estaba tan sola como se sentía. Jack no podía quitarle todo.

Llegar hasta la cabaña de pesca de Orson no era tan sencillo como ella pensaba. Estaba en medio del bosque, en un pequeño terreno agreste cerca del lago, invisible desde la carretera. Había mucha vegetación y se veía muy descuidada. Una de las paredes estaba cubierta completamente por una enredadera, la barandilla del porche estaba parcialmente rota y también uno de los cristales de las ventanas delanteras. Tenía un aspecto descuidado y muy deteriorado, pero el lugar era impresionante. Era como vivir literalmente en un cuento de aquellos que tanto gustaban a Molly.
- ¿Será un problema en invierno? - Preguntó Kelly.
- Aprovisiona la leñera bien y habrá que reponer la grava del camino, así no se llenará de barro cuando llueva.
- Vaya, esto necesita una buena mano de todo- Murmuró Amy- Avisaré a los hermanos Callum, y habrá que reponer los cristales. Veamos el interior.
La cabaña era bastante amplia. Tenía dos dormitorios, y una cocina comedor. Entre los dormitorios estaba el baño, pequeño pero completo.
El mobiliario era muy antiguo, pero era funcional. Algunas tablas del suelo estaban hinchadas y

descolocadas, pero era habitable.

- Siento que sea tan pequeña.

- Bobadas, es genial. Será perfecto.

- Bueno, creo que aquí hace falta una buena limpieza. Y solo hay una cama en esta habitación. Necesitaremos literas. ¿A los niños no les importará compartir habitación? - Preguntó Amy. Analizaba todo ello con atención, con mejor ojo crítico que Kelly. Ella solo podía pensar que la posibilidad de marcharse de la cabaña en poco tiempo se estaba materializando. Adiós Patrick, hola, independencia.

- No, se adaptarán bien.

Kelly debía reconocer que sus hijos eran increíbles. Hablaría con ellos y lo entenderían. Josh quizá se sintiese un poco raro un tiempo, no le gustaban los cambios, pero si podía seguir cerca del lago, y en el mismo colegio, todo iría bien.

- Yo puedo ayudar a algo, pero siento que la artrosis no me va a dejar hacer nada de envergadura.

- No se preocupe, Orson, hace ya demasiado.

- ¡Pero tengo las herramientas necesarias!

- Bien, deberíamos volver. Está oscureciendo. Deberías poner unas luces en el camino de entrada.

Kelly llegó justo a tiempo para recoger a los niños.

- Tengo que hablar con vosotros.

- ¿Qué pasa, mamá?

- Vamos a cambiar de casa.

- ¿Qué? ¿Por qué? - Preguntó Molly.

- Es solo que ya no voy a trabajar más con el señor Patrick. Así que vamos a buscar otro lugar para vivir.

- ¿En Sunnylake? ¿O volvemos a nuestra antigua casa?

- No cariño, aquí, además muy cerca del lago también, a solo unas millas de donde vivimos ahora.

- Pero ¿por qué te ha despedido el señor Jack?

- Cielo... en realidad no me ha despedido. Yo he pensado que ahora que mi trabajo no es necesario... pues podría buscar algo mejor.

- ¿Algo mejor que las cabañas? - Preguntó Molly sorprendida.

Kelly se sintió triste un momento al ver la incredulidad de su hija sobre la existencia de un lugar mejor que aquel.

- He encontrado otro lugar. Es una cabaña también, y es muy bonita. Y va a tener un jardín en la entrada y un camino de piedra. Y quizá pongamos unas farolas. ¡Ah, y vais a compartir cuarto!

- ¿En serio?

- Si, cariño. Pondremos una bonita litera. ¿Qué os parece?

- Yo prefiero arriba-. Musitó Josh. Kelly sonrió, al menos no estaba diciendo "amarillo".

- ¿Vamos a dormir esta noche en la casa nueva?

- No cariño, aún hay que hacer muchas cosas, como pintar, y amueblar... ¿Queréis que vayamos a la tienda de segunda mano a comprar algunas cosas? Necesitamos mantas, y lámparas... hay que hacer una lista.

- Yo no quiero ir-. Dijo Josh.

- De acuerdo. No pasa nada. Iremos ahora a casa y haremos algo rico de cenar.

- Me va a dar pena marcharme de nuestra casa de ahora, mamá.

- Bueno, eso es porque aún no has visto nuestra nueva casa. Te va a encantar.

- ¿Cuándo la veremos?

- Pronto.

- ¿Va a venir el señor Patrick para despedirse?

- Espero que no...- Susurró Kelly para sí misma. Se limitó a mirar a Molly con una sonrisa forzada y a aparcar en la entrada de la cabaña.

Mientras los niños veían en la televisión una película de dibujos, Kelly hizo una lista de todas las cosas que tenía que llevarse y aquellas que tendría que comprar.

Había muchas cosas que necesitaría. La reparación costaría varios cientos sino más. No es que sus ahorros fueran muy boyantes después de todo, y necesitaría también un coche. Eso era bastante

urgente, la cabaña de Orson estaba lejos del pueblo, en medio del bosque.
- Mierda... no hay forma de que me salgan las cuentas- Gimió para sí.
Decidió no rendirse y que el desánimo no pudiese con ella. Había hecho muchos avances en un solo día, ya tenía un nuevo lugar donde vivir, y además pronto sabría algo sobre el trabajo en el hotel. Amy hablaría con el gerente para concertar una entrevista.
Cuando se metió en la cama por la noche, fue consciente de que ese dejaría de ser su dormitorio muy pronto. Había muchos recuerdos en esa casa. En esa misma cama, operaron a Jack el primer fin de semana que pasó allí. Aunque se había prometido que no lo haría más, sacó la libreta de las cartas y escribió una nueva epístola.
"Querido Jack.
Esta noche es la primera de la cuenta atrás. A partir de ahora, mis noches aquí se van agotando.
Es en esta casa donde convivimos por primera vez. Donde tú dependiste de mí, donde te cuidé, te toqué, hasta te acompañé al baño. Aquí salvaste a Josh cuando se perdió en la nieve, nunca te podré agradecer lo suficiente aquello.
Voy a odiarme mucho por no dejar de quererte. Allá donde miro estás tú. Me alegro de largarme de este lugar y no tener que ver a tu nuevo tú, pero... te echo mucho de menos. Hemos pasado muchos buenos momentos juntos, me permitiste salir de mi antigua vida, me trajiste aquí, fuiste el motivo por el que estamos aquí ahora, y gracias a ti, toda esta maravillosa aventura ha sido posible.
Sobre todo, quiero agradecerte la oportunidad que ha tenido Josh.
Por mucho que ahora mismo te odie, o quiera odiarte, es mucho lo que tengo que agradecerte.
Todo lo malo que ha pasado, no puede ni debe desmerecer lo mucho que has hecho por nosotros. No debería ser tan injusta contigo, en realidad.
Tengo que marcharme, el dolor que siento al estar cerca de ti está estropeando todos los buenos sentimientos que tenía. No quiero recordarte como la persona que me hizo daño y rompió mi corazón. Tú eres la razón por la que ahora mismo soy capaz de imaginar un futuro y me siento lo suficientemente fuerte para pensar en comenzar de nuevo sin que me aterrorice la idea.
Te quiero, y quiero guardar un buen recuerdo de todo lo que ha pasado.
Creo que cuando esté lejos, cuando mi vida ya no tenga nada que ver contigo y cuando pase el tiempo, podré mirar hacia atrás sin dolor.
Y aunque ahora me resulte imposible siquiera imaginarlo, me gustaría que llegase el día en que pueda verte sin que se me remueva todo por dentro, sin que mi corazón lata desbocado, y mi estómago se estruje. Quiero que llegue el día en que mi pensamiento no revolotee constantemente hacia ti, qué estarás haciendo o dónde o con quién... y en los recuerdos que no debería atesorar, que hacen daño y que reviven errores que no debí cometer.
Esta es una carta de perdón, y de agradecimiento.
Y es la única que debería haber escrito.
Espero dejar de sentirme así pronto, pero no puedo. No puedo dejar de quererte, no puedo dejar de desearte. No puedo dejar de echarte de menos, por eso, espero no tener que verte hasta que mi maltrecho corazón se reponga. Y lo hará. Siempre lo hace.
Kelly"

Cuatro días más tarde Amy y las camareras cerraron por un día la cafetería y se unieron para formar un batallón de limpieza para la puesta a punto de la cabaña de pesca de Orson. Los hermanos Callum ya se habían puesto manos a la obra arreglando el tejado. Por suerte no estaba en tan mal estado como cabría esperar y en solo dos días lo habían dejado reparado.
- Ha sido fácil, Kelly, nosotros somos muy buenos manitas- Murmuraba Zackary, claramente intentando impresionarla.
Kelly sonrió tímidamente. Sabía que solo era un coqueteo inocente, pero igualmente le hacía sentirse descolocada.
En la cabaña número 3 ya había muchas cajas apiladas en la entrada. Había ido completando una lista de todo lo necesario, aunque debía reconocer que mucha gente le había ayudado.
El viejo Orson le prestó su coche con caja atrás para poder ir a recoger unas literas que había

conseguido en una tienda de segunda mano a unos 50 kilómetros de Sunnylake.

Molly y Josh ayudaron a lijar toda la madera de la barandilla para poder volver a pintarla y darle un toque más bonito y nuevo.

- ¿Cuándo dormiremos en la litera? - Preguntó Josh. Últimamente quería saberlo todo sobre la mudanza.

- Pronto. En cuanto nos vayamos a vivir a la nueva cabaña la semana que viene.

- Mamá, ¿Vas a echar de menos nuestra casa de ahora? - Preguntó.

- ¿Por qué dices eso?

- Creo que estás triste. No me gusta cuando pienso que estás triste. ¿Lo estás?

Josh intentaba acercarse emocionalmente a ella, se esforzaba por reconocer las emociones de su hermana y su madre. Eso era algo que había estado trabajando con el gabinete psicopedagógico en el colegio.

- Estoy un poco triste, Josh. En este lugar he sido muy feliz, y creo que es una de las mejores cosas que nos ha pasado, sin embargo, en nuestra nueva casa seguiremos siendo igual de felices.

- Vale, mamá.

- Josh, ¿Tú estás triste por irte?

- No lo sé. Creo que no. Me gusta la nueva casa. Estaremos solos, y cerca del lago. Podemos pescar también. Hay un pequeño muelle, el señor Orson me lo ha enseñado. Pero creo que va a ser raro despertarme cada día en otro dormitorio.

- Será un dormitorio muy bonito.

- Sí, mamá.

- ¿Llevamos todo esto a la casa nueva? - Preguntó Kelly. Tenía un rato aún antes de que anocheciese.

A Molly le encantaba ir y no paraba de fantasear sobre cómo sería vivir allí, las flores que plantarían y los farolillos a lo largo del camino. Por algún motivo le hacía muchísima ilusión.

- Claro. Yo puedo ayudarte a cargarlo en el coche.

- Gracias cielo-. Sonrió Kelly.

Comenzaron a cargar el maletero intentando ordenar las cosas. Sabía que los Callum se molestarían, no dejaban de repetirle que no moviese ningún bulto, que ellos le ayudarían con la camioneta.

Sonrió recordando a los dos chicos que le estaban ayudando gracias a Amy.

La sonrisa se le borró de la cara cuando un coche aparcó casi derrapando junto a la puerta.

Patrick bajó a toda velocidad.

- ¿Qué coño estás haciendo? ¡Kelly!

- Patrick- Dijo ella, dando un respingo. - ¿Qué te pasa?

- Deja ya esta tontería de irte. Es una estupidez, tu sitio es este.

- ¿Cómo te atreves? Perdona, pero avisé con tiempo suficiente. No estoy faltando a mis obligaciones laborales, hago todo esto en mi tiempo libre.

- ¿Pero a dónde diablos vas a ir?

- Eso no es de tu incumbencia.

Patrick apretó la mandíbula con fuerza. Bien, estaba enfadado, Kelly podía notarlo, pero no le importaba. No tenía derecho a exigirle nada más.

- Sí que lo es... No pienso dejaros a vuestra suerte... no puedes volver a tu antigua casa, esa no es vida para ti ni para los niños.

Kelly estuvo a punto de decirle la verdad, pero se lo pensó mejor. Si Molly hubiera estado delante le habría contado todo al momento, pero por suerte, solo estaba Josh.

- Es la vida que hemos llevado antes de conocerte, no creas que eres lo único que necesitamos, ya has demostrado que no podemos contar contigo, y que no solo no confías en mi, sino que además te largarás sin despedirte durante meses. Saldremos adelante como siempre hemos hecho, no te necesitamos.

- No hablas en serio...

- Claro que sí.

- Amarillo- Dijo Josh.

Kelly se giró a mirar a su hijo. A él no le gustaba que discutieran.

- Vamos a dejar de hablar de esto. Estamos haciendo que Josh se sienta mal.
- Lo siento, chaval- Dijo Patrick, avergonzado. - Pero por favor, Kelly, no te vayas.
- La decisión está más que tomada. Las llaves de la cabaña y del coche te las entregará alguien en mi nombre el día acordado.
- Es tan absurdo... estás siendo muy infantil. Piensa en los niños, ellos no quieren irse.
- No vuelvas a hablar de mis hijos, Patrick. No tienes derecho.
- ¿No lo tengo?
- Puede que antes sí, cuando eras Jack y estábamos juntos cada día, cuando les enseñabas cosas y te preocupabas por ellos. Te lo agradezco, de verdad, por todo lo que hiciste, pero realmente esa persona ya no está y nos dejaste sin siquiera despedirte. Has insinuado cosas y me has acusado de cosas que no me merecía y nos lo has hecho pasar mal. Ya no tienes que preocuparte de nosotros, nos apañaremos bien.
- Yo... Yo no quiero que os vayáis.
- Eso ya lo has dicho, aunque no tiene ningún sentido, te damos igual, Patrick, no te importamos lo más mínimo. ¿Qué tontería es esta?
Patrick hundió sus dedos en su pelo desesperado.
Kelly se dio cuenta una vez más de que quería decir algo pero no acababa de hacerlo. Soltó el aire que había estado guardando mientras que esperaba una respuesta que no llegó.
- Eso pensaba.
Kelly acabó de cargar la última caja que Josh había dejado en el suelo cuando volvió al interior de la cabaña, agobiado por su discusión con Patrick.

Mientras volvía a su coche furioso, Patrick se reprendía a sí mismo su propia estupidez.
- ¡Háblale! - Se gritó cuando la cabaña se perdió en su retrovisor.
Antes, no hacía tanto tiempo, podía hablar con Kelly de cualquier cosa que le preocupase, sabía que hubiera podido confiar en ella para hablar de su pasado y si no lo hizo fue por ser tan cobarde como lo estaba siendo en ese momento.
Cuando la prensa le encontró, pensó realmente que había sido ella. Tuvo que esperar un tiempo hasta que le confirmaron que el chivatazo vino alguien del personal del hospital y para entonces sus padres ya le habían encontrado y ya se había largado sin llegar a despedirse. Simplemente no supo cómo enmendar lo que había hecho.
Creía que al volver, las cosas serían más fáciles, pero no fue así.
Ella estaba enfadada, eso era lógico, pero siempre había sido muy comprensiva con él.
Aparcó en la puerta de su casa y entró dando un portazo.
- ¿Pasa algo, grandullón? - Preguntó Serena.
Patrick frunció el ceño. Cada vez aguantaba menos a esa mujer. Sabía que la necesitaba, era una de las mejores fisioterapeutas y rehabilitadoras que había en el país y gracias a ella había vuelto a caminar sin cojear prácticamente, pero... necesitaba recuperar su espacio.
- No.
- ¿Vamos a trabajar la musculatura ahora?
- No.
- ¿Puedes decir algo más que un simple monosílabo?
- No.
Patrick subió como pudo a su despacho y se encerró en él. Suspiró presionando con sus dedos las sienes.
En vano... escuchó los livianos pasos de Serena ascender por las escaleras y sin preocuparse en llamar entró en el despacho. Odiaba esa faceta de ella.
- ¿Qué es lo que te pasa?
- ¿No me puedes dejar solo?
- Pensaba que ya habíamos superado esa fase. Venga, me tienes aquí encerrada todo el día en este lugar, eres la única persona con la que puedo hablar y te encierras en este despacho.
- Te pago para que me ayudes con la pierna, tú aceptaste venir, no tengo por qué entretenerte.

Serena frunció el ceñó. Patrick reconoció esa estudiada mueca que le hacía parecer adorable. Lo odiaba. Era una mujer muy manipuladora.
- Creo que deberías volver a casa. Puedo seguir mi rehabilitación sin ti.
- De eso nada. Tu madre ya me advirtió que dirías algo así. No me iré antes de acabar. Soy una profesional.
- No digo que no lo seas, digo que quiero estar solo y que si no te vas de mi despacho, tendré que echarte de mi casa.
- Eres imposible... - Murmuró ella, pero se rindió y le dejó finalmente solo.
Patrick no quería hablar con ella. No quería contarle lo horrible que se sentía el saber que Kelly volvía a su casa. Que no volvería a trabajar con ella, a verla cada día, a comer juntos, a ver la luna reflejada sobre el lago. Que se iría para siempre y que no era capaz de disculparse como debía y de hacer algo para retenerla.
Había tenido las palabras en la boca muchas veces, cada vez que habían estado solos, las palabras pugnaban por salir... "Te quiero", "Estoy enamorado de ti" "He vuelto porque no puedo vivir sin ti". Lo intentaba, pero no podía. No podía decir nada, era un cobarde, tal y como fue tiempo atrás.
Entonces lo que más temía era que ella descubriese su pasado y su secreto, pero una vez que todo el mundo supo quién era él, lo peor que le podía pasar había sucedido al fin, y sus padres le encontraron. ¿Cómo podía enfrentarse a ellos sabiendo que les había arrebatado a su hija? Que la única persona que todavía tenía fe en que podía volver a ser la persona que había sido antes del estrellato, había muerto por su culpa.
Desde que despertó en el hospital y con lágrimas en los ojos su madre le dijo que desearía que hubiera muerto él, lo supo. Tenía que desaparecer. Tenía que largarse y su madre no tendría que volver a verle nunca. No quería que sufriera viendo como su rostro salía día sí y día también en la prensa, en las cadenas y programas de televisión. Que los periodistas le siguieran a todas partes y preguntasen a amigos, vecinos y conocidos sobre cada uno de sus movimientos mientras su hermana pequeña se pudría bajo tierra por culpa de él.

En cuanto consiguió unas muletas y recuperó algo de ropa, se escabulló del hospital sin que nadie se percatase. Paró un taxi y le llevó hasta su apartamento. Cogió solo el dinero en efectivo que había guardado en dos cajas fuertes, era una cantidad suficiente para empezar de nuevo en algún lugar. Algo de ropa y ningún recuerdo. Solo quería olvidar, desaparecer y ser alguien completamente diferente.

Tomó el autobús que más lejos le llevaba de los que salían aquella noche, y cuando llegó a una ciudad de la que no había oído hablar en la vida, se alojó en un hostal un tiempo, mientras pensaba en qué hacer. La pierna le estaba matando, pero se enfocó en labrarse un nuevo porvenir. El beísbol no era ya una opción, nunca más lo sería. Esperaba que al menos los muchos millones que tenía en su cuenta ayudasen a sus padres en cualquier cosa que necesitaran. Había dejado un documento escrito a bolígrafo en la mesa de su cocina indicando que podían gestionar cualquiera de sus bienes como considerasen. Esperaba que lo vendiesen todo, aunque sabía que todo el dinero del mundo no valía nada, no podría devolverles a su hija.

Cuando el dolor fue insoportable y la pierna prácticamente no le permitía hacer nada, consiguió los datos de un doctor que al parecer era bastante bueno. Estaba en una pequeña ciudad junto al lago Tahoe, Sunnylake. Tomó sus bártulos y esa misma tarde apareció en la puerta de la consulta. Se había dejado barba y ocultaba su rostro todo lo posible. Dio un nombre falso, lo primero que se le ocurrió y pagó en efectivo a la chica del mostrador. Así conoció al doctor Pyne.
Llegar y enamorarse de ese lugar fue todo uno.

Alrededor de su nueva vida construyó una coraza para sí mismo y levantó sobre los escombros del hombre que había sido, una nueva personalidad. Nacía Jack, y Patrick moría para siempre... o eso pensaba él.
Pero Patrick volvió y ahora no era capaz de encontrar el equilibrio entre sus dos vidas, su pasado, y

su presente, y aquella vorágine le había hecho perder a Kelly.
No podía creer que por su culpa volviera a su antigua casa, con todo lo que podía suponer para los niños, sobre todo para Josh. Le costaba creer que hubiera hecho tanto daño a Kelly como para que decidiese largarse a pesar de saber que lo mejor para sus hijos era quedarse justo donde estaban. Realmente se sentía horrible, no podía permitirlo.

13

Decidió que ya no podía seguir siendo un cobarde, y que si tenía que ser sincero de una vez lo sería, pero esa familia no podía volver a ese asqueroso lugar del que venía. Se merecían ser felices y todas las oportunidades que pudiera ofrecerles la vida. No sería el causante de su infortunio, todo lo que había deseado era no hacerle nunca daño, pero todo había salido del revés.
Volvió a gruñir, sintiéndose furioso consigo mismo. Era como un gato encerrado, sentía ansiedad, sentía rabia, y sentía dolor.
Él se había alejado de ella deliberadamente, fue cruel, fue malo, y completamente innecesario.
Si bien no tuvo alternativa cuando sus padres le encontraron y le impelieron para que volviera a su casa (la que ellos consideraban su casa, si bien ya no lo era), sí podía haberse despedido de ella, llamarla, escribirle... quizá pedirle que fuese a verle... ¡Algo! Pero se obcecó pensando que le había traicionado y la desterró de su vida, a ella y a los niños.
¿Lo peor? Que no sirvió de nada. No la olvidó ni un momento. Ni cuando pensaba que había revelado su secreto dejó de pensar en ella, de amarla.

Volver a su antiguo apartamento fue como un shock. Sus padres lo habían mantenido todo tal cual, solo se habían encargado de su limpieza y mantenimiento regular.
Siempre pensó que sus padres le odiaban, todo su temor era que alguien le encontrase y ellos tuvieran que volver a saber algo de él. Pero al parecer su madre se había estado recriminando cada día desde que lo dijo, el haberle dicho que debería haber muerto él.
- No entiendo por qué te disculpas por eso, mamá. Todos lo pensamos, incluso yo.
- Hijo, no digas eso, nunca lo digas. Fue un accidente, por favor, no sé cómo pude decir aquello, no era yo, nunca te diría algo así, te quiero, siempre te hemos querido...
- No pasa nada mamá, siempre has sido buena madre. No es tu culpa que yo fuese un gilipollas ni que condujese demasiado rápido y no pudiera esquivar a ese chucho.
- Fue un accidente... tienes que perdonarte.
- Eso no va a pasar, mamá.
Patrick entendía que sus padres quisieran minimizar lo que había hecho, aunque en su fuero interno le odiasen. Ellos eran así, pero... él no se perdonaría jamás. Había cometido el peor crimen posible, y su hermana pequeña había pagado las consecuencias. Ella, que siempre iba con una sonrisa por la vida, que era preciosa, que quería ser veterinaria desde pequeña, que alegraba la vida a todos a su alrededor... ella no existía más, nunca se graduaría, nunca conseguiría ninguno de sus sueños porque todo acabó, estaba muerta y él no tenía ningún derecho a perdonarse nada.

Serena volvió a la carga al cabo de un rato, para que trabajasen la musculatura. Salieron a dar un paseo con una carrera leve, instándole a confiar en su articulación.
- Estás listo. Puedes hacerlo.
Debía reconocer que ella era muy buena en lo suyo. Hacía años que no salía a correr, aunque fuese una carrera muy suave. Sin embargo, sospechaba que ella tenía otras intenciones además del jugoso sueldo que se estaba llevando (Sus padres no habían dejado lugar a la negociación). Si había conseguido volver a casa al cabo de tres meses fue solo porque ella había accedido a ir con él.
Después de saber el calvario que vivieron sus padres por haberle perdido no podía dejar que siguieran preocupándose tanto por él, y ellos querían verle recuperado.
Serena sin embargo parecía estar haciendo jugadas y movimientos de acercamiento algo menos profesionales y sospechaba que le había dicho algo a Kelly, lo cual esperaba que no fuese cierto.
- ¿En qué piensas?
- ¿Qué?
- Estás absorto. Te pregunto que en qué piensas.
- En Kelly- Dijo, y no supo por qué había sido sincero esa vez. No le gustaba reconocer sus sentimientos.
- Vaya. Sí, es una faena que te deje tirado ahora que hay tanto trabajo aquí. Que desagradecida.

- No tienes ni idea.

Por eso, precisamente por eso no le gustaba abrirse a la gente. Juzgaban, criticaban, hablaban sin saber... Kelly no era así. Siempre le escuchaba, siempre tenía buenas palabras y era dulce y se preocupaba por todo el mundo. Siempre podía hablar con ella.

- ¿Y por qué piensas en ella? - Insistió.

- Me... me da pena que se vaya. Me caen bien sus hijos.

- ¿Te caen bien unos niños? Eso sí que no me lo esperaba. No pareces la clase de persona a la que le gusten los niños.

Patrick frunció el ceño. No le gustaba el modo en que hablaba de ellos.

- No me gustan todos los niños. Me gustan Molly y Josh.

- Bueno, serán unos zalameros. Como su madre.

- ¿Qué quieres decir? - Dijo Patrick, deteniendo su carrera. Serena se detuvo a su lado, pero sin dejar de dar saltitos en el sitio.

- Que creo que esa mujer ha sabido ganarte de alguna manera. No deberías fiarte. Conozco muchos casos de empleadas del hogar que parecían maravillosas y han acabado abusando de la confianza de sus jefes e incluso robando.

- Dios... Serena no digas gilipolleces. Kelly no sabía que tengo dinero. Nunca lo ha sabido, ni quién era yo hasta el día que me marché.

- Bueno, yo solo digo que te andes con ojo. Quizá todo esto de marcharse solo es una forma de conseguir mejores condiciones.

- No la conoces.

- Quizá tú tampoco.

Como desearía que se marchase. No quería que hablase mal de Kelly, no quería ni que la nombrase. No tenía derecho.

Ella no conocía a Kelly, pero él... podría decirse que tampoco. Se había equivocado con ella y mucho. Podía notar que algo había cambiado en su interior. Cada vez que la pillaba sonriendo, esa sonrisa se esfumaba en cuanto se percataba de su presencia. Antes él era quien le provocaba sonrisas, quien la miraba desde lejos, feliz, atareada. Ahora le ponía nerviosa y enfadada. Lo había estropeado todo.

¿Cómo iba a evitar que se largase de su vida? ¿Tenía derecho a intentar retenerla?

Pensó en las palabras de Serena. Por supuesto que había mucha gente interesada en el mundo, empleadas, socios, managers... pero Kelly no era en absoluto así, ella era buena en el sentido más pleno de la palabra. Era demasiado buena para él, no tenía derecho a sentir nada por ella.

Y lo peor es que estaba seguro de que Kelly había llegado a sentir algo por él también. Lo notaba, antes de irse, el modo en que le miraba a veces, en que cuidaba de él, en que había aprendido a conocerle y respetar sus rarezas. Ella era la única persona que había dejado entrar en su casa y en su vida, porque realmente ella le apreciaba tal y como era, sin saber nada más de él que un nombre falso y que necesitaba ayuda. ¡Si le operaron en su cama! Joder... ¿cómo había sido tan idiota de echar eso a perder?

Ahora ella se iba y lo peor, estaba muy dolida. Él le hizo mucho daño y de algún modo, lo seguiría haciendo.

- ¡Que pares! - Gritó Serena.

Patrick se dio cuenta de que estando tan furioso como estaba, sin percibirlo siquiera, había comenzado a correr mucho más rápido, mucho más fuerte.

- Creo que has hecho un buen trabajo. No me ha dolido nada- Mintió. Ahora que se detenía, la pierna le estaba doliendo. Pero quería librarse de Serena lo antes posible y si no se recuperaba del todo no iba a poder.

- No sé en qué pensabas. No me estabas ni escuchando. Espero que no sea por la limpiadora. Por muy buena que sea en la cama no vale la pena tirar por tierra toda la rehabilitación que has hecho por ella.

- ¿Cómo dices?

- Vamos, Patrick. No eres ni el primero ni el último que se acuesta con su empleada. A mí me da lo mismo, no te estoy juzgando para nada. Solo digo que no vale la pena darle más vueltas. Como ella, las hay a cientos, e incluso mejores.

Patrick estaba tan enfadado en ese momento que decidió no abrir la boca. Esa era una conversación que mantendría con ella después, pero no sin calmarse. En ese momento podría incluso golpearla de tan furioso que estaba, pero no lo haría. Nunca pegaría a una mujer. No era esa clase de hombre, al menos le quedaba algo de honor después de todo lo que había hecho pasar a su familia y a Kelly.

Si Serena quería decir algo más, su furiosa mirada le disuadió. Caminaron de regreso a la cabaña en completo silencio hasta que Patrick cayó en la cuenta de algo.

- ¿Cómo la has llamado antes?

- ¿Qué?

- ¿La has llamado limpiadora?

- No lo sé. Puede. ¿Por? ¿Acaso no es eso lo que es?

- No, no lo es. ¿Le has dicho eso a Kelly?

Serena le miró extrañada.

- Por supuesto que no. Yo no he hablado con ella, mas que el día que trajo las cuentas, y lo único que hice fue decirle que pasase si quería y que iba a avisarte. Nada más.

- Ella es mi ayudante, no una limpiadora.

- No tiene nada de malo ganarse la vida limpiando, Patrick. Incluso aunque sea limpiadora, que ya me has dicho que no lo es, no tiene por qué avergonzarse. Es un trabajo honrado.

Patrick gruñó. Sí, era un trabajo honrado, pero ese nombre no definía todo lo que Kelly era para él. Y ella había utilizado la misma palabra para definirse cuando discutieron. Había creído que por un momento Serena le podía haber dicho algo, pero no, ella parecía sincera ahora. Quizá eran imaginaciones suyas. El tema de Kelly le estaba volviendo loco.

Se duchó nada más llegar a casa y ofreció a Serena dar un paseo por la ciudad. Quería comer tarta en lo de Amy, aunque a ella no le gustase "porque eso engorda", pero él las echaba de menos. No había podido disfrutar una desde que volvió.

Serena accedió, aunque tardó un rato en arreglarse. La ducha, plancharse el pelo, maquillarse y elegir un modelito le llevaba más de una hora. Kelly no era así. Se levantaba, se vestía y estaba lista para salir.

Ella le había dicho muchas veces que no se sentía femenina... que ciega estaba. Toda ella era pura feminidad... sus manos, la curva de su cuello, la suave piel de sus brazos, su cintura, sus labios... Tenía que dejar de pensar en ella, pero no podía. Era superior a sus fuerzas.

Serena bajó al fin dejando tras de sí una estela de perfume. Era una chica de ciudad, estaba claro. Todos los hombres se girarían al verla pasar en cuanto aparcasen el coche. Su cuerpo estaba perfectamente definido por su trabajo y las horas de gimnasio, incluso puede que algunos retoques también, como la nariz o los labios. Sabía que había salido con al menos un par de deportistas famosos, un jugador de rugby y uno de baloncesto, y con algún modelo o cantante, no lograba recordar.

Si Serena había tenido alguna segunda intención con él, estaba seguro de que ya se le habría olvidado, al fin y al cabo, la vida que él pretendía recuperar no era la de Patrick, sino la de Jack.

Y Jack... no le interesaba a nadie.

Nada más llegar, Jack sugirió ir a por un trozo de tarta casera a la cafetería de Amy. No había comido nada y se moría por un buen pedazo... o dos.

- De eso nada, ¿sabes las calorías que tiene eso?

- Me da igual. Me importa menos que nada ahora mismo. ¿Por qué no te das una vuelta por ahí a ver tiendas o algo? Así te distraes un poco. Sé que en casa estás aburrida. Yo me comeré mi tarta y te busco ahora.

- Bien, bueno, pero no tardes.

Patrick se sintió triunfal cuando se despidió de ella y caminó hasta la cafetería. Se sentía liberado sin su presencia. Hacía semanas que había vuelto al pueblo. Algunos le reconocían, otros no, pero ya no se escondía bajo la gorra o la capucha. Ya no tenía ningún sentido. Nunca le importó que aquella gente, sus vecinos, supieran quien era o no, lo que no quería es que lo supieran sus padres. También se equivocó en eso.

Entró en la cafetería y el olor familiar le recibió. Se sintió mejor cuando ocupó su mesa de siempre, al fondo. Sólo por costumbre, sólo por sentir que no lo había perdido todo.

Una camarera que no conocía se le acercó. Era común que las chicas cambiasen. Amy siempre daba trabajo a las muchachas que se veían en apuros. Luego les buscaba algo mejor, o ellas se iban por sí solas.

- ¿Qué desea?

- Tarta.

- ¿Cuál? Tenemos de melocotón, queso, chocolate, crema y coco.

- Melocotón. Y chocolate. Y un café.

- De acuerdo...- Murmuró la chica.

Amy apareció tras el mostrador entonces. Le miró un momento extrañada. Fue ella misma quien le llevó las tartas y el café cuando la chica le entregó el pedido.

- Cuánto tiempo, Jack.

- He estado fuera- Murmuró él. Eso es algo que Amy debía saber de sobra.

- Lo supe... ¿Has pedido dos? ¿Esperas a alguien? - Preguntó levantando una segunda cucharilla.

- No, no, son para mí, ella está comprando.

Amy asintió, pero no se alejó.

- ¿Puedo hablar contigo un momento?

- Claro- Dijo Patrick extrañado.

Amy se sentó y le miró directamente a los ojos. Seguramente era la primera vez que lo hacía, antes él siempre estaba cabizbajo y escondido.

- Te tengo aprecio, Jack. O como te llames.

Patrick carraspeó incómodo.

- Puedes llamarme Jack. O Patrick. Como quieras.

- Bueno, solo quería decirte que nunca me ha importado que guardases tus secretos, estás en todo tu derecho. No me ha importado nunca que fueses hosco o cortante. Lo puedo entender también. Pero te juro que no hay fuerza entre el cielo y la tierra que me haga entender por qué le has hecho a Kelly algo así.

- Yo...- Patrick no sabía que contestar. No sabía hasta qué punto estaba enterada ella de lo que había pasado, pero no era descabellado que lo supiera todo o incluso algo más que él.

- En adelante... sería una buena idea que buscases otro lugar donde comer tarta. Quizá la chica que te espera de tiendas sepa cocinar. O puedo regalarte un libro de cocina.

Patrick guardó silencio un momento. Jamás pensó que Amy le pediría que no volviese. Había aguantado de él malos humos, contestaciones cortantes, y probablemente muchas faltas de educación y siempre le recibía con una sonrisa y un trozo de pastel.

¿Hasta qué punto había metido la pata con Kelly que había llegado a pedirle que no volviera por allí?

Patrick sacó su billetera y dejó varios billetes sobre la mesa, no se molestó en mirar de cuánto eran.

- Si sirve de algo... - Murmuró antes de levantarse- yo no quiero que se vaya.

Salió de allí sintiéndose peor incluso que aquella mañana. Y ni siquiera había podido comerse los pasteles y seguía con hambre. Buscó a Serena y la encontró en la primera tienda de la calle. Su fallido almuerzo apenas había durado diez minutos.

- ¿Ya estás aquí?

- Sí... no había tarta.

- Mejor. Luego buscamos un sándwich de pollo. Quizá pastrami. No lo sé.

- De acuerdo.

Se sentía tan desmotivado que siguió a Serena por donde quiso, sumido en sus pensamientos, sin escuchar siquiera su conversación sobre la ropa y los bolsos, cosa que por otra parte, no le interesaba en absoluto.

- De verdad, Patrick, llevarte detrás con esa cara tan larga y tan callado que parece que eres mudo... es como si fueras mi guardaespaldas.

- No estoy de humor, Serena. Si no te gusta, te dejo el coche y nos vemos luego en casa.

- Casi que lo prefiero. ¿Cómo vas a volver?

- Tranquila, me llevan.

Dejó a Serena allí con las llaves del coche y sin más se encaminó a la comisaría.
El sheriff le recibió encantado, dando varias palmadas a su hombro.
Se ofreció a llevarle a casa de inmediato.
- ¡De saber que teníamos una estrella en el pueblo, muchacho, te hubiera sacado mucho más partido!
- Siento el revuelo que se armó, no era mi intención.
- No pasa nada, Patrick... Me cuesta acostumbrarme a llamarte así. Por lo visto ha sido un buen pelotazo para tu negocio. La pobre Kelly iba siempre de cabeza.
- Sí, bueno, fue un poco injusto dejarla sola con todo.
- Nah, es una chica muy capaz. Aunque tuvimos que ir un par de veces o tres a espantarle a los periodistas.
- Siento oír eso.
- De todos modos, ahora que has vuelto todo será más fácil. Y ya vi que no has vuelto solo, ¿eh? Una chica preciosa, sí señor.
- Sí, Serena es muy bonita. Es mi terapeuta, para la rodilla. Se irá pronto, casi ha terminado su trabajo conmigo.
- Una lástima, no nos importaría tenerla por el pueblo más tiempo.
- No creo que ella se sienta cómoda aquí. Está acostumbrada a la gran ciudad.
- Sí, eso se le nota. Bueno muchacho, ya hemos llegado.
- Gracias por traerme.
- No hay de qué. Cuando quieras.
Patrick entró en casa preguntándose si el sheriff le miraría igual de bien si supiera todo lo que había hecho. Y lo peor es que seguía teniendo hambre.
Echaba mucho de menos la época en la que Kelly y él estaban juntos. Ella siempre hacía recetas maravillosas y aunque no quisiera reconocerlo, le encantaba ayudarla a cocinar. Hacer recetas sencillas de galletas o pasteles. Que ella le indicase, le enseñara, y que se riese de él cuando metía la pata en algo.
- Te echo de menos-. Susurró.

        Los días pasaron y por más que daba vueltas no supo cómo hacer las cosas bien. El día en que Kelly debía marcharse había llegado al fin y desaparecería de su vida. No pudo dormir aquella noche y se levantó muy temprano para pensar en el muelle.
Antes lo hacía con ella, pero debía volver a hacerlo solo.
Pasó justo delante de la cabaña número 3. Ellos estarían dormidos, su última noche allí. No le había dicho a qué hora se irían, pero sentía en la boca del estómago que la pérdida era inminente.
        Se sentó en el muelle a mirar el agua. El olor y la humedad le resultaban familiares, le hacían sentirse en casa. Pronto el resto de inquilinos se despertaría, el aire se llenaría de voces y ruidos de cacharros, algunos irían allí a pescar o a nadar. Pero en aquel momento, solo había soledad y paz.
Sin embargo, escuchó unos pasos tras de sí. Le resultaban tan familiares que estaba seguro de que era ella aun sin girarse. Pero se moría de miedo pensando que no fuese así, que simplemente fuera otra persona madrugadora que quería ver amanecer en el muelle.
- ¿Me puedo sentar?
- Claro- Dijo él sin mirarle. Estaba tan asustado de tenerla allí... su corazón se le había desbocado en el pecho. Era lo que él quería, necesitaba volver a verla, hablarle, confesarse al fin. Pero estaba bloqueado, nervioso como un adolescente que va a besar a una chica por primera vez.
Kelly se sentó un poco más lejos de lo que hubiera hecho tiempo atrás. Tampoco parecía querer decir nada y estuvieron un rato así en silencio.
- Voy a echar de menos sentarme aquí a pensar- Dijo al fin, levantándose. - Voy a volver. Tengo mucho que hacer hoy.
- Kelly... espera. - Dijo al fin. Sabía que no podía esperar más.
Se puso en pie, frente a ella.
- Voy a respetar la decisión que tomes, sea cual sea. Pero quiero que sepas... que nunca quise que te fueras. Que has sido y eres, alguien muy importante para mí. Sé que lo que he hecho ha estado muy

mal, simplemente no he manejado bien las situaciones y soy consciente. Pero por torpe que haya sido, mi intención nunca ha sido hacerte daño, te... yo te... te aprecio mucho y a los niños también.
Kelly tragó saliva, mirándole a los ojos.
- Yo... bueno, sabes que nosotros a ti también... bueno a Jack.
- Soy Jack.
- No. Eres alguien completamente diferente desde que te fuiste.
- No puedo evitar que me veas así. Pero yo... echo de menos como era todo esto antes de... ya sabes. De que se sepas quien soy.
Patrick miró al lago, incapaz de aguantarle la mirada. Se sentía muy cobarde, pero no lo podía evitar.
- Todos lo echamos de menos, pero... la vida es así. Llena de cambios, alegrías y penas. Hay que aceptarlo.
Ella se quedó en silencio un momento también.
- Te vas a ir y no voy a volver a verte. Sé que no tengo derecho a pedirte nada y que tú tomas tus propias decisiones. Sé también que todo esto lo he provocado yo pero... ¿Puedo darte un abrazo de despedida? - Dijo él, suplicante.
Kelly asintió lentamente.
Patrick dio un par de pasos en su dirección. Ya se habían tocado antes, de forma más íntima incluso, pero por alguna razón tenía miedo. Quizá de abrazarla demasiado fuerte y nunca más dejarla ir.
Finalmente abrió los brazos y Kelly se acomodó entre ellos, apoyando la cabeza en su pecho. A pesar de que no era del todo de día, pudo jurar que había visto lágrimas en sus ojos.
- ¿Estás llorando? - Preguntó en un susurro, apoyando la barbilla en su cabeza.
- Sí.
- A veces... yo también siento ganas de llorar.
Kelly apretó más el abrazo alrededor de su cintura y él hizo lo mismo. El llanto de ella se hizo más acusado y él la retiró para mirarle a la cara. Acunó su rostro con ambas manos y limpió con los pulgares sus mejillas húmedas por el llanto.
- Por favor no llores.
Kelly tragó saliva un momento.
- Sé que es una estupidez, pero... yo...
- ¿Qué?
- Quería despedirme de Jack.
Patrick frunció el ceño.
- ¿De mí?
- No. No del desconocido que eres ahora. Sino de Jack, de mi mejor amigo. Viniendo hoy aquí, pensaba despedirme de él, de forma simbólica... yo te echo muchísimo de menos. Pero te miro a la cara y ya no sé si... no sé quién eres.
Patrick apartó la mirada, también tenía ganas de llorar en ese momento.
- Solo... cierra los ojos. Y siénteme. Estoy aquí contigo.
Kelly sorbió un poco y se limpió las lágrimas antes de obedecer. Cerró los ojos, y acarició los brazos de Jack, hasta llegar a su cara. No había en ella la misma barba que siempre había habido, pero una nueva estaba empezando a crecer, sólo un par de días, pero suficiente para notarla.
También era el olor de Jack. No había colonia en su ropa o cuerpo hoy, y su aroma, el normal, el de siempre, estaba allí. Su tacto y su calor recibieron la caricia de Kelly, y el vello de su cuello y espalda se erizó.
Kelly acarició lentamente la línea de su mandíbula y llegó a rozar con el pulgar sus labios. Jack los entreabrió.
Ambos notaban como sus respiraciones se agitaban.
- Quiero besarte- Dijo él. Kelly abrió los ojos. Patrick temía que al hacerlo se rompiese la magia, pero no fue así. Ella dio un paso adelante y se aupó sobre las puntas de sus pies para llegar hasta su altura.
Patrick atrapó sus labios con un hambre feroz. Deseaba más que cualquier cosa a esa mujer que tenía delante. La besó con pasión que ella correspondió. Era un beso casi furioso. No se dio cuenta que la hizo retroceder unos pasos hasta que de pronto desapareció de entre sus brazos y solo escuchó un

chapoteo.

- ¡Kelly! - Gritó. Sin darse cuenta habían llegado al borde del muelle, y ella había caído al agua. Ni siquiera sabía nadar bien, él lo sabía.

Antes de esperar a que saliera de nuevo a la superficie, se lanzó a buscarla.

La encontró pataleando para salir. A esa altura del muelle no podían hacer pie. La tomó por la cintura para sacar medio cuerpo fuera del agua.

- ¡Jack! ¡Jack! - Gritaba ella histérica- ¡sácame de aquí!

A pesar de ser casi pleno verano el agua estaba helada. Ella se colgó de su cuello aterrorizada, impidiéndole mantenerse a flote a él mismo.

- Kelly, tienes... tienes que soltarme.

- ¡No!

- Tengo que llegar al muelle, tienes que dejar que me agarre a algo.

- No sé nadar, Jack, no me sueltes.

- No te soltaré.

Jack tiró de ella como pudo hasta dejar que se agarrase al poste más cercano. Él trepó por la madera y tosió un poco de agua. Respiró unos momentos y alargó el brazo para agarrar a Kelly.

Estiró de ella con dificultad hasta que tuvo medio cuerpo sobre el muelle y consiguió tumbarse a salvo en él.

- ¿Estás bien, Kelly?

- Nunca había pensado que un beso pudiera llegar a matarme.

- No exageres... sólo te has caído al agua. Todo está bien, no vas a morir.

- Gracias- Susurró ella, tendiéndole la mano para acariciar su hombro.

- No hay de qué, vamos a casa, estás empapada.

- Tú también.

- No pasa nada.

Kelly tomó su mano y estiró de él hasta la cabaña número tres. Todo estaba en silencio y Patrick se entristeció al ver que no había efectos personales a la vista. Todo estaba tan estéril e impersonal como el primer día que llegaron. Sí que había cajas apiladas junto a la entrada. Pero Kelly no se detuvo allí. Siguió tirando de él hasta su dormitorio, entró y cerró la puerta tras ellos.

- Aún tengo algo de ropa tuya aquí. Pensaba dársela a Orson cuando le entregase las llaves.

Patrick no dijo nada. El recuerdo constante de que el tiempo junto a Kelly se estaba acabando era doloroso.

Ella rebuscó en el armario, en el que apenas había nada ya y sacó unos vaqueros y una camiseta de manga larga. Era ropa de invierno que a veces planchaba para él. Era normal que hubiesen cosas suyas en su casa y viceversa.

Lo que no era normal para nada es lo que pasó entonces.

Kelly sacó por encima de sus hombros su vestido empapado. Una especie de camisón que seguramente usaba para dormir y estar en casa.

Delante de él estaba ella desnuda, llevando sólo unas bragas de algodón empapadas. Tragó saliva y se quitó la camiseta también. Luego los pantalones, y las zapatillas. Ambos estaban en ropa interior.

- Aún no he acabado con Jack- Dijo ella, con la voz ronca.

Él asintió. Tenía razón. Si no iban a verse más, no había motivo para no acabar con ese deseo que les consumía. Ya habían esperado demasiado y tampoco tenían más tiempo.

Ya no era su jefe, ni ella su empleada. Ya no había secretos por medio, no había más miedos que el de salir de esa habitación sin hacer lo que de verdad querían.

Lo primero que hizo Patrick fue morder y besar su cuello. Sólo había podido hacerlo una vez, hacía meses, y no podía olvidarlo. El modo en que ella arqueó entonces la espalda confirmó lo que ya sabía: Era uno de sus puntos débiles.

Su piel estaba fría y mojada, pero no le importó. Sólo quería tocarla, saborearla, hacerle estremecer.

Cayeron juntos sobre la cama. Kelly no estaba quieta ni era pasiva. Tenía tantas o más ganas que él de disfrutar de su cuerpo. Solo se contenían por no hacer demasiado ruido y despertar a los niños.

El momento en que por fin se hundió en ella fue mucho más intenso de lo que nunca había sentido con otra mujer.

Hacer el amor con Kelly no podía compararse con nada. Todo su cuerpo parecía responder. Sentía como si todo cobrase sentido de pronto y no hubiera otro lugar en el mundo en que tuviera que estar que no fuese aquel.

Durante todo el tiempo se sentía en éxtasis, pero no fue hasta que finalmente se derramó en ella que alcanzó la plena felicidad.

Su cuerpo sudado se dejó caer junto al de ella pesadamente. Ella los cubrió con la sábana un momento y así se quedaron, abrazados e intentando recuperar un ritmo normal en sus latidos y respiraciones.

Patrick solo podía pensar en que aquello debería haberlo hecho mucho antes, cuando ella sólo le conocía como Jack, con su cojera y su poblada barba, con su hosco comportamiento y su oscuridad. Por muy triste y duro que fuese, ahora tenía muy claro que era la vida de Jack y no la de Patrick la que quería seguir viviendo... pero eso ya era imposible.

- Debería vestirme. No quiero que los niños despierten y me vean aquí.

- Lo sé. Solo me gustaría mantener el espejismo un minuto más.

Patrick volvió a besar a Kelly solo un momento, para luego vestirse en silencio lentamente.

- Solo quiero que sepas que... Que estaba equivocado en todo, Kelly.

Ella no dijo nada solo enterró su cara en la almohada y le escuchó irse sin decir nada. Ya no había rencor, ni odio o dolor. Él se marchó y ella debía hacer lo mismo. La mudanza estaba terminada.

Se levantó sin saber cómo sentirse y preparó el desayuno para los chicos con los pocos utensilios de cocina que quedaban allí, los que había cuando entraron y aquella no era más que una cabaña de paso. Una en la que las personas no se instalaban, sino que vivían unas horas, sólo unos días y desaparecían. ¿Cuántas personas habrían despertado allí mismo? ¿Cuántas habrían visto el fuego arder en esa chimenea? ¿Cuántas habrían hecho el amor en esa misma cama?

Intentó dejar de pensar aquello, se sentía triste por dejar la cabaña, aunque se estaba intentando convencer de que era lo más lógico y que no debía verlo como su hogar, ya no más.

Los niños se despertaron un poco más tarde. También estaban nerviosos por el cambio de cabaña.

Desayunaron y tomó una foto en la puerta. El último recuerdo de la etapa más feliz de su vida (hasta hacía unos meses).

- ¿Quién sabe todo lo que nos depara el futuro? - Susurró para sí misma.

- Seguro que cosas geniales- Susurró Molly, contestando a su pregunta lanzada al aire.

Acarició el pelo de su hija antes de abrochar su cinturón en el coche y condujo rumbo a su nuevo hogar.

La pequeña cabaña de pesca estaba lista. La fachada barnizada y los marcos de las ventanas y la puerta pintadas de un bonito color verde pálido. Todo a su alrededor estaba florecido, el calor era menos sofocante bajo la arboleda en que estaba situada y la humedad proporcionada por la proximidad del lago mantenía los parterres verdes y floridos.

- ¡Ha quedado genial! - Gritó Molly saltando del coche en cuanto de detuvo.

- Me gusta como ha quedado- Dijo Josh.

Kelly sonrió. Realmente los hermanos Callum habían hecho un gran trabajo. De momento no querían ni oír hablar de cobrarle, aunque ella estaba decidida a recompensar su trabajo.

14

Zack y Albert Callum eran dos jóvenes que no habían tenido mucha suerte en la vida. Su padre era un borracho y un maltratador. Cuando su hermano mayor se mató en un accidente de coche, su padre empeoró aún más. Su madre reunió la fuerza que pudo para irse de casa con dos niños pequeños y una maleta con trapos viejos.

Solo Amy les acogió hasta que pudieron salir adelante. Sunnylake era un pueblo muy pequeño como para que algo así pasase desapercibido.

Con la adolescencia, los chicos se metieron en más de un lío, como peleas de bar, robos y vandalismo. Sin embargo, habían conseguido reformarse y se ganaban la vida haciendo chapuzas y reparaciones. En cuanto Amy, a la que querían como a una abuela, les pidió ayuda para Kelly acudieron al momento. Adelantaron material y trabajaron duro para arreglar la cabaña.

Kelly había oído hablar de ellos antes. La gente decía que tenían problemas, que el carácter de su padre se heredaba. Que habían hecho muchas cosas de críos. No tenían muchos amigos. Pero Kelly solo veía en ellos a dos chicos a los que la vida trató mal. Dos chicos asustados que pagaban su rabia y frustración contra lo primero que pillaban.

Su padre aún vivía, por increíble que pareciese, a juzgar por el alcohol que consumía, pero si alguna vez se cruzaban por la calle, se ignoraban mutuamente.

Ellos no habían estudiado, no eran los más inteligentes. No tenían buena fama. Pero debajo de todo eso, Kelly solo veía a unos chicos que habían tenido que crecer demasiado deprisa.

Puede que fuesen bruscos, o mal hablados, pero no con ella.

Kelly estaba segura de que había encontrado en ellos a un par de buenos amigos.

Patrick contempló el lago desde el porche. Serena salió un rato después, con un moño mal hecho y solo una camiseta y un pantalón corto.

Patrick debía reconocer que parecía un anuncio, una modelo en lugar de una terapeuta. Pero no podía importarle menos.

Serena era muy buena en su trabajo, pero como persona, no tenía mucho que ofrecerle. No entendía por qué. Era una chica culta, y muy trabajadora. El deporte era su vida, igual que la suya lo fue hacía años, cuando aún bateaba para las grandes ligas. Pero más allá de eso, no se imaginaba viviendo con ella mucho tiempo más.

Le molestaba su presencia en la casa, le hacía sentir incómodo.

Recordó con tristeza cuando era Kelly la que andaba por allí. Entonces se sentía a gusto, confiado. Era cómodo tenerla junto a él.

Pasaba la mayor parte del tiempo recordando momentos que había pasado con ella. Cosas que parecían sin importancia, solo ratos en la cocina, o viendo una película. No podía evitar echar tanto de menos aquellos momentos.

- ¿Sigues pensando en ella? - Preguntó Serena, sin ocultar su disgusto.

- ¿No puedo refugiarme ni en mis pensamientos?

- Puedes hacer lo que quieras, por supuesto. Pero no vas a sacar nada bueno de eso. Deberías centrarte en tu recuperación, vamos a trabajar un poco.

Patrick la siguió adentro. En pocos minutos ella llevaba su bata sobre el pijama y él estaba tumbado de espaldas sobre la camilla.

- ¿Qué ha pasado esta mañana? - Preguntó ella en un momento dado.

- ¿Cómo?

- Tu ropa estaba empapada en la bañera.

Patrick gruñó. Había vuelto a casa con la ropa seca que le había dejado Kelly y la suya empapada en la mano. La metió en la bañera pensando en lavarla después, pero lo había olvidado.

- Me he caído al agua.

- ¿Qué? ¿Cómo es eso posible? ¿Te ha fallado la pierna?

- No. Solo ha sido una torpeza. Pensaba que el borde del atracadero estaba más lejos. Solo estaba viendo el agua y pensando. No me he dado cuenta.

- Debías estar muy distraído. Ya te he dicho que estar tan ensimismado te va a traer nada bueno.
- Eres un poco pesada.
Serena bufó.
- Pues tú eres un gruñón.
Patrick bufó a su vez a modo de respuesta. Deseaba que se largase cuanto antes.
- Creo que ya estoy del todo bien.
- Solo dices eso porque quieres librarte de mí. Recuerda que es tu madre quien se ha empeñado en que venga y te acompañe.
- Puede que sea idea de mi madre, pero creo que puedo rescindir ese contrato cuando quiera. Es mi casa
- ¿Realmente quieres despedirme?
- No, solo quiero que te calles.
- De acuerdo. ¿Pero ves como eres un gruñón?
- Dios mío, Selena... ¿Qué tengo que hacer para que me dejes en paz?
- No todas las mujeres van a hacer lo que esperas o quieras. Algunas tenemos personalidad.
- ¿Y tu personalidad tiene que ser tan pesada?
Selena no dijo nada, pero en respuesta forzó un estiramiento hasta el punto de casi doler. Casi.
- Recuerda que estás en mis manos.
Patrick cerró los ojos para intentar al menos librarse de ella visualmente. ¿Cuánto más tendría que hacer rehabilitación? Recordaba continuamente que se lo había prometido a su madre.
Tenía que completar el tratamiento e incluso después tenía que visitar o recibir sesiones periódicas para asegurarse de que todo seguía bien.
Tenía que agradecer a Serena que le hubiera ayudado, sin ella ahora mismo estaría cojeando mucho. Sin embargo, casi podía volver a caminar perfectamente, incluso mejor que antes de la operación.
Era increíble lo que se podía lograr con dinero, con mucho dinero.
Serena no en vano era de las mejores, y bien lo valía. Pero sin el dinero que sus padres habían mantenido en su cuenta ahora mismo no sabría ni qué aspecto tenía.
Cuando le obligaron a volver a casa, se sorprendió de ver que sus padres no habían tocado nada, ni vendido su apartamento. Ni siquiera se habían mudado a él.
Así que podía decirse que era un tipo muy rico. No había gastado nada de su fortuna en cinco años y en cambio, distintos pagos por derechos de imagen y otros contratos le seguían reportando ingresos pasivos. Era todo una locura. Pero... ¿Para qué demonios iba él a querer tanto dinero? Sus padres se negaban a tomarlo, podría quizá regalarlo. Igual debería darle una parte a Kelly. para la educación de los niños.
Arrugó el gesto otra vez al pensar en Kelly. Odiaba perder a esa mujer. El corazón se le estrujó al darse cuenta de que todo había acabado para ellos. La echaba tanto de menos que era increíble a pesar de no hacer más que unas horas que había estado con ella.
Intentó no pensar en lo que había pasado aquella mañana o tendría una erección mientras seguía en la camilla, sin muchas posibilidades de disimularlo.
Pero... qué difícil era no pensar en ella.
Había estado con Kelly. Aún no podía creer lo afortunado que era. Qué clase de vida vacía y funesta hubiera vivido si no hubiera podido tenerla al menos una vez...
La amaba. Y atesoraría sus últimas horas juntos como los mejores recuerdos de su vida.

Kelly dejó a los niños en la cafetería de Amy, tenía que devolver el coche y las llaves al viejo Orson para que se las devolviese a Patrick. El pobre hombre había insistido mucho en prestarle su viejo Chevrolet hasta que comprase uno propio.

- Gracias por todo, Orson, de verdad.
- Bobadas... eres lo mejor que ha pasado por aquí desde hace muchos años. Este tipo es un zoquete, de verdad que lo es.

- Oh, vamos... no seas así. Solo estás enfurruñado porque estuviste junto a una estrella del deporte y no te diste cuenta.
- ¿Cómo es posible que no lo viera? Estuvo en mi casa muchas veces... y yo... ni darme cuenta. Con la de partidos que he visto en la televisión... Mi hijo George es un gran aficionado, cuando todo esto se supo, me llamó de inmediato. Qué cosas...
- Lo sé... es extraño pensarlo, pero no es motivo para estar siempre enfadados con él.
- Soy un viejo gruñón, querida, puedo estar enfadado para siempre, ¡y lo haré!
- Eres un amor de persona- Dijo Kelly acercándose para darle un sonoro beso en la mejilla al hombre- Y no intentes negarlo.
Orson sonrió a la vez que sus orejas se ponían coloradas.

Kelly sabía que su mujer Charlotte había muerto hacía unos años por una apoplejía. El hombre vivía cerca del pueblo (junto al camino que llevaba a las cabañas de Jack), pero se sentía solo. Ella se dio cuenta enseguida, y por eso procuraba llevarle de vez en cuando comida o cualquier cosa que pensase que iba a necesitar, y se pasaba de tanto en tanto para ver si quería que le comprase algo del pueblo. A ella no le costaba nada y al menos el hombre estaba un poco supervisado.
Kelly recordó una conversación que había tenido con Jack, unos meses atrás. Ella le había comentado que quizá Orson estaba un poco resfriado.
- ¿El viejo Orson? Cualquier día nos lo encontramos tieso.
- ¡Por Dios, Jack! ¡No digas eso!
- Si es la verdad, Kelly. Ahora que no tiene que entregar o recoger las llaves de las cabañas, se morirá y no se enterará nadie. Tiene dos hijos, pero viven fuera del estado, y casi todos sus amigos están muertos ya.
- Eso que dices es horrible, Jack.
- Eso que digo no es más que la verdad. Pero no lo digo solo por Orson. ¿Crees que si no estuvieras tú aquí y yo hubiera muerto aquella noche en mi cabaña alguien se enteraría? Estaría tieso y apestando para cuando alguien me encontrase.
Kelly lanzó entonces el cojín que tenía al lado contra la cara de Jack, sentado en su sofá. Él lo atrapó al vuelo y jugueteó un poco con él, haciéndolo rodar entre sus manos, como las aspas de un molino. No la miraba, no lo necesitaba, estaban cómodos así.
- Me da miedo pensar que hubiera pensado si nunca nos hubiéramos conocido...
- ¿Por qué piensas eso? Lo que hubiera pasado es que todo seguiría igual, como siempre había sido. Tú en esa mierda de cafetería aguantando a tu jefe y yo aquí, aislado de todos, en mi cueva.
- ¿Y no te da miedo eso?
Jack no contestó de inmediato, y cuando lo hizo, fue casi en un susurro.
- Me da más miedo lo que pasará después- Dijo. Y Kelly no quiso insistir. Conocía su cara perfectamente y sabía que estaba sumido en esos pensamientos que ensombrecían su ánimo muchas veces.

Kelly salió de su ensoñación y volvió a recoger a los niños. Compraron algunas cosas en el supermercado de la calle principal, incluso algo de chocolate a Molly, y volvieron a su nueva cabaña. Estaba contenta porque pronto empezaría su período de prueba en el hotel y volvería a sentirse útil, además su mente estaría ocupada y podría dejar de pensar tanto tiempo en Patrick... o mejor dicho, en Jack.
Siempre sería Jack. El hombre con el que soñaba unos sueños que le hacían levantarse sobresaltada y excitada. Era Jack el dueño de sus recuerdos más recurrentes, el hombre del que estaba enamorada y al que no lograba olvidar por más que se esforzase.

Le costó un poco que los niños se durmieran aquella noche, estaban nerviosos por dormir en sus camas nuevas. Tenían que compartir habitación, y Kelly temía que aquello agobiase a Josh, porque Molly era a veces demasiado charlatana, pero ella parecía conocer a su hermano mayor lo suficiente para mantenerse callada todo lo que era capaz.
Cuando estuvo segura de que estaban profundamente dormidos, se metió en su cama.
Era un dormitorio coqueto. Con un cabecero verde pintado al estilo tirolés. No tenía ni idea de dónde

los habría sacado Orson, o quizá su esposa Charlotte, los habían comprado hacía mucho.

Le gustaba pensar que ella encontraría también a alguien y viviría una próspera y larga vida a su lado.

Pero siempre que pensaba en ello, le venía a su mente la imagen de Jack y eso le hacía mucho daño.

No quería pensar más en él, pero después de lo de aquella mañana... no podía dejar de recordar lo que había sucedido.

En la soledad de su dormitorio, no tenía otra cosa que hacer que pensar en Jack. Le gustaba pensar que el hombre que le había hecho el amor aquella mañana era Jack y no Patrick, ese estúpido desconocido.

No sabía de dónde había sacado el valor para intentar una vez más hacer algo con él, pero en su interior sabía que, a pesar de los rechazos anteriores, ese día no diría que no. Podía saberlo, notarlo en el modo tan intenso de mirarla.

Hacer el amor con Jack había sido incluso mejor que en sus fantasías.

Había soñado tantas veces con estar con él que le costaba a veces recordar que todo aquello no eran más que imaginaciones... pero vaya si había diferencia cuando aquello había sido real.

Suspiró pensando en Jack. Cómo lo echaba de menos. Necesitaba volver a verle, pero sabía que no debía. No podía seguir viéndole, porque él ya no era Jack, sino Patrick, y estaba claro que no tenía nada que hacer en su vida.

Seguía allí aquella mujer, fuera quien fuese en su vida, y de todos modos, dudaba que las cosas alguna vez volvieran a ser como antes, y ella solo sentiría dolor.

Alejarse era lo mejor, lo tenía muy claro.

- Alejarse, Kelly. Es lo que hay que hacer-. Se dijo.

Pero... necesitaba a Jack.

Miró en su mesita de noche, a su teléfono.

- No lo hagas...- Se pidió. Pero antes de darse cuenta... ya tenía el móvil en sus manos.

"Jack, ¿estás despierto?"

Se arrepintió al momento de enviarlo. Se había equivocado de nombre. Y además... ¿Qué coño iba a decir si le preguntaba qué quería?

Se sobresaltó cuando el teléfono vibró sobre su pecho. El corazón le bombeó hasta tronar en sus oídos.

"No puedo dormir"

"Yo tampoco. Creo que es difícil despedirme de una etapa importante en mi vida"- Contestó ella.

Estuvo a punto de borrar el mensaje, pero decidió hacer caso a su instinto y enviarlo.

"Te echo de menos, Kelly. Más de lo que me gustaría admitir"

"Y yo a ti"

Kelly no podía creer que hubieran dicho aquello. Jack tardó un poco más en contestar y eso la puso nerviosa.

"Me gustaría volver por un rato a cualquier noche, hace unos meses. Estarías a solo unos metros, en la cabaña 3, y quizá, hubiésemos cenado juntos"

Kelly tragó saliva. No tenía ningún sentido seguir con aquello, pero no quería que acabase.

"Fueron buenos tiempos, Jack"

"Los mejores"- Confesó él.

Kelly se enjugó las lágrimas. Como desearía estar con él en ese momento.

"Sé que es estúpido, pero ojalá estuvieras aquí"

Y lo pensaba. Sólo quería estar entre sus brazos, oler su calor, esconder su cara en su cuello.

De pronto el teléfono vibró. Era una llamada entrante de Jack. Por un momento dudó si contestar. Aquello no le estaba ayudando a olvidarle en absoluto.

- ¿Jack?

- Yo... añoraba que me llamases así.

- Bueno... yo...

- Solo quería hablar contigo... te has ido, Kelly y siento que me falta algo, es estúpido, incluso estos días en que estabas enfadada y no me hablabas no me sentía así, no es lo mismo no verte que saber que no puedo hacerlo.

- Lo sé... yo... necesitaba olvidarte, Jack. Bueno, Patrick... quien demonios seas.
- Por favor... yo creo que he olvidado como hablar contigo y lo odio. Antes podía hablar siempre, no tenía que hacer nada solo fluía. Ahora creo que solo abro la boca para cagarla. Eres la única persona... la única persona a la que...
- ¡Cielo! ¿Con quién hablas a estas horas? - Preguntó una voz de fondo.
Era ella, Kelly lo sabía. La pequeña burbuja en la que se había sumergido explotó de golpe, llevándole a la realidad de vuelta y sin compasión. ¿Qué coño estaba haciendo?
- Mierda, Serena ¿Qué coño haces? - Le escuchó decir algo amortiguado, Kelly imaginó que había tapado el auricular. Colgó antes de que pudiera escuchar la respuesta de ella y apagó el teléfono por si acaso a Patrick (sí, tenía que volver a llamarle así) se le ocurría insistir.
Se durmió llorando por ese hombre, una vez más.

- ¿Aún están enfadado? - Preguntó Serena, haciendo un puchero.
- Quiero que te largues.
- Eso dices siempre.
- No hay vuelta atrás.
- Oh, vamos, no puedes seguir enfadado por esa tontería. Solo quería saber qué hacías hablando tan tarde.
- ¿Qué te hacía pensar que tenías que saberlo?
- Venga... no seas gruñón. Te dejaré un rato a ver si se te pasa y luego haremos algo de ejercicio.
- Dios... ¿Es que tú no escuchas? Te quiero fuera de mi casa de inmediato. Ya he tenido suficiente de ti a mi alrededor, con tus pucheros... y las dos horas que tardas en estar lista para ir a cualquier lado. ¡No soy tu novio! ¡No vives aquí! ¡Trabajas para mí y acabo de despedirte, joder!
- Estás insoportable esta mañana. Me voy a dar una ducha a ver si mientras te despejas un poco.

Patrick observó incrédulo como ella se alejaba sin siquiera inmutarse. No parecía que le tomase en serio. Hizo algo que le hizo sentirse como un crío.
- ¿Patrick?
- Hola mamá.
- ¿Cómo estás cielo? No sabes cómo me alegra que me llames.
- Ya... bueno, estoy mucho mejor. Oye... sé que te prometí que no despediría a Serena antes de acabar, pero realmente ya estoy perfectamente, incluso salimos a correr. Creo que es una profesional muy capaz, pero ya es momento de que vuelva a casa.
- Ya sabía yo que dirías algo así. Serena me ha llamado para decirme que estabas muy gruñón y que querrías que se fuera. No puedo permitirlo.
Patrick suspiró despacio.
- Verás, mamá. He hecho todo lo que he podido en estos meses por compensar de alguna manera todos los errores que cometí. Pero escúchame bien, mamá, no soy un niño, no lo soy. Y lo que quiero es recuperar mi puta vida, en este mismo instante. No quiero a esa mujer merodeando por mi casa, escuchando mis conversaciones y diciendo lo que tengo que hacer, no es mi novia, no es mi madre y no es mi amiga, y si pretendemos llevarnos bien y recuperar nuestra relación lo primero que debes hacer es dejar de imponerte sobre mí, porque te juro que me va a costar muy poco, pero que muy poco, salir de aquí y volver a perderme en cualquier lugar en el que pueda pensar en silencio.

Realmente no pretendía sonar tan duro, pero no era un hombre que fuese a dejarse manipular, ni por Serena ni por su madre. No había vivido solo cinco años para tener que pedirle permiso ahora a su madre para despedir a la fisio.
- De... acuerdo, Patrick, yo... no pensaba que esto te estaba afectando tanto. Solo quería que alguien cuidase de ti, ya que has decidido que vas a volver allí.
"Yo ya tenía quien me cuidase" pensó él.
- Quiero estar solo. Por favor, vamos a hacerlo fácil. No quiero discutir contigo, mamá. No más.

- Tienes razón hijo. No tengo derecho a imponerte la presencia de alguien en tu casa. ¿Y si... no sé, le alquilas alguna de tus cabañas? No quiero que dejes la rehabilitación.
- Mamá...
- Por favor, Patrick.
- Prefiero que se vaya al pueblo. Las cabañas están todas alquiladas.
- ¿Y la de la limpiadora?
- ¿Cómo?
- La chica que limpiaba. Se fue ayer, ¿No? Serena puede vivir en esa cabaña.
Patrick apretó la mandíbula con fuerza.
- No quiero saber qué coño tramáis vosotras dos ni que información le estás sonsacando. Creo que esto no va a funcionar. Que se largue ahora mismo.
- ¡Patrick! ¡Patrick, no cuelgues! Yo... perdona... perdona. Solo quiero saber lo que pasa en tu vida. Tú no me cuentas nada y Serena se aburre, así que a veces nos llamamos. Solo me ha dicho que la marcha de ella te está afectando y veo que es verdad. No deberías ponerte así... solo pensaba que…
- Mamá, solo para que te hagas una idea, prefiero ir ahora mismo y prenderle fuego a esa cabaña antes que permitir que Serena ponga un pie en ella. Es la casa de Kelly, y lo seguirá siendo, si algún día quiere volver. Necesito que dejes de manipularme, y lo necesito ahora. Siento lo que pasó, de verdad que sí, pero... yo tengo que vivir mi vida.
- Patrick...
No le dejó decir nada más. Colgó el teléfono enfadado y salió de su despacho. No se sorprendió al sorprender a Serena entrando corriendo al baño para que no la sorprendiese escuchando en el pasillo. Ya todo le daba igual.
Bajó las escaleras y salió al exterior. Necesitaba despejarse y entender lo que estaba pasando.
Sus pasos le llevaron a la cabaña número tres, cuyas llaves le trajo el viejo Orson la tarde anterior. El anciano le miraba con recelo, y no podía culparle, ella cuidaba también de él.

   Entró en la cabaña, aunque sabía que aquello le haría daño. Verlo todo tan vacío e impersonal, como una cabaña cualquiera, como si no fuese el hogar de Kelly, como si en esa cama no hubieran hecho el amor. Se tumbó intentando recoger su aroma en las sábanas, pero Kelly las había cambiado y había puesto unas limpias antes de irse. Ella era así, tan cuidadosa con todo. Lo odió.
Necesitaba encontrar algo de ella allí, para no sentir un vacío tan intenso.
Aquella noche cuando ella le escribió el corazón casi se le sale del pecho. Por un momento, cuando le llamó estuvo a punto de decirle lo que sentía, o al menos de pedirle que le dejase conducir en medio de la noche a donde quiera que estuviese para volver a besarla, a tenerla entre sus brazos. Le hubiera dado igual conducir cuatro horas, ¡Demonios! Hubiera conducido cuatro días si hubiera hecho falta.
   Pero tuvo que entrar Serena. Él sabía perfectamente que aquello no había sido casual, que ella seguramente estaba escuchando, esperando el momento para interrumpir y asegurarse de que Kelly podía escucharle. En esos momentos la odiaba. La odiaba mucho. Después de que ella hablara, Kelly colgó. No podía culparle y simplemente sabía que ya nada de lo que dijera podría arreglar aquello. Sabía lo que parecía, lo que Kelly sentiría con Serena viviendo con él. Lo estúpido que era que ella interrumpiese en medio de la única conversación íntima que iban a tener...
Se preguntó qué habría hecho Kelly con las sábanas que habían usado aquella mañana. Le gustaría realmente oler sus aromas mezclados... Era como tener la prueba de que no había soñado todo aquello. Se levantó de la cama contempló la colcha, y debajo, las sábanas blancas perfectamente extendidas. Allí no había ni un rastro de su paso por la casa. Recorrió casi a la desesperada cada una de las estancias, el que había sido el cuarto de Molly y el de Josh, incluso el baño. Todo estaba vacío e impoluto.
Ya salía, apesadumbrado cuando se dio cuenta que incluso Kelly había dejado los troncos apilados en la chimenea, preparados para encenderla en cualquier momento. Pero era verano, y por tanto nadie la encendería en mucho tiempo. Decidió quitar los troncos, más que nada porque algún turista podría chafarse un dedo si los troncos se rodaban.
Tomó tres en sus brazos antes de darse cuenta del montoncito de papeles que había apilados hechos una bola debajo.

Dejó los troncos en el suelo cuando reconoció la letra le Kelly en los folios arrugados.

Casi se desmaya cuando al alisar los folios se dio cuenta de que se trataban de cartas, cartas hacia él. Ella los había dejado allí para que se quemasen en cuanto alguien quisiera encender la chimenea.

Pasó junto a los troncos olvidados para sentarse en la butaca junto a la chimenea. Esa solía ser su butaca siempre que iba a cenar allí y veían una película después.

Leyó despacio, empapándose de todas aquellas palabras que Kelly había escrito para él, pero que nunca pensó en entregarle.

Aquella era una puerta abierta a su alma. Cuando acabó de leer aquellas cartas, y de ordenarlas en su mente, no sabía ni cómo sentirse.

Él ya sabía que le había hecho daño a Kelly pero... hasta ese momento no había podido mirar en su interior y saber exactamente lo que había sentido.

Era una persona horrible, realmente lo era. Ahora tenía claro que nunca debió acercarse a ella, que le había hecho mucho más daño del que pretendía y que era un error buscarla, aunque fuese para pedir perdón.

Regresó a su casa con las cartas cuidadosamente guardadas en su cartera.

- ¿Todavía estás aquí? - Preguntó con brusquedad al ver a Serena trasteando en la cocina, como si nada.

Ella siguió tarareando como si no le hubiera oído. ¿Qué se suponía que debía hacer? Estaba empezando a odiarla. Le había hecho sentir mal a Kelly, lo había leído.

- De acuerdo, tú ganas. Quédate- Musitó.

Ella le regaló una sonrisa triunfal.

- Al final voy a saber domarte, no eres más que un gruñón. Pero en el fondo eres como un niño. ¿Te apetece algo de pasta para comer?

Jack no dijo nada más, se encaminó a su dormitorio. Ella no pensaba irse, al parecer. No sabía que planes tenía en mente para él, o para ellos. Era una mujer muy calculadora. Sabía sacarle de quicio y también estropear todos sus planes.

Tomó una mochila y un par de mudas y algo del efectivo que guardaba en su despacho.

No pensaba irse por mucho tiempo, pero necesitaba estar solo y pensar en cómo iba a vivir sin Kelly. Montó en su coche y no se molestó en llevarse el teléfono.

Desde que supo que Kelly se iba, muy a su pesar había contratado a un par de chicas que se ocupaban de las cabañas. Sabía que por mucho que se fuese unos días o incluso una semana, se apañarían bien.

Condujo sin mucho rumbo, hasta salir de la ciudad, y no dejó de hacerlo hasta pasadas más de dos horas. No había lago allí, no había más que una ciudad casi fantasmal cerca de una montaña. Necesitaba estar en paz y pensar en todo lo que había pasado. Tenía que asumir lo que había hecho y controlarse para no ir corriendo a buscar a Kelly para suplicar su perdón de rodillas si hiciera falta.

15

Dos semanas llevaba Kelly trabajando en el Hotel. Tenía que reconocer que aunque tenía experiencia en las cabañas, el trasiego y la naturaleza del trabajo que debía desempeñar no tenían comparación.

Había entrada y salida de huéspedes a diario. Al principio no tenía muy clara la dinámica que se seguía, todo le parecía un caos. Sin embargo, pronto se dio cuenta que cada movimiento de personal obedecía a una rutina, y que todos funcionaban como un gran engranaje.

Rotó en distintos puestos durante unos días. Stuart, el encargado quería que aprendiese la mayoría de ocupaciones para las que estaba capacitada. Decididamente le encantaba la recepción. Tratar con la gente que llegaba ilusionada, o que se marchaban agradecidos por la estancia era sin duda lo que más le gustaba hacer, incluso cuando había coincidido con algún descontento...

- Señorita, creo que esto es suyo- Musitó Stuart, entregando un sobre a Kelly mientras ella se ponía la chaqueta.

- ¿Para mí?

- Han dejado varias propinas para usted, creo que lo justo es que reconozca su trabajo.

Kelly sonrió y tomó el sobre.

Stuart era un hombre entrado en años, muy correcto. Kelly ignoraba si tenía familia, parecía que vivía en el hotel, o al menos, la mayor parte del tiempo. Fue muy comprensivo con ella cuando le habló de sus hijos, así que nunca le ponía turno de noches.

- Si aprendes todos los puestos, seguramente continúes con nosotros cuando acabe la temporada estival. A los clientes les causas muy buena impresión-. Continuó.

- Me encantaría.

Se despidió de sus compañeros que entraban entonces y condujo hasta la cabaña donde sus hijos estaban jugando en el jardín con la niñera.

- ¡Mamá! ¿Lo has pasado bien en el trabajo?

- Sí cielo, muy bien- Dijo, aunque realmente se sentía agotada.

- Hemos preparado un pastel, pero no quedaba naranja y lo hemos hecho de limón, pero Josh no quería porque no le gusta el limón, y se ha enfadado y Martha no quería dejar el pastel a medias...

Molly hablaba y hablaba sin cesar, mientras Kelly se despedía de Martha y entraba en la cabaña.

Su hija seguía parloteando tranquilamente contando todo aquello que se le ocurría. Josh pululaba por ahí sin intervenir.

Kelly se sentó un momento en la silla de madera junto a la mesa. Con el paso de los días había descubierto que el viejo sofá era de todo menos cómodo. No podía pagar uno nuevo de momento así que se conformaba con tumbarse en el jardín al atardecer mientras la noche caía sobre el lago y se contaban el día y todas esas cosas de las que les gustaba hablar.

Abrió cuidadosamente el sobre de las propinas y agradeció los verdes billetes que allí encontró. Estaba ahorrando para un coche de segunda mano, para un sofá y para una televisión. Dios sabía que no podía hacer más de lo que hacía.

Su pensamiento revoloteó hacia Jack.

Se había enterado de que había abandonado el pueblo, aunque nadie sabía a donde. Las chicas que trabajaban ahora en las cabañas se lo habían contado a Amy y aunque ella no quería que le importase nada de lo que hacía Jack... le importaba.

Solo quería saber si estaba bien, por eso estaba siempre escuchando cualquier rumor para enterarse si se conocía ya su paradero o si acaso volvía.

¿Se habría ido para siempre? ¿Por qué?

- ¿Vas a querer tarta?

- Claro cielo-. Murmuró Kelly, sirviendo un trozo del postre y sacando de la cabeza sus pensamientos recurrentes sobre Jack.

Estaba atardeciendo cuando un coche se acercó por el camino de grava.

Los tres estaban sentados en el pequeño porche, viendo como el día se acababa, reflejando sus colores intensos sobre el lago.

- Viene un coche- Dijo Josh. No es que le gustasen mucho las visitas, aunque a aquel lugar solo iban Amy, la niñera y los hermanos Callum alguna vez. Nadie más sabía, a parte del viejo Orson, que ellos vivían allí.
- ¡Son los hermanos Callum!- Gritó Molly, saltando en la entrada cuando reconoció el coche granate que se detuvo unos metros antes de la cabaña, junto a un pequeño ensanche en el camino que les permitiría dar la vuelta luego.- ¡Albert! ¡Zack! ¡Hola!
- ¡Hola pequeña! - Exclamó Albert, el menor de los hermanos al bajar del coche.
- ¿Habéis venido a ver anochecer? ¡Es muy bonito!
- Claro, pequeña... teníamos la esperanza de que quizá tu madre nos invitase a cenar- Bromeó.
- ¡Sí! ¡Mami, tienes que invitarlos a cenar!
Kelly sonrió. A veces, pensaba que los dos hermanos simplemente se sentían solos. No es que tuvieran muchos amigos en el pueblo.
- Ellos ya saben que pueden quedarse a cenar sin problema- Dijo, haciendo un recuento mental de la comida que había en la pequeña nevera. Serviría de sobra si preparaba el pollo al horno y hacía algo de arroz para acompañar.
Los niños comerían un poco de la sopa que había pensado que cenarían.
Saludó a los chicos con la mano antes de entrar a meter el pollo en una bandeja, sazonarlo y ponerlo en el horno a fuego lento.
Los chicos hablaban con los hermanos fuera. Se unió a ellos enseguida.
- ¡Kelly! - Exclamó Albert dándole un abrazo.- Sentimos haber venido sin avisar. Se nos ocurrió así de pronto.
- No hay problema, chicos. Sois siempre bienvenidos- Musitó. Lo cierto es que estaba bien tener visitas. Así al menos, no estaría pensando en Jack y en su misterioso viaje.
- ¡Albert! Hemos hecho un pastel de limón.
- Esa es una gran noticia.
- ¿Te apetece dar un paseo?- Preguntó Zack, señalando con la cabeza al muelle. Kelly asintió, a veces hacían eso.
Zack era el mayor de los dos, tenía unos tres o cuatro años menos que ella. Kelly había tardado un poco, pero al final había conseguido profundizar bajo esa capa de bromas y aparente pasotismo para descubrir a un chico sincero y herido.
- ¿Qué tal tu día, Zack?- Preguntó Kelly cuando se alejaron un poco.
- Bueno... como todos los demás, supongo.
- Venga... puedes hablar conmigo.
El chico la miró fugazmente esbozando una media sonrisa.
- Lo sé, Kelly. Lo sé. Pero... no sé, igual es que no sé qué es lo que me pasa. Perdona, estarás harta de todo este rollo.
- ¿Por qué dices esa tontería?
- Sé que solo soy un niñato que no sabe qué hacer con su vida.
- Por favor, no digas eso.
- Es lo que siento.
Zack pateó una de las piedras que había sobre el muelle. Molly las apilaba para intentar aprender a lanzarlas y que rebotasen en el agua, sin mucho éxito por el momento.
Kelly tomó asiento sobre las viejas tablas del muelle. Hacía no muchos años, Orson tenía allí amarrada su pequeña barca de pesca. Ahora solo un viejo cabo podrido resistía alrededor de uno de los postes. Zack se sentó junto a ella.
- Es que.. siento que nunca conseguiré nada en esta vida. No sé... creo que todavía oigo la voz de mi padre diciendo lo mierda que somos, que nunca haremos nada.
- ¡No! ¡No pienses eso!
- Mi hermano mayor era diferente. Estudiaba y estaba a punto de conseguir una beca de deportes. Pero... bueno, ya sabes... se mató. Creo que era el único de esta familia de mierda que podría conseguir algo. Siempre pienso que nosotros estamos condenados.
- Eso es una barbaridad.

- Sé lo que piensa todo el mundo.
- La gente puede pensar muchas cosas, Zack, pero ¿qué más da? Dime, ¿qué es lo que te gustaría conseguir?
- No lo sé... ¿Qué se supone que te convierte en un hombre de provecho?
- Ya lo eres... ya no te metes en líos, tienes tu trabajo...
- Venga... no lo sé, es que mi trabajo no deja de ser chapuzas. No tengo una verdadera empresa...
- Puedes llegar a tenerla. No tengo ni idea de cómo funciona eso, pero eres muy joven, nadie sabe lo que puede pasar en un tiempo. Mírame a mí, mi vida es un torbellino desde que encontré una estúpida oferta para alquilar una cabaña en este lago.
- Quizá tengas razón. Me gusta hablar contigo, Kelly.
- A mí también. Sabes que estoy aquí para lo que necesites.
- Eres demasiado buena, Kelly. ¿No te han dicho que no somos de fiar?
- ¿No lo sois? Me han dicho muchas cosas, y todas ellas por boca de gente que no ha venido a ayudarme a nada. Yo confío en los hechos.
Zack sonrió mientras observaba el lago.
- A veces parece que nada importe cuando estoy simplemente así, mirando el agua. Tiene algo hipnótico. Es demasiado profundo y ancestral. Este agua tiene algo mágico.
- Pienso lo mismo. Desde que llegamos, han sucedido cosas inexplicables, la mayoría maravillosas. Mira a tu alrededor, tenemos para nosotros un pequeño trocito de cielo.
- Es cierto.
Kelly pasó su brazo sobre los hombros de Zack. Le gustaba sentir que tenían más confianza. Él tomó su mano cariñosamente.
- ¿No tienes algo más que decirme? - Preguntó ella.
- Yo creo que tú ya lo sabes.
- Lo sé. Solo quiero que sepas que me lo puedes decir si quieres.
- Creo que es más cómodo si ambos hacemos como que no lo sabes. ¿De acuerdo? Es un poco vergonzoso.
- No deberías avergonzarte de tus sentimientos.
- Shhh, te estás cargando el momento- Bromeó él.
Kelly rio, y él le besó suavemente el cabello.
- ¿Cuándo llega tu amiga? - Preguntó Zack.
- En unos días. Me ha pedido llevar a los niños a ver a sus abuelos el fin de semana.
- ¿Y le has dicho que sí?
- La verdad es que ellos también les echan de menos. Y me vendrá bien ahorrarme la niñera un par de días, se lleva parte de mi sueldo, no creas.
- Sabes que podemos dejarte algo si lo necesitas.
- No digas bobadas. Ya te debo bastante dinero.
- Nah, no lo haces. Amy pagó el material y el tiempo y la mano de obra corre de nuestra cuenta.
- ¿Qué? ¡De eso nada!
- A callar.
Kelly bufó. No estaba cómoda con aquello, pero tenía que aceptar que no podía discutir con ellos de momento.
- Oye... gracias por ser mis amigos.
- Bueno, no te creas que es fácil ¿eh?, hay una lista de espera muy larga... ¿Un cigarro?
- No, no fumo.
- Lo sé. Quizá otro día.
Exhaló el humo lentamente sonriendo, perdido en sus pensamientos un momento.
Volvieron pronto a la cabaña donde Albert estaba jugando a la pelota con los niños. Kelly le miraba y no podía dejar de pensar en la clase de infancia que ellos tuvieron con un padre alcohólico y maltratador. ¿Habían jugado a la pelota con su hermano? ¿Habían reído como reían sus hijos?
- ¿Qué piensas? - Preguntó Zack situándose a su lado y tomando los cubiertos para poner la mesa.
- No lo sé. En mis hijos, supongo. En lo felices que son.

- Son estupendos. Eres una gran madre.
- Eso intento, aunque no sé si puedo ofrecerles todo lo que me gustaría.
- Tienen todo lo que necesitan.
Kelly asintió y llamó a los demás para cenar.
- ¿Qué turno llevas mañana, Kelly?
- Mañana descanso. Me toca trabajar el fin de semana.
- Esto está muy bueno, de verdad. Deberías aprender a cocinar.
- ¡Aprende tú!
- Creo que mejor venimos más a comer a casa de Kelly.
- Mamá puede enseñaros a cocinar. Enseñó a Jack a hacer muchas cosas.
Kelly se atragantó cuando su hija nombró a Jack. Ella lo hacía continuamente, aunque cada vez con menos frecuencia. ¿Qué estaría haciendo Jack, a dónde había ido? Se preguntó sin poderlo evitar.
- Deberías enseñarme, Kelly- Dijo animadamente Albert- Debería ser capaz de poder preparar un pollo al horno como este. Si supiera hacerlo no comeríamos otra cosa.
- Albert, no es nada difícil. Sólo hay que meter el pollo al horno con algunas especias y media lata de cerveza.
- ¿Lleva cerveza? - Exclamó Molly asombrada.
- Solo un poquito, cielo, pero el alcohol se evapora todo en el horno.
- Así que querías emborracharnos ¿eh?- Bromeó Zack con tono sugerente.
- Tengo la impresión de que no necesitaría emborracharos- Siguió ella con la broma.
- ¿Para qué quieres emborracharlos, mamá? - Preguntó Molly.
- Para que me pinten la casa, por supuesto.
- Si pintan la casa mi cuarto lo quiero rosa.
- Es nuestro cuarto, y yo no lo quiero rosa- Musitó Josh.
- No va a ser rosa, no os preocupéis.
Los muchachos rieron, y siguieron la cena entre risas.
Albert ayudó a Kelly a fregar los platos al acabar mientras Zack les contaba historias absurdas a los niños.
- Gracias por la cena... oye, ¿Crees que podrías apuntarme cómo se hace el pollo?
- Pero... ¿Realmente querías aprender?
- Claro, yo... no lo sé, es que me gustaría saber preparar algo... comer como personas normales alguna vez. Siempre vamos a lo de Amy o compramos cualquier cosa en un bar.
- Preparar la comida en casa es más barato. Y no es difícil, hay cosas muy sencillas de preparar.
- ¿Crees que tendrías tiempo de enseñarme?
- Claro. Un plato nuevo cada día.
- Eres genial, Kelly. No conozco a mucha gente que quiera perder su tiempo enseñando a un zoquete como yo.
- Albert... no digas bobadas. No eres un zoquete. Y tampoco es que yo sea la mejor cocinera, solo me defiendo.
- ¿De verdad enseñaste a Jack? Siempre me ha dado un poco de miedo. Supongo que solo tú eres capaz de hacerte amiga de todo el mundo.
- Bueno, era mi jefe, y solo le enseñé a hacer algunas galletas.
- Galletas caseras... ummm me encantará aprender a hacer eso. Aunque no se lo digas a nadie, mi hermano se reiría de mí por el resto de mi vida.
- No seas bobo. Ya nadie se burla de que un hombre aprenda a cocinar.
- No te lo crees ni tú...- Rio Albert.
- Te enseñaré a preparar lo que tú quieras, y será nuestro secreto.
- Eres la mejor, Kelly.
Sonrió mientras observaba al joven.
Tenía el pelo castaño, como su hermano. Era de los dos el más bonachón, sin embargo, en su expresión podías ver la decepción con el mundo, esa mirada de aquellos que no tienen nada que perder, que no esperan nada de nadie.

- No me mires así, siento que me estás haciendo un examen- Murmuró el chico turbado, apreciando su escrutinio.
Kelly le dio un codazo cariñoso.
Ellos no eran nada parecida a ellos. Su vida no había tenido nada que ver, pero se sentía cómoda en su compañía.
Cuando acabaron de recoger la cena los chicos se fueron a la cama y ellos salieron al porche.
- Hace una noche estupenda- Murmuró Kelly.
Albert se tumbó sobre la hierba a un lado del sendero que conducía a la cabaña, y los demás le imitaron.
- Igual no deberías juntarte tanto con nosotros, Kelly, la gente empezará a murmurar que te lo montas con dos hermanos.
- Venga, no digas bobadas. Dos hermanos no son nada para mí.
Rieron con su broma.
- No es que me preocupe lo que la gente diga, chicos. Nunca me ha importado demasiado, la verdad, no creo que nunca hayan tenido nada bueno que decir.
- La gente se aburre, Kelly. De nosotros tampoco dicen cosas buenas, pero en nuestro caso seguramente sea todo cierto.
- Bueno, hace tiempo que no damos un buen espectáculo, hermano. Creo que nos hemos ablandado.
- Podéis seguir siendo buenos chicos, se os da bien.
- ¿No sería como perder nuestra identidad?
- ¿En serio?
- Nah... es broma. Simplemente nos cuesta hacernos mayores del todo.
- No os preocupéis, haré de vosotros unos hombres de provecho- Se burló ella.
Le gustaban esos ratos agradables con los hermanos Callum. Le gustaba que vinieran a verla y poder hablar con alguien.
- Tenemos que irnos, Kelly, ya hemos abusado mucho de tu hospitalidad.
- Volved cuando queráis.
Kelly sabía lo que pasaría en cuanto salieran de su vista. Ella volvería a sentirse sola y a echar de menos a Jack.

Volver a casa se sentía bien para Patrick. Sabía que Serena debía haberse ido ya, aunque no había llegado a hablar directamente con ella, estaba convencido de que había dejado muy clara su postura.
Cruzar el umbral de la puerta y ser recibido solo por el frescor del interior de la cabaña y el silencio le produjo una sensación familiar de bienestar y paz. Volvía a ser su casa.
Sobre la mesa, en el comedor, encontró una carta. No era de Serena, como había pensado, sino de su propia madre.

"Querido Patrick.
Siento mucho lo que ha pasado, yo debo reconocer que me equivoqué.
A pesar de tus deseos insistí a Serena para que se quedase, incluso cuando sabía que te estaba enfadando, porque realmente creí que abrirías los ojos y verías que es justo lo que necesitas en tu vida.
Olvidé quizá el detalle de que no he conocido nada de tu vida en los últimos años.
Debes perdonarme, yo solo soy una vieja tonta que aún se preocupa porque su hijo viva solo en las montañas.
No quería que te sintieras tan abrumado que tuvieras que huir de tu propia casa. Ha sido un error imperdonable, de los muchos que he cometido contigo.
Me cuesta aceptar que tu vida está muy lejos de las nuestras ahora, y que has abrazado esa soledad como tu verdadera familia.
Supongo que volverás cuando Serena se haya ido.
Por favor, hazme saber que estás bien.
Tu madre que te quiere"

Patrick suspiró con el papel en la mano. Debería llamar a su madre, pero no tenía ninguna gana.

No necesitaba unas disculpas, sólo quería que Serena se largase y ya lo había conseguido.

El tiempo que estuvo fuera le ayudó a pensar y a tomar una determinación.

Sería mejor. Sería un buen hombre y cuando realmente estuviera preparado, cuando su vida volviese a estar en orden, buscaría a Kelly. Iría a donde tuviese que ir, a cualquier lugar del mundo, para suplicarle de rodillas si era necesario que volviese a las cabañas. Haría cualquier cosa que ella pidiera, lo que necesitase para demostrarle que podía hacerla feliz.

Sabía que ella le amaba, lo había leído. Quería volver a ser el Jack que ella recordaba y al que añoraba tanto.

No podía dejar de pensar en ella ni un momento, se estaba volviendo loco. Pero antes de nada, debía estar seguro que nada en su pasado ni en su presente volvería a enturbiar su vida.

Quería ser la clase de hombre que puede merecerse a una mujer como Kelly. Ella era todo amor, dedicación, era una mujer y madre ejemplar. No se rendía nunca, y allí sonde llegaba traía consigo la luz. La necesitaba en su vida, y quería que ella le necesitase también ¿Pero hoy por hoy qué le podía ofrecer?

Recorrió toda la casa solo por el placer de saberse solo de nuevo. La habitación que había ocupado Serena estaba a oscuras. Le sorprendió que aún podía oler su perfume allí dentro. Abrió la ventana y la suave brisa le saludó.

Decidió que era el momento de hacer cosas y llamó a las chicas que se estaban ocupando de las cabañas para volver a hacerse cargo de todo.

- Kelly, necesito un favor- Dijo Zack al teléfono.

- Claro, lo que quieras.

- ¿Podemos quedarnos en tu sofá un par de días? Tenemos una infestación de roedores.

- ¡Oh! ¿Cómo ha pasado eso? ¡Claro que podéis quedaros!, pero... vais a dormir muy incómodos. Son unos sofás muy pequeños

- No digas bobadas, hemos dormido en sitios mucho peores. En realidad, a mí me da igual, dormiría en mi camioneta. Pero Albert... bueno, prefiero que estemos en una casa. No sé si me entiendes.

Kelly entendía.

A veces hablaba a solas con Zack. Sabía que su hermano tenía problemas y ansiedad por los abusos a los que les sometía su padre, y lo que le hacía a su madre. Si estaban en un lugar que no le hiciera sentir seguro, se ponía peor y el mayor de los hermanos se preocupaba.

- Le enseñaré un par de recetas nuevas.

- Eres la mejor, Kelly. El lunes llegan los tipos estos, se supone que van a llenarlo todo de veneno y además a fumigar para evitar cualquier otro tipo de plaga. Dicen que es frecuente en esta zona con el calor. Yo no lo había visto en la vida, pero como sigan royendo las paredes se nos va a caer la casa encima.

- Qué asco... mejor no entres en detalles.

- Lo siento.

- Os esperaremos.

Kelly sonrió. Le preocupaba el hecho de que los hermanos llegasen a tomarse demasiadas confianzas con ella. En la casa, no estaba solo ella, también Molly y Josh. Si ellos bebían hasta tarde, si pretendían irse de fiesta o consumían algo en la cabaña... no sabía cómo actuar. Ella no tenía nada que ver con ese estilo de vida, entendía que ellos hicieran lo que quisieran en su propia casa, pero no en la de ella. Llegado el caso, no sabría bien cómo enfocar el asunto. No quería enfrentarse a ellos, era su amiga y les debía mucho pero tampoco quería que nada de lo que pudiera pasar afectase a los chicos, sobre todo a Josh.

De pronto reparó en algo y volvió a llamar.

- ¡Dime!

- Zack, ¿Crees que sería mucho inconveniente que los de las plagas fuesen el viernes? Tendré la casa libre el fin de semana, Mónica se lleva a los niños unos días.
- ¡Es verdad! Tu amiga. Creo que podría arreglarse, pero si lo dices para que no tengamos que dormir en el sofá no te preocupes, estaremos bien.
- No, prefiero así... estaréis más cómodos.
- De acuerdo, luego te lo confirmo. Gracias, Kelly.
Pensó en lo que diría la gente si supiera que los hermanos dormían en su casa cuando estaba a solas. Seguramente todos se harían una idea equivocada. Por suerte, no tenía que preguntar la opinión de nadie más que la suya propia. Sonrió satisfecha de su propia resolución.

Mónica llegó el jueves, como tenía prometido. Los chicos la acapararon casi todo el día, hasta el punto en el que Kelly tuvo que castigar a Molly en su habitación porque no había forma humana de que dejase hablar a alguien más.
Ambas mujeres salieron a ver el anochecer en el muelle, uno de los momentos favoritos de Kelly.
- Bueno, ahora que estamos solas, cuéntame.
Kelly suspiró y le contó a Mónica lo que había pasado con Jack, obviando la parte en la que se acostaron. Sólo le contó todo lo acaecido desde que se descubrió quién era él y se marchó.
- ¡Típico de los hombres! - Exclamó ella.
- ¿En serio crees que algo de lo que te he contado puede calificarse como típico?
- Claro. Siempre a pensar mal, a cagarla todo lo posible, a decir justo lo contrario a lo que deberían... y luego a pedir perdón.
- Dicho así... Al menos este ha pedido perdón.
- Pues siento mucho que te hayas encontrado con otro gilipollas, después de tu ex. Al menos has tenido ovarios de mandarlo a la mierda y buscarte la vida por tu cuenta.
- Ha sido mucho más fácil de lo que pensaba que iba a ser, he tenido mucha ayuda.
- Esa ayuda te la has ganado. Estoy segura de que todos los que te conocen te quieren, Kelly.
- No te pases...
- Sabes que sí. La gente te aprecia. Y es normal, eres una persona maravillosa.
- Necesitaba tenerte cerca.
- Te quiero, Kelly, y mis padres también. Te echamos todos de menos.
Kelly abrazó a su amiga. Su única amiga cuando vivía en su antigua ciudad. Era increíble como pasan los años unos iguales a otros, como si la vida se mantuviese estática en el universo. A veces parece que las cosas van a ser así para siempre y de pronto, todo se precipita y nada es ya igual.
Al día siguiente, los niños y Mónica partieron rumbo a su casa. Unas pequeñas vacaciones para ellos, donde podrían ver de nuevo a sus antiguos vecinos.
- Por favor, portaos bien.
- Sí, mamá-. Respondieron al unísono.
Se sorprendió mucho cuando sugirió la idea de Mónica y Josh aceptó encantado. Normalmente no quería estar con nadie más, pero Kelly sospechaba que siempre estuvo enamorado de ella, o lo más parecido que Josh podría sentir. Además, tenían mucho cariño a sus amigos y los echaban de menos también.
Cuando el coche desapareció en el horizonte, sintió una mezcla de miedo y añoranza. ¿Cómo sería estar unos días sin ellos? Sólo sería un fin de semana, el lunes por la tarde estarían de vuelta, pero... no podía recordar un momento en el que estuviera sin ellos salvo aquella vez que Jack le llamó borracho y Mónica tuvo que hacerse cargo del resto de la mudanza. Incluso entonces no fueron ni dos días.
Tenía libre el fin de semana en el trabajo, lo que era casi un lujo. Los turnos eran rotativos y libraba un fin de semana de cada cuatro.
Kelly respiró hondo y se dirigió al pueblo. No quería hacer nada en concreto, solo dar un paseo, quizá ojear un escaparate... cualquier cosa menos encerrarse en casa y pensar en Jack.
Deambuló por las calles tranquilamente. Era extraño saber que no tenía prisa por nada, que nadie la esperaba. Que no tenía a una niñera en casa cobrando por horas, que no entraba a trabajar, que no

tenía una reunión... Se permitió comprar unas flores y algo de pescado fresco para preparar esa noche de cenar. A Josh y Molly no les gustaba ese tipo de pescado y había dejado de comprarlo.

Se sentía bien, no podía evitar sonreír pensando que todo iba bien. Ella sanaría, estaba segura. Volvería a ser feliz.

Regresó a la cabaña con esa sensación aún en el cuerpo. Tomó un baño, cambió las sábanas de las tres camas, incluidas las literas donde los hermanos Callum dormirían ese fin de semana. Sonrió pensando en qué dirían cuando vieran las sábanas rosas de una de las camas. Zack obligaría a Albert a dormir en ellas.

El resto del día adecentó un poco la casa y al atardecer, tomó un libro que llevaba tiempo queriendo leer y nunca tenía tiempo.

Cerca de las ocho, finalmente los hermanos se acercaron por el camino de graba. Aquella noche sería la primera que dormirían allí. Todo el día habían estado trabajando reparando unas calderas en una fábrica cercana.

- Venimos más muertos que vivos. Menudo infierno allí dentro.

- ¿Queréis daros una ducha? - Preguntó Kelly preocupada. Realmente se les veía sudorosos, con la piel roja y grandes manchas de sudor por toda la ropa.

Los hermanos se miraron y se echaron a reír.

- ¿Quién quiere ducha cuando tienes el lago? - Dijo Zack, y antes de que pudiera contestar ambos hermanos estaban corriendo hacia el muelle quitándose únicamente las botas de seguridad antes de lanzarse al agua entre gritos.

Kelly rio emocionada. Cómo envidiaba su libertad, su impulsividad, la capacidad para hacer exactamente lo que deseaban sin pensar si estaba bien o no. Ella jamás se hubiera tirado al lago, aunque supiera nadar.

- ¡Kelly! ¡Ven ahora mismo!- Gritaba Albert.

- ¡Ni hablar!- Dijo, pero poco a poco fue caminando en su dirección. Se asomó a las cristalinas aguas. Sabía que aún estaría fría a pesar de que ya hacía calor.

- No lo pienses, mujer, ¡solo salta!

- No sé nadar, chicos. Me ahogaría.

- ¿No sabes nadar? No conocía a ningún adulto que no supiera.

- Oye no todos nos hemos criado junto a un lago enorme.

- No hagas caso a Albert. Podemos enseñarte, no temas.

- Ahora casi que prefiero no hacerlo. Os sacaré unas toallas... y espero que hayáis traído algo de ropa.

- Ah... ¿Pero esto no iba a ser un fin de semana nudista? - Bromeó Zack.

- Más quisieras... - Contestó Kelly antes de volver a la cabaña.

Recordó el miedo que sintió cuando de pronto se cayó al agua mientras Jack la besaba.

A pesar de que sabía que Albert lo decía sin ninguna mala intención, sí se sentía mal por no saber nadar. Era algo que nunca le había importado en su antigua casa, pero allí... el lago formaba parte de la vida, casi todo giraba en torno a él, la ciudad se había dispuesto con vistas hacia él, era prácticamente la fuente de riqueza y vida, lo que atraía a los turistas, lo que generaba empleo.

El lago estaba tan vivo en sí mismo como cualquiera de las personas que vivían junto a sus aguas.

No era la primera vez que pensaba que había algo de magia en esa inmensa masa de agua.

Debería aprender a nada, se dijo, era necesario. "Imagina que un día Josh o Molly se caen al agua" Pensó con creciente temor, "Si no sabes nadar, no puedes salvarlos"

Decidió que aquel fin de semana pediría a Zack que le enseñase a nadar, al menos, mantenerse a flote. Y decidió también que compraría algún salvavidas o un sistema similar que le permitiese rescatar a los niños o a cualquiera que cayese al agua.

Tenía más confianza con el hermano mayor, quizá porque hablaban más a solas, y era un poco más maduro que su hermano pequeño, aunque no demasiado.

Cuando ella se dio cuenta de sus sentimientos no dijo nada, esperó a que él se lo quisiera contar. Él sabía que Kelly le había descubierto, pero en una especie de acuerdo tácito, ninguno decía nada y ambos hacían como que no había un cadáver en ese armario. Kelly imaginaba que eso era lo más fácil para Zack, aunque ella era de la opinión de que no debería avergonzarse de sus sentimientos entendía que él quisiera mantenerlos en privado. Ella misma lo había hecho con Jack durante mucho tiempo.

Era momento de dejar de pensar en Jack a cada instante, se decía, no podía ser que cualquier conversación o pensamiento acabase recordando una frase o un momento de los vividos con Jack. Ella tenía una vida antes y después de haberle conocido, no era el centro del universo.
Pero... le echaba tanto de menos.
Frustrada, preparó las toallas para los chicos. Cuando volvió al muelle, ellos estaban sentados sobre las maderas, rodeados de un pequeño charco de agua, mirando a la profundidad del lago en ropa interior. El resto de las prendas que llevaban puestas un momento antes yacían en un montón chorreante junto a un poste.
- Será mejor que os sequéis. Lavaré esto.
En el pueblo sólo había una lavandería y cerraba muy temprano, pero ella había conseguido hacerse con una lavadora de segunda mano que los chicos ayudaron a instalar. Podía lavar la ropa siempre que quería, y era una de las mejores cosas de vivir allí: Si pudiera aprender a pescar o a criar animales podría olvidarse del resto del mundo, como esa historia que leyó sobre una familia que había vivido completamente aislada durante décadas. No se enteraron ni de las dos guerras mundiales. No necesitaban a nadie, ellos eran felices, vivieron en paz.
- Oye Kelly, no eres nuestra criada, nosotros lavaremos eso, no te preocupes. Demasiado que nos dejas dormir aquí.
- Bobadas, ¿dónde vais a estar mejor que en mi casa?
- En ningún sitio- Asintió Albert.
- Creo que como sigas así, voy a tener que casarme contigo, Kelly, eres estupenda.
- Oh, claro. Dices eso porque estoy enseñando a cocinar a tu hermano y quién quiere aprendices cuando puedes alimentarte directamente de la fuente.
Zack lanzó una carcajada.
- Eres increíble.
Kelly les sonrió por encima de su hombro antes de volver a internarse en la cabaña.
Lavar la ropa de los chicos no le disgustaba. Lo había hecho con Jack también, y con su exmarido años atrás. Que diferente era todo con cada uno de ellos.
Los chicos entraron con las toallas enrolladas alrededor de sus cinturas.
- ¿Dónde nos podemos vestir? - Preguntó Albert.
- Os he preparado la habitación de los chicos.
- ¡Me pido la litera de arriba! - Gritó Albert, corriendo hasta el dormitorio.
- Déjale, es la que tiene las sábanas rosas- Le susurró Kelly a Zack. Este rio y se encaminó al mismo lugar portando una bolsa de viaje en la que presumiblemente llevarían sus ropas para el fin de semana.
Kelly suspiró, seguramente sería un fin de semana divertido y realmente lo necesitaba.
No se equivocaba. Los chicos y ella cenaron y jugaron a las cartas entre risas y una botella de ron que habían traído ellos mismos y de la que ella no quiso probar ni una gota.
Se acostaron ya de madrugada y Kelly agradeció tener el sábado libre.
Se despertó cerca de las diez. No recordaba haber dormido hasta esa hora en muchísimo tiempo, seguramente si lo había hecho era por haber estado enferma.
Se levantó y entreabrió despacio la puerta de la habitación de los chicos. Dormían a pierna suelta, y escuchó sus tranquilas respiraciones.
Le gustaba tenerlos en casa. Seguramente si no hubieran estado se sentiría terriblemente sola sin los niños. Estaría todo el tiempo pensando en Jack y probablemente llorando.
Sabía que las rupturas (lo sentía así, aunque no lo fuese) llevaban su tiempo para sanar, pero desearía poder acelerar el reloj y dejar de sentirse de esa manera.
Preparó el café y tostó un poco de pan. Seguramente el olor fue lo que despertó a Albert primero, y a Zack poco después.
- Es un placer levantarse con el desayuno preparado- Dijo el más joven de los hermanos.
- Podría acostumbrarme a esto- Asintió Zack.
- Demos gracias a esos malditos ratones- Rio Albert.

Kelly bromeó con ellos un poco más y tras desayunar decidieron dar un paseo por la ciudad.

- Vamos a lo de Amy y compramos tarta para la merienda.

- Eso suena genial- Dijo Zack.

- Voy a darme un baño en el lago mientras Kelly se arregla. ¿Vienes? - Preguntó Albert a su hermano.

- Me quedaré a recoger los cacharros.

- En casa nunca quieres hacer nada. Como se nota que quieres impresionar a Kelly.

- Calla, bobo, ve a bañarte.

Albert se marchó no sin antes hacer un sugerente gesto con las cejas a su hermano que no pasó desapercibido para Kelly. Ella no dijo nada, dejó a Zack fregando las tazas del desayuno y entró a su cuarto a buscar algo bonito que ponerse.

Estaba animada, y quería lucir bien, más allá del uniforme o el gastado vestido de algodón que llevaba siempre para estar por casa.

Estaba segura de que tenía algo mejor que ponerse, pero no lo encontraba. Estaba enfrascada mirando en el armario sin ver nada, absorta en sus pensamientos intentando recordar la última vez que salió y se arregló cuando Zack tocó suavemente a la puerta con los nudillos.

- Pasa.

Escuchó sus pasos y el sonido de los muelles del colchón hundirse y quejarse cuando se dejó caer en la cama, tras ella.

- ¿Qué vas a ponerte?

- Eso estaba pensando. Sé que tenía algo, pero no lo veo y no logro recordar qué es.

- Estará bien con lo que sea.

- No digas bobadas.

- No las digo.

- Siempre parezco cansada, nunca voy bien vestida, no parezco más que lo que soy al final, una pobre chica de pueblo sin dinero y sin estilo- Dijo sin mucho filtrar. Estaba pensando sin poder evitarlo en la despampanante mujer que vivía con Jack. Hasta en ropa de deporte, como la había visto alguna vez, destilaba estilo por todos los poros de su piel. Su largo y bonito pelo, brillante y cortado de un modo muy favorecedor era algo totalmente fuera de su alcance.

Zack frunció el ceño y se levantó de la cama. Abrazó a Kelly por detrás, rodeando fuertemente su cintura con los brazos y apoyó la barbilla en su hombro.

- ¿Por qué piensas eso de ti?

- No me hagas caso- Murmuró. No quería preocupar a Zack, pero por encima de todo, no era capaz de confesar que lo que realmente sentía es que no era lo suficientemente importante para ningún hombre como para que luchase por ella. Que se sentía ninguneada e insignificante.

- Dime qué piensas- Insistió él, apretando un poco más el abrazo, un pequeño instante, como para darle impulso.

- No soy la mujer con la que sueña ningún hombre. No tengo nada especial, soy una persona insulsa, solo eso.

- Siento mucho que pienses eso. Si yo... si yo pudiera... ya sabes... ojalá pudiera enamorarme de ti.

Kelly sonrió afectuosamente.

- No digas bobadas. Encontrarás a la persona para ti.

- No en este pueblo. Ni en ninguna parte en realidad.

- ¿Significa eso que crees que estarás solo por siempre? ¡Zack! En algún momento tendrás que dar la cara. Te enamorarás, se enamorará de ti, y te darás cuenta que no hay barreras en realidad.

- No podría... no imagino cómo sería si la gente supiera la verdad sobre mí.

- ¿Qué crees que pasaría? De verdad... en el año que estamos...

- Mi padre era un borracho y nos pegaba. Nos han detenido un montón de veces. Sé lo que dice la gente: problemáticos, borrachos, chusma. Ponle la guinda y diles que también soy maricón. Sería la monda.

- Odio esa palabra.

- ¿Crees que van a utilizar otra?

- Lo que ellos digan me importa poco o nada. Me importa que tú creas que hay algo malo en ti porque

te gusten los hombres.
- Es que es algo malo, Kelly. Tú no te das cuenta, pero es... ojalá yo pudiera ser normal.
- No eres normal, Zack, pero no porque seas gay. Seguramente hay cientos de motivos que podría nombrar para explicar por qué eres una persona tan especial pero el que te guste una persona u otra no es el principal.
- Tienes una manera tan inocente de ver el mundo... ojalá no la pierdas nunca- Contestó él con tristeza.
- ¿No vas a hablar con él?
- ¡No!
- No insistiré más.
Kelly se había dado cuenta de cómo miraba Zack al chico de la ferretería donde habían ido a comprar algunas cosas que les habían hecho falta. Notaba como estaba más callado y menos chistoso, como nervioso cuando iban a entrar. Se había dado cuenta como no era capaz de mantenerle la mirada. Parecía que solo ella se había dado cuenta, quizá había sabido reconocer los síntomas porque ella misma estaba sintiendo lo mismo.
- Ponte esto- murmuró él, tomando suavemente con su mano curtida el pico de un vestido de gasa demasiado arreglado para el gusto de Kelly. Meditó un momento y se dio cuenta de que con un zapato plano y el pelo suelto quedaría bien, menos formal en realidad.
- Puede que tengas buen gusto después de todo.
Zack le dio otro apretón en broma, y salió del cuarto para que ella pudiera vestirse. Cuando estuvo lista, Albert ya estaba entrando mientras frotaba su pelo mojado con una toalla.
Le gustaba ver a los hermanos, ambos eran guapos, y sus cuerpos estaban trabajados a fuerza de acarrear materiales y pasar largas horas haciendo sus chapuzas y reparaciones.
No pudo evitar una punzada en el corazón al recordar el cuerpo de Jack... tenía que dejar de pensar en él.
Cuando todos hubieron montado en el coche, Albert puso la música alta y Zack arrancó a toda velocidad rascando en el suelo del sendero.
- ¡Vais a matarme! - Gritó
- Y esconderemos tu cadáver en el lago...- Bromearon.
Le gustaba como le hacían sentir, joven, divertida.
Al llegar a la ciudad pasaron a ver a Amy. Aún no era hora punta y se sentó con ellos en una de las mesas para charlar un poco.
- Me alegra verte tan bien, cielo-. Le dijo a Kelly.
- Gracias por todo, Amy. Has sido de gran ayuda.
- Bobadas, era lo mínimo. Me alegro que estés bien en el hotel, me han hablado muy bien de tu trabajo.
- Lo hago lo mejor que puedo.
- Es bastante probable que te quedes allí trabajando cuando acabe el verano. Tienen una plantilla fija mucho más reducida, pero por eso mismo es imprescindible que quien esté pueda hacer de todo.
- Kelly sabe hacerlo todo bien. - Apuntó Albert.
- Dices eso porque os deja quedaros en su casa, pero aún así no deja de ser cierto.

16

Patrick aparcó la camioneta en la calle principal. Miró con nostalgia el local de Amy, donde seguramente estuvieran sirviendo aquellas deliciosas tartas tan ricas y que tanto echaba de menos.

Recordó con pesar como Amy le había invitado a marcharse para no volver. Supuso que se lo merecía, pero... le fastidiaba mucho.

Tenía que haber ido a hacer aquellos recados el día anterior, pero estuvo liado de bancos.

Ahora que había recuperado su antiguo nombre, tenía que recuperar también el control de sus cuentas, y aquello significó más papeleo del que nunca pensó. Una fe de vida, por ejemplo.

Luego envió una trasferencia a Serena. Esperaba que aquel fuera el último contacto que tuviese con ella, pero con esa mujer nunca podía estar seguro del todo.

Encaminó sus pasos hasta el supermercado. Odiaba hacer la compra semanal, pero era inevitable. Antes, Kelly le acompañaba y se convertía en algo más ameno y a veces divertido. Le gustaba verla elegir los ingredientes para su próxima receta y le enseñaba a distinguir entre los que debían comprar y los que no eran convenientes. ¿Él que iba a saber? En su nevera antes de la llegada de Kelly solo había cerveza y comida congelada.

Odiaba haberse hecho tan dependiente de ella. No era justo, debía ser un hombre mejor, un hombre completo y no la perezosa máquina rota que sentía que era.

Las mujeres lo miraban por la calle y algunas hablaban. A veces olvidaba que ahora volvía a ser la estrella que fue. El corte de pelo, la postura, caminar sin cojera, sin cubrir su rostro... Todo era diferente.

Era más atractivo, era más rico, era un tipo al que alguien como Serena podría amar... pero no era ese amor lo que él buscaba. Quería a Kelly y quería ser el hombre del que Kelly se había enamorado.

Solo ella podía querer a un tipo como era Jack. Oscuro, brusco, solitario, estropeado.

Solo ella podía hacerle sentir de nuevo como un hombre de verdad. Y la había perdido. Debía recomponerse por completo antes de ir a buscarla. Ofrecerle solo lo mejor, ella no se merecía menos.

Y de pronto, la vio. Estaba allí, saliendo de la cafetería de Amy, con el brazo de un hombre sobre su hombro. Otro hombre más joven les acompañaba. El tipo que tenía el brazo sobre ella, en una camisa granate, reía a carcajadas, despreocupado. La estaba tocando.

Ella también reía. Ella era feliz con ese pobre diablo tan cerca de su cuerpo.

Miles de preguntas estallaron en su mente: ¿Ella estaba allí? ¿Había venido de visita? ¿Era ese tipo algo suyo? ¿Dónde estaban los niños?

Observó su vestido deslizarse vaporosamente sobre su cuerpo... y entonces, él, besó su pelo.

La furia que sintió podía compararse con la erupción de un volcán. Subió desde sus entrañas hasta quemar su garganta y nublar su vista. El ataque de furia que siguió no conocía precedentes para Jack. Antes de darse cuenta de lo que pasaba, sin haber mirado siquiera antes de cruzar, estaba allí, frente a ellos. Su puño se estrelló sobre el pómulo del tipo que no había tenido tiempo ni de verle venir. Sintió el impacto contra el hueso, sintió incluso el chasquido del hueso que acababa de fracturar. El chico cayó a plomo al suelo. Que Dios se apiadase de su alma, porque él no pensaba detenerse.

- ¡Zack! - Gritó Kelly, que se dejó caer sobre él para cubrirle con su cuerpo.

El otro tipo que iba con ella le lanzó un buen golpe que le aturdió un momento. Joder... hacía mucho que no peleaba, no se había cubierto y le había dado de lleno, estaba demasiado obcecado pensando en pulverizar a aquel idiota que no se preocupó del otro. Antes de volver a ver con normalidad, sintió otro golpe duro clavarse en su estómago, pero esta vez respondió rápido y casi por intuición, devolvió el golpe en un gancho desde abajo. El otro tipo lanzó un nuevo puñetazo, y se preparó para encajarlo cuando algo se interpuso entre el puño y su cuerpo.

- ¡Mierda!- Gritó el chico cuando fue consciente de que había golpeado a otra persona en lugar de a él.

Jack se quedó helado, por primera vez consciente de lo que había hecho. El golpe se lo había llevado Kelly. Ella se había puesto en medio.

- ¡Dios mío, Kelly! ¿Estás bien? Joder, déjame ver qué te he hecho- Gimió el chico, visiblemente preocupado, olvidándose de él y del otro tipo que estaba tirado aún en el suelo.

Jack la tomó de los hombros para girarla en su dirección ignorando al tipo joven que se preocupaba por ella.

- Déjame ver- Le pidió en un susurro. Su corazón latía desaforado, pero no era por la pelea sino por el miedo de lo que pudiera haberle pasado a ella.

- No la toques, gilipollas, o eres hombre muerto- siseó el tipo. Bien, debía reconocer que había mucha verdad en sus palabras. Él se preocupaba por ella también.

- Solo quiero ver cómo está.

Kelly rehuyó su toque y se refugió en el tipo.

- Estoy bien, Patrick. ¿Qué has hecho? ¿Te has vuelto loco? - Decía. Pero aún se tapaba la cara con las manos y estaba encogida en señal de dolor.

- Déjame ver- insistió.

- ¿Pero, qué ha pasado aquí? ¡Zack! ¿Dios mío, está bien? - Gritó Amy, preocupada. Había salido del local seguramente asustada por la pelea. Un grupo de clientes habían hecho un pequeño corro a su alrededor. Patrick empezaba a entender hasta qué punto había hecho algo muy malo.

Kelly retiró las manos de su rostro, mostrando por primera vez su ojo hinchado por el golpe. Tenía un hematoma que no le permitía abrir los párpados. Sin embargo, se arrodilló en el suelo junto al chico al que estaban intentando espabilar.

- ¡Kelly! ¡Estás herida!- Exclamó Amy otra vez. Miró incrédula a los hombres de pie por encima de su cabeza con severa reprobación. - ¿Qué estáis haciendo, idiotas? ¿Pegar a una mujer? Seguro que todo esto es tu culpa, Jack.

- Yo...

- Yo le he pegado. Ha sido sin querer, Amy, se ha puesto en medio. - Reconoció el tipo.

- Albert... deberías conocer mejor a Kelly, ella siempre se pondrá en medio para defender a este... a este idiota- Dijo, mirando acusatoriamente a Patrick. - También para defenderos a vosotros.

- No hables de mí como si no estuviera aquí- Protestó ella.

- Levantemos al chaval- Dijo uno de los hombres que estaban mirando.

El chico parecía estar reaccionando ya.

Ahora Patrick se sentía estúpido por lo que había hecho. No conocía a los chicos, aunque podría decir que le sonaban vagamente sus caras y por culpa de aquel arrebato había hecho daño a alguien y Kelly estaba herida.

Hizo el amago de agacharse a ayudar, pero el tipo que quedaba en pie le empujó fuera del camino y lo hizo él mismo.

- ¿Zack? ¿Estás bien?- Murmuró zarandeando un poco al chico.

- Mas... o menos- Murmuró. Bien, al menos no le había matado.

Apoyado en el otro chico, entró en la cafetería, seguido de Kelly, que le dedicó una triste mirada antes de darle la espalda.

- Eres un asno-. Le acusó Amy. - ¿Como se te ocurre atacar así a alguien?

- No se me ha ocurrido, Amy, simplemente ha pasado.

- Voy a avisar a la policía, espero que lo sepas. Puedes esperar aquí o esconderte en tus preciosas cabañas, lo que simplemente pase antes.

- Esperaré aquí.

No tenía mucho sentido marcharse. El sheriff sabía perfectamente donde encontrarle de todos modos, y no pensaba huir de su responsabilidad. Había hecho mal, lo sabía y era consciente de que probablemente le detendrían. Dependería de si el tipo y Kelly querían presentar cargos.

Pero se quedaba más que nada, porque desde allí al menos podía ver el interior del local, en el que Kelly estaba siendo atendida por Amy y otra camarera.

El chico pareció espabilarse, y cuando reaccionó y se dio cuenta realmente de lo que había pasado, quiso salir hecho una furia a por él. Vio como entre cuatro tipos consiguieron pararle a muy duras penas.

Patrick le observó con atención. El chico estaba herido, sobre todo en su orgullo. Era unos años más joven que él, estaba seguro, y a juzgar por la fuerza que habían tenido que hacer para detenerle y que no saliera a enfrentarse a él, si hubiera estado atento cuando se abalanzó hacia él, hubiera sido un buen oponente.

No podía evitar mirar dentro, aunque Amy seguía mandando hostilidad a cada instante, pero necesitaba saber cómo estaba Kelly.

El chico también se interesó, y tomó la cara de Kelly suavemente con las dos manos para poder verla mejor. Toda la fuerza y furia que hubiera empleado con él, habían desaparecido ahora. Solo podía ver ternura y cariño hacia ella. Le retiró la bolsa de hielo de la cara y observó preocupado su rostro magullado. Se giró enfadado al parecer con el chico que había golpeado a Kelly y este levantó los brazos en señal de rendición, pero aun así se ganó un buen empujón. Quería ver algo más, pero unos golpecitos en el hombro le hicieron volver a la realidad.

- ¿Qué ha pasado, chico? - Preguntó el sheriff, con un tono paternalista.

- Creo que deberías detenerme, sheriff. He golpeado a un tipo.

El agente miró por encima de su hombro hacia adentro del local.

- ¿A los Callum? ¡Señor! Pensaba que esto era algo serio.

- Le he golpeado en serio-. Aseguró desconcertado Patrick.

- No lo dudo. Espero que le hayas roto la crisma a esa chusma.

- Pero Kelly ha salido herida.

- ¿Qué? - Dijo, de pronto asustado el agente. Entró rápidamente al local. Patrick se apoyó en el marco de la puerta sin atreverse a poner un pie dentro. Amy sería capaz de tirarle una silla o algo.

Para su estupefacción, el sheriff, después de hablar un momento con los chicos y con Kelly, sacó las esposas y se las puso al chaval que había lanzado el puñetazo que interceptó ella. Nuevamente, varios hombres tuvieron que sujetar al mayor (al parecer había oído que se llamaba Zack) para que no arremetiese, esta vez contra el sheriff.

- ¿Qué está haciendo? - Preguntó Patrick, entrando por primera vez en el local.

- Me llevo a este tipo, por golpear a una mujer.

- ¡Pero si todo esto ha sido culpa mía! - Insistió Patrick.

- Bobadas, conozco a este tipo de calaña. Llevo deteniendo a estos dos desde que tenían 14 años.

- Me da igual, todo esto es culpa mía, él solo se estaba defendiendo.

- Pero Patrick...

- Si tienes que detener a alguien, ese soy yo.

El sheriff pareció rendirse al fin y retiró las esposas al chico que se frotó las muñecas malhumorado.

- Bien, vayamos a mi despacho y hablaremos de esto.

El sheriff condujo en silencio con Patrick sentado a su lado. Se moría de ganas por hablar con Kelly y disculparse, pero sabía que eso no era suficiente.

Ella no le iba a perdonar. Se hundió más en el asiento queriendo por un momento desaparecer.

Una vez en la comisaría, el sheriff se sentó tranquilamente en su silla recostándose.

- Jack... no sé por qué has hecho lo que dices que has hecho. Querías que te trajera y aquí estás. No creo que esos dos quieran presentar cargos, se han metido en demasiadas cosas como para buscar una visita más al juez. Supongo que tiene algo que ver con Kelly. Sin embargo, te recomiendo que no lo hagas más. Habla con ella tranquilamente, a mí tampoco me hace gracia que ande siempre con esos dos.

- ¿Siempre?

- Bueno... siempre es una forma de hablar. Ya sabes cómo es Kelly, ella siempre está trabajando. Pero algunas veces se le ve con ellos.

- ¿Pero... aquí? ¿En Sunnylake?

- ¡Jesús! ¿Pero me estás hablando en serio? ¡Claro que aquí! ¡Lleva semanas trabajando en el hotel!

- Ya... sí, es cierto, el hotel... bueno y... esos hermanos... háblame de ellos.

El sheriff bufó.

- Un par de cabezas huecas. Su padre es una buena pieza. Se volvió un poco tarumba cuando se mató su hijo el mayor. Por lo que sabemos, pegaba a su madre, pero ella nunca denunció. Se largó de casa con los niños pequeños. Bueno, ya sabes cómo son esas cosas. Una mujer sola no puede hacer carrera de dos niños. Trabajando y eso... se crían casi solos por la calle. Se han estado metiendo en líos todo el tiempo.

- ¿Qué clase de líos?

- Bueno... nada peligroso, si temes por Kelly. Peleas de bar, pequeños hurtos, cosas así. Llevaban un tiempo más calmados. Algo extraño en ellos, algo ha debido cambiar.

"Claro, algo ha debido cambiar. Ha sido ella, Kelly es capaz de cambiar a todo el mundo".

- De todos modos, no son buena gente, serán como su padre, y si no, al tiempo-. Dijo, satisfecho de sí mismo.

Mientras regresaba andando a su coche, tuvo tiempo de pensar.

Si lo que había dicho el sheriff era cierto, no solo perdieron a un hermano, sino que su padre hizo daño a su madre. Ella se fue con ellos pequeños y tuvo que trabajar para sacarlos adelante. No es que hubieran salido muy bien, pero hasta cierto punto, Patrick podía entenderlos.

Como también entendía por qué Kelly los había elegido para compartir su tiempo. No quería pensar que hubiera algo más entre ellos que una simple amistad, aunque ese tipo... le había besado el pelo. Él mismo nunca se había atrevido a tanto cuando eran simples amigos...

Pero claro, él era un cobarde.

Entró en la cafetería de Amy, donde sabía que no iba a ser bien recibido.

- ¿Cómo te atreves a entrar aquí?

- Solo quiero saber dónde están para disculparme.

- En el hospital. Le has hecho un buen destrozo a ese chico.

- Lo sé, y lo siento. Iré a hacerme cargo de la factura médica.

- ¡Es lo mínimo que puedes hacer! Que no eras muy listo, ya lo sabía desde que dejaste escapar a Kelly de esa manera, pero que además eras un brabucón, eso no me lo esperaba. Esos chicos son como mis hijos, ojalá su madre pudiera ver los hombres en los que se han convertido. No sé cuál es tu problema con ellos, pero si te preocupa Kelly, al menos alégrate de que alguien esté cuidando de ella.

- Yo... iré al hospital.

- Más vale que te mantengas alejado-. Advirtió Amy.

Condujo su coche hasta el hospital. Su estómago rugía por el hambre, pero sabía que con tantos nervios cualquier cosa que comiese la acabaría vomitando.

Cuando llegó no se planteó ni buscar siquiera a Kelly o a esos hermanos que al parecer eran tan amigos de ella. Aún estaba intentando asimilar que ella no se había ido de la ciudad, sino solo de su vida. Se sentía un tonto.

Preguntó en el mostrador por el estado del chico. Le dijeron que aún estaba esperando a ser atendido. Proporcionó los datos de su cuenta para que le cargasen los costes del tratamiento, fueran los que fuesen, firmó una serie de formularios y se marchó.

Llegó a su casa furioso y avergonzado al extremo. El puño le dolía, estaba hinchándose un poco.

- Eres gilipollas, Jack.

Se había acostumbrado a su nombre falso, lo sentía más auténtico que su nombre real. Y desde luego, deseaba volver a ser ese hombre.

¿Qué había hecho? No solo había atacado a unos tipos sin motivo alguno (sabiendo que el hecho de que estuvieran con Kelly no era un motivo lícito), también Kelly había resultado herida por su culpa.

- Debe odiarme- Se dijo en voz alta.

Zack insistió en irse a casa, en lugar de permanecer aquella noche en observación. Insistía en que no hacía falta y que estaba bien, a pesar de que tenía la cara hinchada y obviamente le dolía bastante.

Albert seguía arrepentido por haber golpeado a Kelly aunque ella misma se había puesto delante. Ni siquiera lo pensó, actuó sin meditar y no pensó que el hermano pequeño de los Callum golpease tan fuerte. Estuvo aturdida durante mucho tiempo.

- Voy al lago a bañarme un rato. ¿Os apañaréis? - Preguntó Albert, ya caída la tarde.

- Estaremos bien, pero por favor, ten mucho cuidado. Ya está oscureciendo.

- Hay luz de sobra- Aseguró Albert antes de salir por la puerta con una toalla al hombro.

- Le encanta el agua- Murmuró Zack.
- Sí, eso parece. ¿Te sientes bien? - Preguntó Kelly. Sabía que de encontrarse mal, no lo diría delante de su hermano.
- Como si me hubieran batido el coco. Ese tipo pega fuerte.
- Siento mucho eso. Jamás creí que Jack... Patrick fuese de esa clase de hombres.
- Solo estaba celoso, y lo sabes.
- No debería.
- No debería o sí debería, no lo sé. Pero lo está.
- Me fastidia tanto que te haya hecho daño...
- Tú tampoco has salido bien parada.
- Estamos buenos los dos... - Bromeó Kelly. Zack sonrió tímidamente, le dolía gesticular con la cara.
- Albert se siente fatal.
- No es su culpa, ya se lo he dicho, yo me he puesto en medio.
- Kelly... ¿Por qué lo has hecho? ¿Por qué lo has defendido?
- No lo sé, no lo estaba pensando realmente. Es algo que me ha salido de manera instintiva. No podía dejar que le pegaran más del mismo modo que no podía dejar que te pegasen a ti.
- ¿Le quieres?
Kelly no contestó. No quería reconocerlo, no porque Zack lo supiese o no, sino porque no quería sentirlo.
- Intento que no.
Zack la miró de soslayo.
- Lo puedes intentar, pero las cosas no suelen ser como queremos.
- Lo sé.
- También yo- Dijo con tristeza.
- ¿Sabes que te aprecio mucho?
- Lo sé. Yo igual a ti. Ojalá... fuese normal para poder enamorarme de ti.
- No digas bobadas, eres normal y lo sabes. Deja de pensar eso, por favor.
- Es que no paro de pensar... sería tan fácil estar con alguien como tú, por ejemplo. Una buena chica...
- Puedes estar con un buen chico también.
- ¿Ahora quién es la que dice bobadas?
- Sigues siendo tú.
Zack rio un poco y se resintió.
- Joder, pega fuerte tu hombre. Aún tengo la cabeza desencajada.
- No es mi hombre...
Zack rio de nuevo, resintiéndose otra vez.
- Deja de burlarte de mí, te duele la cara.
- Será mejor, sí. Esto me está jodiendo bastante.
- Prepararé sopa para cenar.
- No tienes que hacerlo por mí.
- Intenta masticar un filete si quieres con la cara así.
- Tienes razón, pero...
- De todos modos, tengo que hacer algo para cenar, no me molesta hacer una cosa u otra. Además tampoco es que tenga muchas ganas de ponerme a complicarme la vida con la cena.
- Bien, te ayudaré con la sopa esa.
- Zack, te han partido la cara hoy, de manera literal. Siéntate.
- No me lo recuerdes. Me siento humillado. Si ese tío hubiera venido de frente, no me hubiera noqueado.
- Seguramente puedas con él en una pelea justa, Zack- Mintió Kelly- No te sientas mal con eso. No lo viste venir.
- Me han pegado muchas veces, pero es la primera vez que me rompen un pómulo.
- Venga, no seas llorón. Ahora te prepararé la sopa y nos vamos pronto a la cama.
- Tú también estás herida. Albert debería estar aquí cuidando de ti.

- Deja que disfrute del lago. Le encanta.

- Lo sé. Le gusta desde que éramos pequeños. Creo que si no viviese cerca de esta masa de agua, se moriría de pena-. Dijo con aire melancólico. - Creo que le recuerda a nuestra madre. Siempre nos llevaba a bañarnos como si fuera el mejor premio del mundo. Decía no podemos ir al cine, o hoy no tenemos merienda, o no tengo esas zapatillas que necesitas pero... ¡Vamos a ir al lago! Lo decía tan feliz como si nos estuviera hablando de llevarnos a Disney. Nosotros sabíamos que no era nada especial, cualquiera podía venir al lago a bañarse. Pero fingíamos que era algo genial solo por ella. Creo que para ella, era especial porque era lo único que podía darnos.

Zack guardó silencio entonces y Kelly sintió lástima de él, de Albert y de su madre y la vida tan dura que tuvieron hasta que ella murió. Se preguntó si ella llegó a ser feliz alguna vez.

Albert llegó cuando la sopa estaba casi terminada. Kelly tenía caldo en el congelador y pronto estuvo hecha.

- Que callados estáis. ¿Pasa algo? - Preguntó el menor.

- Nos duele la cara- Murmuró simplemente Zack.

- Cierto. Lo siento, que conste que yo también me llevé algún golpe... pero claro, no tan fuerte.

- Si, pobre Albert...- Se burló Zack.

- ¿Qué quieres que te diga? No es tan fácil tumbarme como a ti.

- Me hubiera gustado verte en mi sitio.

- Ya… claro.

- La cena está lista- Interrumpió Kelly.

Se sentaron y cenaron practicamente callados.

- Recuerda tomar los analgésicos-. Pidió Kelly a Zack.

Ninguno parecía tener muchas ganas de fiesta aquella noche así que se dispusieron a acostarse pronto. En el momento en que se tumbó en la cama a oscuras supo que no podría dejar de pensar en Jack.

Se había imaginado muchas veces cómo sería el momento en que se reencontrasen. Ni en sus más locas fantasías imaginó una escena de celos como aquellos.

¿Qué significaba eso? Y aún más, ¿cómo había sido capaz de pegar así a Zack?

Acarició su ojo morado con la yema de los dedos. No se arrepentía de haber interceptado el golpe que iba para Jack, pero cuando lo hizo no pensó en lo mucho que iba a dolerle.

¿Era Jack un tipo agresivo? ¿Peligroso? Nunca lo pensó... pero estaba claro que en eso, como en todo lo demás, ella estaba equivocada.

Sin darse cuenta comenzó a llorar.

La puerta de la habitación se abrió despacio, y los pasos se aproximaron a la cama.

- Creo que los dos necesitamos un poco de compañía esta noche- Murmuró Zack.

El colchón se hundió en el lado por el que el chico había entrado a la cama. Kelly no dijo nada, no quería que su voz delatase su llanto, pero no hizo falta. Él la abrazó por detrás con ternura.

- Yo voy a cuidar de ti hasta que estés bien.

- Nunca voy a estar bien. No puedo olvidarle.

- Entonces estaré aquí para siempre.

Patrick tardó varios días en averiguar más cosas sobre Kelly y su vida en Sunnylake. Al parecer alguien le había alquilado una cabaña en algún lugar cerca del lago, pero a varias millas de las suyas. No sabía el lugar así que no podía ir allí con un ramo de flores y pedir de rodillas que le concediese un minuto para explicar el por qué era un verdadero idiota. Pero sí sabía dónde trabajaba. Se negaba a parecer un acosador o causarle problemas en el trabajo, pero realmente necesitaba verla.

La ocasión llegó como menos esperaba y quizá de un modo un tanto extraño.

Dereck le llamó sorpresivamente una mañana.

- Diga- Murmuró con su habitual tono lacónico al no reconocer el número. Si eran clientes podían ir despidiéndose. Las cabañas estaban a tope, y aún no estaba preparado para volver a alquilar la número 3. No necesitaba el dinero de todos modos.

Al otro lado de la línea se produjo un breve silencio. Fuera quien fuera, estaba pensando bien qué decir.

- Soy Dereck.
Patrick guardó silencio un momento también.

Dereck.
Fue su mejor amigo durante muchísimos años, compañeros de equipo y de andanzas. La persona con la que pasaba la mayor parte del tiempo dentro y fuera del campo. Fue una de las personas a las que abandonó cuando se largó sin decir nada a nadie. Había esperado noticias suyas cuando su identidad salió a la luz, pero no llegaron.
- Dereck... yo... ¿Cómo estás?
- Bien, supongo. Esto es raro, ¿No?. Bueno, he pensado muchas veces qué te diría si volviera a saber de ti. Pasé los primeros años preocupado, pensando que estabas muerto en cualquier cuneta o a saber. Luego de pronto los noticieros se llenan con tu cara y espero tu llamada ansioso. Quería saber todo, dónde habías estado, qué estabas haciendo, qué pasaba por tu vida. Pero no llegaste nunca a llamar.
- Lo sé... yo... lo siento. No soy bueno enfrentándome a las cosas. Tampoco era capaz de enfrentarme a mi familia...
- Bueno, no puedo esperar mucho más, así que me gustaría verte.
- Sí, por supuesto.
- Es genial que digas eso. Voy de camino a ese lago tuyo. Llegaré esta tarde. No sabía si ibas a recibirme o qué, así que tengo reserva solo para un par de días en un Hotel.
- ¿En qué hotel? - Se apresuró a preguntar. Solo había un hotel que funcionaba todo el año, pero había casas, hospedajes y hostales que abrían en la temporada alta.
- Sunnylake Home & Rooms.
Patrick suspiró. Era el hotel donde trabajaba Kelly.
- Te veré allí en cuanto te instales. Solo dame un toque.
- Bien... te veo allí.
Patrick sonrió. Podía recordar muchos momentos con Dereck. Incluso recordaba que su hermana estaba un poco enamorada de él, aunque jamás lo admitió.
Enamorarse era otra de esas cosas que su hermana pequeña no haría jamás. Le dolía tanto pensar en ella que lo evitaba a toda costa. Agradeció que no pudiera ver el desastre en que se había convertido su vida. Seguro que ella habría adorado a Kelly.

Dereck llegó a las cinco y media. Patrick ya estaba impaciente, dando vueltas por la ciudad. Se avergonzaba de reconocer que tenía más ganas de encontrarse "casualmente" con Kelly en el hotel, pero era imposible saber si tenía turno o no ese día.
Esperaba en la recepción a que su amigo bajase por el ascensor cuando la vio. Pasaba con un uniforme oscuro cargada de cajitas en una bandeja. Seguramente unos detalles para alguna celebración de las que a veces se hacían en el hotel. Llevaba maquillaje, pero aun así pudo apreciar la sombra oscura bajo su ojo magullado.
- Kelly...- Murmuró no queriendo asustarla. Igualmente ella dio un respingo.
- ¿Qué haces aquí?
- He venido a recoger a un amigo.
Ella hizo ademán de seguir andando.
- Kelly, espera. No quiero molestarte en tu trabajo, solo pedirte disculpas y quizá podamos tomar un café y hablar. Entiendo lo mal que me comporté y no tengo excusa.
- Yo... Jack, no creo que tengamos nada de lo que hablar. Estar cerca de ti solo me hace más daño- Reconoció ella. A él se le hundió un puñal en el pecho al oír aquello.
- Lo siento todo tanto...
En ese momento el ascensor de recepción se abrió y cuando Patrick levantó la vista y vio a Dereck, todo su mundo desapareció bajo sus pies.
Dereck estaba enfermo. Muy enfermo. Si no hubiera sido su mejor amigo durante años, no le hubiera reconocido. No tenía pelo ni cejas, su rostro demacrado, lucía cansado. Su piel era casi amarillenta, sus brazos y piernas bajo la ropa se veían casi como un esqueleto. Caminó unos pasos en su dirección

y Patrick recorrió en dos zancadas el resto y le abrazó fuertemente.

- ¿Por qué no me lo habías dicho? - Preguntó intentando no llorar. Su amigo era un saco de huesos entre sus brazos.

- Nunca llamaste. Nunca preguntaste si estaba bien.

Patrick se separó de él. Se sintió como una mierda una vez más. Era ya la tónica general.

Reparó en que Kelly seguía allí de pie, un poco aturdida.

- Ella es Kelly, es...

- Una amiga- Dijo ella, dando la mano a Dereck.

- Dereck Kovans- Correspondió él- fui compañero de equipo de Patrick hace... demasiado tiempo en realidad.

- Encantada. Debo seguir- Dijo, volviendo a tomar la bandeja que había depositado en una mesita auxiliar para saludar y con un asentimiento de cabeza se despidió de Patrick.

- Vamos a tomar algo.

- Claro. ¿Hay algún sitio que se coma bien por aquí?

- Conozco el lugar donde hacen las mejores tartas del mundo.

- Genial, no debería morirme sin probar eso- Bromeó Dereck.

Patrick sonrió. Seguía siendo él.

- Vamos, tú también puedes hacer chistes de moribundos si quieres. Mejor ahora que luego, cuando no me pueda reír.

- No sé ni cómo disculparme contigo.

- Bah, no tienes que hacerlo. No hagas como todo el mundo. Me tratan mejor porque estoy casi muerto. Luego todos llorarán y dirán lo bueno que era. Y en la tele harán especiales sobre mi carrera deportiva.

- ¿Saldré yo? - Preguntó Patrick. Quería seguir el juego, aun sintiéndose como la mierda.

- ¡Eh! Tú has tenido tus propios titulares no hace mucho. Y solo has tenido que volver a asomar esa cara guapa que tienes. ¡Para conseguirlo yo voy a tener que morirme! ¡No acapares mi fama!

- Tengo que confesarte algo. Al sitio que vamos no me dejan entrar. Digamos que enfadé a la dueña y el otro día... golpeé a un tipo en la puerta.

- Demonios, ¿Por qué hiciste eso?

- Estaba... cerca de la chica que hemos visto antes en el hotel.

- ¿Es tu novia?

- No. Es una larga historia.

Dereck rio. Una de esas risas tan suyas que ya había olvidado por completo.

- No te preocupes, te dejarán entrar si vas conmigo. Nadie va a negar un trozo de tarta a un enfermo.

- Si eso es así, por favor no te mueras nunca. Quiero seguir comiendo allí.

- Sería un placer cumplir tu deseo, pero creo que mi cuerpo no va a querer colaborar.

- Yo... Lo siento.

- Lo sé. No pasa nada, ya estoy cansado de luchar. Solo quería volver a verte una vez más. Llámame tonto o romántico o loco. Pero siempre pensé que al final de mi vida estaría mi mejor amigo. Pero te marchaste sin decir adiós después de lo de Joy. Y me odié por no haber estado contigo, me corroía pensar que hubieras muerto solo por ahí, en un motel o un campo... no sé... realmente creí que estabas muerto y no estuve para ti.

- No pensé en nadie, Dereck, cuando me marché solo quería que mi madre no tuviera que ver al hombre que mató a su hija.

- ¿Sabes que los accidentes son eso, accidentes?

- Yo no iba en condiciones.

- No mataste a Joy.

Patrick aparcó cerca de la cafetería. El dolor era muy intenso en ese momento. Pensar que hizo sufrir también a su mejor amigo. Nunca creyó que Dereck se sentiría mal por él, que le echaría de menos sí, pero no hasta el punto que él estaba relatando. No pensó en nada porque era un puto egoísta y por eso estaba desmoronándose toda su vida.

- Solo tú la llamabas Joy.

- Lo sé. Lo odiaba.

- No lo odiaba. Le encantaba. Por eso no dejaba que nadie más lo hiciera. Porque era algo que solo hacías tú y estaba coladita por ti.
- Venga... era solo una cría.
- Lo sé.
Dereck colocó la mano en su hombro y le dio un apretón.
- Vamos a dejarnos de dramas, tío, quiero esa tarta y la quiero ahora.
- De acuerdo. Hazte el moribundo. Amy no se resistirá.
Dereck, quizá para exagerar su estado o porque realmente lo necesitaba, se apoyó en el hombro de Patrick para caminar.
Andaba despacio, casi arrastrando los pies. Nuevamente, al ver el estado de su amigo sintió ganas de llorar.
- Te quedarás en mi casa a partir de ahora. El tiempo que puedas estar aquí.
- Tiempo no es algo que me sobre, pero sí, me gustaría compartir contigo un poco del que me queda. De todos modos no hay mucho más que se pueda hacer en mi estado salvo esperar.
Patrick tragó saliva.
- Puedes quedarte, ¿lo sabes? Hasta el final...- Un sudor frío le recorrió la espalda. Si su amigo quería, él estaría encantado de estar a su lado en la recta final.
- No prometas algo que no puedas cumplir. Imagina que te tomo la palabra y quiero estar aquí contigo. Tendrás que vivir con eso el resto de tu vida.
- Creo que será lo mejor que habré hecho nunca. No pienso soltarte la mano, Dereck. No lo haré.
Enjugó una lágrima furtiva y entendió el silencio de su mejor amigo como que él estaba en la misma situación.
El local de Amy estaba casi vacío, y una de las camareras estaba limpiando la barra. Como siempre, al escuchar la campanilla de la puerta, Amy asomó la cabeza por la entrada de la cocina. Solo necesitó un par de segundos para entender lo que veía.
Patrick acomodó a Dereck en su sitio de siempre y se acercó despacio a la barra donde la mujer le esperaba.
- Amy, sé que no... quieres que esté. Solo quiero que Dereck pruebe las tartas- Dijo y odió el modo en que su voz le traicionó.
- Siéntate cielo- Dijo ella, poniendo su mano sobre la de él y dando un leve apretón- Iré enseguida.
Patrick se sentó frente a su amigo. Por primera vez le miraba a los ojos después de mucho tiempo.
- Buenas, chicos- Saludó Amy.
- Amy, este es mi amigo Dereck.
- Hola Dereck. Encantada. ¿Qué vais a querer?
- ¿Puedes traer un trozo de cada? - Preguntó Patrick.
- ¿No quieres saber lo que tengo?
- Me da igual, están buenas siempre. Así las puede probar todas.
- De acuerdo, traeré un poco de cada.
- ¿Ves lo que te decía? Suave como un guante. Dale las gracias al cáncer- Dijo en un susurro Dereck cuando Amy se alejó.
- Yo... debí haberte llamado. Cuando volví a casa. Pero por algún motivo pensé que vendrías tú. Mucha gente venía a verme, hasta el entrenador. No es que quisiera visitas, la verdad, pero ahí estaban.
- Bueno, en esos momentos no podía moverme mucho.
- Debí haberte llamado.
- Dejemos los reproches. Prefiero las tartas.
Como si la hubieran invocado, Amy llegó con una bandeja y seis porciones de tartas diferentes.
- ¿Queréis café?
- Sí, necesitaremos algo para ayudarnos a pasar todo esto- Agradeció Patrick.
- Marchando.
Dereck tomó una de las cucharillas y la hundió en la primera tarta.
- Mmmm joder, que buena está. ¿Melocotón?
- Albaricoque, creo.

- Dios, esto está buenísimo. Prométeme más de esto.
- Siempre que quieras.
- Oye... yo sé que esto es una mierda. No quiero que estemos sentimentales, porque antes casi me haces llorar. Pero... en un lugar más tranquilo deberíamos hablar.
- Luego, te llevaré al lago. Nos sentaremos en mi porche y hablaremos todas esas cosas que no queremos decirnos pero que necesitamos. Y joder, creo que lloraré un rato delante tuya. Como cuentes algo a alguien, yo mismo te mataré- murmuró Patrick, aguantando nuevamente las lágrimas.
- De acuerdo. Ahora solo tarta- Dijo hundiendo nuevamente la cuchara en otra porción- ¡Oh joder! ¡Qué bueno!
Patrick rio un poco ante su arrebato.
        Un rato más tarde, salían de la cafetería con una caja con más tarta y el estómago lleno.
Dereck había insistido en hacerse una foto con Amy para tenerla de recuerdo, y alabó reiteradamente sus tartas. La mujer ya había caído en sus redes totalmente e insistió a Patrick para que volviera a traerlo.
- ¿Ves? Ya has vuelto. Mientras esté vivo vendrás por mí, y cuando muera, nadie te negará la entrada, porque estarás de luto, cabrón. Soy lo mejor que te ha pasado.
- Desde luego.
Condujo hasta su casa y aparcó cerca del porche.
- Joder, menuda chabola. Esto es muy bonito, entiendo que hayas querido perderte aquí.
- Las vistas son las mejores de todo el terreno.
- Es un sitio tan diferente de la ciudad... ¿No te aburres?
- Nunca.
- ¿Eres feliz? - Preguntó Dereck, tomando la cerveza que su amigo le tendía.
- No. Pero no por estar aquí. Es lo más cerca a la felicidad que puedo estar. Pero hay demasiado remordimiento, demasiado dolor. Demasiada culpa.
- Sentí mucho lo de Joy.
- Eso es algo que jamás voy a perdonarme, Dereck. Ella debería estar aquí, en un sitio como este disfrutando de la vida.
Dio un largo sorbo a su cerveza mirando al lago a lo lejos. El sol ya empezaba a caer.
- La vida no es justa, Patrick. Nunca lo ha sido, y nunca lo será.
- ¿Cuánto te queda?- Preguntó al fin. Era algo que quería saber desde que le vio en el hotel.
- No lo sé. Unos meses quizá. He rascado todo el tiempo que el dinero puede comprar, pero llega un momento que ni eso es suficiente.
- Aquí hay un buen hospital.
- Creo que he tenido suficientes hospitales por un tiempo. Bueno, Patrick. Voy a hacerte la pregunta, por favor, piensa bien la respuesta.
Dereck le miró a los ojos. Patrick no sabía lo que estaba pasando por su mente, pero vio las lágrimas agolparse en ellos.
- Puedes decirme lo que quieras, lo sabes.
- Yo... quiero saber si... yo...- Dereck no pudo aguantar la mirada. - Tengo miedo a morir solo.
Patrick soltó el aire que había estado reteniendo en sus pulmones. Dereck no moriría solo. Que le partiese un rayo si dejaba que su amigo sintiera miedo un solo minuto más por morir sin una mano amiga a su lado.
- Tú no morirás solo, Dereck. No te dejaré solo jamás. Estaremos juntos. Lo siento por ti, pero mi fea cara será lo último que verás.
Dereck rio a pesar de llanto. Se secó las lágrimas.
- Me haces llorar como una niña pequeña.
- Y tú a mí. Joder, tenemos que volver a ser hombres. Deberíamos ver porno o algo- Bromeó Patrick, para aligerar el ambiente.
Se quedaron un momento en silencio viendo atardecer.
- Creo que será un bonito lugar para despedirme.
- Es el mismo que he elegido yo. Viva mucho o viva poco, quiero hacerlo aquí.

- Vive bien, Patrick. Disfruta el tiempo.
- Siento desilusionarte. Soy horrible. Hago daño a todo el mundo y mi vida es un caos desde que todo el mundo supo quién era yo.
- ¿Y antes? Venga, cuéntame sobre Kelly.
Patrick sonrió al pensar en ella.
Así que habló. Habló de todo, desde el día del accidente en que murió Johanna y todo lo que pasó después. Su vida hasta el momento en que Kelly compró el cupón de la oferta y el modo en que poco a poco se había enamorado de ella. La forma en que la perdió y el ridículo absoluto del otro día en la puerta de la cafetería.
Dereck escuchaba interesado.
- ¿Y nunca pensaste en llamarme?
- Claro que lo pensé. Pero no podía.
- Te necesité, amigo.
- Y yo a ti.
- Bueno, pero ahora estamos aquí. Y antes de irme, dejaremos las cosas más resueltas. Está claro que te hace falta un buen amigo para encauzar tu vida.
- No creo que haya nada que puedas hacer.
- Bobadas. Nadie dice que no al tipo con cáncer.
- Entonces... ¿puedo pedirte algo, Dereck?
- Claro, amigo. Lo que quieras.
- Deja que vayamos al hospital. No solo por ti. Si vas a instalarte, necesitarás cuidados. Quiero saber todo lo que tengo que hacer.
- ¿Quieres ser mi enfermera?
- Puedes burlarte, Dereck, pero ambos sabemos que vas a necesitar a alguien. Y yo seré ese alguien. Te lo he dicho, no soltaré tu mano.
- Cuando venía hacia aquí, estaba muerto de miedo. Por eso no me atreví a llamarte hasta que estuve ya en el taxi. No sabía cómo ibas a reaccionar cuando me vieras, solo sabía que si no podía estar contigo en el último momento, al menos quería volver a verte.
- ¿Por qué yo?
- Vamos, ya lo sabes. No hay nadie mejor. Mi padre sigue sin hablarme salvo cuando necesita dinero. No sabe ni que estoy enfermo. Candance me odia después de lo que pasó, y mi única relación con ella es a través de los cheques de la pensión que le envío todos los meses. Los demás... bueno, son amigos, conocidos, les tengo y me tienen aprecio... pero... nadie como tú y yo éramos. ¿Y todas esas mujeres guapas que siempre estaban a mi alrededor? No veo a ninguna ahora.
Patrick puso su mano sobre el hombre de Dereck.
Se habían conocido muy jóvenes, siendo casi niños, entrenando en un campo de béisbol rural en un barrio pobre. Subieron juntos a las grandes ligas y consiguieron estar en el mismo equipo. Juntos eran imparables hasta aquel accidente.
- ¿Realmente creíste que estaba muerto?
- Sin ninguna duda. No creí que fueras capaz de sobrevivir después de lo de Joy. Sé cuánto la querías. Pensé... pensé que lo habías hecho. Irte. Me atormentaba pensar que tus últimos momentos los pasaste solo.
- Siento que pensaras eso. No lo hice, no me pareció justo. Quería sufrir, acabar con mi vida sería lo fácil.
- Morir no es fácil, Patrick.
- De acuerdo, suficiente por hoy. Has conseguido hacerme llorar, pero se acabó. En serio.
- De acuerdo. No hablaremos más de esto. Iré a ese médico si quieres, y el resto del tiempo lo pasaremos por aquí comiendo tarta y haciendo que Kelly pueda volver a mirarte a la cara.
- De acuerdo- Rio Patrick.
Observó a su amigo. Parecía tan cansado...
- Te prepararé una cama.
- No, tengo que volver al hotel. Tengo la medicación allí.

- De acuerdo, pero mañana te instalarás aquí. ¿Cómo llevas las escaleras? Hay dormitorios arriba, pero puedo bajarte una cama, aquí junto al ventanal. Así podrás ver el lago.
- Sí, sería genial. De momento puedo subir y bajar, pero pronto será demasiado cansado.
- Deberíamos irnos ya, no tienes buena cara. ¿Seguro que no quieres recoger las cosas y venirte aquí?
- Una noche en el hotel. Ya lo tengo pagado y tienen hidromasaje.
- Como quieras, eres un cabezota.
- Siempre lo hemos sido, ambos. Somos iguales.
- Por eso tu ex mujer tampoco podía ni verme a mí.
- Cierto. Pero solo yo tengo que pagarle la pensión.
- ¡Eh! Es lo justo. También solo tú te acostabas con ella.
Dereck le miró de soslayo.
- Me refiero de nosotros dos. Del resto de pobres diablos que cayeron en sus redes no digo nada-. Se defendió Patrick.
- Bueno, tampoco yo fui un santo.
- Eso es verdad.
Patrick condujo en silencio hasta el hotel. Ya era entrada la noche y Dereck parecía de verdad agotado. Le acompañó hasta la habitación y entró con él.
- Tengo la medicación en esa bolsa- Dijo sentándose cansadamente en la cama.
Patrick rebuscó donde le dijo y extrajo varios botes de pastillas.
- ¿Para qué son? - Preguntó.
- Veamos... estas, para el dolor. Mis favoritas. Dame dos.
Patrick ayudó a Dereck a ponerse el pijama y meterse en la cama.
Se recostó en la butaca a su lado y puso la tele. Seguro que en algún lugar había un partido de algo que pudieran ver.
- ¿Qué crees que estás haciendo? - Gruñó Dereck con un hilo de voz.
- ¿No puedo ver un partido con mi amigo?
- Vete a casa... estaré bien- Murmuró. Pero pronto quedó dormido.
Patrick pasó canales hasta que una película vagamente interesante captó su atención.
De vez en cuando dirigía la mirada hacia Dereck. En la cama tumbado, parecía tan débil... Siempre había tenido más fuerza en los brazos que Dereck, pero él era más rápido y más ágil. Y más guapo, pero nunca lo admitiría. Qué poco quedaba ya de todo aquello.
Dormitó el resto de la noche en aquella butaca que parecía más cómoda de lo que era en realidad y se despertó con un ataque de tos de Dereck.
- Serás idiota... ¿Por qué estás durmiendo aquí? - Preguntó cuando fue consciente de que era un nuevo día y su amigo seguí allí.
- Disculpa, ¿tenías otros planes?
Dereck sonrió.
- Dame las pastillas. Necesito...
- Toma.
- Así que te has tomado muy en serio tu papel de enfermera.
- ¿Prefieres que me ponga un uniforme sexy?
- Señor, nunca podría resistirme a eso, pero lo siento, no estoy en posición para comprometerme a largo plazo.
Dereck desapareció un rato en el baño y mientras se duchaba, Patrick recogió todas sus cosas.
- Veo que estás impaciente por marcharte.
- En casa estarás mejor.
Juntos bajaron a recepción, pagaron la habitación e informaron de que la dejarían un día antes de lo esperado.
- ¿De verdad vamos a hacerlo? Parece increíble, después de tantos años sin saber el uno del otro.
- No necesito verte cada día para que seas mi mejor amigo. Siempre lo has sido y siempre lo serás.
- Genial, cuando muera me quedaré como un fantasma. Cambiaré los canales de la tele y arrastraré cadenas por los pasillos.

- ¿Y de dónde piensas tú sacar unas cadenas?
- ¿No te las dan de serie cuando te haces fantasma?
- Señor, espero que no. No me estropees los suelos. Son de madera.
- Cuidado con el señorito. Ahora no voy a poder dejar todo perdido de hectoplasma si me place.
- Demasiadas películas has visto tú.
Dereck rio.
- ¿Crees que hoy podremos pasar a por más tarta?
- ¿No acabaste harto ayer?
- ¡Mírame! Yo voy a tumba abierta, no puedo perder ni un día de comer de eso, pronto dejaré de comer de todo.
- Joder... no digas eso, no podré volver a comer tarta sin pensar en ti.
- No pasa nada, puedes llevarme un trozo al lago, donde esparzas mis cenizas.
Patrick frenó la camioneta.
- ¿Qué has dicho?
- Que me lleves tarta al lago. ¿Qué pasa? ¿No lo harías por un viejo amigo?
- ¿Quieres que esparza aquí tus cenizas?
- Claro... yo... lo daba por supuesto. ¿Qué hay de malo?
- Dereck... tu padre...
- Mi padre y yo no somos nada. Lo sabes. Este lugar es tan bueno como cualquier otro. No tengo raíces, no tengo futuro. El presente está bien. Solo tú visitarías mi tumba de todos modos. Mejor si la tienes cerca.
- Dereck, hay mucha gente que te aprecia, que te quiere.
- Claro... fans, compañeros, periodistas... nadie que realmente importe. ¿Sabes cuánto envidiaba la relación que tenías con tu familia?
- Sí... y mira cómo acabó... mira lo que le hice a Johanna.
- Joy... la echo de menos también. A veces me dejaba notas en la bolsa de deporte cuando venía a los entrenamientos.
- ¿Eso hacía? Chiquilla descarada.
- Era muy especial.
- Lo era.
- Vayamos a por esa tarta.

17

Se sorprendió al entrar en el local y ver allí a Kelly con los niños. Ellos estaban comiendo también tarta.
- ¡Jack!-. Gritó Molly, corriendo a abrazarlo.- Estás muy guapo. Ya no cojeas.
- No, ya estoy bien.
- Eso es genial. ¿Quién es este? - Preguntó.
- ¡Molly! - Le reprendió Kelly, levantándose a por ella.
- Soy Dereck. Encantado.
- No tienes pelo.
- ¡Oh, Dios! Perdona, por favor- Se excusó su madre.
- No pasa nada, pequeña. ¿Me puedo sentar con vosotros? - Preguntó.
- Claro que sí, ¿verdad mamá?
- Sí, claro, por supuesto.
- ¡Vamos Jack! ¡Tú a mi lado! - Festejó la niña.
Patrick miró a Dereck que se sonreía por dentro. Desde luego nadie iba a negarle nada a un moribundo.
- ¿Qué es lo que te pasa?- Preguntó Josh. - ¿Por qué no tienes pelo?
- Es porque estoy enfermo.
- ¿Y te vas a poner bien?
- No, yo...
- Hola chicos, Dereck, cielo, ¿Has venido a por más tarta?
- Así es Amy. No pienso desperdiciar ni un solo día.
- Oh... querido. Tengo una especial para hoy, de chocolate blanco y pistacho.
- Seguro que está deliciosa.
- Traeré un poco. ¿También para ti, Jack?
- Un poco, sí, por favor Amy.
- ¿Eres amigo de Jack?- Insistió Molly cuando Amy se alejó.
- Sí. Somos compañeros de equipo, bueno... cuando jugábamos al béisbol.
- ¿En serio?
- Sí. Claro que yo era mucho mejor que él.
Molly rio.
- Eso no es posible, tonto.
- ¿Eso crees?
- Nadie puede ser mejor que Jack. ¿A que no, Jack?
- Claro que no, y menos este.
- ¿Vas a quedarte mucho, Dereck? - Preguntó Kelly.
- Yo... bueno... - Dereck miró a Patrick. - Yo voy a quedarme hasta... bueno, el final.
- ¿El final del verano? - Preguntó Molly contenta.
- Sí, cielo, el final del verano- Murmuró Patrick, acariciando el pelo de la pequeña. Cómo envidiaba su inocencia.
Josh miraba receloso a Dereck pero no dijo nada. Amy trajo las tartas y un par de cafés.
- ¿Te gusta el lago? - Preguntó Molly.
- Bueno, aún no lo he visto muy de cerca, pero creo que será un sitio en el que me guste mucho estar.
Kelly carraspeó antes de hablar.
- Jack... Patrick, ¿puedes acompañarme un momento? Creo que Amy necesitaba ayuda con algo.
- Claro.
Recibió un pequeño toque en la pierna con la rodilla de Dereck antes de levantarse. Acompañó a Kelly a la barra, y siguió hasta una esquina desde la que no podían ser vistos por los niños.
- Perdona, Kelly, no sabía que estabais aquí, no deberíamos habernos sentado es solo que...
- ¡No! ¡Por Dios! Yo quería pedirte disculpas por Molly, ella no entiende, bueno nunca le he explicado que no... somos amigos ya.
Patrick suspiró.

- Entiendo.
- Patrick... ¿Puedo preguntarte por tu amigo?
- ¿Dereck? Bueno, no hay mucho que decir. Está muy enfermo.
- Pero... ¿Va a...?
- ¿Morir? Sí. Pronto, al parecer. Quiero llevarle al médico y que me expliquen todo bien. No te mentiré- Dijo pasándose la mano por la cara y el pelo- Estoy muerto de miedo. No sé si voy a ser capaz de enfrentarme a esto bien, si estaré a la altura-. Kelly le miró sin comprender- Quiere pasar sus últimos momentos aquí. Yo le acompañaré.
- Pero... ¿Va a hacerlo aquí? ¿En Sunnylake?
- Se quedará en casa conmigo. Bueno, fuimos amigos desde niños. No tiene familia y... creo que es algo duro pero para mí será un honor que me haya elegido para acompañarlo.
Kelly abrazó a Patrick, al que pilló por sorpresa.
- No imagino lo duro que debe ser esto para ti. Lo siento muchísimo.
- Yo...
- Siento haberte llevado aparte, no quería ser entrometida, pero...
- No, no, para nada.
- Si necesitas cualquier cosa, ya sabes, quiero decir, si Dereck necesita algo o ves que tú solo no puedes...
- Gracias. No te preocupes, creo que podré manejarlo.
- Esto es muy bonito, Patrick, de verdad. Pero cuando acabe... te vas a quedar destrozado.
- Ya lo estoy, Kelly. Es lo mínimo que puedo hacer. Parece que todo lo que toco lo estropeo. Ya es hora de hacerlo bien con alguien alguna vez. Serán sus últimos días, pero serán buenos, de eso me ocupo yo.
Kelly le sonrió con admiración y volvieron a la mesa. Al parecer Josh le estaba explicando algo sobre el cohete que hizo para su grupo de ciencias.
Comieron un poco de tarta y charlaron entre todos. Patrick no podía evitar sentir que volvía a ser como era antes, al menos por unos minutos.
- Te lo dije. El tipo del cáncer siempre consigue lo que quiere- Dijo nada más volver al coche.
- Eres un idiota. Pero puede que tengas razón. Kelly me ha dado un abrazo.
- ¿Ves? Será mi misión antes de morir, dejarte en buenas manos para que no sigas siendo un viejo gruñón atrapado en el cuerpo de un joven de 30 años.
- Tenemos 33.
- Eso serás tú. Yo me quedaré en los 30, ya lo tengo decidido. ¿Y quién va a llevarme la contraria?
- Estás estirando mucho el tema del cáncer ¿no crees? No es un cheque en blanco para hacer lo que quieras, conseguir tarta gratis y restarte años.
- Oye, el cáncer es una mierda el 95% del tiempo. Déjame exprimir el 5% restante como guste.
- Eso no te servirá conmigo, no soy una anciana pastelera ni una niña de 8 años.
- ¿Ah, no? Pues de momento he conseguido que me invites a tarta, que duermas en una butaca horrible y que me pasees por todo el pueblo como si fuese Miss Deisy.
- Maldito moribundo manipulador...
- Reconoce que te tengo comiendo de mi mano.
- Vayamos a casa, anda.

Kelly miró fijamente por la ventana. Estaba segura de que esas nubes negras descargarían en muy poco tiempo sobre la cabaña. Le encantaba vivir ahí pero el techo no era como las que había construido Jack, y el ruido cuando llovía era ensordecedor, parecía que se fuese a caer el cielo sobre ellos.
- ¿Te preocupa algo, Kelly? - Preguntó Zack.
Últimamente los hermanos Callum pasaban mucho tiempo allí, sobre todo mientras Zack estuviera resentido por el golpe de Jack. Aún tenía la cara inflamada y dolorida.
Albert salía por las mañanas a trabajar, las pequeñas chapuzas a las que solían dedicarse. Si Kelly estaba en casa, Zack se quedaba con ella.

Ambos se hacían compañía mutua.

- Esas nubes.

- Sabes que no me refiero a eso. Estás callada desde ayer.

- Vi a Jack, en la cafetería. Molly le invitó a sentarse con nosotros. Su amigo, el que te dije que estaba enfermo, pues... ha venido para quedarse hasta que... bueno, hasta que muera.

- Vaya. Siento oír eso. Pero no debería afectarte a ti. No tienes nada que ver.

- Ya pero... Jack se quedará destrozado.

- Siempre igual, Kelly. No cargues con su peso sobre tus hombros. Es una putada que el tipo ese esté para morirse, pero chica, todos moriremos, es su asunto, no el nuestro.

- Pero... ¿cómo puede simplemente no importarte nada?

- Pues porque yo no estoy enamorado de ese Jack toca pelotas y no me importa nada de lo que le pase.

Kelly le miró de soslayo.

- Será mejor que diga a los niños que pasen.

Se alegró de hacerlo, ya que en unos minutos comenzó la lluvia.

- Vaya, menuda tormenta está cayendo, ¿verdad?

- Sí, un verdadero temporal.

- Esperemos que amaine un poco- Murmuró Zack, preocupado mirando por la ventana.

La lluvia continuó más de dos horas.

- Voy a llamar a Albert. Le diré que no venga a por mí con este tiempo. ¿Puedo dormir en tu sofá, Kelly?

- ¡Claro que sí! Dile que se quede en el pueblo mejor.

Ella no lo diría, pero agradecía al cielo que Zack pasase allí la noche. Por mucho que siempre le había gustado la lluvia, en medio de la nada, con aquel ruido ensordecedor, aislados, se alegraba de que Zack estuviese allí.

Cada vez eran más cercanos, cada vez se sentía más cómoda en su presencia. Sin tener que contarle como se sentía, él lo entendía. Ella cuidaba también de él, de su secreto y sus miedos.

- ¿Qué piensas ahora?- Preguntó Zack cuando los niños finalmente se metieron en la cama y ellos dos se quedaron mirando la lluvia tras el cristal.

- Me alegro de que estés aquí.

- Creo que Albert cree que tenemos algo.

- Dile la verdad.

- No. Yo le he dicho que no hay nada entre nosotros. Si te refieres a que le cuente... lo otro, olvídalo.

- Tus temores a lo que piense tu hermano no tienen sentido. Te va a querer igualmente. Eso nadie lo va a cambiar.

- No quiero hablar de eso. No sé lo que pasaría si algún día se enterase. Por favor, sigue guardando mi secreto.

- Jamás se lo diría a nadie. No porque crea que debas esconderlo sino porque pienso que eres tú quien debe decidir cuándo y con quién quieres compartirlo.

- Eres un cielo. Kelly.

- Anda, vamos a la cama.

- Dormiré en el sofá.

- Bobadas, no cabes, y es muy incómodo. Los niños ya están dormidos, mañana temprano sales al sofá, pero no vas a pasar una noche de perros sin motivo.

Kelly no lo quería reconocer, pero cuando dormía con Zack se sentía menos sola, y por eso insistía. La tormenta no cesaba y le estaba dando un miedo terrible.

Zack se dejó caer a su lado, cuando ella ya se hubo acostado.

- Creo que podría acostumbrarme a vivir aquí.

Kelly no contestó, se limitó a abrazar más fuerte a Zack. Deseaba estar en los brazos de otra persona ahora mismo. Una persona de la que ya no podía esperar nada, pero a la que seguía queriendo. Deseaba estar de nuevo en la cabaña número tres, donde sabía que Jack estaba a solo unos minutos subiendo por el camino. Quería su cuerpo rudo y masculino acunándola. Quería dejar de sentir miedo y soledad.

- Nena, ¿estás bien?
- Me siento mal.
- ¿Es por la lluvia?
Kelly se encogió de hombros.
- Es por él... ya veo. Ojalá ese idiota se diera cuenta de lo que ha perdido. No merece que estés mal por su culpa.
- Es que todo iba bien. Parecía que nos íbamos acercando. Pero de pronto todo el mundo supo quien era en realidad, se largó... y cuando volvió era otra persona diferente... y esa mujer...
- ¿Qué mujer?
- La que vino con él.
- Si eligió a otra mujer en lugar de a ti, es que es aún más idiota de lo que pensábamos. Deberías darle una lección.
- No pienso hacer tal cosa.
- Bien, puede que sea yo el que lo haga.
- ¡Te prohíbo que hagas nada!
- No voy a pegarle, si es lo que te preocupa. Aunque sí te diré que si se le vuelve a ir la chaveta le devolveré los golpes y con intereses.
- Me ha prometido que no volverá a pasar.
- Espera a que los celos le corroan y entonces hablamos de que va a pasar o no.
- ¿Quieres darle celos?
- Ya los tiene. Solo hay que ver cómo se puso el otro día.
- No quiero jugar con él así. No es justo.
- A veces de buena que eres pareces boba. Mira tal y como yo lo veo el tipo es idiota, pero es el idiota que has elegido (Dios sabrá por qué). Hagamos que espabile y cuando sepa hacer las cosas como debe, estaréis juntos.
- No vamos a estar juntos...
- Qué absurdo. Kelly, le quieres y él te quiere. Sí, es memo, pero chica, si yo pudiera estar con la persona a la que quiero, Dios sabe que por lo menos lo intentaría. Preferiría intentarlo y fracasar que estar condenado a verle de lejos el resto de mi vida.
- Mira quién habla... si es eso precisamente lo que haces.
- Pero es porque él no me quiere. No es como vosotros. No creo que nunca nadie se pegase por mí .
Kelly pudo los ojos en blanco.
- ¿En eso crees que consiste el amor? ¿En ir dando mamporros por ahí?
- Claro que no. Pero es una reacción. Si él me viese de la mano contigo u otro hombre, sé que no se detendría a mirarme, que no se le aceleraría el corazón, que todo lo que yo hiciera le daría igual.
- Ni siquiera has hablado nunca con él.
- Sé que no es como yo. Tiene novia.
- Bueno... vale, quizá no es como tú, pero alguien llegará. Si sigues escondiéndote ¿cómo va a encontrarte?
- Todo esto me da dolor de cabeza.
- Como se nota que no te interesa el tema.
- Es que no le veo solución por ningún lado así que... ¿para qué darle vueltas?
- Como quieras.
Guardaron silencio un momento, la tormenta seguía azotando con fuerza el techo y las paredes. Pronto un repiqueteo característico se dejó escuchar.
- Mierda, tenemos goteras- Murmuró Zack.
- Se veía venir, con este aguacero, seguro que algo en el tejado se ha soltado.
- Mañana subiré a echar un vistazo.
- Esperemos que para entonces haya dejado de llover.
- Deja ya de mirar por la ventana.
- Solo me gustaría saber que Kelly está bien, es todo. Llueve demasiado.
- Pareces un gato encerrado, hombre. Es gracioso, nunca pensé que te vería así.

- No te burles.
Dereck se encogió de hombros, pero mantuvo su sonrisa ante la vista de su mejor amigo preocupado por aquella chica.
- Candance siempre dijo que eras incapaz de enamorarte.
- No se equivocaba. La persona que yo era jamás se hubiera enamorado de nadie.
- Creo que en el fondo, ella siempre sintió algo por ti.
- Bobadas.
- Ey, no pasa nada, tío. Sé lo que pasó.
- ¿Lo sabes?
Dereck rio. Sí, lo supo. Su exmujer había intentado conquistar a su mejor amigo. Y también supo que él la había rechazado siempre. Patrick nunca se lo contó, seguramente para no hacerle daño.
En el mundo del deporte, siendo una celebridad, las mujeres estaban ahí, el dinero, el alcohol... cualquier cosa. Otro en su posición probablemente hubiera sucumbido, cuando lo tienes todo, las normas morales parecen una banalidad, estás por encima del bien y el mal.
Candance estuvo resentida, dolida por el rechazo. Nunca pensó que podría tener algo serio con Patrick, solo quería sentir que podía conquistarlo.
- Siempre lo supe. Candance hablaba de todo con sus amigas, a veces olvidaba que yo estaba por casa. La escuché. Sé que le jodiste bien el orgullo.
- Bueno, era una chica bonita, pero... era tuya.
- Mía y de unos cuantos.
- Pero tú la amabas.
- Yo era idiota.
- Eso no ha cambiado. Pero al menos no la amas ya.
- Eso es cierto. Menos mal.
- ¿Sabe que estás aquí?
- No, no lo sabe nadie. Hace meses que me mantengo alejado de todos. No quería que lo supieran así, ni que saliera en la prensa. Cuando se acabe, ya se darán las explicaciones necesarias, pero mírame, no quiero ni una foto en este estado. Quiero que me recuerden como lo que fui, por todo lo que conseguí en el deporte. Le he dado al béisbol toda mi vida. Eso es todo lo que quiero que se quede, es mi legado.
Patrick asintió. Entendía lo que su amigo quería decir.
- Yo no sé que clase de legado voy a dejar.
- Si lo dices por lo de Joy... por favor, me gustaría que llegases a perdonarte.
- No tengo derecho a hacer eso.
- No puedes cambiar el pasado.
- No, no puedo. Por eso mismo, siempre seré la persona que acabó con la vida de mi hermana pequeña.
- Ella no te dejaría que pensases así.
- Porque ella era buena, no como nosotros. Todo era fiesta, alcohol, mujeres, entrenar y jugar, no hacíamos nada más. Lo peor es que entonces pensaba que disfrutaba de la vida. Qué idiota era.
- Lo dices como si todo aquello hubiera sido horrible. Vamos, hombre, al menos durante un tiempo no estuvo mal
Patrick sonrió un poco. Sí, se lo pasaban bien. Pero aquello era parte de su pasado completamente. Ni siquiera podía recordar con nitidez a alguna de aquellas mujeres que compartieron su cama y sus noches de fiesta. Eran sonrisas emborronadas en sus recuerdos, cuerpos intercambiables, nombres nunca recordados.
- Te lo dice un tío que va a morir, mejor haberlo vivido al menos un tiempo. El dinero nos dio la oportunidad de vivir cosas que muchos solo sueñan. La fama, los gritos, la admiración... Nosotros lo vivimos.
- ¿Y de qué nos sirve ahora?
- Para mirar el pasado y sonreír.
- Hace años el béisbol parecía ser el centro de mi vida. Los títulos, las hazañas, todo eso era lo principal en mi vida. Las mujeres, las fiestas, el colofón. Nunca pensé que llegaría el día en que lo

dejaría atrás sin más.

- Bueno, nadie podía pensar que pasaría lo que pasó.

- Siempre he hecho lo que he querido. Nunca pensando más allá de mis propias narices. Lo que quería cuando lo quería. Ser bueno en el campo era toda la obligación que me imponía a mí mismo. Johanna quería algo mejor para mí, ella veía una carencia que yo ignoraba. Sabía que por dentro estaba vacío. Intentaba hacérmelo entender. Y mira lo que pasó.

- Basta. Deja por favor de culparte por eso. Joy no volverá, pero si hay un lugar al que podamos ir después, seguro que te está esperando con su sonrisa de siempre.

- Ojalá te equivoques. Si hay un lugar al que mi hermana podría ir, desde luego yo no estoy destinado a compartirlo, y si lo estoy es que no suficientemente bueno para ella.

- Oye, siento si saco el tema. Nunca pudimos hablar después de lo que pasó. Te largaste. Pero ¿Has hablado con Kelly de esto?

- No. Yo... bueno cuando se supo todo, mis padres vinieron ese mismo día. Me fui con ellos sin despedirme de Kelly. Ya te conté más o menos lo que pasó. Desde que volví todo ha ido de mal en peor. En parte por culpa de Serena, pero sobre todo porque soy idiota.

- Y ¿no crees que ella, por lo poco que la conozco, sería una buena persona en la que apoyarse para superar esto? Está claro que no has pasado el duelo necesario. Ella parece de las que saben escuchar sin juzgar.

- Ella es exactamente así. No sé por qué no me atrevía a contarle la verdad sobre mi pasado. Me lo preguntó varias veces y siempre tuve miedo. Debí haber sabido que ella lo entendería. Pero como siempre, fui un cobarde.

- Venga, por favor ya está bien de martirizarte. Debemos empezar a actuar. Mañana le podías decir que viniese a ayudarte a algo. No sé, a poner bonita la habitación para un moribundo.

- ¿Qué? ¡Claro que no! No necesitas nada de eso.

- Claro que no, pero ¿piensas dejar que el próximo encuentro esté en manos del azar? ¡Podría tardar semanas! Y quizá yo no esté aquí para verlo.

- Igual... podría pedirle un pastel o algo. Le gusta hacer galletas.

- Mira, eso sería perfecto. Me gustan las galletas. Bien pensado, pequeño saltamontes.

- Solo eres más alto que yo por cinco centímetros.

- No te enfurruñes, enano.

Patrick rio.

Al amanecer, había dejado al fin de llover. Todo el terreno estaba encharcado, habían caído casi 200 litros por metro cuadrado según anunciaron en la radio. Salió a hacer una ronda por el terreno para asegurarse que todas las cabañas estuvieran bien y ninguno de los huéspedes hubiera sufrido algún percance por el temporal

No sabía cómo de duro sería tener a Dereck en casa los próximos días o semanas, pero sabía que le encantaba tenerle ahí y que, a pesar de la distancia de los últimos cinco años, hubiera pensado en él antes de morir.

Realmente creía que Dereck sería capaz de ayudarle con Kelly, ya habían hecho un gran avance el otro día. A veces sentía como si estuviera utilizando a su amigo, pero él parecía encantado con el tema.

Cuando Dereck conoció a Candance parecía un pobre adolescente que se enamoraba de su vecina de enfrente. La amó muchísimo, pero realmente ninguno de los dos había llegado a conocer al otro. Poco tiempo después ya estaban odiándose. Los engaños y decepciones fueron muchos y mutuos. Cuando Candance se le insinuó, se sintió muy dolido por su amigo. Si Patrick hubiese accedido a tener algo con ella, no hubiera sido nada serio, la conocía demasiado como para cometer los mismos errores que había visto cometer a su amigo, no saldría nada de aquello, salvo hacer daño a Dereck. Ninguna de sus aventuras le habían afectado más allá de la rabia del primer momento. Sabía que si conseguía tenerle en su cama, Dereck sí que se sentiría realmente engañado. No sería más que un peón en su juego, pero Patrick era demasiado listo para caer en una engañifa tan burda, y jamás haría nada que pudiera hacer daño a Dereck... hasta que sin mediar palabra desapareció.

Dereck no tenía mucha familia. De su padre mejor ni hablar y por lo visto no había conocido a nadie más después de su divorcio, o al menos, ya no tenía a nadie. No era justo, Dereck siempre fue mucho más valiente que él con sus sentimientos. Al menos se había atrevido a amar sin reservas, aunque fuese a alguien como Candance.

Al acabar de dar una vuelta por todo el terreno y asegurarse de que todo estaba en orden, sacó finalmente el teléfono para hablar con Kelly.

- ¿Patrick? - Preguntó extrañada.

- Hola, Kelly. Oye no quiero ponerte en un compromiso ni nada... pero Dereck no se encuentra muy bien para salir y con esta humedad prefiero que se quede en casa. ¿Quizá podrías preparar unas galletas caseras? Sé que le encantarían como sorpresa.

- ¡Claro que sí!

- Yo... siento molestarte para esta tontería, pero bueno, se me daba mejor la repostería cuando tú estabas allí para orientarme. Te pagaremos las galletas, por supuesto.

- No quiero que me pagues nada.

- No voy a estar pidiéndote favores, Kelly. Sé que esto es por Dereck, yo sigo siendo el mismo patán y hasta que podamos solucionar nuestros problemas y llevarnos bien... no hagas nada que no harías si el tipo del cáncer no estuviera aquí.

- No le llames así.

- Solo piensa lo que digo, ¿si hace una semana te hubiera llamado para pedirte unas galletas estarías tan dispuesta?

- No...

- Exacto. Todavía colean muchas cosas entre nosotros. Sobre todo una serie de errores por mi parte. Así que por favor deja que pague esas galletas y hablemos las cosas tal y como son.

Kelly bufó al otro lado de la línea.

- Estaré ahí esta tarde.

- Gracias-. Sonrió al teléfono y volvió a la cabaña. Se sorprendió al no encontrar a Dereck en el sofá, hasta que escuchó arcadas en el baño. Corrió hacia allí.

- Lo siento- Dijo, con la cabeza metida en el váter. - No he llegado a tiempo.

Patrick miró a su alrededor para ver que efectivamente, Dereck había vomitado en el suelo.

- No te disculpes por esto. Luego lo limpiaré. ¿Te encuentras mejor?

- Realmente no.

- Bien, vamos al hospital.

- Son solo náuseas.

- Sí, puede ser. Pero de todos modos me lo prometiste.

Patrick ayudó a incorporarse a su amigo. Tenía mala cara y su piel estaba más amarillenta que de costumbre.

- Voy a darte una ducha.

- Esto es vergonzoso.

- No. No lo es. Nos hemos duchado juntos cientos de veces en los vestuarios. Además, sabías que llegaría este momento, voy a cuidar de ti. - Patrick respiró hondo antes de seguir, mientras ayudaba a su amigo a quitarse la ropa que llevaba.- El final no es una puesta de sol con una cerveza en la mano. Será algo muy duro para los dos, y tendré que cuidarte, y ayudarte a hacer cosas que habrás hecho por ti mismo hasta ahora.

Ayudó a Dereck a sentarse en la bañera antes de regular el grifo y mojarle con delicadeza.

- Sigo pensando que podría hacerlo solo- Murmuró.

- ¿Sí? ¿Puedes ponerte de pie?

- Podría... si quisiera.

- Estás mareado. Te has vomitado encima. Si vas a quedarte dejemos las cosas claras: no puedes mentirme sobre cómo te sientes.

- Pero...

- Pero nada. Te permito exagerar o mentir siempre que haya una mujer de por medio o puedas conseguirnos tartas gratis, pero nunca a mí, ¿de acuerdo?

- Supongo que es lo justo.
- ¡Eh! ¿Cuándo te hiciste este tatuaje?- Exclamó Patrick sorprendido.
- Las Vegas, tío. No preguntes.
Patrick rio y acabó de lavar a Dereck.
Aún le impactaba su pérdida de peso. El color ceniciento de su piel que le recordaba constantemente que se estaba apagando.
-Siempre podrás contar conmigo, Dereck.
- Siempre lo supe. Salvo por ese pequeño paréntesis de cinco años.
- Exacto. Un pequeño paréntesis.
- Vayamos a ese matasanos que tanto te gusta.

Patrick condujo hasta el hospital y pidió hablar con el director médico del centro. Jamás había esperado ni exigido un trato de favor, ni antes ni ahora cuando todo el mundo sabía quién era él. Pero ahora sabía que su nombre quizá le conseguiría ciertos privilegios que pensaba explotar al máximo. Por suerte, pudieron atenderle en pocos minutos.
El director médico, un hombre de unos 45 años que peinaba canas, pero conservaba su porte imponente, no pudo ocultar su consternación al ver a Dereck. Le felicitó por su carrera deportiva, la cual al parecer había seguido con atención años atrás antes de que Dereck se retirase abruptamente.
Patrick había evitado deliberadamente cualquier noticia sobre el béisbol los primeros años tras su fuga y no se había enterado de nada, encerrado en sus cabañas, saliendo solo a comprar cuando era absolutamente necesario y a comer alguna tarta.
Le explicó que Dereck se instalaría allí y necesitaba asesoramiento sobre los cuidados a llevar a cabo y atención para los mareos que había sufrido.
Dereck sacó de su bolsa de deportes una carpeta marrón ajada con un buen fajo de papeles médicos en su interior.
El director se tomó su tiempo estudiando todo.
- Siento mucho leer este diagnóstico-. Dijo, y parecía muy sincero- Bien, entiendo que ambos son conscientes de la situación.
- Sí.
- Nos encontramos en una fase terminal. Los mareos, náuseas y demás síntomas son normales. Podemos procurar un tratamiento paliativo para que su vida sea más cómoda, y sedación más adelante, en los últimos días es lo más habitual.
- ¿Será necesario?
- Depende de ti, por supuesto. Hay quien tiene mucho dolor, hay quien simplemente se va apagando. La evolución tendremos que ir viéndola. ¿Le importa si hacemos una resonancia? Me gustaría tener un informe más actualizado de la situación.
Dereck no contestó de inmediato.
- Dereck- Pidió Patrick- Es una prueba no invasiva. Por favor.
- No quiero volver a pasar por todo eso. Médicos, pinchazos, tratamientos, punciones, quimio. No quiero. He venido aquí para dejar atrás todo eso y enfrentar el final con un poco de dignidad.
- Entiendo sus reticencias, Señor Kovans, pero nos permitirá ajustar mejor un tratamiento.
- Solo una resonancia-. Consintió así.
Dereck fue llevado por un celador hasta la sala donde esperaría que la máquina se resonancias estuviera libre.
- Bien, doctor. Yo no soy una persona diplomática, y no quiero ofenderle. Sé que hacen un trabajo maravilloso en este hospital. Pero, mi mejor amigo se muere y necesito estar seguro de que va a recibir toda la ayuda que necesite. Quiero decir que correré con cualquier gasto que sea necesario sufragar, cualquier prueba o médico que tengan que traer.
El doctor le miró serio, y puso su mano en el hombro.
- Su amigo tiene suerte de contar con usted. Sin embargo, permíteme no ser diplomático por esta vez. Él va a fallecer, y pronto. Solo quería asegurarme, pero según estos informes, hace meses que dejó la quimioterapia, que por otro lado no estaba teniendo el efecto deseado. La metástasis se ha extendido

a varios órganos.
- ¿Pero no podemos hacer nada? ¿nada?
- Lo siento, pero no. Esperemos a los resultados de esa resonancia, pero estamos hablando de semanas.
- Dereck dijo que meses.
- Lo dudo mucho. Puede que su deterioro haya sido más rápido de lo que se supuso en un principio.
Le diré algo más cuando veamos esos resultados.
Patrick asintió. Estaba enfadado. Con él, con la vida.
Debería haberse preocupado de Dereck, haberle buscado, haberle llamado.
Tras la resonancia, el doctor no hizo más que confirmar la triste previsión que le había dado unas
horas antes. Volvieron a casa con un par de recetas y muchas recomendaciones para el cuidado
paliativo de Dereck.
- Te has asustado, ¿eh?- Preguntó, cuando Patrick aparcó de nuevo frente a la cabaña.
- No tengo miedo, Dereck. Solo es que pensaba que tendríamos más tiempo.
- A veces me arrepiento de hacerte esto. Pero recuerdo que tú me lo hiciste pasar mal a mí y se me
pasa.
- Eres un rencoroso, ¿eh?
- Lo soy- Dijo sonriendo.
Ayudó a Dereck a entrar en la cabaña y acomodó la butaca junto al ventanal que daba al lago.
Allí estaba cuando Kelly aparcó frente a la entrada y bajó del coche con una merendera en la mano.
Los niños bajaron corriendo y entraron sin llamar. Se les notaba muy cómodos. Molly corrió a abrazar
a Patrick. Josh observaba a Dereck sin atreverse a preguntar algo al parecer.
Kelly charló un momento con Patrick antes de acercarse a Dereck.
- Hola, he traído las galletas.
- Eso es genial, Kelly. Te lo agradezco. ¿Crees que me podrías acompañar un momento a dar un paseo?
- ¿Puedes caminar?
- Sí, no nos alejaremos mucho.
Kelly tendió su brazo a Dereck para que se apoyase en él para poder caminar. Salieron al porche y
descendieron despacio por el camino.
- Verás Kelly. Quería ser más sutil, pero veo que me quedo sin tiempo. ¿Me permites que te hable con
franqueza?
- Por supuesto-. Dijo ella, temiendo y esperando lo que iba a decir.
- Sé que sabes que Parick, bueno, tú le llamas Jack... En fin, sabes que socialmente es una persona
torpe. Boicotea sus propias relaciones personales desde que murió su hermana. Sé que contigo la ha
cagado muchas veces, me lo ha contado.
- Yo...
Dereck dejó de caminar un momento, mirando al lago como si pudiese ver algo allí.
- Mi tiempo se acaba, y él va a quedarse hecho polvo. Por favor, no te pido que le perdones si no
quieres. No te pido que le ames el resto de vuestras vidas. Te voy a pedir que seas su amiga, porque
sé que lo va a necesitar. Me siento a veces culpable de saber el daño que le hará pasar conmigo mis
últimos días. A veces desearía haber sido más valiente y no tener que pedirle esto. Pero no lo soy, y
él tampoco. Sé que te quiere, y sé que tú a él también. Esa relación será cuando tenga que ser. Me
gusta pensar que conseguiré uniros de alguna manera, pero al menos sí quiero tener la certeza de que
tendrá un hombro amigo en el que llorar. Y por favor, consigue que te hable de Johanna.
- ¿De quién? - Acertó a preguntar Kelly.
- Joy era su hermana. No sé cómo ha sobrevivido sin ella.
- Nunca la nombró. No sé nada al respecto, ni cómo se siente, nada.
- Te va a necesitar. Puede que pienses que no tengo derecho a pedirte esto, pero ser sensato es un lujo
que no me puedo permitir ya. No le dejes solo. No quiero morir pensando que va a sufrir por mí y no
va a tener a nadie a quien hablarle de nuestros recuerdos. Al final, solo seré eso, recuerdos.
- Oh señor... esto es tan triste...
- Hemos estado en el hospital esta mañana. Parece que los meses que creía que tenía por delante han
menguado bastante.

- ¿Qué quieres decir?
- Semanas...
- ¡Oh!- Exclamó Kelly al borde de las lágrimas.
- Sé que no nos conocemos, Kelly. Pero puedo ver perfectamente cuando te miro, por qué Patrick dice que eres la mejor persona que ha conocido. Eres puro amor, toda bondad. ¿Por qué si no me hubieras traído las galletas?
- Eso es una tontería, no ha sido nada.
Dereck dirigió sus pasos de nuevo a la cabaña.
- ¿Te importa si volvemos ya? Estoy cansado.
- Por supuesto, volvamos.

-Está bien, desembucha- Exigió Patrick en cuanto Kelly y los niños salieron de la cabaña.
- ¿Qué?- Preguntó Dereck, con fingida inocencia.
- Ya lo sabes. ¿Qué has hecho con Kelly? Está... como... no sé decirte, pero tan... amable conmigo...
- Oh, solo un poco de chantaje emocional.
- No has debido hacer eso.
- Créeme, lo ibas a necesitar. Solo le he dicho que vas a quedarte triste y solo cuando yo vuele lejos, como un pajarillo.
- No voy a acabar tan mal.
- No lo sabemos. Oye, mira he exagerado todo un poco, pero una cosa que le he dicho sí que es cierta, que me siento un poco egoísta por recurrir a ti.
- No digas eso ni en broma. De verdad, para mí es un honor.
- El cáncer no me hace mejor persona.
- Pero ¿De qué estás hablando?
- Sigo siendo yo, con mis cosas buenas y malas. Sé que a la gente le cuesta entender que alguien con una enfermedad terminal pueda ser una mala persona, pero podemos serlo. Mírame a mí, manipulando a esa pobre chica... lo hago por ti, eso está claro, pero no es la primera vez que lo hago, no hace tantos años. No tenía conciencia entonces, no la tengo ahora.
- Bueno, tampoco yo soy una joya. ¿Por qué me estás diciendo esto ahora?
- Porque eres mi mejor amigo, y no quiero que olvides quién era yo antes de esta enfermedad. No quiero que finjamos que somos buenas personas. Nos conocemos demasiado para eso, y aun así, aquí estamos. Después de todos los errores cometidos, seguimos siendo tú y yo.
- Tienes razón. No somos perfectos. Eres el mismo de siempre, a veces me cuesta verte como el hombre que eras.
- Lo sé. Pero quiero que me recuerdes de verdad.
Patrick asintió y se recostó en el asiento frente a Dereck.
- ¿Crees que hay algo después de morir?
- No lo sé. Espero que sí, aunque nunca he sido un hombre de fe. ¿No sería interesado comenzar a creer ahora?
- Yo pienso que hay algo después. Necesito creerlo, para saber que Johanna está en algún lugar.
- Joy está aquí- Dijo señalando a su corazón. - Está en vosotros, en mí, en todos los que la quisimos. Yo espero estar también, aunque el único que me recuerde sea un gruñón exjugador de béisbol aislado en una cabaña junto al lago Tahoe.
- Pues este gruñón, jamás te olvidará.
Dereck sonrió con ternura, pero enseguida se aclaró la garganta.
- Debemos dejar de mantener estas charlas.
- Definitivamente- Coincidió Patrick.

18

- Kelly, ¿Puedo hablar contigo? - Preguntó Albert, en el momento en que ella entró al coche. Él había ido al hotel a recogerla mientras los niños esperaban en la cafetería de Amy.
- Sabes que sí.
- Oye... mira siempre hemos sabido que tú... bueno, que tenías un rollo raro con el tipo ese de las cabañas, el que le partió la cara a mi hermano.
- ¿Un rollo raro?
- Que... bueno que estabas enamorada o algo así. Luego... bueno, te he visto muy cercana a Zack, y me pregunto si es porque sientes algo por él, o solo para darle celos a ese tipo.
- ¡No! Yo no...
- Kelly... yo quiero decirte algo, pero por favor, prométeme que jamás le dirás a Zack que te lo he contado.
- Sabes que nunca violaría nuestra confianza.
- Kelly, no deberías enamorarte de mi hermano... él es gay.
- ¿Qué?
- Sé que no lo parece, y que él jamás se lo dirá a nadie. Lo sé, pero tenía que decírtelo. Tanto si te estás enamorando de él como si no, tienes derecho a saberlo. No quiero que le utilices, del mismo modo que no quiero que él te utilice a ti. Sea como sea, alguien saldrá lastimado.
- Pero... ¿Desde cuándo lo sabes?
- Hace mucho. Creo que me enteré al mismo tiempo que él. Hace mucho de eso.
- ¿Puedes hablarme de eso?
Albert dudó. Le preocupaba traicionar la confianza de su hermano más de lo que lo acababa de hacer. Sin embargo, ella era Kelly. Merecía saberlo.
- Hace unos años... bueno, creo que él tendría 16 o 17, y yo un par menos, conocimos a un chico. Un poco mayor, nos parecía súper guay. En parte comenzamos a meternos en líos por su culpa, queríamos ser como él. No sé muy bien de dónde había salido. Vivía solo en un almacén abandonado, con ropa de cuero y una moto restaurada con piezas robadas. Recuerdo que mi hermano estaba siempre hablando de él. Yo pensaba que era admiración. Era un tipo duro, de esos que piensan que lo saben todo en esta vida. Nos hablaba de todas esas cosas que a nuestra edad nos parecían muy importantes. Pero una noche, en el almacén había una fiesta. Había mucha gente. Él estaba besando a una chica, y al rato la tomó de la mano y la llevó a uno de los cuartuchos que había por allí. Vi la cara de mi hermano. Vi la confusión, lo torturado que se sentía durante los siguientes días, cuando se daba cuenta de qué era lo que sentía. Supongo que estaba tan centrado en sus propios sentimientos y en la negación de lo que había en su interior que no se daba cuenta de que yo podía leer su expresión y saber lo que estaba pasando. Dejamos de ir con él, hice como que creía las explicaciones de Zack sobre el tipo, sobre que no nos convenía o cosas así. Después de eso, siempre le he visto reprimirse, odiarse, avergonzarse. Creo que si le dijera que lo sé... se avergonzaría más.
- Pero... ¿Por qué se avergüenza?
- Pues... supongo que por el modo en que nos crio
 mi padre. Si se llega a enterar... seguramente podría matarlo a palos.
- ¡Dios mío! ¿Es por miedo a vuestro padre?
- Sí y no. Supongo que nos han inculcado tanto odio que... se odia a sí mismo.
- ¿Por qué no hablas con él?
- No creo que sea buena idea. Él no está preparado para aceptarlo.
- Lo siento... Me gustaría saber cómo ayudaros.
- No tienes que hacer nada, no tienes que resolver todos los problemas del mundo.
Tenía razón, pero Kelly no podía evitarlo. Le sorprendió saber que Albert era consciente de los sentimientos de Zack.
- Solo te pido que no os hagáis daño innecesariamente- Suspiró Albert.
Kelly entendió como se sentía Albert. Quería a su hermano lo suficiente como para fingir que no sabía su secreto hasta que él estuviera preparado para compartirlo.

Amy ya estaba esperando cuando llegaron.

- Kelly querida, he preparado una tarta deliciosa para Dereck. ¿Crees que se la podrías llevar?

Kelly sonrió. Dereck se había convertido en el niño mimado de todo el mundo. Zack la miró frunciendo el ceño, no le gustaba que Kelly se implicase mucho con ellos.

- Ve tranquila, nosotros llevamos a los niños a casa- Murmuró, aunque Kelly sabía que estaba molesto. En su opinión, debía ser más dura con Patrick hasta que este al fin se mereciese el perdón de Kelly, pero ella no era capaz de mantenerse al margen.

Probablemente Zack tuviera razón, pero ella era así, obedecería a su conciencia siempre.

Condujo sola hasta la cabaña. Los niños se habían quedado con Amy en la cafetería. A Josh no le gustaba demasiado Dereck, le ponía nervioso por su enfermedad. Le constaba entenderlo.

Se acercó a la cabaña con la tarta en las manos. Aún se ponía nerviosa cada vez que iba. En las últimas dos semanas lo había hecho mucho. Dereck era un verdadero encanto, pero se alteraba por estar tan cerca de Patrick.

No podía evitar sentir una tensión creciente entre ellos, los sentimientos que había intentado mantener latentes resurgían con poderoso ímpetu.

Escuchó una serie de golpes rítmicos nada más bajar del coche. Se acercó, con la tarta en la mano hasta el costado de la cabaña, solo para descubrir que Patrick estaba cortando tocones de madera.

- ¡Kelly! ¡Qué sorpresa! Estoy cortando troncos más pequeños para la habitación de Dereck. Está empeñado en alimentar él mismo la chimenea, intento que los troncos pesen lo menos posible. ¿Eso de ahí es tarta?

- Sí... eh... me manda Amy, la ha hecho para él-. Kelly aún se estaba recuperando el ritmo normal de su corazón. Ver a Patrick cortando la leña había despertado todos sus instintos.

- Amy es un cielo. Creo que mima demasiado a Dereck y él se aprovecha.

- Es imposible no mimarle. Es un encanto.

- Nah, siempre ha sabido camelarse a las mujeres.

- Estoy segura de que ha sido todo un conquistador.

- Sí... lo fue-. Dijo Patrick, sin poder evitar sonreír.

Kelly se aclaró la garganta un momento. Odiaba lo que sentía cada vez que Patrick sonreía. No podía evitar que se le acelerase el corazón. Se dio la vuelta y entró en la casa.

Dereck estaba adormilado en el sofá.

Parecía tranquilo, no tan cansado como otros días. Patrick le había dicho que tenía unos días mejores que otros, y que estaba sintiéndose bastante bien esa semana, hasta habían ido a navegar por el lago.

- Huele a tarta-. Murmuró Dereck sin abrir los ojos. Kelly sonrió.

- Tienes a Amy completamente rendida a tus pies.

- Adoro a esa mujer. Ojalá fuese mi madre. ¡Espera! Creo que podría conseguir que me adoptase. Le legaré mi fortuna- Bromeó.

- ¿Te sirvo un trozo?

- De acuerdo. ¿Está ese cabezota haciendo troncos diminutos?

- Solo quiere facilitar las cosas.

- Lo sé, lo sé, se ha tomado muy en serio su papel.

- ¿Te sorprende? Tú lo conoces mejor que yo, desde luego.

- No, no me sorprende. Una amistad como la nuestra no se muere así como así. Si en vez de largarse como lo hizo hace cinco años me hubiera pedido ayuda, yo hubiera movido cielo y tierra por él, por encontrar el modo de que volviera a ser feliz. Aunque dudo que pueda volver a serlo sin Joy.

- Sin su hermana.

- Tenías que haberla visto, Kelly. Era esa clase de persona que era feliz solo por existir. ¡Sonreía tanto! Le encantaba que Patrick la trajese a los entrenamientos. Aplaudía como si se tratase del partido más importante de la temporada. Adoraba a su familia, a Patrick sobre todo. Siempre supe que ella era algo especial, mucho mejor que nosotros. Si es verdad que existe el cielo, supongo que simplemente querían a su ángel de vuelta.

Kelly se aclaró la garganta. No es como si pudiera opinar al respecto. Solo interiorizaba la información e intentaba que aquello le ayudase a comprender mejor a Jack.

- Y ¿mi chica favorita no ha venido hoy a hacerme un millar de preguntas?
- ¡Oh! Molly y Josh están en casa.
- No le gusto mucho a tu hijo, ¿verdad?
Kelly se mordió el labio temiendo responder a esa pregunta.
- Le cuesta entender ciertas cosas.
- No pasa nada. Es un chico especial también, necesita su tiempo. Lo bueno es que para cuando se quiera adaptar a mí, ya me habré ido, y no desbarataré su mundo.
- No digas esas cosas.
- No pasa nada, Kelly, puedo bromear sobre la muerte todo lo que quiera. Ella no se ofende, ya me ha ganado esta partida.
- Hablas de morir como si no te importase.
- Me importaba más antes. Al principio sobre todo era incredulidad. ¿Me podía estar pasando eso a mí? ¿Tan joven? ¿Tan guapo?
- Bobo...
- Sí, siempre he sido bobo. Cuando ya solo me quedó la certeza de que no me iba a curar, hice balance de mi vida. He disfruta mucho más que la mayoría de las personas. Mucho más que gente mucho más honorable que yo. No me merezco una larga y próspera vida, ya he disfrutado muchos años atrás. Disfruté de mi trabajo, de las mujeres. Viajé por todo el mundo, he conocido la verdadera amistad. Está bien, puedo irme tranquilo. Quien sabe, quizá Joy esté al otro lado.
- Todo esto me pone tan triste...
- Ahora no puedes estar triste. Yo sigo aquí aún. Y luego tampoco, tendrás que cuidar de este cabezota.
Kelly miró hacia el exterior. Seguía escuchando el rítmico sonido que Jack hacía al cortar los troncos con el hacha.
- Creo que solo ha querido usar el hacha para tardar más. Para evadirse y pensar. Creo que está siendo demasiado sentimental.
- Es normal. Eres su mejor amigo.
- Igual no debería quererme tanto. Al fin y al cabo, como tarde un poco más no le dejaré ni probar la tarta.
- No entiendo cómo puedes comer tanto.
- Es fácil. Vomité muchísimo cuando me dieron quimio. Ahora tengo que recuperarlo.
- ¿Te sientes bien?
- Claro que sí. No sufras por mí, sufre por la tarta, no durará para ver otro día.
Kelly sirvió una porción para Dereck y le acercó el plato.
Se sentó junto a él, deseando que quisiera contarle más cosas del pasado de Jack pero sin atreverse a preguntarle directamente. No quería que notase lo mucho que le importaba, aunque era probable que ya lo supiera.
Patrick entró poco después. Estaba sudado, respirando con dificultad, con varios troncos en los brazos.
- Te dejaré todo esto en tu cuarto- Murmuró enfurruñado.
- Gracias- Respondió Dereck con innecesario rintintín.
- No seas malo- Le susurró Kelly cuando Patrick hubo desaparecido por el marco de la puerta.
- Puedo meter leña en la chimenea sin necesidad de que haga esa tontería.
Al parecer Dereck había trasladado su dormitorio al que en otro momento fuese la habitación de invitados de abajo. Kelly siempre había imaginado que cuando Patrick se mudó y mientras tenía problemas con la pierna solía dormir allí, ya que tenía su propia chimenea.
- Solo quiere ayudarte, que no te suponga un trabajo. Imagina que te haces daño...
- De acuerdo. Sé que lo hace por mí, pero no pienso reconocer que tiene razón.
- Eres como un niño pequeño.
- Eso no te lo discuto.
Patrick salió de nuevo a por más leña y esta vez Kelly le siguió.
- ¿Te ayudo?
- ¡Me pone nervioso! Es como si no se diera cuenta de que está enfermo... o lo hace para volverme loco, no lo sé.

- No te lo tomes a mal- Dijo Kelly, extrañada por la repentina explosión de sinceridad que había experimentado Patrick.
- No quiero enfadarme con él. ¿Te apetece dar un paseo conmigo? Por favor.
Kelly sabía que no debería, pero aun así no tuvo voluntad de negarse en ningún momento.
Caminaron hacia arriba de la montaña, alejándose del lago. Kelly nunca había estado en esa parte del terreno.
- ¿Qué hay más arriba? - Preguntó. Llevaban unos minutos caminando en silencio el uno junto al otro. Muy cerca, pero sin tocarse.
- Solo paz-. Contestó Patrick.
Poco después Kelly entendió a qué se refería.
        El sendero estrecho e intricado les llevó entre la maraña de árboles hasta un saliente rocoso. Allí, sentada junto al hombre del que estaba locamente enamorada a su pesar, pudo contemplar el lago besando al cielo. Una perfecta comunión de naturaleza, el agua y el aire, y el olor a tundra que se filtraba hasta sus fosas nasales.
- Esto es espectacular.
- Este lugar siempre me ha sobrecogido. Siempre que he subido aquí me he sentido más cerca de... ella.
Kelly tardó un momento en entender que se debía referir a su hermana.
- Sé que a veces Dereck te habla de ella. Yo debí hacerlo mucho antes, pero simplemente es que no puedo. No puedo decir las palabras en voz alta. Él la nombra, ¿sabes? En cualquier momento, cada cosa que le recuerda a ella. Es como si hablase de alguien que acaba de salir a hacer un recado. Yo soy incapaz casi de pronunciar su nombre. Yo... siento que él la honra más que yo, y solo era su amigo. Yo soy su hermano, pero... no puedo hablar de ella. Yo... yo lo hice, y no debería estar aquí, sino ella.
Kelly tomó su mano y él no se apartó.
- Me gustaría saber cómo calmar tu dolor. Un accidente no se elige, no es justo, nadie está preparado para algo así. No tienes que hablar de ella si no quieres, no pasa nada, pero debes dejar de sentirte tan culpable. Si uno de los dos vivió, haz que valga la pena. No conocí a tu hermana, pero seguro que no le gustaría verte así.
- Claro que no... ella siempre quería vernos a todos felices. Era tan boba... tan inocente, no tenía ni idea de cómo era el mundo real. Creía que podría cambiar las cosas, luchar contra las injusticias... era esa clase de chicas, ¿sabes? De salvar a las ballenas y reciclar los periódicos. Era tan genial...
- Esté donde esté, estará bien. Cuidando de vosotros.
- La echo mucho de menos. Tener a Dereck aquí es a la vez una bendición y una maldición. Me alegro tanto de que haya decidido venir, en lugar de morir solo, saber que cuenta conmigo. Que no voy a fallar a todos al final, que hay alguien que aún cree en mí. Pero por otro lado es solo un recordatorio constante de Johanna, y de lo que pasó.
- Es la primera vez que me hablas de ella, así que creo que en el fondo esto es bueno. Tienes que enfrentarte a su recuerdo y al dolor, y superarlo.
- No sé si seré capaz.
- Yo... podría ayudarte, si quisieras.
- No lo sé, Kelly. Sé que entre tú y yo las cosas han ido de mal en peor. Sé que ha sido culpa mía, no pienso negarlo. Es que no sé gestionar las cosas. Lo hago mal y mientras lo hago sé que la estoy cagando, pero soy tan idiota que no soy capaz de parar. Es como si... no lo sé, no sé qué me pasa. Siento que te he hecho daño también y no te lo mereces.
- Bueno, no te negaré eso, pero, no pasa nada, podemos arreglarlo. Volver a ser amigos.
- No me merezco una buena amiga como tú.
- No seas bobo. Todo el mundo debería tener un buen amigo.
Por un momento, la imagen de aquella mujer que le acompañó durante un tiempo cruzó su mente. Kelly arrugó el gesto.
- ¿En qué piensas? - Preguntó Patrick, notando el cambio de disgusto en su expresión.
- Nada, tonterías.
- Venga, dímelo.

- Solo... solo pensaba en la chica que vivió aquí un tiempo.
- Ah... ella. Lo siento. Siento mucho todo aquello. No sé cómo se me pudo ir tanto de las manos. ¿Sabes que nunca pasó nada entre nosotros, no?
- No tienes que darme ninguna explicación.
- No tengo que hacerlo, pero quiero que sepas que no pasó nada. Nunca tuvimos nada, nada físico ni sentimental. Ella me ayudaba con mi recuperación y por mucho que me sacase de quicio y volviese mi mundo del revés, debo reconocer que fue un dinero muy bien invertido.
- Me alegro.
- No la soportaba. ¿Cómo puede alguien tardar una hora en estar lista?
Kelly rio ampliamente.
- No te rías, no tenía ni idea de que podía costar tanto ponerse algo de ropa encima y salir por la puerta.
- Deberías haber conocido a mi madre en sus mejores tiempos. Era insoportable.
- Tú no eres así.
- ¿Y pensaste que ella iba a ser igual? A la vista está que no nos parecemos en nada. Si yo pasase el tiempo que ella haciendo ejercicio y cuidando mi apariencia seguramente también conseguiría que los hombres se dieran la vuelta al verme pasar.
- Tú consigues cosas mejores, Kelly. Das la vuelta a la vida de la gente, no solo giras cabezas. Eso no sirve de mucho al final. Eres de esas personas que tienen un impacto real en los demás. Cambias vidas, Kelly.
La mujer enrojeció levemente.
- Siento si me he pasado. Aún me estoy acostumbrando a que volvamos a hablar. Me cuesta saber en qué nivel de confianza estamos ahora.
- Bueno, también a mí me cuesta saberlo. Por un lado, sería muy fácil volver a los tiempos en que éramos solo Kelly y Jack. Pero eso pasó, se acabó... y ni siquiera te llamas Jack.
- ¡Oh! ¿Nunca vas a perdonarme eso? - Bromeó también él.
Rieron un poco. Al final Kelly soltó todo el aire y miró al lago un poco más.
- Echo mucho de menos a Jack. Echo mucho de menos esos momentos.
- Sigo aquí- Aseveró él.
Kelly le miró a los ojos un instante.
- No eres el mismo.
- ¿Es por la barba? Me la vuelvo a dejar si quieres.
- Es por todo. No eres quien creía que eras, nunca lo fuiste.
- Conseguiré restaurar lo que rompí- Prometió. Kelly no estaba segura si se lo decía a ella o a él mismo.
- No somos muebles, no somos casas. Somos personas, y hay cosas que no pueden volver a ser como antes solo porque queramos. La confianza y la intimidad en las relaciones se consigue poco a poco, pero si se pierde, es complicado volver a un punto anterior.
- Lo entiendo, pero por una vez no pienso simplemente rendirme.
Kelly no dijo nada. No quería alentar a Patrick y a la vez no quería que dejase de intentarlo. Sentía una confusión extraña en su interior. ¿Sería capaz de perdonar a ese hombre? ¿Habría algún modo de que no se sintiera así?
Volvieron poco después a la cabaña. Kelly se sentía bien por haber tenido ese momento con Patrick, pero necesitaba pensar.
Regresó a casa con mariposas en el estómago, deseando que llegase la noche y pudiera pensar en la cama.
Los niños estaban entretenidos con los hermanos Callum. Josh había empezado a llevarse muy bien con Albert, y estaban construyendo una cabaña en los aledaños de la casa. Los hermanos le traían el material y Josh disfrutaba clavando y atando tablones. Pronto tendía su refugio acabado.
- Hola preciosa- Le recibió Zack en la cocina, preparando algo de cena para todos.
- Mmm, no me importaría llegar a casa así todos los días.
- Si te casases conmigo, podrías tenerlo.

- No me tientes...
- Porque estás enamorada de ese mamarracho, pero piénsalo, sería bueno para todos.
- No sería bueno para nadie, Zack.
- Bobadas, seríamos más felices que muchos matrimonios que hay por ahí.
Kelly sabía que Zack se equivocaba, pero no pensaba continuar esa conversación. En lugar de eso, aceptó el abrazo que le ofrecía. Se sentía segura entre sus brazos.
- ¿Ha pasado algo con el orangután?
- No le llames así.
- Le llamaré como quiera. Que seas mi esposa no te da derecho a decirme con quién debo llevarme bien.
- Deja ya eso. Es solo que hemos hablado un momento a solas.
- ¿Y ha habido sexo?
- ¿Qué? ¡Claro que no!
Zack se encogió de hombros.
- ¿Entonces por qué estás así?
- Porque... no lo sé. Solo necesito pensar.
- ¿Quieres darte una ducha caliente, mientras doy de cenar a los niños? Cuando digo niños incluyo a mi hermano.
Kelly rio y miró a Zack con ternura.
- Eres un sol. Me vendría genial la verdad.
- Ve, necesitas un tiempo para ti.
- Gracias.
Se encaminó al baño sintiéndose agradecida por los amigos que tenía. Una cosa era clara, si alguna vez volvía a estar cerca de Patrick, tendría que aceptar que los hermanos Callum no saldrían de su vida. Los quería demasiado, los necesitaba en su vida.

Dereck carraspeó una vez más.
- Deja de hacer eso, no pienso hacerte ni caso.
- Venga, Patrick, no me has contado nada de lo que has hablado con ella.
- Es algo personal.
- No tienes secretos conmigo.
- Por una vez, alguien va a decirle que no al tipo del cáncer.
- ¿Será posible?
- No quiero hablar de ello.
Dereck frunció el ceño.
- Eso es que no ha ido bien. A estas alturas deberías haber hecho algunos avances. Quiero veros juntos antes de morir.
- ¿Podemos cenar en paz sin que me recuerdes que no estoy consiguiendo nada con Kelly?
- De acuerdo... de acuerdo... Por cierto, ha llamado tu madre.
- ¿Mi madre? ¿Cuándo?
- Hace un rato. No sé qué de una revisión de Serena. ¿Esa Serena es quien yo creo que es?
- Joder lo había olvidado. Tiene que venir a ver como llevo la pierna.
- ¿Está buena?
- Es un maldito dolor de cabeza. Creo que será mejor que vaya yo a la ciudad... pero... No, no quiero dejarte solo.
- No pasa nada, ¿Qué serían, un par de días?
- No, no, me quedaré. No pienso largarme ahora. Aunque su visita va a ser de lo más inconveniente.
- ¿Crees que molestará a Kelly?
Patrick asintió. Era imposible que no le molestase. Serena había sido un problema, aunque para ser justos, la culpa siempre fue suya, por no haber dado su lugar a Kelly cuando tenía que haberlo hecho.
- Bueno, esta vez será diferente, ya verás. Estoy yo aquí para echarte una mano.
- Sí. Joder le diría que se alojase en el hotel en lugar de aquí, pero sería todavía peor si Kelly se la

encuentra a solas.
- No puede ser tan terrible.
- Lo dice el tipo que se casó con Candance. ¿Aún no sabes cómo de terrible puede ser una mujer cuando se lo propone?
- Es verdad. De acuerdo, evitemos que Serena arruine los planes que tengo para Kelly y para ti.
Patrick sonrió y se sirvió otro trozo de asado.
- ¿Quieres más? - Preguntó a su amigo. Esté negó.
- Creo que he comido demasiada tarta, me siento raro.
- Sí, claro. Si yo hubiera comido tanto como tú, me sentiría aún peor. Tienes un estómago de hierro.
- Creo que me voy a la cama ya.
- De acuerdo. ¿Quieres que te encienda la chimenea?
- Esta noche no tengo frío.
- De acuerdo. Estaré un rato levantado si me necesitas.
Dereck asintió. Se aseó y se metió en su habitación.
Patrick estuvo viendo un par de películas en el comedor, hasta quedarse dormido en el sofá, como solía hacer, hasta que una sensación extraña le hizo despertar.
- ¿Dereck? ¿Te pasa algo? - Preguntó.
Entró con cuidado a su habitación. Dereck estaba al borde de la cama, sudando muchísimo. Había vomitado un poco.
- Joder, no te vuelvo a dejar solo con una tarta.
Patrick tomó a su amigo en brazos y lo llevó medio despierto al baño.
- ¿Esto de que me duches va a convertirse en una costumbre? - Murmuró.
- Si sigues así, puede ser.
Dereck parecía reír, pero al momento comenzó a llorar.
- ¿Te sientes mal? ¿Vamos a urgencias?
Negó, pero siguió llorando como un niño.
Patrick le miró desesperado.
Cuando Dereck se trasladó a vivir con él, supo que sería difícil, que habría momentos muy malos, y que el final sería devastador. Pero para lo que no estaba preparado era para la impotencia de no saber qué tenía que hacer ni cómo podía ayudar a su mejor amigo que estaba llorando desnudo en su bañera, tanto que no era capaz de hablar.
Estaba tan asustado y desesperado que finalmente se quitó la camisa y los pantalones y entró en la bañera con Dereck. Abrazó a su amigo por detrás y dejó que llorase todo lo que quiso.
- No quiero morirme- Sollozó al cabo de un rato, cuando se hubo calmado.
- No quiero que te mueras.
- No vamos a hacer el amor ahora, ¿lo sabes?
- ¿De verdad?
- No vas a disfrutar de este cuerpo, hombre. Asúmelo.
Patrick rio un poco y salió despacio del baño. Buscó un albornoz para Dereck y le arropó antes de acompañarlo a su propio dormitorio.
- ¿Qué hacemos aquí? Te he dicho en serio que no vamos a hacer el amor.
- Has puesto tu cama perdida. No voy a dormir contigo, capullo.
- No tengo que dormir en tu cama, puedo ir a un cuarto de invitados.
Patrick no le hizo ningún caso. Le acercó un poco de agua y dos pastillas para que pudiera dormir mejor.
Se quedó sentado en la butaca cerca de la cama hasta que le escuchó respirar pausadamente.
Se preguntó una vez más qué sentiría cuando su amigo muriera. Por mucho que estaba intentando mentalizarse y prepararse para ese momento, sabía que sería terriblemente doloroso.
No, claro que no haría el amor con su amigo, pero no tenía nada de malo que pudieran tener la clase de intimidad que tenían ahora. Se alegraba enormemente al sentir que Dereck estaba muy cómodo con él, incluso cuando podía verle en sus peores momentos, incluso si se vomitaba, si tenía que lavarle. Era como su hermano. Y él ya había perdido a una hermana, ¿no era demasiado para un hombre de

su edad perder a dos hermanos?

Se levantó y fue a por una cerveza, que se convirtió en varias.

No podía dejar de pensar que se sentiría como cuando murió Johanna.

Quería tanto a esa mocosa... Tenía la manía de morder los bolígrafos, todos los que caían en sus manos, incluso los que no eran suyos. Y se mordía las uñas, pero aun así le gustaba llevarlas de colores. Era una pequeña mujer tan feliz...

Pero estaba muerta. Por su culpa.

No podía seguir haciendo aquello, se volvería loco si no dejaba de pensar en todo lo que pasó. Pero la expectativa que tenía por delante era recordar una y otra vez todo aquello en cuanto Dereck muriese. Se quedaría solo otra vez, y probablemente, mucho más amargado que antes.

No podía permitirse volver a ser aquella oscura persona que fue unos años atrás. Ahora tenía amigos, a Kelly que le cuidaba y cuyo perdón no merecía, pero lucharía por conseguir.

Amy también parecía haberle vuelto a tomar cariño, parecía que el hecho de acoger a Dereck y cuidar de él había propiciado que dejase de pensar que era un estúpido sin sentimientos.

Solo esperaba que el hecho de que Serena fuese a volver por unos días no trastocase la buena relación que empezaba a tener con todos.

Joder... Serena era un verdadero problema, y lo peor es que no tenía por qué serlo si él hubiera hecho las cosas bien desde el principio.

Le permitió imponerse sobre demasiadas cosas e incluso estaba seguro de que le había dicho algo a Kelly. No tenía ningún derecho, pero ahora era tarde y no podía cambiar nada de lo que pasó. Se aseguraría de que no volviera a pasar.

Se encaminó a su dormitorio, pero recordó que allí estaba Dereck. Se encogió de hombros y se tumbó a su lado.

Beber tanto había sido una irresponsabilidad, pero ya tendría tiempo de arrepentirse por la mañana.

19

- ¿Cómo es posible que tú tengas peor pinta que yo? ¿Estás con resaca? ¿Como te atreves a emborracharte sin mí?
- No pretendía emborracharme, solo me puse a pensar en muchas cosas.
- Apestas.
- ¡Venga ya!
- ¿Qué? ¿Acaso creías que porque ayer limpiases mi vómito iba a ser más sensible contigo?
- Me daré una ducha.
- Hazlo. Y aféitate ya puestos.
- A mí me gusta la barba, me la volveré a dejar.
- Estás mejor sin ella, ¡vamos!
- A Kelly también le gusta.
- Esa mujer... no tiene buen gusto, ya te lo digo.
Patrick bufó un poco antes de internarse en el baño.
- Creo que deberías ir a verla- Gritó Dereck al cabo de un momento. Ya podía escuchar el agua de la ducha por lo que alzó la voz para hacerse oír.
- ¿A verla?- Gritó Patrick desde el baño. - ¿Para qué?
- Joder, pues yo que sé, cualquier excusa. Me dijo ayer que tenía el día libre.
- No puedo presentarme así sin más- Continuó. Cerró el agua y al cabo de un momento salió ataviado con una toalla.
- Sé que quieres seducirme, amigo, pero piensa en Kelly. Vístete y ve allí.
- No, no estamos en ese punto.
- Sé que no lo estás, pero no nos queda mucho tiempo, no puedo esperar a que hagas los pasos correctos a un ritmo natural, porque tu ritmo natural suele ser marcha atrás.
- Muy gracioso.
- Ve y dile algo, lo que sea. Que necesitas ayuda para organizar algo. No lo sé, seguro que se te ocurre.
Patrick murmuró con fastidio, pero se vistió.
- No sé ni por qué te hago caso- Protestó.
- Porque nadie dice que no al tipo con cáncer.
- Deja de decir eso, lo odio.
- De acuerdo. Ve, por favor.
- ¿Estarás bien?
- Supongo que sí.
- ¿Si te sientes mal me llamarás?
- Te lo juro.
- Ambos sabemos que juras en falso.

Dereck sonrió y por una fracción de segundo, era como el Dereck de siempre. No el tipo enfermo que se dedica a dar pena para conseguir tarta o dulces. No el hombre destrozado que llora en la bañera de madrugada porque su salud está tan deteriorada que se vomita encima. Pero tampoco el Dereck estrella del beisbol, que sonríe a los fotógrafos con pose estudiada.
Por una fracción de segundo, era de nuevo aquel chaval con el que creció, que le iba a buscar a casa por las tardes para entrenar juntos detrás de la iglesia.
- Iré a verla- Se rindió al fin.

Condujo despacio hasta la cabaña junto al lago del viejo Orson. Había estado allí un par de veces y recordaba vagamente el camino. Sin embargo, no tuvo pérdida.
Cuando se acercó por el camino de gravilla, se sorprendió al encontrar no solo el coche de Kelly, sino otro vehículo más allí aparcado. Cuando bajó de la camioneta, la persona que salió a recibirle no fue Kelly, tampoco ninguno de los niños, sino uno de esos hermanos Callum. El que tenía el brazo sobre el hombro de Kelly aquella tarde.
Intentó controlar la furia, y los celos.
- ¿Qué haces tú aquí? - Preguntó el tipo. Parecía medio enfadado, medio divertido.

- ¿Has dormido con ella?- Preguntó Patrick, furioso. Sabía que no debía, que no tenía derecho, que estaba mal, pero no podía evitarlo.
- Oye, tío. Te estás confundiendo conmigo. Pero ¿Sabes qué? Me da igual. Cuanto más la cagas tú, mejor para mí.
- ¿Ah, sí?
- Sí. ¿Y sabes otra cosa? ¿Sabes cuál fue la primera noche que dormí en su cama? Cuando me diste de lo lindo, así que, supongo que debo darte las gracias por eso... Si quieres volver a pegarme... es asunto tuyo.
Patrick maldijo, apretó los puños e intentó calmarse.
- ¿Con quién hablas, Zack? - Preguntó Kelly, saliendo entonces de la cabaña.
Él iba con un pantalón de pijama y sin camiseta. Ella, llevaba sólo un camisón y se había puesto un chal por encima. Las mañanas y las tardes aún eran frías.
- ¿Jack? ¿Qué haces aquí?
- Eso, "Jack"- Dijo el tipo haciendo las comillas- ¿Qué haces aquí?
Patrick gruñó para sí mismo. No quería explotar de nuevo, no quería volver a fallar a Kelly. Si ella quería dormir con ese tipo, si quería acostarse con él, o casarse con él... pues ¡Muy bien! ¡Que lo hiciera!
- No seas idiota, Zack- Protestó ella.
Bajo los escalones que los separaban y tomó a Patrick del brazo para alejarlo del chico aquel. Le condujo con firmeza hasta el final de muelle que se extendía frente a la cabaña. A sus espaldas, escuchó la puerta mosquitera cerrarse. El tipo debía haber entrado.
- Lo siento Kelly, no voy a pegarle, te lo prometo.
- Eso espero. Aunque supongo que es posible que esta vez se lo merezca un poco. Creo que te estaba enfadando adrede.
- Oye... yo... bueno, entiendo... No sé cómo explicarme.- Patrick miró al lago un momento más. Recordó por una fracción de segundo la historia que le contaba Orson sobre el lago, y el amor más profundo que sus heladas aguas. - Te quiero, Kelly. De un modo que no sé gestionar. De una manera que no puedo controlar. Pero sí puedo controlar algo. Y es el modo en que eso te afecta a ti. Ahora que sé que estás con este chico, no quiero que temas. No me entrometeré. No seré una molestia, te lo prometo.
- Pero... Jack, no estoy con él.
- No pasa nada, puedes decírmelo. Eso no cambiará lo que siento, y me da igual el tiempo que pase, nunca cambiará.
- No puedo creer que me estés diciendo esto porque estés celoso.
- No, Kelly, No es un número de celos, es una declaración de verdad, con el corazón abierto como debería haber sido desde el principio. Cuando éramos solos tú y yo. Porque entonces yo ya sabía que te quería, Kelly. Lo supe enseguida y me aterraba. Sabía en lo que te convertirías para mí y lo más fácil fue estropearlo todo y huir. No lo haré ahora. Respetaré todas tus decisiones.
- ¡Que no estoy con Zack! Él es... es... es mi mejor amigo. Y sí, duerme en casa a veces, en mi cama. Pero para abrazarme, cuidarme, o cuidarle yo a él. Somos amigos, solo eso. Ayer estaba mal, y triste, y... se quedó conmigo para hablar.
Patrick gruñó. No podía decir que aquello le hiciese especialmente feliz, pero Kelly podía dormir con quien quisiera.
Si le hubieran preguntado tres o cuatro meses atrás, ella hubiera dicho que su mejor amigo era él, pero por desgracia ese tiempo ya pasó.
Si ella había estado mal aquella noche, seguramente tenía mucho que ver con la conversación que habían tenido.
- No sé cómo sentirme. Tú eres libre de tener todos los amigos que quieras, eso está claro. Y no solo amigos, lo sé. Pero... lo siento, me cuesta hacerme a la idea. Soy un bruto, y la verdad, sigo con ganas de partirle la cara a ese.
- Ya lo hiciste una vez, y también sin motivo. ¿A qué has venido?
- Solo quería comentar contigo unas cosas, pedirte un poco de ayuda, una vez más.

Kelly le miró fijamente, con unos ojos tan profundos que Patrick no pudo aguantarle la mirada y tuvo que fijarla en el lago.
- Quería hacer algún regalo a Dereck. Bueno, está peor de lo que pensaba, y está bastante desanimado.
- ¿En serio? ¡eso es horrible! ¡Ayer parecía estar bien!
- Ha pasado muy mala noche, ha vomitado y... bueno, ha estado llorando-. Patrick podía haberse sentido un poco traidor por contarle eso, pero sabía que si ayudaba en algo, Dereck lo aprobaría y hasta aplaudiría.
- ¡Oh, Dios mío!
- Ya sabes que no soy una persona muy... sensible, que puede que lo estropee todo, pero me gustaría pensar un regalo bonito para él, que le anime y que luego pueda conservar y recordarle. Quiero que sepa que le aprecio y que siempre será alguien importante para mí.
- Claro que sí, es algo precioso.
- Hay otra cosa más que debo decirte.
- ¿Qué es?
- No quiero que esto te moleste y espero que nos afecte lo menos posible, sobre todo porque no es algo que pueda decidir yo. Serena va a venir un par de días para revisar mi pierna y para ver cómo va la rehabilitación.
- Oh...
- Yo... sé que Serena puede ser un grano en el culo la mayor parte del tiempo y no me gustaría que el tiempo que esté aquí te afecte de algún modo. Tampoco quiero que afecte a Dereck, pero eso no sé cómo voy a poder evitarlo. No me gustaría que contase nada a la prensa.
- ¿Vas a poder evitarlo?
- Le haría firmar un contrato de confidencialidad. Pero no sé si eso sería suficiente.
- ¿Cuánto tiempo se va a quedar?
- No debería ser más que dos días. El viaje es largo, no va a venir y volver en la misma jornada. Pero tampoco hay motivo para que se quede mucho más.
- De acuerdo, ¿Qué te parece si Dereck se viene a casa ese par de días?
- ¿Aquí?
Kelly se encogió de hombros.
- Si él está de acuerdo no tengo problema. Dormiría conmigo, no tenemos más camas, pero bueno, no creo que sea muy incómodo.
Patrick gruñó por dentro. Seguro que ese capullo se regodearía por ello.
- Sería una gran ayuda, Kelly.
- Además, así podré indagar más y conocerle mejor. Podremos elegir mejor el regalo sorpresa.
- ¿Josh estará bien con eso?
- Bueno, Josh se está abriendo mucho. De todos modos, pasa la mayor parte del tiempo construyendo la cabaña, allí, junto a la casa, con Albert.
- El otro Callum.
- Sí, el otro Callum. Oye, Patrick, todos vosotros formáis parte de mi vida, y me gustaría que al menos os toleréis.
- No puedo prometer nada, pero haré todo lo posible.
- De acuerdo. Avísame cuando Dereck vaya a venirse, tendré que pedir que alguien me cubra en el trabajo.
- Puedes recuperar tu antiguo puesto cuando quieras- Dijo Patrick, sin pensar.
- No estoy preparada para eso, Patrick. Necesito que lo que pase entre nosotros deje de afectarme tanto. Ahora mismo estoy hecha un lío y que vuelvas a ser mi jefe no sería la mejor de las ideas.
- Tienes razón, lo siento mucho, yo no quiero que estés mal de ninguna manera. Solo... lo he dicho sin pensar. No creo que sea el mejor de los jefes.
- No eres mal jefe, es solo que no es la relación que quiero tener contigo.
- Lo entiendo, de verdad. Será mejor que me vaya ya, iré a decirle a Dreck que te se quedará aquí. Supongo que estará encantado.
- De acuerdo. Llámame cuando sepas que llega tu fisioterapeuta.

A Patrick no se le escapó el pequeño toque de celos que se percibía en la voz de Kelly.

Asintió y se encaminó hacia su coche. A pesar de la desagradable sorpresa de encontrar a ese maldito pulgoso en su porche, la cosa había ido realmente bien. Estaba muy contento cuando llegó a su casa.

- Muy sonriente vienes tú.

- Le he pedido ayuda a Kelly, así que mientras Serena esté aquí, te trasladarás a su casa.

- ¿En serio? ¿Has negociado algo así sin consultarme?

- ¿Tienes alguna pega?

- ¡Para nada! Me parece un plan perfecto. Así seguiré dinamitando su voluntad. Pero me extraña que se te haya ocurrido a ti solo.

- No quiero que dinamites nada. Suenas como un auténtico psicópata.

- Bebé, no tengo tiempo para ser buena persona si quiero dejarte la vida resuelta antes de irme.

- No eres mi padre, Dereck.

- Pero soy tu amigo, que importa más. Al menos en lo que a padres se refiere, en mi caso no me han servido de mucho.

Patrick gruñó un poco, pero lo dejó estar. Seguía sintiendo que Dereck no pudiera contar con su padre. Por lo poco que lo había conocido cuando era joven, nunca fue un gran padre de familia, y la madre de Dereck pasaba tanto tiempo drogada o borracha que nadie la echó de menos cuando dejó de ir por allí. Cuando Dereck tenía unos 14 años, oficialmente vivía casi solo, y resolvía sus propios problemas a su manera. Su padre aparecía para dormir y poco más, y cuando fichó por un equipo de primera división, Dereck dejó un par de entradas de primera fila sobre la mesa de la cocina.

Su padre no acudió.

Patrick se había pasado medio partido intentando vislumbrar entre el público a su familia y no podía dejar de mirar a ver si veía al padre de Dereck. Pero a él no le vio mirar ni una vez.

Era triste que su padre no hubiera acudido, pero era más triste que su hijo no le esperase. Cuando le preguntó si sabía que no iba a ir, para qué le había dejado las entradas, él simplemente se encogió de hombros y dijo "me las había dado el entrenador, no tenía a quién más regalarlas".

Suspiró. El padre de Dereck bien podía irse a la mierda. Aunque habían estado en contacto más o menos durante toda su vida, Dereck no tenía mucho aprecio por aquel hombre. No podía reprochárselo.

Patrick suspiró y tomó el teléfono fijo que casi nunca utilizaba para llamar a Serena. Pensó por un momento actuar como un cobarde y llamar a su madre para que le especificase cuándo llegaría la chica, pero rechazó esa idea de inmediato.

- Patrick, que agradable es recibir tu llamada. Debo admitir que me he sentido un poco defraudada este tiempo. Eres mi cliente menos agradecido.

- Serena. Agradezco mucho tu trabajo, con cada cheque que he emitido a tu nombre.

- ¡Auch! Eso ha sido cruel.

- ¿Cuándo tienes previsto venir a la revisión?

- Pues había pensado la semana que viene.

- ¿Qué día?

Serena hizo una pequeña pausa antes de contestar.

- Llegaré el lunes. Empezaremos con unas series a ver como respondes y me quedaré unos días más, para ir viendo la evolución.

- ¿Cuántos días más?

- Tranquilo, solo unos días. No voy a volver a instalarme en tu casa... Aunque imagino que mi habitación sigue disponible.

- La habitación de invitados- Dijo Patrick recalcando esas palabras- está disponible, por supuesto, pero necesito concretar los días que estarás. Tengo asuntos que atender.

- De acuerdo, cielo, no te ofusques. La verdad, sé que acabamos un poco mal, que quizá impuse mi presencia un poco más de lo deseado, pero siempre pensando en tu bienestar. Esperaba que pasado el tiempo te hubieras dado cuenta y recapacitado.

- Debe ser que soy duro de mollera.

- Bien, estaré hasta el jueves.

- Miércoles- Aseguró tajante Patrick. No quería perder de vista tanto tiempo a Dereck. Se dio cuenta que era un error dejar en manos de Serena las fechas de llegada y regreso.
- Vale... de acuerdo, haré todo lo posible por ajustarme a tus fechas.
- Sí, deberías poder.
- Veo que estás deseando verme- Ironizó la chica. - Tampoco esperaba una fiesta de bienvenida pero, al fin y al cabo, me debes bastante, Patrick. Que menos que disimular un poco tu rechazo.
- Te debo mi recuperación, eso es cierto. Pero al fin y al cabo por eso te contratamos. Eres buena en tu trabajo, no esperaba menos.
- Bien, veo que esto va a ser difícil. Te veo el lunes.
Patrick no esperó más y colgó el teléfono.
Dereck bajó por la escalera un momento después.
- Deberías haber puesto el altavoz, así no tendría que estar escuchando desde el teléfono de tu cuarto.
- Eres un cotilla.
- Quería saber qué se cuece entre vosotros.
- No se "cuece" nada.
- Eso parece por tu parte. Me encanta esta mujer. Se permite el lujo de ser manipuladora sin siquiera disimularlo.
- Es odiosa.
- Es vanidosa. Y tú la has rechazado.
- Que se acostumbre.
- Las mujeres como ella, exitosas, profesionales, ambiciosas, y hermosas, no están acostumbradas a un rechazo tan abierto como el que tú le has dado.
- No puede compararse con Kelly.
- En tu mente no, y menos aún en tu corazón, pero para ella Kelly es menos que un mosquito.
Patrick gruñó.
- Bueno, el lunes te llevaré con Kelly. Así Serena no se irá de la lengua sobre tu paradero y tu estado.
- Te agradezco eso. No quisiera que esto se supiera. Lo sabemos los que tenemos que saberlo, y nada más. No necesito que la prensa se pasee por aquí, contando al mundo que esta gran estrella del beísbol retirada en realidad está casi muerta.
- Como te gusta repetir lo de que te vas a morir, joder.
-Lo siento. Parece que necesito decirlo en voz alta para acabar de creerlo.
- De acuerdo, lo siento. Puedes hablar de lo que quieras.
- No, yo lo siento. A veces no me doy cuenta de que eres un maldito oso amoroso- Dijo Dereck entre risas.
Patrick le lanzó una manzana del frutero que Dereck interceptó rápidamente.
- ¡Ey! ¿Tienes aquí un bate y un par de bolas?
- ¿Aquí? No, tío, me deshice de todo aquello cuando me marché.
- Lástima. Me hubiera gustado pelotear un poco contigo otra vez. Como en los viejos tiempos.
- Conseguiré un par de bates y unas bolas.
- Genial. Enseñaré a esos niños de Kelly como se batea.
- Veremos si eres capaz de hacerte con Josh.
- No hay nadie capaz de decirme que no.
- Él no es como los demás.
- Eso ya lo sé, pero demonios, tú te hiciste con él, siendo un miserable ogro, yo soy adorable, me querrá.
- Me gustaría ver eso. De todos modos, seguramente estén por ahí esos tipos, los hermanos Callum. No puedo con ellos.
- Pues al parecer Kelly les tiene aprecio, así que tendrás que poder con ellos o Kelly se alejará. No puedes pretender aislarla del resto. Soy de la teoría de que se enamoró de ti porque no había nadie más cerca.
- Muy amable.
Dereck sonrió un poco.

- Estoy deseando ir con Kelly. Quiero conocerla mejor, saber qué siente de verdad. Tejer la tela de araña. Quizá se muestre celosa. Sería delicioso ¿No crees?
- No, no lo sería. No quiero que vuelva a sentirse así por Serena. Ojalá fuese más sencillo todo esto.
- En parte siento no llegar a conocer a esa mujer.
- Por mí, puedes quedarte. Será toda una experiencia para ti, te lo aseguro.
- Sabes que nada me produciría más placer, pero la verdad no me gustaría que esa pérfida mujer me viese así.
Patrick asintió. No debía ser fácil estar en la situación de Dereck, y menos siendo una persona famosa. Alguna vez habían hablado sobre cómo se sentía, y le había confirmado que uno de sus mayores temores era que pasase a la historia no como un gran deportista y una figura del beísbol, sino como un hombre enfermo. No lo soportaba. Por más que Patrick le había asegurado que eso no pasaría, que nada empañaría su carrera y que podría disfrutar del calor y el cariño de sus seguidores en sus últimos tiempos, no atendía a razones.

Aquel lunes, Kelly estaba despierta desde muy temprano. No había sido capaz de dormir bien, pensando en Dereck.
Estaba preocupada por si su salud empeoraba estando allí. ¿Sabría cómo actuar? ¿Estaría cómodo?
Ya había hablado con los niños, entendían que tendrían una visita unos días, y Josh no había puesto demasiadas objeciones.
- ¿Te ayudo a preparar el desayuno? - Preguntó Molly cuando se levantó.
- Gracias cielo.
Josh también se acercó a la cocina, tomó algunas cosas para ir poniendo la mesa.
- ¿Llegarán antes de que nos vayamos al colegio?- Preguntó- Quiero enseñarle a Jack mi proyecto.
- No lo sé, cielo, no me han dicho a qué hora llegan. Pero si no están aquí a tiempo, se lo puedes enseñar otro día.
- Sí, podría.
- Yo también quiero enseñarle a Jack cosas, mamá- Exclamó Molly. A pesar del tiempo transcurrido, los niños adoraban a Patrick. No eran capaces de llamarle por su verdadero nombre, para ellos todo seguía igual.
Kelly sirvió unas tostadas cuando escucharon un coche acercándose por el camino de gravilla.
Rápidamente los niños salieron corriendo hacia la puerta del porche para recibir a los invitados.
- ¡Jack!- aplaudió Molly, realmente feliz.
Kelly suspiró intentando calmarse y puso la cafetera al fuego. Serían un par más para desayunar al final.
No había problema, ya se había acostumbrado a tener a los hermanos Callum por allí la mayoría de días. Esa semana tenían bastante trabajo, pero aun así se pasarían por la tarde a verles. No es que Zack estuviese festejando que Dereck fuese a quedarse allí, pero ambos hermanos lo entendieron y prometieron ayudarla en todo lo posible.
- Buenos días chicos. ¿Huele a tostadas? - Preguntó Dereck desde la escalera.
- ¡Sí! Mamá está haciendo el desayuno.
- Entremos pues. No queremos que se enfríe.
Kelly recibió a Dereck con un abrazo, y cuando Patrick entró justo después, sin pensar en lo que estaba haciendo, también le abrazó a él. En el momento en que su calor la rodeó, y aspiró su olor, supo que había cometido un error. No podría quitárselo de la cabeza en todo el día. Inspiró para despejar un momento la mente y sirvió el pan tostado mientras revisaba que el café comenzase a salir.
- Mamá, ¿Hay mermelada?
- En la alacena, cielo.
- ¿Sabes que Dereck nunca ha hecho mermelada casera?
Kelly sonrió. Aquel hombre era un goloso.
- Eso es fácil de solucionar, esta tarde conseguiré fruta fresca y dulce y haremos mermelada.
- ¡Siii!- Festejó Molly.
Kelly se sentó en la mesa con el resto, y sirvió el café recién hecho.

- Que gusto da ver una mesa así dispuesta para el desayuno. Kelly, no sé cómo agradecerte que me acojas en tu hogar.
- No es ninguna molestia, de verdad.
Lo decía sinceramente. No le molestaba en absoluto que Dereck estuviese ahí, le parecía la mejor opción teniendo en cuenta que esa mujer estaría en casa de Patrick.
Odiaba el modo en que eso le hacía sentir. No quería sentir celos de ella, aunque no podía evitarlo.
Ahora comprendía mejor cómo se había sentido Patrick cuando el otro día llegó para verla y se encontró a Zack en pijama en el porche.
Patrick se despidió un poco después. Tenía que ir a recoger a Serena.
Los niños se subieron al coche contentos y Dereck insistió en acompañarlos.
- No sé cuándo fue la última vez que estuve en un colegio. Dios mío, debe hacer décadas.
- Nuestro cole es genial. Dereck, y mi profesora es rubia y además me ha dicho que estoy haciendo muchos progresos- Añadió Molly, muy contenta.
- Me encanta tu hija- Vocalizó Dereck, señalando con el dedo al asiento de atrás. Kelly sonrió. A todo el mundo le encanta Molly.
Los chicos se despidieron alegremente antes de entrar en el colegio.
- ¿Crees que tendremos tiempo ahora para pasar a ver a Amy?- Preguntó Dereck.
- ¿De verdad te cabe un trozo de tarta después de desayunar?
- Podemos pedirla para llevar si quieres...- Suplicó.
Kelly se rindió, sabía que no tenía nada que hacer contra él.
En el momento en que entraron, Amy fue a recibir a Dereck con un cariñoso abrazo.
- Eres mi mejor cliente, eso debemos reconocerlo.
- Siento no poder serlo durante mucho tiempo, pero estoy decidido a poner el listón tan alto que nadie nunca lo pueda superar.
- Eso no lo dudes, querido. ¿Quieres saber qué hemos preparado para hoy?
Mientras Amy conducía a Dereck a la vitrina de las tartas, Kelly tomó asiento.
No podía dejar de preguntarse qué estaría haciendo Patrick. ¿Estaría ya con ella?

20

Serena aparcó su deportivo en la puerta de la cabaña. Patrick acababa de dar una última vuelta por las habitaciones para asegurarse de que no quedaba ni rastro visible de que ahora Dereck vivía allí.

Los golpecitos en la puerta le resultaron molestos.

Patrick abrió la puerta. Allí estaba ella, con sus gafas de sol y un ajustado vestido azul celeste que contrastaba con el dorado bronceado de su piel.

- Querido, cómo he echado de menos tu hospitalidad- Murmuró con una sonrisa falsa, cuando, tras un lapso de tiempo prudencial, entendió que no le ofrecería pasar, ni un café.

Patrick carraspeó, sintiéndose torpe.

Serena pasó por su lado dejando tras de sí una maleta en el porche. Patrick gruñó por lo bajo y la tomó para subirla al dormitorio que ocupó en su anterior estancia.

- ¿Crees que ese doctor que tanto te gusta nos permitiría utilizar su máquina de resonancia?

- Ya he hablado con el hospital, esta noche está libre.

- Perfecto. Iré a cambiarme y podemos empezar.

- De acuerdo.

- Esto está muy limpio. ¿Ha vuelto ya por aquí la chica de la limpieza?

Patrick suspiró. Solo intentaba molestarle, él lo sabía, pero desde luego que lo estaba consiguiendo. Le esperaban dos días complicados.

- Has conseguido un lugar encantador aquí.

- Sí, bueno, la casa es más pequeña de lo que me gustaría, pero nos apañamos bien.

- ¿Te molesta compartir cama conmigo?

- ¡Claro que no! Pero preferiría poder ofrecerte algo más cómodo.

- No digas bobadas. Puede que sea la última vez que duerma con una chica bonita.

Kelly le miró severamente.

- ¡Oh, vamos! Yo sigo el código de los colegas, no tocará a la chica de un amigo.

- No soy la chica de nadie.

- Pero él está enamorado de ti, así que para mí, viene a ser lo mismo.

- Patrick no sabe lo que es el amor.

- Sí que lo sabe, pero eso no impide que sea un torpe, bruto y desgraciado patán.

Kelly rio por lo bajo.

- Bueno, dime, ¿qué suele hacer una chica como tú una mañana cualquiera?

- Bueno, suelo trastear por casa, limpiar, ya sabes esas cosas.

- Pero si todo está limpio. ¿Qué me dices de nadar un poco en el lago?

- Oh, no, no sé nadar.

- ¿Qué?

- Yo... no sé nada bien.

- ¿Patrick no te ha enseñado?

- Claro que no. Ni yo se lo pediría.

- ¿Quieres que te enseñe yo?

- La verdad es que me da miedo.

- Pero podrías necesitarlo alguna vez. Imagina que Molly o Josh se caen al agua.

- No me hagas sentir mal. Lo intentaré, pero no ahora. Quizá le diga a Zack que me ayude.

- ¿Es el tipo ese que pone a Patrick de los nervios?

- Patrick pierde los nervios por cualquier cosa, Zack no tiene la culpa.

- Pero tú sabes a lo que me refiero.

- Puede que esté celoso.

- Es normal. Y no hablo solo porque esté enamorado de ti.

- No esta...

- Sí, lo está. Pero dejando a un lado eso, te diré que se trata sobre todo de la pérdida de una posición respecto a ti.
- ¿A qué te refieres?
Dereck tomó asiento tranquilamente en una de las sillas del porche y observó el lago frente a él.
- Patrick y tú habíais creado una especie de equipo. Era tu mejor amigo, y tú su mejor amiga, como unos torpes adolescentes, no habíais sido capaces de llegar más allá. Él porque es un idiota que estaba aterrado de su pasado. Tú... la verdad no lo sé. Pero bueno, al menos hacíais muchas cosas juntos. Ahora ve que otra persona ha ocupado la posición que él ha perdido, y bueno, te echa de menos y siente celos.
- Todo eso su hubiera evitado si él...
-Lo sé, lo sé, no te estoy culpando de nada, has hecho bien en rehacer tu vida y es bueno que no te centres solo en él, tienes que tener más amigos. Eres encantadora.
Kelly se ruborizó y escondió su cara en una taza de humeante té.
- Está bien que haya venido Serena. Así tenemos la excusa perfecta para pasar más tiempo juntos, ¿no crees?
- ¿Por qué será que siento como si todo ese tiempo lo fueses a emplear en intentar que Patrick y yo estrechemos lazos?
- Piensas eso porque eres una chica lista. ¡Vamos! No me mires así. Sé que Patrick lo ha hecho mal, pero no te diría nada si no supiera que te quiere de verdad y puede hacerlo mejor.
- Yo no lo tengo tan claro.
- Bueno, te diría que nadie lo conoce tan bien como tú.
Kelly miró a Dereck con tristeza.
- Yo solo creía que le conocía. Pero me equivoqué.
- No seas tan dura contigo misma ni con él. Le costó mucho asumir que todo el mundo sabía quién era en realidad. Vino huyendo de su pasado y lo que pasó con su hermana. Jamás se lo perdonará. Y le daba miedo que tú lo supieras y te alejases.
- Bueno, he leído que fue un accidente.
- Sí, así es, pero él no va a perdonarse nunca. Supongo que cuando todo se supo lo más fácil para él fue volver a huir como había hecho antes. Tampoco contactó conmigo en todos estos años. Yo pensaba que estaba muerto. Me alegro mucho de que no sea así, pero quiero que entiendas lo que supuso aquello para Patrick. Lo dejó atrás absolutamente todo. Se encontró de golpe completamente solo y devorado por el remordimiento. Tú fuiste la única persona a la que dejó entrar en su vida.
- No me hagas chantaje emocional.
Dereck lanzó una escandalosa carcajada.
Kelly pensó un momento en él.
- Dereck, ¿Cómo eras antes?
- ¿Antes?
- Cuando eras famoso. Como Patrick.
- Oh... pues seguramente era un capullo. Uno de esos idiotas que tienen mucho dinero. Recuerdo noches enteras de fiestas, coches con olor a nuevo cada poco tiempo. Recuerdo los gritos del público en el estadio. El sonido de los bates cuando golpeaban las bolas, el silencio que se hacía mientras describía una parábola cruzando el cielo. Ah... casi puedo volver a sentirlo.
- Me hubiera gustado ver eso.
- Eso sí que era vida. Y Patick era buenísimo. Tenías que haberlo visto. Tenía una capacidad de concentrarse increíble, entrenaba durante horas y horas. El deporte era su pasión. Bueno, luego ya no solo el deporte. La fiesta, las mujeres... bueno, ya sabes.
-Ya imagino.
- Joy estaba enfadada con él. No le gustaba lo que veía. Creo que la noche que murió estaban discutiendo. Ella era una cría, pero quería recuperar a su hermano, la mejor versión de él. Supongo que ella seguía viendo en él al chico de barrio que siempre había sido.
- Todo lo que me cuentas es tan diferente a la persona que yo conocí...
- No es el mismo, te lo puedo asegurar. Por ejemplo, te puedo decir sin temor a equivocarme que

ahora mismo Serena le tiene de los nervios. Es como si lo viera.

Kelly arrugó el gesto. No le gustaba saber que esa mujer estaba a solas con él.

- No tienes que estar celosa, puedes reclamarlo como tuyo en cualquier momento.

- No es mío.

Dereck rio.

- Eres tan cabezota como él. No digo que sea tuyo, digo que puede serlo si tú quieres. Te aseguro que Serena no le interesa. No es su tipo.

- ¿Y cuál es su tipo?

- Ahora mismo su tipo eres tú. Porque no quiere un rollo de una noche, ni salir en las revistas al lado de una modelo. Quiere alguien con quien compartir cada día y cada noche, con quien crear recuerdos bonitos. Necesita una mano amiga, Kelly, y no se me ocurre una mejor que tú. Además- Añadió con picardía- Creo que a ti tampoco te vendría mal un poco de eso.

- ¡Calla! ¡Eres un descarado!

Dereck rio de forma escandalosa, pero luego tuvo un acceso de tos.

- Vaya, creo que esto de morirme va en serio.

- Por Dios, no digas esas cosas.

- Los niños no están.

- No lo digas delante de mí tampoco.

- Hablas como Patrick.

- Es que es difícil... para todos.

- Para mí también, pero eh, tengo derecho a hacer un chiste de vez en cuando, ¿no?

- Supongo que sí...

Para Kelly, el resto del día fue mucho más fácil de lo que pensaba. Dereck era un gran conversador y por suerte, aparcó el tema de la relación entre ella y Patrick durante el resto de la jornada.

Cuando llegó el momento de dormir, se limitó a comentar que Patrick estaría muerto de envidia en ese momento, sabiendo que él estaba durmiendo con ella entonces.

Kelly no dijo nada, pero secretamente estaba complacida de que fuese así.

Por su parte, Patrick había aguantado con toda la paciencia que le quedaba a Serena. Ella estaba satisfecha de su evolución, según le había asegurado. Todo el día habían estado haciendo rehabilitación, carreras cortas y estiramientos.

- Siento que esté siendo un día tan intenso, Patrick- Musitó ella, sentándose con gracia en uno de los taburetes de la cocina, mirándole cocinar- Si me dejases quedarme más días, podríamos hacer las cosas con más calma.

- Tranquila, puedo soportarlo.

- Pero a mí no tanto... ¿puedo preguntar por qué?

- ¿Acaso es necesario?

- Venga... no soy tan mala. Además, debes reconocer que he hecho un gran trabajo contigo.

- Mi pierna te lo agradece, desde luego.

- ¿Solo tu pierna? Ouch... haces que mi ego se resienta...

- Tu ego lo superará.

- Vamos. Firmemos la pipa de la paz. Si quieres podemos ir al sitio ese de las tartas que tanto te gusta. O mejor aún, podrías llevarme a algún lugar bonito a cenar. Para compensar que sigues siendo un gruñón.

- ¿Hasta cuándo piensas insistir? Ya estoy haciendo algo de cena- Señaló.

- Hasta que me lleves a un sitio bonito a cenar. Tú puedes pedir tarta, pero he venido al culo del país para tratarte y es lo mínimo que merezco.

Patrick suspiró. Apagó el fuego y miró el salteado que estaba preparando. Podría comerlo al día siguiente. Sin decir nada salió de la cocina y tomó su chaqueta antes de salir, dejando la puerta abierta. Serena lanzó un gritito de triunfo y le siguió sintiéndose victoriosa.

El restaurante *Venice* era un lugar bonito, amplio y luminoso. Su primer dueño, un verdadero Italiano

llamado Enzo, había abierto aquel local hacía casi cuarenta años. Sus hijos habían mantenido el negocio a flote gracias en parte a la generosa afluencia de turistas en verano y a la plantación de vides en la Toscana, donde la familia poseía todavía muchos terrenos y la producción había sido provechosa en los últimos cinco años.
Sus vinos se vendían casi en exclusividad en el restaurante y por encargo se hacían envíos.

- Parece de tu gusto- Musitó Patrick, al ver a Serena complacida.
- Es un sitio con clase. Debe ser de los pocos que hay por aquí. Mira... sé que eres un ermitaño y eso... pero no entiendo qué le ves a este sitio. Tú no perteneces a esto. ¿No recuerdas lo maravilloso que es vivir en la ciudad? Las luces, los coches, la vida allí es completamente diferente. Aquí no tienes nada que hacer... no hay cine, no hay conciertos, no hay salas de fiesta, no hay nada.
- Todo eso que tu no ves aquí, es precisamente lo que adoro de este sitio. No espero que lo entiendas de todos modos.
- Soy una persona muy capaz de entender. Lo que pasa es que no quieres razonar conmigo.
- No pongo en duda tu capacidad... es que no creo que puedas compartir mi opinión en esto... ni en casi nada.
- No hace tanto que mi opinión y la tuya eran muy parecidas. Hace solo unos años estabas en todas las portadas, viviendo todas esas fiestas y eventos de los que ahora reniegas.
- Hace unos años, tú lo has dicho. Ese, ahora no soy yo.
- Podrías volver a serlo.
Patrick rio con amargura.
- Espero no volver a ser esa persona nunca más, lo espero de todo corazón.
- Eres un bobo y un cerrado de mente.
- Puede ser. ¿Quieres vino para cenar? Aquí es muy bueno, de la Toscana, creo.
- Tinto. Pero no me cambies de tema.
- Serena, por favor, solo vamos a cenar. No entiendo tu interés en... ¿qué exactamente? ¿Qué es lo que quieres?
- No quiero nada- Musitó arrugando el gesto- Solo es que pienso que esto es un desperdicio de talento, podrías hacer grandes cosas. Tu pierna está mucho mejor, podrías ser incluso entrenador. Empezar con un equipo modesto, claro, o ayudar a chavales jóvenes en problemas de exclusión. Hay programas para eso. Piénsalo, podrías volver a estar en el panorama.
- No me interesa. No quiero ser entrenador. Solo quiero vivir en mi cabaña en el lago, yo solo.
Era verdad y era mentira. Quería estar allí, pero quería estar con Kelly, y si no podía estar con ella, viviría solo. No quería viajar, no quería mudarse, no quería entrenar a nadie, no se sentía con la capacidad suficiente para ello. Sería un impostor.
- Podrías hacer solo una actividad puntual, como una gala benéfica o algo así.
- ¿Para qué tanto interés, Serena? ¿Qué pretendes? Habla claro, por favor.
- Oye... yo no pretendo... bien, vale. Es que simplemente es una pena que haya hecho un buen trabajo y no sirva para nada.
- Quieres decir que no puedes presumir de esto por el contrato de confidencialidad, pero si vuelvo a la palestra, todos se interesarán por mi recuperación y saldrá tu nombre a relucir.
Serena arrugó un poco el ceño, pero no lo negó. Solo tomó una copa de vino.
- Tengo muchos clientes famosos, no soy una doña nadie. Pero es que tu caso...
- Serena, tú has cobrado tu cheque. Es todo lo que vas a sacar de esto.
- No me trates como si fuera una interesada.
- Es que lo eres.
- ¡No! Soy una profesional, la mejor, de hecho. Por eso me buscó tu familia. Pero ¿qué quieres que te diga? Me gusta que se reconozca mi trabajo. Yo esperaba al menos un comunicado o algo de tu parte.
- Eso no ocurrirá.
- Ya me he dado cuenta. Sigo pensando que es un error. Podrías sacar mucho rendimiento a tu nueva condición física.
- Olvida eso.

Serena bufó molesta y el resto de la cena no despegó palabra. Patrick no podía dejar de pensar en qué estarían haciendo Dereck y Kelly. Y es que odiaba saber que ese maldito bribón estaría durmiendo con ella.

Kelly conducía a toda la velocidad que le permitía el viejo coche.
Zack estaba detrás con Dereck, que casi no era capaz de mantenerse consciente.
- Tranquila, Kelly. Ya casi llegamos.
Kelly no tenía palabras para agradecer a los hermanos que hubieran acudido tan rápidos a su llamada.
Albert se había quedado con los chicos mientras ella y Zack llevaban a Dereck al hospital.
Aparcó casi derrapando a la entrada de urgencias y Zack se apresuró a llevar en volandas a Dereck hasta el interior.
Los paramédicos que había tomando café en la máquina de la entrada rápidamente se pusieron en marcha para traer una camilla y preguntar la situación. Antes de que se dieran cuenta ya le habían entrado por un pasillo a toda velocidad.
- Tienen todo su historial, creo-. Comentó Kelly a la chica del mostrador, cuando le hubo dado los datos que conocía.
- Sí, aquí aparece. Llamaremos al doctor.
- Gracias, estaré en la sala de espera.
Kelly se sentó en una de las butacas, nerviosa y preocupada. Poco después llegó Zack, que había salido a aparcar bien el coche.
- Menudo susto, ¿eh, pequeña? - le dijo, abrazándola por el hombro.
- Dios, creo que he estado muy cerca de sufrir un infarto.
- ¿Le había pasado antes?
- Patrick dice que a veces vomita por la noche, que le sube la fiebre o le da un golpe de tos.
- ¿No vas a llamarle?
- No lo sé, no quería que la mujer esa supiera nada de Dereck.
- Bueno pero... es plena madrugada, no creo que esté con ella en este preciso momento.
Kelly arrugó la frente, celosa.
- No lo sé y no me importa.
Zack rio fuertemente.
- Vale, pero no estamos hablando de si ese idiota está en la cama con la chica, sino de que debería saber que su amigo está en urgencias.
- Ya pero...
- Pero no le quieres llamar. De acuerdo, lo entiendo. ¿Quieres que lo haga yo?
Kelly le miró sorprendida.
- Oye, a mí el tipo no me cae bien, lo admito. Pero no soy tan capullo. Si es un mal trago para ti, pues lo haré yo, pero debería saberlo.
- Tienes razón.
- Dame el teléfono, yo le llamaré.
Con un suspiro y el corazón en un puño, Kelly le tendió su teléfono.
Patrick respondió al cuarto tono, cuando Zack ya iba a colgar.
- ¿Kelly?
- Hola... no, soy Zack.
Patrick pareció necesitar un segundo extra para entender.
- ¿Qué pasa?
- Oye, estamos en el hospital, hemos tenido que traer a tu amigo.
- ¿En el hospital? Voy ya
- Aún no sabemos si es grave... pero Kelly estaba muy asustada.
- Llegaré en... unos minutos... yo... voy para allá- Decía Patrick. Zack podía escuchar ruidos, claramente el hombre se estaba vistiendo a toda prisa.
- Tranquilo, está en buenas manos, ya le están atendiendo...
- Gracias por llamar- Dijo Patrick justo antes de colgar.

Patrick se detuvo en seco cuando pasó por delante del dormitorio de Serena. ¿Debía decirle algo? ¿Y si le dejaba una nota? Seguro que ella pensaba que le estaba esquivando y haría más larga su estancia o le buscaría con más ahínco.
Decidió tocar en su puerta un par de veces y entrar.
- ¿Patrick? ¿Qué hora es?
- Serena, tengo que irme al hospital- Dijo- Ha habido un accidente con uno de los huéspedes de las cabañas-. Patrick se felicitó, al fin y al cabo, no era una mentira, Dereck estaba viviendo en la cabaña.
- Oh, vaya, ¿algo grave?
- Creo que sí.
- Pero... ¿No tienes un seguro para estas cosas? No entiendo para qué vas.
- Serena...- Dijo, sosteniendo el puente de la nariz con dos dedos- Es una persona conocida, y claro que tengo que ir. Te aviso por cortesía, no para consultar nada. Volveré lo antes posible y acabaremos la rehabilitación.
- De acuerdo... pero vendrás cansado y con falta de sueño. Lo veo una tontería.
- Descansa.- Casi gruñó Patrick saliendo de ahí.
Todo el camino hacia el hospital estuvo empañado por el miedo a no llegar a tiempo, a no estar junto a su amigo en su momento final... si es que ese era el momento.
Esperaba que solo fuese una falsa alarma, una crisis como las que ya habían vivido alguna vez y que Kelly solo se hubiera asustado sin motivo. Pero el tiempo de Dereck se acababa, y ellos lo sabían.
Aparcó como pudo, casi en trance, y entró muerto de miedo en el hospital. En el pasillo estaba él, el amigo de Kelly, apoyado cansadamente sobre las paredes de un tono verde claro. Recostaba la cabeza contra la pared y mantenía los ojos cerrados. ¿Cómo podía tener sueño en un momento así?
- Eh...- Dijo al llegar a su altura.
El chico abrió perezosamente los ojos y le miró sin expresión.
- ¿Has venido volando o qué? Kelly está ahí dentro. Menudo susto se ha llevado. De tu amigo no sabemos nada, aún no han salido a avisar.
- De acuerdo, gracias.
Odiaba darse cuenta de que por muy mal que le cayese el chico, al fin y al cabo, estaba ahí para Kelly y si ella había pasado un mal momento al menos podía contar con él.
Caminó despacio hasta la sala de espera donde en una de las sillas estaba Kelly, arrugando nerviosamente el borde del vestido que llevaba puesto. Estaba despeinada, ojerosa y preocupada. Patrick pensó que no podía quererla más.
- ¡Jack! Has venido... - Musitó.
A Patrick se le atenazó el corazón al escucharla llamarle por aquel nombre. Sabía lo que significaba para ella.
- Siento esto Kelly. No debí dejar que Dereck se quedase allí.
- Está bien, no pasa nada. Solo espero que esté bien, me ha dado un susto de muerte.
- ¿Qué ha pasado?
- No lo sé... me desperté en medio de la noche y casi no respiraba, no he conseguido despertarle, no sé qué le pasa, estaba bien cuando nos fuimos a la cama.
- ¿No han salido a decir nada?- Preguntó, aunque el chico ya le había dicho que seguían esperando.
- Aún no.
- No te preocupes. Seguro que estará bien.
Sin embargo, no sabía si le estaba mintiendo.
Tardaron casi una hora más en salir e informarles.
- En un estadio terminal como es el suyo, esta crisis no será la única. Está consciente e insiste en que quiere irse. Nuestra recomendación siempre es que en estos casos el enfermo permanezca ingresado, para poder monitorizar sus constantes y suministrar medicación para el dolor si es necesario. Podemos sedarle si quiere, pero insiste en que quiere irse.
Patrick asintió.
- Le llevaremos a casa. ¿Va a estar bien?

- Bueno, está controlado, pero, supongo que son conscientes de que no queda mucho tiempo.
Patrick tragó saliva y se limitó a asentir.
Acompañaron al doctor hasta el box donde un Dereck muy cansado esperaba recostado.
- Kelly, querida. Siento haberte asustado.
- No digas bobadas, Dereck.
- Desde luego, todavía sé hacer que una mujer nunca olvide una noche conmigo.
- No seas bobo. El doctor dice que si firmas todo ya puedes irte a casa. Aunque aconsejan que te quedes.
- No quiero. Me sedarán.
- Pero Dereck... ¿Y si... sufres?
- Sandeces, ¿recuerdas aquella final? ¿Cuándo tenías dos dedos rotos, y yo no conseguía salir del banquillo? ¿Recuerdas cómo lo pasamos hasta que conseguimos hacer aquella carrera juntos?
- Dios... sí...
- Aquello era sufrir. Esto es solo dolor.
- Bien... mañana me desharé de Serena como sea.
- Oh, la bella y pérfida dama. ¿Serás tan cruel como para echarla?
- Quiero que estés en casa.
- Paciencia, Patrick, no me muero mañana.
Patrick frunció el ceño. ¿No? No, puede que mañana, no, pero... ¿cuánto quedaba?
- Deja de hacer la cuenta regresiva-. Protestó Dereck como si leyese el pensamiento a Patrick.
En menos de media hora ya estaban de vuelta a la cabaña del viejo Orson. Patrick insistió en acompañarles.
Albert dormitaba incómodo en el sillón, y los niños seguían profundamente dormidos en sus camas cuando llegaron. Zack ya había tomado a Dereck en brazos a pesar de sus protestas y lo llevó directamente a la cama.
- ¡No soy una princesa!
- No decías lo mismo hace un rato... princesa- Se burló Zack. Patrick entró justo detrás de ellos y acompañó a su amigo al interior del dormitorio.
     Kelly se dio cuenta que esa pequeña habitación albergaba en ese momento a los hombres más importantes de su vida. Y dentro de poco, eso no volvería a pasar jamás.
No estaba preparada para perder a alguien. Se había dado cuenta aquella noche de camino al hospital. No quería que Dereck muriese, pero por encima de todas las cosas, no era capaz de aceptar que iba a morir, no podía soportar la idea. Iba a acabar destrozada, estaba segura.
Intentó aguantar las lágrimas hasta que se quedase sola.
Los primeros en irse fueron Zack y Albert. Se despidieron con un beso en la mejilla. Kelly sabía que si Patrick no estuviera allí, no la hubieran dejado sola aunque tuvieran que dormir en el suelo, eran así de cabezotas, pero entendieron que Patrick y Dereck necesitaban intimidad.
- Gracias por todo, chicos. Os quiero.
- Lo que necesites cuando necesites, nena. Ya lo sabes.
Kelly se sentó un momento con una taza de té en la mano, mientras Patrick hablaba con Dereck a solas. Pero tardaron tanto que no pudo esperar más y entró.
Lo que vio le rompió el corazón. Patrick estaba dormido, sentado en la cama con la espalda apoyada en el cabecero y la barbilla tocando su pecho, con los brazos cruzados.
Dereck estaba dormido a su lado. Sacó su teléfono del bolsillo y les tomó una foto. Decidió que haría muchas, todas las que pudiera mientras Dereck siguiera allí.
Intentó que Patrick se acostase bien, pero en el momento le movió un poco abrió los ojos.
- No te preocupes, duerme- Susurró ella.
- No, no, tengo que irme... ¿Cuánto he dormido?
- Solo unos minutos. Quédate.
- No puedo. Es tu cama y además tengo de librarme de Serena. Quiero que Dereck vuelva a casa.
- Eso puedes hacerlo por la mañana, duerme aquí.
- No, no tienes más camas, no voy a dejarte en el sofá.

Patrick se levantó y se dirigió a la puerta, dando un último vistazo a su amigo dormido.

- Es como un hermano para mí- Le dijo.

Kelly solo pudo apretar el hombro de Patrick con afecto. No sabía qué podía decirle para reconfortarle.

Kelly despidió a Patrick desde la puerta y se dirigió a su dormitorio apagando luces, aunque en breve comenzaría a salir el sol.

Se tumbó junto a Dereck y se preguntó cuántas mujeres habían compartido su cama, en otras circunstancias.

Había visto foto de cuando Dereck estaba sano y era un hombre realmente guapo.

¿Cuántas llorarían su pérdida? ¿Quién estaría pensando en él esos días? Desde que llegó, no parecía estar recibiendo mensajes o llamadas, como si nadie le echase de menos. Le costaba entender que alguien tan maravilloso como Dereck, divertido, generoso, amable, pudiera estar realmente solo.

¿Y él echaba de menos a alguien? Detrás de su careta de bromista y de "me muero y no me importa", seguramente pensaría mucho en su vida y en su familia. Patrick dijo que estaba separado y que con su padre no se llevaba bien, pero... ¿amaría a alguien?

Con ese pensamiento se quedó dormida.

- Ni hablar- Protestó Serena.- Me prometiste dos días y solo llevamos uno, no te vas a librar de mí.

- Te lo digo de verdad, a buenas. Necesito que te vayas porque voy a tener huéspedes aquí.

Ella lanzó una carcajada.

- De todas las excusas que podrías inventar has ido a elegir la que nadie se creería.

- Va en serio. Tienes que irte, Serena. Escucha, haremos un trato. Haz esto por mí, y tendrás esa rueda de prensa que querías.

- ¿Qué?

- Tienes mi palabra. Pero debes darme un poco de tiempo.

- ¿Cuánto tiempo?

- Poco, por desgracia- Musitó.

- Pero ¿qué es tan importante que te ha hecho cambiar de idea?

- No, no hagas más preguntas. Mira, organiza algo para dentro de un par de meses. Una gala benéfica o lo que quieras, iré a ver a un grupo de chavales, lo que prefieras, me da lo mismo. Pero vete y no mires atrás hasta entonces.

Serena, meditó un momento.

- Sospecho que hay algo jugoso aquí, si no, no cederías tan alegremente ante esto.

- De acuerdo, lo he intentado a las buenas...

- ¡Vale!, tranquilo, dame un rato para hacer el equipaje y me iré.

Patrick la miró contonearse hasta las escaleras.

Sabía que aquella era la única manera de alejar a Serena sin que diera problemas. Ojalá ella simplemente fuese alguien razonable pero no lo era.

Sin embargo, todo le daba igual ya. ¿Quería una rueda de prensa? ¿Una gala? ¿Un discurso, un pedestal? Para entonces, Dereck ya no estaría. ¿Qué más daba lo que pasase después? Solo quería pasar con él todo el tiempo posible. Y no iba a permitir que él pasase ni un minuto más lejos de su casa.

¿Y si la crisis de ayer hubiera sido definitiva? Él no hubiera cumplido con su promesa de estar a su lado. Estar junto a él tenía mucho más valor que cualquier mal trago que venga después.

Serena se marchó casi hora y media después. Patrick juraría que se demoraba adrede. ¿Cuántas cosas le había dado tiempo a sacar en un solo día de esa maleta?

Lo hacía para ponerle nervioso, estaba seguro. Casi pudo sentir el peso que se le quitaba de los hombros cuando su descapotable desapareció por el camino.

Esperó, no obstante un poco, porque temía que volviera con cualquier excusa, antes de tomar su propio coche y conducir hasta la cabaña de Kelly.

Allí estaba Dereck, sentado en el porche, con una taza en la mano y un pastel frente a él en una mesa auxiliar.

- Sabía que conseguirías tarta en cualquier lugar- Le dijo a modo de saludo.
- Oh, esta vez yo he ayudado a prepararla.
- Eso está bien. ¿Cómo te encuentras?
- Estoy bien, siento el susto que le di a la pobre Kelly. Está ojerosa y cansada. Creo que no ha pegado ojo en toda la noche.
- Sí, no ha sido un camino de rosas para nadie. Te voy a llevar a casa.
- ¿Ya? ¿Tan pronto?
- ¡No me digas que no quieres venir!
- No seas bobo. Es que me gusta esto. Los niños, y Kelly, incluso esos dos zánganos que tiene siempre pululando por aquí. Me gusta este reducto de tranquilidad.
- Mi casa también es un reducto. - Protestó sintiéndose infantil.
Dereck rio hasta que le dio un acceso de tos, entonces, bebió un sorbo de su té.
- No te pongas celoso, Patrick. Iré contigo, pero con una condición.
- ¿Qué condición?
- Invita a Kelly.
- ¿Qué?
- Busca una excusa, di que quieres que cocine para nosotros, o lo que sea. Quiero veros un poco más juntos antes de irme, ya te lo dije.
- No voy a...
En ese momento, Kelly salió de casa, sonriendo al verle allí.
- ¡Patrick! ¿Qué tal?
- Bien... he solucionado el problema con Serena, he venido a por Dereck.
- Es una pena que se vaya tan pronto, nos gusta estar con él. - Dijo ella, y sabía que era sincera.
Dereck hizo un gesto de apremio con los ojos, y maldiciendo en su interior, dijo:
- Kelly, me preguntaba si... estos días y ya que te has pedido libre en el hotel... podrías echarme una mano. Ya sabes, cocinar y eso. Me dedicaré a cuidar de Dereck y...
- ¡Claro que sí!
Kelly pareció estar pensando en algo.
- No sé si es buena idea que los niños estén allí... ya sabes.
- Cierto, no había pensado en eso, lo siento Kelly...- Dijo Patrick, queriendo que la tierra se le tragase.
- No pasa nada, bombón- Insistió Dereck- Solo serán unas horas. ¿Crees que podrían quedarse con Amy? Esa mujer es un ángel.
- Bueno... Es posible.
- Solucionado. Ahora, por favor, ayúdame a llegar al coche, no creo que pueda hacerlo solo- Dijo con fingida indiferencia.
¿Cómo podía ser que aquel hombre que no podía apenas caminar solo, fuese su mejor amigo? Un hombre que había entrenado durante horas, capaz de batear una bola hasta que casi la perdías de vista, con unos brazos tan poderosos que tumbaba a hombres con un solo puñetazo. ¿Esto era todo lo que quedaba de él?
- Iré en un rato a casa- Dijo Kelly mientras se despedía.
- ¿Ves? Ella vendrá.
Patrick gruñó.
- Ella no debería ver esto, y esos niños tampoco. Ella no tiene que sufrir de más.
- Lo sé, y ojalá esto no acabase ahí, pero yo me iré y será muy pronto. La necesitarás.
- No a costa de hacerla sufrir así.
- Vamos, no me odies.
- Yo no te odio, Dereck. Sé lo que quieres hacer, pero no quiero que ella lo pase mal.
- Todos vamos a pasarlo mal, sobre todo tú. Para mí solo será como quedarme dormido.
- ¿Así de fácil lo ves?
- ¿Cómo si no va a ser? Será como apagar la luz. No creo en un más allá.
- Ya... bueno.
- ¿Te has vuelto creyente de pronto?

- No... no es eso. Es que... desde que pasó lo de Johanna, bueno, siempre he preferido pensar que está en un lugar mejor, sé que es un tópico, pero es que ella no se merece menos, no quiero que solo se apagase la luz y dejase de existir completamente.

- Vamos Patrick. Joy estará bien. Sea lo que sea lo que nos depara el después, no puede ser nada malo para alguien como ella. ¿Imaginas que la vuelvo a ver en la siguiente estación?

Patrick rio sin mucho humor.

- Mantente alejado de mi hermanita, incluso como fantasma. O me encargaré de ti en cuanto vaya detrás.

- Para entonces serás un viejo decrépito que ha muerto frente al fuego en su cabaña, apacible y serenamente.

- No podemos saberlo, Dereck. Igual yo no llego ni a los cuarenta.

- Bobadas, Kelly cuidará de ti, y tú de ella. Y esa enana, Molly os dará unos nietos preciosos y ruidosos y tú serás ese tipo de abuelo que seguro que ahora odias.

Un extraño calor invadió su pecho. Imaginar una vida con Kelly, y con los niños, envejeciendo a su lado.

- Dereck...

- Dime- Murmuró cansado.

- ¿No quieres de verdad que digamos algo a Candance o a alguien?

- Ni hablar. Que se entere cuando dejen de llegarle los cheques de la pensión.

- Pero hombre... Sé que no es la mejor de las mujeres, pero al menos, no sé, la amaste. Se merece al menos saber que...

- Nah, deberías seguir tú mandando esos cheques, así nunca lo sabrá.

Patrick le miró molesto.

- No me mires así, hace mucho que somos desconocidos. Y mi padre igual. Ni se te ocurra decir ni una palabra. Además, quiero llamar a mi abogado, debo hacer unos cuantos ajustes en mi testamento.

- Claro, le llamaremos en cuanto lleguemos a casa. ¿Qué piensas hacer?

- Tengo dinero. Más del que me voy a gastar en los pocos días que me quedan. Amy ha hecho muchas cosas por la gente de este pueblo, le voy a dejar una parte. Quien sabe, quizá haga una tarta con mi nombre y sea famosa en todo el país.

- Me parece buen gesto, hombre.

- También quiero dejarle algo a Kelly.

- Ella no lo querrá.

- Bah, no podrá negarse de todos modos, quiero asegurarme de que esos niños van a la universidad.

- Yo puedo ocuparme de eso.

- Lo sé, pero como tú mismo has dicho, ella no lo querrá. Pero si es una herencia para ellos no podrá negarse. Déjame eso a mí.

- De acuerdo, maldito manipulador. Hemos llegado.

- ¿Crees que podrás encender el fuego para mí?

- Vamos, es casi verano, me voy a asar...

Dereck se encogió de hombros.

- Claro que sí, tendrás ese fuego, maldita sea. Haces conmigo lo que quieres.

Dereck rio un poco antes de sufrir un pequeño ataque de tos.

- ¿Puedo usar tu despacho un rato? - Preguntó después. Debía llamar a su abogado.

- Sin problema, hombre.

- Espero que la conexión sea buena, tengo que hacer esto por videoconferencia.

- Sí, tranquilo. Esperaré aquí abajo.

- Cuando venga Kelly, no le digas nada de esto.

- Claro. Y Dereck...

- ¿Qué?

- No se te ocurra dejarme pasta.

- Lo había pensado. ¿Pero para qué si tienes más de la que quieres? Vives de esto mientras tu dinero como estrella del beisbol sigue generando intereses en la ciudad. De todos modos, sí que tengo un par

de sorpresas.
- No...
- Calla, tendrás que esperar para verlas.
Patrick negó con la cabeza. Ayudó a Dereck a subir a su despacho, le acomodó y encendió el ordenador para que pudiera hablar con su abogado.
- ¿De verdad te queda pasta después del divorcio?
- Hombre... me gasté un buen pellizco en tratamientos, no lo voy a negar, y Candance es un pozo sin fondo de pensión y compensatorias. Pero sí, algunos cientos de miles quedan.
- ¿Y la casa?
- ¿La de mis padres? Se venderá.
- Pero...
- Se venderá y lo que se saque irá a la parroquia. No quiero que él viva en ella. Es mía, yo la compré.
- Pero allí nos conocimos. Nos criamos allí en ese barrio.
- Cómprala tú entonces.
- No... tienes razón. ¿Para qué?
- Bueno, voy a llamar. Espera abajo a que llegue Kelly, y por favor, sé amable.
Patrick se alejó murmurando por el pasillo.
En menos de media hora, Kelly estaba allí.
- He dejado a los niños con Amy. Están totalmente felices. Van a comer tarta, ver la tele en la sala de estar de Amy y seguramente acabarán con dolor de barriga.
- Oye, si no estás cómoda aquí...
- Oh, dios, ¡no! No pienses eso. Lo que pasa es que no quiero... ya sabes, sé que no podemos hacer nada, pero no quiero que Dereck muera.
- Nadie quiere que pase eso, pero... no queda mucho tiempo.
- ¿Está descansando?
- No, está poniendo sus papeles en orden.
- Oh, ya... claro.
- ¿Qué vas a preparar?
- Bueno, quería hacer algo suave, una crema de verduras para Dereck.
- ¿Crema? Te la escupirá a la cara. Dale alimento a ese hombre, por el amor de Dios.
- Jajaja tienes razón. Traje también para hacer un asado.
- Kelly, deja al menos que te pague la compra.
- No seas absurdo.
- Por favor. No tienes que comprar para nosotros. Solo echarme una mano con la cocina estos días. Si quieres.
- Claro que sí. No es eso...
Patrick miró a Kelly y por un momento su mirada le atrapó.
Ella bajó la vista avergonzada.
- Kelly... de verdad me alegro de que estés aquí. Es muy importante para mí.
Ella apoyó sus manos sobre las de él, para reconfortarle.
Agradeció el tacto de sus delicadas manos, atrapadas en las suyas, mucho más grandes y ásperas.
- Yo...
- No lo digas, Patrick.
- ¿Necesito decir algo? Creo que tú ya lo sabes.
- No es el momento.
- ¿Y cuándo lo será? Te quiero, Kelly. Sé que sabes que es verdad, por muy idiota que sea, y por mucho que haya metido la pata contigo.
- Tengo miedo contigo, Patrick. Miedo de todo lo que me haces sentir, miedo de sentirlo y miedo también de no volverlo a sentir jamás. Miedo de lo que vivimos, y de lo que podríamos haber vivido. Pero sobre todo tengo miedo de tu oscuridad. De esa parte en la que no me dejas entrar, y en la que solo hay rencor y dolor. Tú nunca te vas a perdonar, y eso hará que sigas teniendo miedo a abrirte. Y no me vas a dejar entrar nunca.

- No es igual ahora. Tú ya lo sabes todo y yo... yo no quiero dejarte ir nunca más.
- No lo sé, Patrick... me mentiste y me hiciste mucho daño. Yo no quiero sufrir más, ¿cómo podría volver a confiar en ti?
- Te demostraré que no voy a irme a ningún lado, y que lo único que quiero es compartir mi vida con vosotros.
Ese vosotros emocionó a Kelly. ¿Podría hacerlo? ¿Perdonarle?
Quería hacerlo, pero había sufrido mucho. El recuerdo del dolor que sintió cuando se marchó sin decir adiós y luego cuando volvió con esa mujer... No podía simplemente fingir que nada de eso había pasado, que no le había roto horriblemente el corazón.
- Kelly, siento muchísimo, de verdad, cada una de las lágrimas que derramaste por mí. Me siento horrible y sé que hice las cosas fatal. Pero no quiero que pase más tiempo sin que lo arreglemos. Dime qué debo hacer y lo haré.
- No hay un remedio mágico, Patrick, es algo que siento dentro. Te quiero, y sé que ya lo sabes, y te hubiera seguido hasta el fin del mundo y más allá... pero decidiste partir sin mí. Me dejaste atrás y no puedo olvidarlo.
- ¿Esto es definitivo?
- Yo... no lo sé. De momento, no te lo tomes como un reto.
- De acuerdo- Murmuró Patrick, pero seguía sin soltar a Kelly.
- Tengo que cocinar.
- No quiero soltarte.
Kelly rio despacio y se soltó de él. Tomó una de las sartenes y comenzó a preparar la comida, más que nada para poder distraerse.
No debía concentrarse en Patrick, sino en Dereck y lo que les esperaba.
Pasó casi una hora hasta que todo estuvo listo y Patrick bajó a su amigo con cuidado de la planta de arriba. Le acomodó en su sofá y encendió la chimenea.
- ¿La chimenea? -. Articuló en voz baja Kelly. Patrick se limitó a encogerse de hombros y señalar con la cabeza a Dereck, que se arrebujaba en el sofá, ausente de todo.
Kelly le sirvió una parte del asado con generosa salsa y Patrick le acercó una mesa para que no tuviera que moverse.
Dereck tenía la piel blanquecina, y las ojeras se le marcaban en un tono casi negro. Los labios se le habían cortado y las manos apenas sostenían un tenedor.
Patrick se sentó a su lado y se detuvo un rato a cortar la carne de su amigo. Kelly aprovechó para tomarle alguas fotos mientras Dereck se burlaba de él.
Pasaron la tarde en el porche viendo el atardecer caer sobre el lago.
Kelly tomó un par de fotos más pasando desapercibida, y volvió con los niños.
Al día siguiente regresó con un poco de pescado blanco y encontró a Dereck dormido. Apenas despertó aquel día. Patrick se encontraba a su lado leyendo un diario de deportes.
- Pero, mira, colega, estos no saben hacer nada sin nosotros. No sé cómo no despiden ya a Smithers, es un manco como entrenador. ¿Recuerdas que en nuestra etapa nos hacían correr hasta vomitar? En aquellas mañanas heladas pisoteando escarcha. - Patrick miro a Dereck como si esperase una respuesta. - ¿Sabes qué? Serena quería presionarme para que me metiese a entrenador, de una especie de acto benéfico, con chavales de la calle. Sé lo que estás pensando, sería un puto desastre. Pero... ¿Y si saliera bien? He visto películas sobre eso. No me juzgues, he pasado mucho tiempo aquí solo. No siempre hay tele por cable.
Dereck tosió.
- De acuerdo, de acuerdo. Lo consultaremos, un poco más tarde. Quizá salga algo bueno de esto. Debería dejarte descansar.
Patrick se levantó y caminó despacio hasta la cocina.
- ¿Cómo está?
- Ha pasado muy mala noche, tiene dolores pero insiste en no tomar nada. Dice que eso solo enturbiaría los últimos días.
- ¿Y es cierto?

- Supongo que simplemente estaría dormido. Pero sin dolor.
- Es su decisión, Patrick.
Patrick asintió y dejó caer su cabeza derrotado.
- Tienes que ser fuerte. Esto va a pasar.
- Lo sé. Y seré fuerte. Se lo debo.

21

El amanecer era fresco, a pesar de estar muy cerca el verano. El aire desde el balcón del dormitorio de Patrick tenía un profundo olor a humedad y tundra del bosque adyacente.
- Me encanta este sitio. Es el mejor sitio del mundo- Dijo con mucha dificultad Dereck. Apenas respiraba con normalidad.
- Lo sé.
- ¿No crees que soy un tipo muy afortunado?
Patrick apretó los ojos.
Apenas llegaba a la mitad de sus treinta, un hombre fuerte y un gran deportista, iba a dar su último aliento, en la flor de la vida, con muchas cosas por vivir aún.
- No me parece que hayas tenido suerte, amigo.
Dereck rio levemente, recostado sobre su tumbona de madera, junto a su mejor amigo.
- No seas así. No ves las cosas buenas. Me voy a morir, vale que es una putada. Pero mira esto, mira lo que tienes delante.
Justo enfrente de ellos, la falda de la montaña, la explanada del valle donde se veían diseminadas las cabañas de alquiler. Un poco más allá, la inmensa extensión de agua del lago.
- Hay poca gente en el mundo que puede mirar lo mismo que estamos viendo nosotros ahora. Y poca gente en el mundo que se va acompañado de una persona como tú. No elegí morir tan pronto- Decía, dando grandes bocanadas de aire entre casi cada palabra- Pero definitivamente, he elegido el mejor modo de irme.
- Te voy a extrañar mucho, Dereck.
- Estaré con Joy.
- De eso nada- Bromeó Patrick- No quiero que te propases con mi dulce hermanita.
- No te preocupes- Rio Dereck- Si hay un lugar donde Joy está, seguramente no esté destinado para mí. Viví como quise, hice cosas malas, cosas menos malas. Bateé unas bolas increíbles. Puedo irme en paz.
Patrick se obligó a mirar a su amigo, a pesar de que sus ojos enrojecidos no podían ocultar las lágrimas.
- Buen viaje, amigo mío.
- Gracias por todo, te esperaré al final.
Patrick levantó la taza de café y dio un sorbo.
Miró detenidamente el agua frente a ellos.
El poder del lago siempre le había resultado místico, como si ocultase un secreto, una fuerza especial que hacía que nadie pudiera evitar perder su mirada en sus aguas.
- Cuéntame- susurró a penas Dereck. Su respiración era casi estertórica, irregular. - Eso del amor... del lago...
Patrick le había contado alguna vez lo que el viejo Orson le dijo sobre el verdadero amor y el lago. A Dereck, que se había convertido en todo un romántico, le gustaba hacerle hablar de amor.

Patrick habló. Le contó todo lo que le había dicho el viejo. Le habló incluso cuando no pudo oír más respiraciones trabajosas a su lado. Incluso cuando su amigo dejó de apretarle la mano. Habló de todo lo que era para él el amor. De su hermana, de sus padres y de Kelly. Habló de cuánto le quiso siempre, como su mejor amigo y compañero. Habló hasta que no pudo decir nada más porque la garganta le raspaba y las lágrimas no le dejaban ver el lago.
Sostuvo la mano de Dereck durante mucho rato, hasta que el sol estuvo alto y la vida en las cabañas irrumpió en la tranquilidad de su morada.
Aquellas personas estaban levantándose ese día para disfrutar de sus vacaciones y de los juegos infantiles sin saber que nunca más vivirían en un mundo completo, ajenos a que, desde aquel amanecer, Dereck ya no estaba allí, y eso hacía que todo careciese un poco de sentido. Oía sus gritos, los ruidos que hacían al cerrar las puertas de las cabañas. Escuchaba, amortiguado y mezclado, el sonido de todos ellos subir desde abajo.
No sabía, ninguno sabía, que unos metros por encima de ellos, sentados en los muebles de madera, un hombre se había despedido para siempre del lago, y otro, se sentía más roto por dentro.

Avisó al hospital y mandaron una ambulancia. Certificaron el fallecimiento de Dereck, y Patrick se ocupó de todo el papeleo. Avisó a su abogado, que aseguró que iría a Sunnylake aquella misma tarde.

Cuando la ambulancia se marchó, y los de la funeraria llegaron para trasladar el cuerpo, Patrick aseguró que no quería una capilla ardiente, tal y como había indicado Dereck. Solo se llevaría a cabo la incineración.

Se sintió desnudo y vacío cuando se llevaron el cuerpo para prepararlo.

Se aseó un poco y salió de su casa en su coche, rumbo al único sitio donde sentía que le rendiría homenaje de verdad a Dereck aquella mañana.

Aparcó cerca de la cafetería de Amy. Sus ojos seguían rojos, pero no había vuelto a llorar desde que llego el primer sanitario.

Entró al local y Amy levantó la vista. Le recibió con una amplia sonrisa, como solía hacer y miró a su lado o detrás de él, para buscar a Dereck.

En su mirada centelleó la comprensión en un instante y su sonrisa se borró.

Patrick se aclaró la garganta y tomó asiento en su mesa de siempre, la que no usaba desde que Dereck había llegado a la ciudad. Era como una metáfora... volvía a estar solo.

Amy se acercó a su lado, y apoyó una mano en su hombro.

- ¿Qué te pongo, Jack?- Preguntó.

Patrick estuvo a punto de llorar otra vez al oír su antiguo nombre.

Tuvo que aclararse la garganta antes de continuar.

- Ponme... todas. Un poco de todo.

Amy asintió sin decir nada y volvió poco después con un plato colmado de pequeñas raciones de seis tartas diferentes.

Se sentó frente a él y le tendió una de las dos cucharillas que llevaba.

Patrick comió la primera cucharada con el estómago cerrado.

- Le hubieran encantado- Dijo, sabiendo que era verdad.

- A nadie nunca le han gustado mis tartas tanto como a él- Dijo Amy, por cuya mejilla resbalaba una silenciosa lágrima.

- Esta tarde necesitaré que vengas a casa un momento, por favor. Dereck dejó una carta para ti. Te la dará su abogado.

- ¡Oh! Que amable... claro que iré. Era un chico maravilloso, Jack. Una persona muy bella.

Patrick sonrió. Lo era. Y más que lo sería cuando la anciana supiera que lo que había dejado para ella no era una carta sino un montón de dinero y la petición de que hiciese una tarta con su nombre.

Entre los dos comieron un poco de cada tarta, y dejaron el resto en el plato cuando ninguno fue capaz de hacer pasar nada más a través del nudo que se había formado en sus estómagos.

- Siento mucho esto, Jack. ¿Se ha ido en paz?

- Sí.

- Me alegro de oír eso. ¿Kelly ya lo sabe?

- No... yo... no sé aún cómo... no soy capaz de...

- Cariño- Dijo Amy, poniendo una mano sobre la gran zarpa de Patrick- ¿Quieres que se lo diga yo? No me importa si tú no te ves capaz.

Patrick asintió. ¿Cómo iba a hablar con Kelly? En el momento que lo hiciera, su voz se rompería por completo y solo podría balbucear.

- Dile que venga esta tarde también, hay otro sobre para ella.

- De acuerdo. ¿A qué hora?

- Cinco.

Amy asintió y le detuvo cuando Patrick quiso sacar la cartera para pagar.

- Querido, no pensarás en serio que te voy a cobrar esto.

- Amy...

- Olvídalo. No vas a pagar una tarta más aquí mientras yo viva.

Patrick sintió como su corazón se estrujaba un poco más. Dereck había cambiado tanto la vida de toda la gente que le había conocido... Sintiendo que iba a llorar en cualquier momento, asintió a la anciana y salió de allí más rápido de lo que hubiera sido educado.

Deambuló un poco por el pueblo, no se sentía con fuerzas para volver solo a casa. Su vida, volvería a ser la de siempre, y sin embargo, sentía que aquello no era correcto. Ahora había un gran agujero negro que no podría llenar con nada. Nada sería como cuando Dereck estaba allí.

Recordó que le había prohibido llamar o avisar a su padre y mucho menos a Candance. Además, le había dicho que estipuló una cantidad mensual para ingresarle a modo de pensión durante un par de años más.

"Así ella ni sabrá que no estoy. Sólo me echaría de menos por esos cheques, Patrick, déjala ser feliz un poco más pensando que me está desplumando".

Era deseo de su amigo que su fallecimiento no trascendiese a los medios. Él no quería que nadie se enterase, que le recordasen así. No quería que se acabasen filtrando fotos de su estado o datos médicos sobre su enfermedad.

"No quiero ser carroña" insistía. De acuerdo, nadie tenía que saber nada a no ser que alguien del hospital lo volviese a filtrar, pero el Doctor Pyne, y también el director del hospital le habían asegurado que después de lo que pasó con él mismo y con su identidad, habían tomado serias medidas legales con los empleados, para evitar casos similares en el futuro.

"Pero nadie sabrá que te has ido", habló Patrick en su cabeza *"Nadie sabrá que ya no estás"* y aquel pensamiento le llenó de una profunda tristeza.

Finalmente decidió regresar a su cabaña. Entró al cuarto de Dereck y dobló toda la ropa que tenía colocada sobre la silla. La metió en su maleta. Pero no estaba satisfecho así que la volvió a sacar y la acomodó en el armario.

La ropa y sus cosas no podían quedarse siempre allí. No eran muchas, pero el algún momento alguien podría entrar, como Serena la próxima vez que tuviera que ir.

Lo cogió todo y lo llevó a su propio cuarto.

Tenía un enorme armario de roble que llegaba de pared a pared. No ocupaba ni la cuarta parte con las pocas prendas que tenía, así que destinó uno de los armarios estrechos con su puerta independiente y cerradura para colgar cuidadosamente cada cosa que tenía Dereck en la maleta.

Colocó una foto de ambos que le había obligado a tomarse sonrientes frente a la cafetería de Amy en la mesita de noche. Tiró toda la maldita medicación a la basura casi con rabia. Apagó su teléfono móvil por última vez y lo guardó en el armario, con el resto de sus cosas.

Luego se sentó en su cama, incapaz de mirar hacia afuera del balcón cuyas puertas seguían abiertas de par en par, porque parecía que Dereck estaba ahí. Porque Dereck ya no estaba más allí.

A las cuatro y media el abogado de Dereck tocó a la puerta.
- Adelante- Murmuró Patrick, con la voz un poco ronca.
El abogado le estrechó la mano.
- Lamento que nos conozcamos en tan tristes circunstancias- Dijo. Esperó pacientemente a que Patrick le indicase dónde se podría sentar para disponer todo.
- ¿En esa mesa le va bien? - Preguntó señalando la mesa de comer, de madera maciza junto a uno de los ventanales.
- De acuerdo. No hay problema.
Patrick se acordó de ofrecerle un café o té mientras llegaban el resto. Había recordado que Dereck le había pedido que los hermanos Callum acudiesen también.
Poco a poco fueron llegando.

Los primeros en llegar, los dos hermanos acompañados de Kelly. Los niños estaban en los asientos traseros y Kelly les dejó una pelota y unos juguetes en el porche y les pidió que se quedasen a la vista por allí.
Sin embargo, Molly entró corriendo en casa y se lanzó al cuello de Patrick, que estaba sentado en su butaca.
- Siento que se haya muerto tu amigo, Jack. Si estás triste, puedes quedarte a cenar con nosotros. - Le dijo la niña. Patrick correspondió al abrazo.

- Gracias Molly.
La niña depositó un rápido beso en su mejilla, antes de salir de nuevo a reunirse con su hermano.
Kelly acudió a su lado y también le abrazó.
- Lo siento muchísimo, Patrick, de verdad.
Patrick asintió y rompió el abrazo, no pensaba llorar delante de ella, ni delante de los dos hombres jóvenes que se habían quedado en la puerta sin saber muy bien qué hacer.
      El abogado se aclaró la garganta para llamar su atención y les señaló con un gesto las sillas a su alrededor. Los chicos se miraron un momento y se acercaron. Ninguno parecía saber qué hacían allí exactamente.
Amy llegó sólo diez minutos después, a las cinco en punto.
      Vestía con un vestido algo ajado, unos zapatos cómodos de trabajo, y una tartera en las manos.
Patrick nunca la había visto fuera de la cafetería. No se imaginaba o no se había parado a pensar cómo sería la vida de aquella señora.
Venía con los ojos enrojecidos de llorar.
Amy había conocido a Dereck sólo una temporada, sin embargo, ya le quería.
Patrick tomó la tartera y agradeció el detalle.
Le indicó que se sentase junto a Kelly en la mesa.
El abogado la presidía. A un lado, los hermanos, al otro, las mujeres. Luego Patrick, enfrente justo del letrado.
- Gracias por venir. Era muy importante para Dereck que todos ustedes recibiesen en mano estos sobres. Son unas cartas dictadas por él, que les serán entregadas finalizada la lectura del testamento.
Zack carraspeó un momento.
- Disculpe... señoría- Dijo. - Pero ¿Seguro que nosotros tenemos que estar aquí?
- Si son Albert y Zackary Callum, sí. - El abogado miró la cara de desconcierto de los chicos- Será solo un momento.
- De acuerdo- Murmuró Zack recostándose en la silla de nuevo.
El abogado introdujo una serie de términos legales para explicar que aquel testamento era legal, y que Dereck lo había modificado en pleno uso de sus facultades, que eran sus últimas voluntades y que esperaba que fuesen respetadas.
- Para Amy- Leyó- La mejor repostera que he conocido en la vida, quiero legar una cantidad de 120.000 dólares.
- ¿¡Uh!? ¿Cómo? - Dijo la anciana, inclinándose sobre la mesa.
- La hostia... ¿ese tío era rico? - Exclamó sorprendido Albert. El abogado carraspeó para acallarles.
- Una cantidad de 120.000 dólares, para que los administre como crea conveniente, en agradecimiento a su maravillosa ayuda y apoyo en los últimos tiempos y por todo lo que ha hecho estos años para muchas mujeres y hombres que han necesitado una mano amiga.
Kelly abrazó emocionada a la mujer que aún parecía no poder creer lo que escuchaba.
- A cambio, solo pido un pequeño favor, y es que le ponga mi nombre a una de sus maravillosas tartas, y la sirva siempre con una sonrisa.
- Ay Dios, Ay Dios... yo... yo no puedo aceptar ese dinero.
- ¡Claro que sí, Amy! Te lo mereces, tú ayudaste a nuestra madre, coño- Exclamó Zack- ¡Te mereces eso y mucho más!
El abogado hizo una pequeña pausa para que la pobre mujer pudiera asumir lo que acaba de leer y prosiguió.
- A los hermanos Callum. Sé que no nos hemos conocido mucho, pero quería agradecer la ayuda que tan generosamente habéis prestado a una persona importante para mí. Una madre que necesitaba un buen sitio donde vivir y se lo habéis proporcionado arreglando todo lo necesario. Mi más sincero agradecimiento. Os he comprado un local que cuenta con una vivienda en el piso superior. Los trámites para la apertura legal de vuestra empresa de reformas, y una línea de crédito para la compra de material, herramientas y publicidad están dispuestos y todos los detalles os los proporcionará mi abogado. Y cito textualmente: "Por favor, chicos, pensad en grande".
Los hermanos se miraron un momento.

- ¿Qué ha dicho?
- ¡Chicos! - Exclamó Kelly- ¡Vais a tener vuestra propia empresa!
- ¿Qué?
- Si os parece, os haré entrega ahora enseguida de las cartas de Dereck, os lo explica él mismo.
Albert apretó el brazo de su hermano con nerviosismo.
- Ha dicho que vamos a tener una casa, Zack, una casa propia, y un local. Y herramientas nuevas y cosas... - Murmuraba excitado.
- No puede ser... este tío no nos conocía de nada... ¿cómo puede hacer eso por nosotros?
Zack miró a Patrick queriendo saber. Él se limitó a encogerse de hombros. ¿Qué podía decir? Dereck había actuado bien, eso lo tenía claro. Esos chicos tendrían su oportunidad. Si eran listos y sabían aprovecharla, les iría bien.
- Para Kelly- Dijo entonces el abogado- Y cito textualmente: "Querida, eres la persona más dulce que he conocido en la vida. Sé perfectamente que no me ibas a aceptar ni un cochino centavo, así que no te dejo dinero en absoluto. Pero a Molly y Josh les he dotado de una beca completa de estudios para que puedan pagarse una carrera en cualquier universidad que elijan. Además, de un fideicomiso al que tendrán acceso en su mayoría de edad con una cláusula en la que especifica que, en ningún caso, bajo ninguna circunstancia, alguien que no sean ellos o tú puedan hacer uso de ese dinero, y en este paréntesis incluyo específica y completamente a ese pazguato donante de semen que sería el idiota de su padre"- El abogado hizo una pequeña pausa- Me limito a citar, señorita Watts.
Kelly asintió, intentando creer lo que estaba oyendo.
- "Insisto en esto porque sé que cuando se entere de que sus hijos van a heredar una pequeña fortuna seguramente se acuerde de que son suyos y quiera recuperar el tiempo perdido. En cualquier caso, mi abogado aquí presente te asesorará para impedir que pueda acercarse demasiado. Corre de mi cuenta".
Igualmente, añade que le cede su bate y bolas de la suerte, dos relojes de oro que heredará Josh y un aderezo de oro que perteneció a su abuela y que serán para Molly. A usted, con todo su cariño, pero sabiendo que no pretende en ningún caso aceptar dinero, le ofrece su cariño y agradecimiento eterno.
Kelly tragó saliva. El futuro de sus hijos estaba resuelto. Podrían estudiar, podrían viajar, tener su propia casa. Las lágrimas salían a borbotones de sus ojos, mientras Amy la abrazaba.
Patrick sonrió para sí. Tendría que haber imaginado que Dereck haría algo así con el padre de los niños. Él tenía un profundo odio a su padre que nunca le trató bien y que siempre le buscaba para pedirle dinero. Siempre la misma cantinela, que había cambiado, lo juraba, que no era el mismo, Que se había dado cuenta de que lo quería, que era un mal padre, pero si le daba la oportunidad, le demostraría la verdad.
Los últimos años Dereck se limitaba a darle a su asistente un cheque cada vez que aparecía para no tener ni que verle la cara.
Deseaba estar presente cuando el padre de los chicos lo intentase, lo deseaba fervientemente, y estar al lado de Kelly cuando se le riera en su cara de perdedor.
No conocía al padre de los niños, no sabía ni cómo era físicamente, pero sería un tipo despreciable y esperaba que se arrepintiese toda su miserable vida de haberlos dejado, aunque solo fuera por el dinero que no iba a tocar jamás.
- Para Patrick. Sé que no necesitas dinero, eres más rico que yo. Pero te dejo mi antigua casa. Sé que le tienes cariño, y demonios, también yo. Haz con ella lo que creas conveniente, y también mi piso de la ciudad y el de New York. Hay una cantidad en una cuenta para correr con los gastos de mantenimiento, impuestos y servicio de limpieza regular (si es que no te quieres ocupar tú) para al menos diez años. Te dejo también todas mis posesiones materiales como el maldito Rolls Royce, el Yaguar y el barco. Te proporcionaremos una lista con todo ello. Así mismo, eres el beneficiario de cualquier ingreso por el uso de mi imagen y publicidad que pueda haber, aunque ya sabes lo que pienso de eso. Se establece una cantidad mensual correspondiente a la pensión de Candance por los próximos dos años. El resto de mi fortuna en metálico será donado a una fundación para la investigación del cáncer y para la creación de una fundación para la atención a familias de niños con autismo, para que no se sientan solos y perdidos nunca más.

Se hizo un momento de silencio.
- Eso es todo. Ahora deberán firmar estos documentos para la aceptación de la herencia y les entregaré las cartas.

Los hermanos Callum fueron los primeros en recibir sus documentos. El abogado insistió en que les explicaría detenidamente cualquier duda y los estuvieron leyendo en voz alta un momento hasta que todos ellos firmaron.

El abogado se marchó casi una hora después. Patrick invitó a todos a quedarse a cenar, leía en sus caras que necesitaban respuestas.
Los niños entraron a merendar y se quedaron entretenidos viendo la tele mientras comían tarta de la que había traído Amy.
- Pero a ver... ¿De dónde ha salido toda esta pasta? - Preguntó Albert.
- Dereck... bueno, vosotros ya sabéis que hace unos años yo... jugaba en las grandes ligas.
- Sí. Y bien que te lo tenías callado- Apuntó el hermano menor.
- Dereck también jugaba conmigo.
- ¿También era famoso? Pues no me suena.
Patrick rio un poco por lo bajo. Claro que no, estaba demasiado demacrado. Se levantó un momento e hizo algo que nunca creyó que haría para nadie y menos para unos casi desconocidos en su casa. Sacó de uno de los cajones del armario de la entrada un álbum de recortes.
Ese álbum lo había recopilado su propia hermana cuando Patrick cumplió los 25. Tenía fotos de toda su familia y de Dereck y él juntos desde críos. Luego recortes y fotos de sus primeros partidos, y de algunas jugadas y reseñas deportivas.
- No me jodas... ¿Es él? ¡Dios mío! ¡Claro que sé quién es! ¡Joder! - Exclamó Zack cuando le reconoció de inmediato.
- Estaba muy cambiado- Murmuró Kelly, acariciando una de las fotos en las que Patrick y Dereck sonreían victoriosos tras un buen partido, cogidos de los hombros y con el puño en alto en señal de triunfo.
- Estaba muy malito- Musitó Amy, llorando quedamente.
- Tú también has cambiado lo tuyo- Dijo Albert. - Siento mucho lo de tu amigo. Parece que habéis estado juntos desde siempre.
- Sí, éramos vecinos. Vivíamos casa con casa.
- ¿Quién es ella? - Preguntó señalando a Johanna.
Patrick pensó que se sentiría mal al ver a su hermana en aquellas fotos, sin embargo, no fue así. Le gustó volver a ver su imagen, algo que había evitado durante años.
- Ella era mi hermana. Murió hace cinco años en un accidente de tráfico.
- Lo siento, tío.
Patrick solo sonrió al ver una foto de Joy abrazando a Dereck.
- Creo que estaba un poco colada por él- Musitó con una sonrisa.
- Era muy guapa- Dijo Amy con cariño, apretando el hombro de Patrick.
- Bueno, pues ya lo sabéis todo. Os quiero pedir algo, por favor. Dereck no quería que nadie supiera de su enfermedad. No lo sabe ni su padre ni su ex mujer y mucho menos la prensa. Por favor, me gustaría que eso siguiera siendo así.
- ¿Y si alguien del pueblo nos pregunta de dónde hemos sacado la pasta para el negocio?
- Le dais la tarjeta de vuestro abogado.
- Suena bien, ¿eh? Eso de tener nuestro abogado. Como si fuéramos alguien- Murmuró Albert, orgulloso.
- Con dinero o sin dinero, con abogado o sin él, siempre habéis sido alguien.
- Eso díselo a mi padre- Dijo Zack.
- Se lo podéis decir cuando queráis- Apremió Kelly.
Patrick miró al extraño grupo de personas allí congregadas. Eran personas sencillas, pero personas buenas. A pesar de sus problemas y su pasado. Dereck había hecho bien al pensar en ellas para repartir

su dinero.

Se marcharon un rato más tarde, aunque Kelly se quedó un poco más. Nadie protestó, ni los hermanos Callum. Todos parecían entender lo solo que se debía sentir Patrick en ese momento.

- Podemos quedarnos a dormir si quieres.

Patrick levantó su vista.

- Claro que quiero que te quedes. Quiero que te quedes a dormir, a comer, a vivir. Pero no por pena. Quiero que lo hagas porque te quiero, porque soy el hombre con el que quieres pasar el resto de tu vida. Porque hayas decidido que vale la pena perdonar a este idiota que lo único que quiere es haceros felices, y vivir a vuestro lado. Porque sientas por mí, lo mismo que siento yo por ti.

El corazón de Kelly latía desaforadamente. No era la primera vez que Patrick le decía que la quería, pero en esos momentos, cobraba una dimensión superior.

Ella le había visto por primera vez hablando de su hermana sin dolor. Al ver las fotos de su hermana, parecía que de pronto no era solo un concepto extraño, sino una persona real. Le ponía rostro, había visto su sonrisa.

Y como si de una revelación se tratase, entendió el miedo y el profundo dolor de Patrick cuando murió su hermana. Entendió mucho de lo que le había pasado y comprendió que un hombre podía cometer errores.

Le había visto luchar contra el miedo al dolor cuando aceptó cuidar de Dereck. Le había visto bromear con él, y reír con él. Pero también le había visto cuidarle, sufrir y preocuparse. Patrick no era una mala persona, solo un hombre un poco torpe que había lidiado durante mucho tiempo con la soledad.

Kelly apretó el nudo de la corbata de Patrick.

- Venga, todos te están esperando para tu gran noche.

- Es la gran noche de Serena.

- Bueno, deja que disfrute, pero intenta disfruta tú también.

- Preferiría haberme quedado en casa con los niños.

- Están muy bien cuidados con tu madre. Le encanta sentirse abuela.

- Sé que están bien, demonios, están mejor que yo. Quiero irme a casa.

Kelly le miró con desaprobación.

- Diste tu palabra.

- Lo sé, lo sé, y pienso cumplirla. Pero eso no hace más fácil lo de esta noche.

Unos minutos después anunciaron su nombre. Patrick tragó saliva y salió de detrás del telón de fondo, sonriendo y saludando. Intentaba sentirse como lo habría hecho unos años atrás, cuando los focos de la prensa no le molestaban ni lo más mínimo.

- Gracias a todos los asistentes por venir. Y muchas gracias al alcalde de la ciudad y a todos los generosos empresarios que con su inestimable ayuda han hecho posible que la primera recaudación de fondos anual para el centro familiar "nuevo futuro" sea un éxito.

Se escucharon estallar los aplausos. Patrick debía reconocer que Serena había tenido una buena idea después de todo. Había subastado algunos objetos personales, y el reclamo de su reaparición en la gala había conseguido que muchos aficionados quisieran colaborar. Habían creado un fondo para levantar un hogar para mujeres solas con hijos, donde tendrían acceso a una vivienda modesta pero limpia y acondicionada, y un colegio y guarderías anexos para que pudieran trabajar sin preocuparse de cómo o con quién estarían los niños.

De momento iban a dar servicio a 6 familias. El ayuntamiento había cedido un antiguo edificio para rehabilitarlo y las obras comenzarían aquella misma semana. Para el mantenimiento de las instalaciones se había recurrido a la recaudación de fondos. El propio Patrick había donado gran parte de los fondos, después de vender el barco de Dereck y dos de los coches, que realmente nadie nunca iba a conducir. Se había quedado con el Rolls Royce, más que nada por cariño, ya que seguía guardado bajo una lona en un garaje. Sabía que donde fuera que estuviera, estaría orgulloso.

Procedió a sonreír como sabía que todos adoraban que hiciera, y presentó el proyecto en la pantalla a sus espaldas.

- Es importante que los niños y niñas de este país tengan las mismas oportunidades, y que el hecho de que se críen con una valiente mamá que está sola, no sea un impedimento para que opten a las mejores oportunidades, sobre todo, si quieren jugar al beísbol.

Nuevamente más aplausos.

- Por supuesto, nada de esto sería posible sin vuestra ayuda, y por ello, y antes de dar paso al buffet, recordaros que os espero con las mismas ganas y el mismo fajo de billetes el año que viene.

Más risas y aplausos.

Patrick saludó a casi todos los asistentes personalmente. Serena iba a su lado. Patrick no olvidaba recordar y mencionar que gracias a ella estaba lo suficientemente recuperado como para volver a la vida pública.

Lo cierto es que no le molestaba. Ella se había ocupado de casi todo y había elegido una causa muy noble. Sospechaba que lo había hecho porque sabía que así tendría más afinidad y se involucraría más, por ser una situación muy similar a la que vivió Kelly años atrás, quedarse sola con dos niños y no tener un sitio adecuado donde vivir.

De todos modos, se lo agradecía.

Las contraprestaciones eran unas cuantas: Debía acudir a firmas de autógrafos, dos ruedas de prensa, un partido amistoso (La primera vez que volvería a jugar desde hacía seis años), visitas a tres colegios y a dos hospitales en el área de pediatría.

Había aceptado sin reservas.

Dereck ya no estaba allí, era cierto. Pero se había dado cuenta, tras la lectura de su testamento, que por muy mal que le fueran las cosas, había sabido encontrar en todo, una oportunidad. Una oportunidad para vivir a su manera, y para hacer el bien con las cosas buenas que le había dado la vida.

Los hermanos Callum se habían informado detenidamente de todo lo que conllevaba su herencia. Habían acondicionado el local de un modo muy profesional (seguramente gracias a los asesores que había dispuesto Dereck) y le habían llamado "Reformas Z, A & D" en honor a los hermanos y a Dereck. Además, habían accedido a participar en unos cursos formativos sobre normativa de seguridad, nuevos materiales y acreditación de su oficio.
Patrick había insistido en que la fundación que acababan de crear contase con ellos para la reforma del local cedido por el ayuntamiento y formarían parte de los equipos de trabajo en cuanto comenzasen las obras. Les había dicho que podían vivir en su piso de la ciudad mientras durase el trabajo.
Los chicos, que siempre habían sido muy hoscos con él, poco a poco se iban abriendo. Eran buenos chicos que habían estado perdidos. Una oportunidad como la que Dereck les había brindado habría estado fácilmente fuera de su alcance si no llega a ser por él. ¿Quién iba a apostar por ellos dos sino el excéntrico y de repente muy sentimental Dereck?

Por el rabillo del ojo observó a Kelly al fondo de la sala. Estaba preciosa, pero se empeñaba en quedarse atrás, sentada tranquilamente con un plato de canapés delante y una copa de vino tinto que no había probado.
En cuanto hubo cumplido con sus obligaciones sociales, fue a sentarse junto a ella.
- Se te ve muy bien, muy cómodo en este ambiente. ¿Quién lo iba a decir?
Patrick se encogió de hombros.
- Supongo que es como montar en bicicleta. Eso no se olvida. Hace tiempo jugaba en estadios delante de miles de almas, todos gritaban, vibraban, era increíble. Y me encantaba, ¿sabes? Es... difícil de describir.
- Que raro se me hace imaginarte... es como si hablases de otra persona.
Patrick sonrió y tomó un sorbo de la copa de ella.
- Lo sé. Es... como si fuese otra vida. Me gusta más estar en la cabaña, en el lago. Con vosotros cerca. Es todo lo que necesito.
- Pero esto no está mal.
- Es una mierda en realidad. Cuando acabe con todo esto, mi cara volverá a estar en muchas revistas y programas. Y la gente vendrá de nuevo en masa a las cabañas a conocer a la estrella. Creerán que pueden codearse conmigo, y hablarme como si me conocieran de algo.
- No puedes culparles. Es normal que la gente que te admira quiera conocerte. Eres importante para ellos.
- Yo no los conozco. No saben nada de mí.
- Y no tienen por qué saberlo. Simplemente dales tú las llaves, te haces una foto, y todos tan felices.
- Lo dices como si fuera fácil.
- Es tan fácil como lo que acabas de hacer aquí esta noche. Te codeas con esta gente que no aprecias, pero te interesa.
- Se lo prometí a Serena.
Kelly asintió y apretó su mano por debajo de la mesa.
- Así es. Y lo haces muy bien. Ahora haz lo mismo con gente que te aprecia de verdad, con gente que ha crecido siguiendo tus partidos, gritando y vibrando en esos estadios repletos de los que me hablabas antes.
- Supongo que no hay nada de malo en ello.
- Claro que no.
- Tienes razón, como siempre.
Patrick se acercó sonriente y depositó un suave beso en los labios de Kelly, y se sintió feliz de poder hacerlo.

Serena miró a Patrick. Apenas podía verlo desde su posición al otro lado de la sala. La gente hablaba y comía comedidamente el buffet que habían servido.

No entendía cómo Patrick podía ser feliz así, sentado junto a ella, que no era nada especial, en la esquina de una sala llena de personas ilustres e influyentes.

Al menos había cumplido su papel a la perfección. En el fondo había creído que cuando volviera a la vida real, a la ciudad, a la luz de los focos y al modo de vida que te proporcionaba el dinero, recapacitaría.

No esperaba que llegase a amarla (ella no lo hacía) pero sí que se daría cuenta de cuál era su verdadero lugar. Y a quién debería llevar colgada del brazo. Un acuerdo perfecto para ambas partes. Pero no.

Solo había tenido que ver su cara de bobo enamorado cuando llegó a la reunión, hacía apenas tres semanas para saber que nunca se iría de allí y menos aún renunciaría a esa maldita limpiadora.

De todos modos, había cumplido su promesa y todo salió muy bien y ella tenía la relevancia social que necesitaba para dar un empujón a su carrera.

No era por el dinero, ganaba muy bien, era por la fama. Realmente por eso. Y aparecer como pareja de Patrick hubiera sido el colofón definitivo para el salto a la prensa rosa, y que sus seguidores creciesen como la espuma. Quería estar ahí, en las revistas y programas más conocidos. Pero tendría que ser poco a poco.

Aún no había averiguado qué era lo que le pasó a Patrick el día que la echó de casa y aceptó sin reservas el trato y estaba decidida a desentrañar aquel misterio. Algo había pasado, algo importante y que afectó a Patrick de forma notoria, y no sólo a él. Todos parecían cambiados de alguna manera. No era solo que la limpiadora y él ahora eran una pareja oficial, en ellos algo había cambiado, y en los tipos de la empresa que Patrick se había empeñado en incluir entre el registro de constructores, arquitectos y aparejadores.

Serena se había enterado de su empeño y había investigado un poco. Esos tipos abrieron la empresa solo un par de semanas después de que ella se fuese allí. Tenían un buen y carísimo abogado que se ocupaba de los trámites y no podía encontrar mucho más sobre la empresa ni sobre ellos antes de esa fecha.

Había algo raro en todo aquello y si era jugoso, no dudaría en utilizarlo. Al fin y al cabo, esta notoriedad que había ganado con Patrick y la buena acción social que pensaba emprender, no duraría eternamente, sabía que constantemente tendría que seguir consiguiendo mantenerse en el candelero de un modo u otro.

Bien entrada la noche, Patrick y Kelly llegaron a su piso en la ciudad. Hacía años que no vivía allí. Incluso la temporada en la que volvió con sus padres cuando le encontraron gracias a la prensa, no había ido por allí, salvo a echar un breve vistazo. Su madre se había ocupado de mantenerlo cuidado y limpio, no fiándose de que ninguna empresa se ocupase. Su madre pensaba que los empleados acabarían robando cosas y objetos personales para venderlos en internet, y seguramente no se equivocaba.

- Las vistas son impresionantes aquí- Murmuró Kelly, observando desde el ventanal las luces de la ciudad que parecía tener vida propia por las noches.

- Lo son, es lo que más me gustaba, prácticamente no estaba mucho por aquí pero siempre tenía un momento para mirar fuera y ver la vida abajo.

- Como un rey en su castillo- Dijo Kelly.

Patrick sonrió.

- Este rey por fin tiene reina- Dijo, besando su hombro. Kelly sonrió y se giró para besarle.

Hacer el amor con Kelly era con mucha diferencia lo mejor que había sentido en su vida. Su sonrisa y el modo en que lograba hacerle estremecer conseguía que su pecho se hinchase de orgullo y felicidad. Había llegado a conocer su cuerpo como el suyo propio, y ella lo había hecho con él.

Por la mañana, fueron a por los niños, que les esperaban emocionados contando todo lo que habían visto el día anterior en la ciudad.

- ¿Te ha gustado? - Preguntó en voz baja Kelly a su hijo. Él se encogió de hombros levemente.

- ¿Había muchos "amarillo"? - Insistió.

- Demasiada gente- Confesó al fin Josh.

Kelly sonrió comprendiendo. Josh. Cada vez, gracias a los buenos consejos y pautas del equipo de psicólogos del colegio y del hospital, conocía mejor a su hijo y podía comunicarse de un modo más efectivo. Por su parte, él toleraba mejor ciertas cosas.

- Bueno, creo que es hora de volver a casa.

- ¿Nos podemos quedar un poquito más con los papás de Jack?- Preguntó Molly. Kelly sabía que el sentimiento era recíproco. Los padres de Patrick que ya habían renunciado a la idea de tener nietos, habían aceptado a sus hijos con gran cariño y alegría.

Aún no habían conseguido que Molly dejase de llamar Jack a Patrick, pero en el fondo a Kelly eso le gustaba. Sentía como si hubiera recuperado al hombre del que se enamoró.

Y por primera vez, eso le hacía muy muy feliz.

Pilot movía la cola sin llegar a levantarse siquiera. Para ser un gran danés, era el perro menos imponente del mundo, sólo quería dormir.

Hacía algo más de un año que había llegado allí, Dios sabe cómo, famélico y casi muerto. No pudieron hacer más que quedárselo, ya que no había forma humana de que Molly accediese a separarse de él.

- Creo que viene alguien- Murmuró Kelly sin dejar de leer el libro que sostenía en su regazo.

Patrick levantó un momento la vista hacia el perro y volvió a su juego de mecano con Josh.

Al menos, aunque no ladrase, Pilot se alegraba mucho siempre de recibir visitas. Era verle mover el rabo y ya sabían que alguien se acercaba.

- Quizá sea el Doctor Pyne, dijo que quería venir a pescar un día de estos.

- Pero es jueves.

- Patrick, ¿podemos probarlo ya? - Preguntó Josh.

- ¿Crees que funcionará? - Preguntó Molly.

Llevaban dos días intentando montar un circuito para que el mecano funcionase solo con pilas. A Josh le encantaban esos proyectos con Patrick.

Empezaron entonces a escuchar el rumor del coche que se acercaba por el camino de graba.

Cuando entró en su campo de visión, ninguno lo reconoció.

Kelly y Patrick se miraron intrigados hasta que el vehículo se detuvo frente al porche.

Una mujer pelirroja, de piel blanca y ojos azules, con un caro vestido color crema y unos zapatos de tacón color caldera bajó del coche, contrariada.

- Jesús-Exclamó Patrick.

- Dios sabe que nunca pensé volver a verte, capullo. Pero lo que menos me esperaba es verte convertido en una especie de granjero sureño con una familia, críos y hasta un perro- Exclamó ella, con un tono agudo e irritante.

- ¿Por qué estás aquí de todos modos? -. Contestó Patrick, poniéndose en pie.

- ¿Hace falta que lo diga?

- Evidentemente. No se me ocurre un motivo por el cual... Ah... ya. El tiempo ha pasado volando. Dijo Patrick, recordando de repente.

- ¿Vas a invitarme a pasar, o hablamos aquí de pie?

Kelly observó a Patrick. Este, con un suspiro claudicó al fin, haciendo un gesto con la mano hacia la puerta, invitando a la desconocida a pasar.

Ella caminó con cuidado de no tropezar con aquellos zapatos suyos y pasó por su lado sin dirigirles una sola palabra.

Entró en la casa, y Patrick la siguió.

- ¿Quién es esa?- Susurró Molly.

- Ni idea- Confesó Kelly. Patrick se lo contaría después.

En el interior de la casa, Patrick se dirigió a la cocina, seguido dos pasos por detrás de la mujer.

- ¿Quieres un café? - Preguntó.

- Sí, gracias. Con un...

- Poco de leche. Lo sé, me acuerdo. Tenemos sacarina, si quieres.

- Sí... estaría bien.

Patrick calentó una taza de café en el microondas y esperó impaciente a que sonase la campanilla.

De alguna manera sabían que ninguno diría nada hasta que se sentasen a hablar en la sala. Sacó al fin la taza y la puso en una pequeña bandeja, con un par de sobres de edulcorante y una cucharilla.

- No pensaba que fueras tan buen amo de casa.

- Es cosa de Kelly.

- ¿Es ella? - Preguntó señalando con la cabeza hacia afuera.

- Sí.

- ¿Son tuyos? Los niños, me refiero.

Patrick sintió una pequeña punzada. Quería decir que sí, que lo eran. De hecho, hacía mucho que los sentía como sus propios hijos.

- Sí, son mi familia.
- Oh... no parecías de esos.
Patrick se encogió de hombros. ¿Qué sabría ella?
Finalmente se sentaron en la sala, uno frente a otro, ella con la taza en las manos.
- Tú dirás, Candance.
- Yo... bueno, quiero saber... ¿Cuándo?
- ¿Cuándo? Hace dos años.
- ¿Dos años? - Gritó ella. Su rostro siempre tan blanco, de pronto se puso rojo.
- ¿Qué? ¿Pensabas que fue ayer?
- No... pero... ¿Dos putos años? ¿Cómo es que nadie me avisó? ¡Soy su mujer, joder!
- Eras su mujer. De eso hace mucho.
- Sabes a lo que me refiero. ¡Tenías que haberme avisado!
- Dime una cosa, Candance. ¿Cuándo te diste cuenta de que algo no iba bien? De que hacía mucho que no le veías, o hablabas con él. ¿Te preocupó en algún momento? ¿O todo se debe a que hace un par de meses dejaron de llegar los cheques?
Ella apretó los labios, enfadada.
- No lo digas como si lo único que me preocupase fuera el dinero.
Patrick rio amargamente.
- ¡Vale! No hablábamos mucho, es cierto. No acabamos en los mejores términos. Pero fue mi esposo, joder, le quise, y mucho. Merecía al menos saber que...
- ¿Que murió? Joder, Candance, él mismo lo preparó todo para que no te dieras ni cuenta. Dejó previsto el dinero para que tus cheques siguieran llegando cada puto mes durante dos años.
- Sé que... parece cínico de mi parte... pero nunca pensé que hubiera muerto. Nadie dijo nada, no salió en prensa... creo que no lo sabe ni su padre.
- Nadie tiene por qué saberlo, él no quería que nadie se enterase, a él le gustaba la imagen que la gente tenía de él. De sus logros, de su vida.
- Pero yo no soy la gente. Soy...
- ¿Qué? ¿Diferente? ¿Especial? Por favor... engañaste a Dereck la mayor parte de vuestro matrimonio.
- ¡Él también me engañó a mí!
- Por eso mismo. No os importabais el uno al otro. ¿Para qué has venido, Candance? ¿Y por qué aquí?
- Yo quería respuestas. Creo que me las merezco. He llegado hasta aquí, husmeando, claro. Supe en el registro que el piso de la ciudad y el de New York habían pasado a tus manos, los coches y otras cosas. Y tú lo vendiste todo, lo vendiste sin consultarme y te has quedado todo ese dinero.
- ¿Eso quieres? ¿Los coches? ¿Las casas? ¿El dinero?
- No... bueno... ¡Yo tengo más derecho que tú! Yo... ¡Mírate! ¡Viviendo en el culo del mundo! ¿Para qué coño lo quieres?
Patrick la miró con furia.
- Nunca te tuve en alta estima, Candance, de verdad. Pero hasta este momento, jamás te había despreciado de esta manera. Un gran hombre murió, ¿sabes? Aquí mismo, en este lugar. Murió sufriendo una enfermedad horrible. ¿Sabes cuántas noches me levanté a cuidarle? ¿Las veces que le abracé pensando que le perdía? ¿Sabes lo feliz que fue en este lugar, con gente que de verdad le quiso? No tienes ni idea de cómo fueron esas semanas. No sabes lo que supusieron para todos nosotros. ¿Quieres dinero, coches y casas? Trabaja. Trabaja y gánate tus propios caprichos. Mira afuera. Esa mujer que ves, ha trabajado toda su vida. Yo construí estas cabañas con mis propias manos. Dereck trabajó hasta que no pudo hacerlo más. Todo lo que nos legó, ha sido muy bien empleado. Él lo decidió así, y pensamos respetarlo.
- ¿Y qué hay de mí? ¿Eh?
- Te regaló dos años más de vivir sin preocupaciones. Sin tener que fingir que le vas a echar de menos. ¿No te da vergüenza? ¿Ni un poquito? Ni te habías enterado de que no estaba ya.
- ¿Qué querías? ¿Que lo adivinase?
- Si te hubieras preocupado, al menos aunque fuese para llamarle en su cumpleaños, o no lo sé, en cualquier otro momento, te hubieras dado cuenta de que nadie había hablado con él en años.

Candance miró hacia el lado, un poco avergonzada.

- No vas a darme nada ¿no?

- ¿Buscas dinero? ¿De verdad? Está todo invertido. En obras de caridad, no nos hemos quedado nada. Creó varias fundaciones, nosotros hemos creado otra.

- Sí, bueno... te he visto haciendo campaña para las viviendas esas de madres solteras.

- Pues así empezó todo.

- Sé que parezco una bruja, pero no es así. Es que creo que me merezco algo mejor que enterarme de que se ha muerto y no me queda nada, ni un recuerdo, nada. Ni uno de los coches.

Patrick suspiró cansado una vez más.

- Los coches se vendieron.

- Todos no. Aún tienes el Rolls. Está a tu nombre, me he informado.

- Es para Josh. Es parte de su herencia, de parte de Dereck.

- ¿Quién coño es Josh?

- El chico que hay ahí fuera. Te recuerdo que estás en nuestra casa, faltándonos al respeto a mí, a mi familia y a la memoria de mi mejor amigo. Te aconsejo que te calmes y pienses antes de hablar.

- Es que no entiendes lo duro que está siendo esto para mí. Para ti ya es agua pasada, pasó hace dos años, pero yo me acabo de enterar, ¿sabes? Es como si acabase de morir para mí.

- Ven conmigo- Gruñó abruptamente Patrick. Subió las escaleras sin decir nada, ni una palabra más.

Candance parpadeó un momento, anonadada. Decidió seguir al hombre.

Subieron al piso de arriba, y Patrick abrió una de las puertas de madera. Estaban en un amplio dormitorio.

- ¿Qué crees que hacemos aquí? - Preguntó ella, un tanto preocupada.

- Tranquila, no quise acostarme contigo entonces, mucho menos ahora.

- Eso lo hice solo por molestar a Dereck, estaba enfadada. Supéralo.

- Puedo superar cualquier cosa que tenga que ver contigo, Candance. Podría no haberte vuelto a ver jamás y no importarme nunca, casi había olvidado que existías. Pero ¿sabes lo que no puedo, ni podré nunca superar? - Dijo, abriendo la puerta del balcón.

Salieron fuera, donde había dos hamacas de madera de frente al lago.

- ¿Qué? ¿Qué es esto?

Patrick miró un momento con tristeza.

- Estábamos aquí, en estas sillas, cuando Dereck murió. Estuvimos aquí, mirando el lago.

Patrick se apoyó con los codos en la barandilla. Candance se acercó tímidamente y pasó la mano por la madera cuidadosamente barnizada.

- Lo siento, Patrick. Siento lo que he dicho.

Él solo asintió, perdido un momento en sus pensamientos.

- ¿Sufrió? - Preguntó al fin.

- Él... pasó unos días muy malos, antes de morir. Estaba muy cansado, tosía y le costaba respirar. Pero te juro que no dejó de comer esas malditas tartas de la cafetería de Amy en ningún momento.

Candance sonrió un poco.

- Me lo puedo imaginar.

- El último día... estuvimos aquí sentados, viendo amanecer. Ya sabíamos que se iba. Así que me hizo hablar de tonterías, de leyendas y de amor... - Patrick no pudo evitar que sus ojos se aguasen.

Candance se limpió una lágrima.

- ¿De amor? ¿Dereck quería que le hablases de amor?

- ¡Te lo juro!- rio Patrick- Hacía conmigo lo que quería. En esos momentos Kelly y yo estábamos separados, yo... hice el capullo, como era de esperar. Pero Dereck no perdía la esperanza. Hizo de todo hasta que consiguió que volviéramos a estar juntos.

- No se parece mucho al Dereck que yo conocía.

Patrick negó con la cabeza.

- Era exactamente el mismo. Solo que durante un tiempo se perdió un poco por el camino. En el fondo siempre creyó en el amor. Aunque no lo pareciese, te quiso mucho.

- Él... bueno. Supongo que sí. También yo lo quise. No sé si de haberlo sabido algo hubiera cambiado.

- Él lo quiso así. No quería que nadie se acercase a él por pena. No se lo contó a nadie, y dejó muy claro que no quería que ni tú ni su padre supierais nada.
- Me duele bastante que me metiese en el mismo saco que su padre.
- Bueno, quizá deberías hacer un poco de auto evaluación. Por algo sería.
- Haces que me sienta como una garrapata.
- Candance... Mira, si necesitas dinero, no hay problema. Dime lo que quieres, tenemos dinero, lo ganamos trabajando aquí. Pero me tendrás que prometer que jamás, nunca en la vida, volveremos a verte.
- No quiero tus limosnas. No es eso lo que busco. Yo pensaba que al menos merecía algo de lo que compartimos. Esos coches... los compró conmigo, en ese piso, vivimos juntos cuando nos casamos. Es algo más que dinero o cosas materiales.
- Lo siento, no dejó previsto nada de eso para ti.
- Ya... ya lo he deducido. Además, lo vendiste todo de igual modo. O casi todo.
- Olvídate del Rolls.
- De acuerdo, de acuerdo- Dijo levantando las manos en señal de rendición.
- Puede que su abogado pueda decirte algo más, quizá puedas recomprar alguno de los coches.
- Quizá lo haga.
- Deberías.
- Oye, Patrick... yo... siento mucho todo. Siento lo que hice en muchas ocasiones. Siento haber intentado enfrentaros y haber venido aquí como una lunática después de tantos años. Desde que supe que había fallecido, bueno... me sentí tan mal que no pensé nunca en cómo había sido para ti. Gracias por estar a su lado en sus últimos momentos.
Candance y Patrick miraron un momento la hamaca vacía, que parecía más vacía aún.
- Para mí fue todo un honor acompañarle hasta el final.
- Me alegro de que te tuviera. Me marcho ya, realmente siento haber venido.
- No te preocupes. Cuídate, Candance.
- Gracias. Tú también. Sé muy feliz con tu familia. No hace falta que me acompañes abajo, puedo llegar sola.
Partrick asintió y cuando ella salió de la habitación, tomó asiento en su hamaca. A veces hablaba con Dereck allí sentado.
- ¿Has visto? La pelirroja ha venido a preguntar por el Rolls. Puede que hasta haya sentido un poco tu pérdida. No sé cómo pudiste enamorarte de ella.
Escuchó abajo el coche arrancar y alejarse por el camino.
- Seguramente tu abogado recibirá muchas llamadas de ella en los próximos días. Le compadezco.
Patrick sonrió un momento, mirando al lago.
Unos minutos después, Kelly se unió a él.
- ¿Era la exmujer de Dereck?
- Sí.
- ¿Se han acabado los cheques, ¿no?
- Así es.
- ¿Estás bien?
Patrick meditó un momento.
- Supongo que sí. Mejor que ella, desde luego.
- Me da un poco de pena.
- No se la tengas, Kelly, no lo merece.
- Pero ¿y si...?
- No, y si nada. Además, quiere quitarnos el Rolls.
- ¿El coche?
- Dice que se lo merece más que nosotros.
- Pero...
- Pero nada. Ya le he dicho que ese coche es para Josh.
Kelly rio.

- Josh no quiere ese coche. No le gustará, le importa poco el valor que pueda tener.
- Bueno, me da lo mismo. Será el coche en que llevemos a Molly a la iglesia el día de su boda. Y ya está.
Kelly rio aún más.
- A ella le encantará.
Patrick asintió satisfecho.
Ellos eran su pequeña familia, y pensaba estar a su lado el resto de su vida. Era el último y mejor regalo que le había concedido Dereck.

En solo una semana, la muerte de Dereck acaparó todos los noticieros. Candance se ocupó de acudir a cada programa y conceder cada entrevista que se le ponía por delante. El mundo entero parecía conmocionado por la muerte de una estrella de la que nadie se había acordado hasta ese momento.
Paradójicamente, la figura de Dereck volvió a ponerse de moda y los ingresos por publicidad de su imagen que gestionaba todavía su abogado les repercutieron en una cantidad de dinero que Patrick invirtió en la fundación.
Serena llamó unos días más tarde. No le había costado mucho hacer cuentas.
- Así que eso era lo que me ocultabas. Nunca lo hubiera dicho. Siento lo de tu amigo, Patrick. Ahora me siento un poco mal por haberte forzado a aceptar el trato para que pudieras librarte de mí.
- Eso da igual ahora.
- ¿Vendrás este año a la gala anual?
- Claro, cuenta con ello.
- Nos veremos. Dale recuerdos a tu familia.

Por supuesto, su nombre salió a colación varias veces en las entrevistas que Candance concedía. Se había encargado de parecer la víctima y decía que Patrick le había robado todo, sin dejarle ni un solo recuerdo de su ex marido.
Los periodistas pulularon un tiempo por allí, intentando conseguir declaraciones y preguntando en el pueblo sobre la supuesta riqueza de Patrick y qué habrían hecho con el dinero conseguido.
Amy golpeó con un rodillo de amasar a una de las cámaras cuando le preguntaron a ella si sabía que había pasado con el dinero usurpado.
Pero todo aquello además tuvo una consecuencia inesperada. Imágenes de Patrick, con su familia habían salido en los medios.
Tal y como Dereck predijo, la de Candance no fue la única visita que recibieron inesperada que recibieron.

Primero fue una llamada al teléfono de Kelly.
- ¿Diga?
- Kelly... preciosa. Soy yo.
El corazón de Kelly se detuvo a medio latido. Reconocía esa voz, aunque hacía mucho que no la había vuelto a escuchar.
- ¿Kelly? Eres tú, ¿verdad? Me ha costado Dios y ayuda encontrar el número.
- ¿Qué quieres, Josh?
- Bueno, creo que es obvio... yo... quería disculparme. Siento mucho todo lo que pasó. Siento el modo en que me comporté, y de verdad que no tengo excusa.
- Josh... ahórratelo. No hemos sabido nada de ti desde hace diez años. Llegas un poco tarde.
Cuando estaba a punto de colgar, él exclamó.
- ¡Son mis hijos! Tengo derecho a verlos.
Kelly rio amargamente.
- ¿Y de repente te acuerdas de eso? ¿De ellos?
- Yo... solo quiero recuperar el tiempo perdido.
- Creo que ambos sabemos que no es eso. Tú nos has visto en la televisión, seguramente. Te has

acordado vagamente de mi cara... habrás dicho... ¡Uy! Esa es la mujer con la que me casé y a la que juré amar para siempre... ¡espera! Ese debe ser el hijo al que odiaba porque no podía entenderlo... ¡Ostras! Esa es la niña que estaba en el vientre de mi mujer la última vez que la vi ¡Vaya! Se les ve bien, se les ve felices ¿Por qué no dejarme caer por ahí a ver si puedo joder un poco?
- Kelly, yo...
Kelly colgó.

Cuando Patrick llegó, aquella tarde, le contó la llamada.
- ¡Lo sabía! Ese quiere pillar el dinero. Hijo de puta... mira que Dereck lo vio venir. Que se joda. Si vuelve a llamar, manda al abogado. Mañana le llamaré para ponerle al corriente.
Pero no llamó. En lugar de eso, se presentó allí una semana más tarde.
Era Patrick quien estaba en casa aquella mañana. Hacía calor, y los niños habían ido a bañarse al lago con Kelly.
Querían hacer una cena aquella noche por el cumpleaños de Albert y Patrick estaba preparando la carne para la barbacoa.
- ¿Se ha perdido? - Preguntó de mala gana al tipo que acababa de bajar de un viejo coche verde botella. Se forzaba a ser medianamente amable con los turistas que "como quien no quiere la cosa", fingían perderse y se saltaban el letrero que especificaba que entraban en terreno privado. A veces solo querían un autógrafo, otras veces curiosear. Aunque solían llegar a pie, para disimular un poco.
- Así que tú eres el tipo.
Patrick frunció el ceño. Aunque estaba casi seguro de no haberle visto jamás, algo en él le resultaba muy familiar.
- ¿Disculpe? - Dejó las bolsas de la carne que acababa de comprar en el porche y se encaró con él directamente. Entonces lo entendió. Era tan parecido a Josh, que por eso creía que le conocía de algo-
Ah... eres tú.
El tipo se aclaró la garganta y le miró con altivez.
- He venido a ver a mis hijos.
Patrick lanzó una carcajada al aire.
- Creo que te has equivocado.
- De eso nada. Sé que ella está aquí. No sé qué ha hecho para acabar con un tipo famoso, pero me da lo mismo. No puede impedirme ver a mis hijos.
Patrick miró un momento al lago para calmarse.
- Te voy a hacer un favor. Verás, seguramente has hablado con un abogado.
- Sí, y me ha dicho que puedo llevarla a juicio.
- De acuerdo. Te diré lo que haremos. Presenta tu demanda. Nosotros también tenemos abogado, ¿sabes? Exigirá que, ya que pides que se reconozcan tus derechos, que se haga lo mismo con tus obligaciones. Empezaremos por el abandono del hogar. Seguiremos por la pensión que dejaste de abonar desde el minuto número uno. Debes bastante años de manutención de Josh y Molly. Se llama así, por cierto. Creo que no lo sabes.
- Sé cómo se llama mi hija. Además, ¿Por qué queréis ese dinero? Tenéis de sobra, joder.
- Ah, es eso. Verás, no tenemos necesidad de más dinero, eso es cierto. Pero bueno, quieres recuperar el tiempo perdido, ¿no? Eso es para todo. Seguimos, antes de acercarte a los niños, solicitaremos ciertas pruebas médicas, un test psicológico, de tóxicos, certificado de antecedentes penales... piensa que lo hacemos solo por el bien de los niños.
- ¡Pero qué cojones! ¿Quién te crees que eres? ¿Eh? ¡Yo soy su padre!
- Biológicamente, sí. Eso es cierto. Por lo demás, creo que si en algo te importan tus hijos, de verdad, si algo se ha movido en tu interior, entenderás que presentarte aquí no es el mejor modo de empezar a verles. Hablaremos con ellos, y si están preparados y quieren puedes verles. Pero te aviso ya, si estás pensando en el dinero que van a recibir, que sepas que existe, pero que hay una cláusula en la que especifica que en ningún caso puedes percibir ni un centavo, y ellos no pueden usarlo para comprar nada para ti, ni una casa, ni un coche, nada. Aunque les convenzas cuando sean adultos, no podrían.

- Eso... eso es... ¡yo no he venido por el dinero!
- Genial.. genial.. entonces, mira, deja que Kelly hable con los niños. Si ellos quieren, te llamará y os veréis. Por lo demás, puedes seguir adelante con la demanda. Será divertido.
El tipo estaba claramente furioso. A Patrick no le gustaba ver como fruncía el ceño, le recordaba demasiado a Josh, no quería ver esa expresión en su rostro. Se alegró de que los chicos no estuvieran allí en ese momento.
- Oye... sé que cometí errores. Lo siento. No debí dejarles así... yo fui un cobarde. Solo quiero arreglar lo que pasó.
- Mira tío, a mí me da igual como te sientas o lo que pienses. Si me hubieras pillado hace unos años ahora estarías escupiendo sangre seguramente. Pero ya no soy ese tipo, gracias a ella. Solo puedo decirte que te jodan. Que te jodan porque la tenías y la perdiste. Porque eran tus hijos y no les has visto crecer. Que están mejor sin ti, y yo mejor con ellos. Y que si haces esto por dinero, al menos ten la decencia de no joderles más la vida. Lo pasaron mal un tiempo, pero ahora son muy felices. Aléjate. Si de verdad los quieres, solo quítate del medio.
El tipo seguía furioso. Patrick sabía que deseaba golpearle, podía verlo en su postura y sus puños apretados. Pero también veía como lanzaba miradas a sus brazos. Desde que había vuelto a batear, por aquel partido benéfico, había desarrollado de nuevo aquellos bíceps que le hicieron famoso.
- Esto no va a quedar así... - Murmuró antes de volver a su coche y largarse.
Le vio desaparecer por el camino de graba y recuperó las bolsas de carne del suelo. Pilot le miró levantando ligeramente la cabeza de las tablas de madera del porche.
- Oye, sé que es difícil que te muevas de ahí, pero si vuelve este tipo, por favor, arráncale la cabeza- Murmuró Patrick.

Kelly se alarmó un poco cuando supo que había estado en su casa.
- El abogado le mandará una notificación. No puede presentarse aquí cuando quiera. No temas.
- Pero... si los chicos le llegan a ver... ¿Crees que deberíamos decírselo?
- Creo que debes hacer lo que tú consideres mejor. Ellos saben que tienen un padre, pero no me gustaría que Molly se hiciese ilusiones si luego va a desaparecer de nuevo.
- Pienso lo mismo. Me alegro tanto de tenerte...- Murmuró Kelly.
- Yo me alegro más de tenerte a ti.
- Te quiero.
Patrick la abrazó. Esa mujer le hacía más feliz de lo que había sido nunca.
- Pase lo que pase, estaré a tu lado. Batallaremos juntos.
- Gracias, amor. Yo estaré para ti también.
- Ya lo has estado, Kelly. Te amo.
Patrick la besó con pasión. Daba igual lo que tuvieran que superar en un futuro, fuera lo que fuera, lo harían juntos.
Ella era todo lo que podía desear. El suyo era un amor más profundo que el lago.

FIN

www.ingramcontent.com/pod-product-compliance
Lightning Source LLC
Chambersburg PA
CBHW061523120726
48001CB00004B/1394